本书系国家社科基金青年项目"亚洲文化语境下日本古代佛教说话文学的类型建构与研究"（项目批准号：14CWW007）成果

国家社科基金丛书

GUOJIA SHEKE JIJIN CONGSHU

日本古代佛教说话文学的类型研究

The Typology Study of the Buddhism Stories
in Ancient Japan

刘九令 著

人民出版社

自　序

　　古代的亚洲,虽然交通不便,信息不畅,但这并未阻碍各国人民相互交流的热情。从一千多年之前开始,印度、中国、朝鲜半岛、日本等各地之间就通过商贸活动、政治交往、人口迁徙、宗教传播等多种形式,互相影响,彼此交融,形成了具有鲜明特色的亚洲文明,其中包含了学界所公认的"儒学文化圈""汉字文化圈""佛教文化圈",这些作为亚洲人民曾经拥有的共同文化记忆和文化财富,在亚洲文化构建过程中,起到了不可忽视的基础性作用。

　　汉代张骞打通了通往西域的道路,同时也开辟出了维系千年的经济、政治、文化交流的丝绸之路。在这条路上,人们凭金戈铁马彼此征伐,以梵音汉语互传文化思想,用香料和丝绸互通经济有无,而佛教作为一种超越民族的宗教信仰,沿着这条曲折的路线,跨过险峻的高山,穿越黄沙漫漫的戈壁,又踏破一望无际的惊涛骇浪,最后远播到了"丝路东方的终点"——日本。

　　宗教信仰是集教义、教团、仪轨等多种元素为一体的综合文化现象,扩大信众、传播思想是几乎所有宗教的基本特征。而宗教的传播往往与文学艺术紧密联系在一起,文学是宗教传播的重要手段,宗教思想和教义在文学的装饰之下也更有利于传播。与其他宗教一样,佛教也有相应的文学,这种文学通常被称作"佛教文学"。佛教产生于古代印度,后广布东亚和南亚。随着佛教思想的传播,在亚洲各国产生了相应的佛教文学。虽然学界对于"佛教文学"的定义不尽一致,但是与佛教思想、教义相关联的文学都可以视为广义的佛教文学,如印度的佛典,中国的佛教类书、带有佛教内容的志怪小说和僧传,朝鲜半岛的佛教故事以及日本的佛教说话文学等。这些文学形式都无一例外或多或少、或深或浅地蕴含着佛教因果之理,飘荡着佛教的无常气息。

本书的研究对象为"佛教说话文学"。所谓"佛教说话文学"是日本特有的文学体裁,也是日本独有的文学概念。其特征之一是以宣传佛教因果报应为主题;特征之二是篇幅相对短小;特征之三是形式比较多样,多以"××集""××抄""××记"为题目出现。日本佛教说话文学并非凭空产生,而是与印度的佛典、中国的佛教类书和志怪小说、古代朝鲜半岛文学都有千丝万缕的联系,换言之是在这些文学影响之下形成的,那么以"佛教说话文学"来称呼这些文学中以宣佛为主题的作品也并无不当,故本书中将符合这三个特征的佛教文学笼统地称为"佛教说话文学"。从具体作品来看,日本佛教说话文学在文学史上有以《日本灵异记》《三宝绘词》《打闻集》《今昔物语集》《扶桑略记》《宝物集》《十训抄》《沙石集》等为代表的作品集,当然也有一些没有被写入文学史的包括僧传、帝王传记以及某些带有佛教色彩的作品,这些被忽视的作品也有必要被纳入佛教说话文学的整体研究中来。

从佛教说话文学的编撰与创作史上看,僧侣对佛教灵异和灵验的宣传与创作上到奈良时代下至当代从未间断,这体现了日本人对于佛教信仰的传承以及对佛教文学的长久延续。由于该类文学涌现时间跨度较大,很难穷尽研究,因此本书将研究的时间范围限定在古代部分,即从奈良、平安到江户时代,以这一段时期产生的比较有代表性的佛教说话文学为考察对象。

从学界研究的整体状况来看,研究成果十分丰富,用汗牛充栋来形容也不为过。先学从写本研究、出典研究、文化史研究、佛教史研究、文字学研究等多个角度进行了比较深入的探讨,对于佛教说话文学研究来说都有重要意义。不过,从亚洲宏大的文化背景下考察佛教说话文学中的类型化故事尚相对薄弱,且未见系统的专题研究。

佛教说话文学的特征之一就是众多故事呈现出某种明显的类型化倾向，即具有相似情节、相近主题、相同构思的故事经常反复出现。这些近似的故事在印度、中国、朝鲜半岛文学中都会找到，说明其背后定会存在着直接或间接的影响关系。在保持某种相似性的同时，不同国家的佛教文学之间又存在着诸多差异，这些差异反映了其背后存在影响故事形成的独特文化语境。日本佛教说话文学并不是一般意义上的日本文学，其本身携带大量外来文化因子，包括印度哲学、中国儒释道等元素都融入了故事里。通过对日本佛教说话文学的跨文化语境考察，描绘出佛教说话文学的形成过程的连续性和文学之间的谱系性，可以梳理出亚洲多元文化交流的某些历史脉络，揭示文化传播与影响的路径，为重新认识亚洲文化的整体性和差异性提供借鉴。

事实上，佛教传播路线与文学影响路线大体相近，但又不完全一致。一般来说，佛教从印度经过河西走廊传入中国后，又从中国传入了朝鲜半岛，最后从朝鲜半岛传入了日本。不过，日本的佛教说话文学却大多直接接受了中国文学的影响，尤其是江户时代之前，并不是像佛教传播路径那样，需要以朝鲜半岛佛教文学为媒介，间接吸收中国文学，其中缘故耐人寻味。推其原因，这大概是由于古代特定的政治关系和历史背景决定的。古代中国在相当长的时间里都是东亚的政治和文化中心，中国通过册封体制和周边国家保持一种宗主国和藩属国的关系。古代朝鲜的高句丽、百济、新罗等三国就在这种体系之中。因此古代朝鲜的历史和文学记述往往依赖中国文献，对于本国历史和文学鲜有记载，流传下来的更是少之又少。另外，到了隋唐以后，随着造船技术和航海技术的发展，日本已经可以通过海路直接和中国进行文化交往，对佛教文学和文化的汲取就是这种文化交往的重要内容之一。一方面，基于朝鲜半岛文学的贫乏乃至缺失，以及日本与中国的直接交流，文学影响路线并没有和佛教传播路线完全重合。另一方面，朝鲜半岛仅有的一些史料或文学大多取自中国典籍。当然，在后来的若干历史时期，在朝鲜半岛与日本的交流影响下，两地文学之间也有相互影响的关系，这里暂时不做深入考察。

　　本书旨在考察日本佛教说话文学,研究视角是从整个亚洲文化语境进行总体考察。朝鲜半岛的佛教说话文学虽然对日本某些佛教说话文学没有太大的直接影响,但日本早期佛教是以朝鲜半岛为媒介传入的,因此两者在佛教文化内在层面上存在着密切关联。同时,从对比研究的角度来看,通过朝鲜半岛文学对中国佛教文学的接受过程审视日本佛教文学对中国文学的接受情况,同样可以加深对日本佛教说话文学形成过程的理解和认知,所以本书中把和日本佛教说话文学没有直接影响关系的朝鲜半岛文学纳入考察对象之中,使得印度佛教传入东亚后对东亚文学文化影响的路径描绘得更为清晰和全面。

　　亚洲佛教典籍浩如烟海,各地区文学文化交流历史源远流长,各民族思想冲突融合错综复杂,若拙著能成为学术之塔中的一粒砂石,本人即可得"极乐"之乐也。

　　是为序。

2021 年 8 月 16 日

于重庆烟雨斋

目　录

绪　论　日本佛教说话文学
类型研究述要

佛教东传是古代丝绸之路文化传播的重要成果,与经济交流相伴相生,见证了各民族间的友好交流,对亚洲各国的文明发展作出了重要贡献。大乘佛教主张众生平等,人人皆有佛性,其广阔的胸怀容纳下了不同文化土壤中滋养的民众。佛教不仅成为亚洲众多国家信徒的精神依托,还对建筑、美术、音乐、文学等都产生了重要的影响。尤其是佛教徒在弘扬佛法的过程中,创造出了诸如佛典、类书、说话集等不同形式的宣教文本,这些文本因其本身具有的某些文学要素也成为文学研究的对象。这种佛教文学在文化研究方面也具有重要价值。郑阿财在论述敦煌佛教文学与当时社会文化关系时指出:"文学是文化的窗口,文化是文学的土壤。"①佛教仿佛是一粒神奇的种子,在不同历史语境中开出多样的宗教之花,结成多样的宗教文学之果。这些文学的花与果,似同非同,似异非异,但是其内在基因却保持着某种一致性,由于外部文化风土的作用,导致了部分的基因突变,进而呈现出不同的样态。结果,改变后的样貌似乎迷惑了众生的眼睛,以至于置身于浩瀚法海之中的人们无法读透它们之间深度的相似性以及关联性。

---

① 郑阿财:《敦煌佛教文学》,甘肃教育出版社 2013 年版,第 21 页。

　　简单讲,亚洲各国佛教故事整体的相似性就是类型化特征,这种类型化的形成源于故事的渊源性和影响关系。因此,以日本古代佛教说话文学为研究的归结点,沿着佛教传播与影响的时空轨迹,以若干类佛教文学的代表性类型故事为线索,探讨佛教说话文学传承的过程,厘清这些文学与中国文学以及印度文学的关联,可以整体描绘佛教说话文学的亲缘图谱,进一步明晰佛教说话文学的"流"与"变"。以此为切入点,深入发掘其背后不同文化语境对文学形成的作用,进而梳理出佛教文学发展的某些特定规律。日本佛教说话文学的类型具有多重意义,值得从多角度进行深入研究。

　　在进行系统研究之前,首先对已有研究成果进行系统全面的梳理和回顾,并进行科学准确的评析,可以把握学界研究的整体风貌,了解其中存在的问题,这也是今后进一步深入展开研究的基础性工作。

　　如前所述,能归入日本佛教说话文学之中的作品不胜枚举,将其穷尽是几乎不可能的,故本书主要考察先学对两部代表性作品的研究史,以达到"管中窥豹"之效果。日本佛教说话文学最有代表性的当属《日本灵异记》和《今昔物语集》。《日本灵异记》全称为《日本国现报善恶灵异记》,通常简称《灵异记》,是日本最早的佛教说话集。其大致成书于弘仁十三年,即公元 822 年前后。全书分上、中、下三卷,共 116 则故事。作者为奈良药师寺僧人景戒。而《今昔物语集》是日本最大的说话集,共计 1000 余则故事。内容既有世俗故事,也有佛教故事。作者不详。据推测成书年代大致为公元 1120—1140 年。本书以《日本灵异记》和《今昔物语集》作为考察对象,从多个维度考察中日两国学者对佛教说话文学类型研究的成果。

一、日本学者对类型的外部考察

　　日本学者较早便关注了佛教说话文学的类型化特征,从多个角度展开了研究。

（一）对类型化特征的描述方法

略读《日本灵异记》和《今昔物语集》的故事便可以发现，其中的一些内容按照某种标准去审视，就会呈现出一定的相似性，而这种相似性就是类型化特征的外在表现。日本学者黑泽幸三曾开宗明义地指出了这种类型化特点："无论是谁，只要读一遍《灵异记》，都会觉察到其中存在大量的类话。诸如被盗铜像显示灵异、迫害修行僧得恶报等众多相似的故事。这一事实不容忽视，其应该被视为说话文学《灵异记》的特征吧。"①除了黑泽幸三，多位日本学者在对说话文学进行研究时，也经常用类型的特征进行分类描述。如大久间喜一郎、干克己编著的《古代说话事典》（雄山阁1993年）则主要用如"异常诞生说话""动物报恩说话""异乡访问说话"等以"××说话"字样对故事进行归类。中田祝夫在其校注并翻译的《日本灵异记》（小学馆1984年）中，在头注部分通常使用诸如"方广经灵验谭""观音灵验谭""力女谭""苏生谭""恶报谭"等以"××谭"字样对故事进行分类。此外，诸如山口敦史《〈日本灵异记〉中的祖灵祭祀——以枯骨报恩谭为中心》（《日本文学研究》2006年第45号）、永田典子《吉祥天女感应谭考——关于〈日本灵异记〉中卷十三缘》（《上代文学》1980年第45号）、寺川真知夫《佛像灵异谭的受容与变容——以〈日本灵异记〉为中心》（《同志社国文学》1994年第41号）等。由上可见，目前学界通常用"××说话"和"××谭"来描述其类型化特征。可以说，众多学者已经发现并注意到了日本佛教说话文学的类型化特征，并分别从某些类型角度展开了研究，这两种主要的描述方式被其他后来研究者所广泛沿用。

（二）对类型化研究价值的探究

关于说话文学中类话意义和价值的认识是其是否值得研究的前提，因此

---

①　［日］黑沢幸三：《霊異記における類話の考察》，《同志社国文学》1971年3月。

下面梳理一下学界对此问题争论的来龙去脉。类话是否具有研究价值，日本学者的观点也各有不同，大体分为否定和肯定两个方面。持否定态度的学者，如武田佑吉在对故事进行简单分类的基础上认为："同一故事中经常更换人名和地点，这使得内容变得十分局限，在故事的整体中种类显得十分贫乏。从这一点上来看，该书的材料选择并不充分。"①武田佑吉是从材料选择的单一化和内容趋同化的角度，对其进行了否定性的评价。而更多的学者则从其他的角度，肯定了其正面的价值，如持客观和肯定态度的小岛璎礼认为："这种多得几乎令人想删除的同类故事，其实是表达这些类似故事是独立分布的。那个时代，人们只是将其视为一个新的故事，并且用独特个性进行讲唱传播。"②小岛璎礼在承认故事雷同的同时，立足于作品的时代，从佛教传播的角度，赋予了类型化故事的积极意义。与此类似的是，上田设夫在论文《〈日本灵异记〉中类话的法则》(《国语与国文学》1985年2月号)中同样将作品置于特定的历史背景，从故事传承的角度，认为类话展示了说话的古代性，具有重要的研究价值。寺川真知夫在论文《〈日本灵异记〉中蟹报恩故事的考察》(《同志社女子大学日本语日本文学》第1号，1989年3月)中，从"蟹报恩"类故事进行考察，指出编撰者认为类话的价值在于说明因果道理和宗教灵验不是偶然现象，进而揭示了类话所表达的宗教普遍性的意义。伊藤由希子在论文《〈日本灵异记〉中的类话意义》一文中，在对武田佑吉、小岛璎礼、原田行造、黑泽幸三、寺川真知夫等的研究进行梳理的基础上，主要对中卷8和中卷12的"蟹报恩"故事进行了细部考察，从类话反映的作者意图来揭示类话的价值，认为："作者通过类话表明其意在主张人们若要行'善道'必须认识到自己处于因果报应之中，景戒是依据这一原则收录众多类话群的。"③此外，小峰和

① ［日］武田佑吉校注:《日本靈異記》(解説)，朝日新聞社1958年版，第30页。
② 转引自［日］原田行造:《靈異記説話の成立をめぐる諸問題——類話の発生と伝承・伝播についての研究》，《金沢大学教育学部紀要》1969年第18号。
③ ［日］伊藤由希子:《〈日本靈異記〉における類話の意義》，《上代文学》第101号。

明则从异文化交流的角度指出了其中的价值：

> 佛教的影响遍及世界，人们认为无论在哪里神佛都会显灵。因此在佛教故事里只有相同类型的故事才有研究价值，而通过这些故事的不断讲述人们对佛教也越来越了解。也就是说，只有研究同一类型的故事才有意义。因为随着同类型故事的一个个出现，异国文化乃至多元文化都不可避免地被联系在了一起。随着佛教从印度到西域，经由中国、朝鲜半岛传到日本，佛教与本土传统文化碰撞过程中产生的摩擦、纠纷、反抗、镇压等等的抵触现象反而促进了文化间的相互作用，使得各地的文化在总体上发生了根本性的变化。①

可见，佛教说话的故事是否有价值，有何价值，完全取决于学者思考问题的角度。从上面学者的观点来看，若将这些故事放在佛教发展传播史、异文化交流史、日本文化发展史的背景下及作家创作论的视角来研究，其重要的价值就凸显出来了，而不是仅仅停留在对故事雷同性的批判上。其他的研究虽然没有在论文中过多提及故事价值，但是从类型化的视角进行研究本身就认可了它的价值存在。

（三）对类话生成过程的追考

进行类型化研究，对于类型化形成过程的考察是一个不可回避的前提。关于类话的形成，学者已从多个角度进行了深入探讨。原田行造在论文《〈日本灵异记〉成立的诸问题——关于类话的发生、传承与传播的研究》（《金泽大学教育学部纪要》第 18 号，1969 年 12 月）将"地狱说话""骷髅诵经说话""亵渎法华经说话"作为考察对象，在揭示这些类型化故事原型来源的基础上，继而考察本国文化地域的传承和变异的过程，并且指出了传播者以及如何传播的问题。认为外来的《冥报记》《金刚般若经集验记》以及本国的《法华验记》

---

① ［日］小峰和明：《〈今昔物语集〉中的异国文化间的交流》，李重译，《中日文化文学比较研究》2014 年 8 月。

等先行文献中的故事是这些故事的祖型,该祖型被借鉴过来,私度僧在各地讲唱过程中融入本国历史传说或本地的传承,进而派生出更多的类话。该研究将类话的祖型借鉴、传播过程、变异经过等问题勾勒得十分清晰,对于认识类话的形成甚至是理解《灵异记》故事的编撰过程都有重要意义。

高桥贡在论文《〈日本灵异记〉的说话传承》(《国文学研究》第 38 号,1968 年 9 月)中系统考察了作品中故事的传承过程,针对其中出现的大量类话现象,认为这和私度僧与讲唱僧的传播密切相关,指出这些传播者会将这些故事传到不同地方去,并将这些故事作为当地故事进行讲唱。此外,高桥贡也认为有些类话是承袭了中国的诸如《冥报记》这样的先行文学,在此基础上进行了改造和"翻案"。

驹木敏在论文《〈灵异记〉说话的性质——以民话性为中心》(《同志社国文学》第 8 号,1973 年 2 月)从"蟹报恩"和"化牛偿债谭"两种类型话故事考察民话和外来说话如何被改造成《灵异记》中的故事,进而揭示民话性的特征。然后指出,故事通过在民间传承的时空范围内口耳相传,形成了一种民话的话型,并且根据讲述的场合条件和具体情况相应改变其实际内容。该文侧重强调了本土文化因素对类话形成的作用。

黑泽幸三在《〈灵异记〉中类话的考察》(《同志社国文学》,1971 年 3 月)中认为,类话的产生是和其产生的社会密切相关的,有必要从社会基础角度考察类话,因此该论文从本国流传的昔话、民话与私度僧的布教活动对其进行改造的角度探究了类话的形成过程,指出类话的产生主要是随着私度僧的传教活动,为了说教而创作的。《灵异记》中存在大量的类话说明该作品成书之前就在一定时期、一定范围内长期被传讲。对类话存在的意义,作者认为:"所谓'类话性'是作为古代说话文学的《灵异记》的重要特征。"①该研究从私度僧的传教活动与类话的生成关系进行考察,同原田行造和高桥贡的观点有重

---

① [日]黑沢幸三:《霊異記における類話の考察》,《同志社国文学》1971 年 3 月。

合之处。不过,黑泽幸三的研究将视野仅仅集中在部分与日本民话相关的类型故事上,这些恰恰是佛教色彩稀薄的故事,而忽视了对更多具有佛教说话集宗教性质其他类话的考察,有"一叶障目不见泰山"之嫌。

寺川真知夫在《〈日本灵异记〉中蟹报恩故事的考察》中,对《日本灵异记》中卷8和12的"蟹报恩"类故事进行了深入的考察。针对前面黑泽幸三的研究提出了不同意见,认为不能说仅仅是口承反映了说话集的古代性,而书承亦是如此。寺川真知夫还通过《日本灵异记》中"蟹报恩"故事与日本昔话比较发现,昔话中蟹与蛇并不是对立的关系,并且蟹剪断蛇的情节在日本古代故事中也不存在,而是存在于印度的《本生经》。加之,"恩"保留了汉语的音读,而不是训读,由此推断其中的某些情节应该是来源于外来文献的书承,"蟹报恩"类的故事很可能要早于日本昔话。寺川真知夫在另外一篇论文《佛像灵异谭的接受与变异——以〈日本灵异记〉为例》(《同志社国文学》第41号,1994年11月)中,主要针对《日本灵异记》中"神木出水""佛像避火""佛像发声"这三类故事,通过对印度的佛典、中国的佛教类书、高丽时代的史书、本国的历史文献的相关对比分析,从外来影响和本土化改造两个方面揭示了这种佛像灵异类故事对外来接受与本国的变异情况。可见,寺川真知夫更侧重于从外来文献同时兼及本国文化语境来考察类话的形成原因,更难能可贵的是将视角延伸至印度的佛典,将故事的形成过程上溯到佛教的源头。

竹村信治在论文《今昔物语天竺部说话定型的一种方法——类型说话的考察》(《国文学考》第83号,1979年9月)中,主要考察了《今昔物语集》天竺部的形成过程。该研究通过类型故事"果报前生谭""优婆夷往生谭"与出典文献的相关记述的情节分析对比,指出《今昔物语集》是以先行文献中的故事为说话模型,通过增减内容,进而形成了相对应的类型故事。此研究从文献汲取的视角分析故事类型化的形成过程,揭示该书编撰的某一特征。

上田设夫在《〈日本灵异记〉中类话的法则》(《国语与国文学》,1987年2月号)中,从经典说话出发,揭示景戒的"类话法则",认为作者景戒采录了书承和口承的相关故事,但会根据要表现的故事主题,对于故事进行区别对待,即便是内容相似,因为主题有别也被视为非同类故事。他认为这是深受日本的《风土记》以后的本国传统的说话观影响,进而指出《日本灵异记》频繁出现的类话并没有使得作品变得粗糙简单,而是应该视为这恰恰表现了古代佛教说话集的特性。上田设夫更重视作者的编撰态度,并从作者对类话的理解进行考察。

从上面论述可以看出,学者们从各自的视角进行了考察,揭示了类话形成的几种路径。归纳起来,有外来文献影响说、本土文献影响说、僧侣传播影响说以及作者创作观念影响说,其中提到僧侣传播影响说的学者比较多,突出了讲唱僧作为在类型化故事形成过程中所扮演的传播者角色。

二、本体研究中的分类尝试及个案研究

先学已有研究成果中,除了对佛教说话文学的类型描述方法、研究价值和形成路径分析等外部研究,这些研究本身也包含了具体故事的本体研究。下面主要从本体研究及个案研究来宏观把握学界研究现状。

第一,多样化分类方法的尝试。

尽管类话的形成有多种途径,学者之间也有一些争议,但这并没有妨碍许多学者依据自己的某种标准进行各种各样的个案研究。入部正纯在著作《〈日本灵异记〉的思想》(法藏馆 1988 年)第二章中,从"佛教三宝"的"佛""法""僧"的角度,分别考察了"经典信仰""僧尼""佛和菩萨信仰"所反映的思想和信仰问题。这一研究对于全面认识佛教说话集的性质及今后的研究具有重要的启示和借鉴意义。可以说,"佛教三宝"是佛教的三大支柱,可以将其作为佛教故事分类标准的顶层,然后在其下面根据其他标准划分为更细致的级别。与此不同的是,小峰和明编著《〈今昔物语集〉导读》(世界思想社2003 年)一书的第四章中,多位学者从"话型""话素""主题"角度进行了多维度的分类:一是因果、现报、宿报,二是《法华经》,三是往生、苏生、转生,四是

死、杀害、恶行,以及其他七类。可见从不同的角度,可以分成多个类型。这种通俗易懂的简介,对于理解话型的分类具有一定的意义。这些标准也同样是学者重要的分类参考依据。如果说入部正纯的分类是宏观分类法的话,那么《〈今昔物语集〉导读》中的分类则是一种微观的分类,二者相得益彰,互为参照。可以说,上述两类研究在一定程度上统摄了研究者标准,学者们有意识或无意识地都借鉴和使用了这种标准。

第二,对相关的个案研究进行细致的梳理和评析。

1.关于佛与菩萨类的研究。(1)对释迦牟尼佛的研究方面,竹村信治在《〈今昔物语集〉导读》中,对《今昔物语集》中的释迦故事根据内容进行了分类,但没有展开深入研究。柏木宁子在论文《〈今昔物语集〉天竺部中释迦佛理解的一个侧面——以神力为中心》(《日本佛教综合研究》第9卷,2011年5月)中,从神力角度考察了作品中释迦佛的存在,这是学界不太多见的关于佛的类型化研究。在此基础上,柏木宁子又发表了两篇系列论文,《〈今昔物语集〉天竺部中释迦佛及众生理解(2)》(《山口大学哲学研究》第16卷,2009年3月)和《〈今昔物语集〉天竺部中释迦佛及众生理解(3)》(《山口大学哲学研究》第17卷,2010年3月)。不仅如此,其又在研究笔记《〈今昔物语集〉天竺部的内容构成表》(《山口大学哲学研究》第21卷,2014年3月)中对天竺部中的佛进行了多个维度的分类,体现了佛类型化研究中分类的多样性。

(2)对菩萨的研究方面,佐原美作在论文《〈日本灵异记〉中观音信仰谭的构造》(《驹泽短大国文》第29号,1999年3月)中则对《日本灵异记》中的观音灵验类故事从结构的诸多要素进行了细致的分析,对于故事所反映的观音信仰的诸多侧面进行了梳理与归纳。该论文对观音灵验故事从是经过别人的祈愿而给予现世利益还是观音主动救济两个角度,将故事分成了"祈愿成就型""灵验发动型"两个说话群。驹木敏的论文《〈灵异记〉中观音信仰说话》(《同志社国文学》第9号,1974年2月)从景戒与观音、《灵异记》中对观音的接受、灵验谭与观音、观音灵验谭的特质四个角度,对观音信仰说话进行了考察,指出了作者梦见观音故事的虚构性、作品对外来观音信仰接受的积极态度、观音信仰与民俗基础、观音灵验故事中人情味等问题。好村友江在论文《地藏说话的"苏生谭"的意图——以〈今昔物语集〉卷十七为中心》(《日本文学研究》第 20 号,1995 年 1 月)中,对《今昔物语集》卷十七中地藏说话中的"苏生谭"这类故事内容诸多要素的细致解构、分析,揭示其表达的主要意图,认为这些故事表现了地藏菩萨以深厚的慈悲之心,力图积极救助他人的行为。在故事分类方面,以登场人物为依据称其为"地藏说话",再根据主要内容分成"苏生谭"及其他类。

(3)对佛像的研究,也是佛与菩萨研究的重要方面。寺川真知夫的《佛像灵异谭的受容与变容——以〈日本灵异记〉为中心》是代表性的研究之一。武田比吕男在论文《佛像的灵异——〈日本灵异记〉中的交感》(《日本文学》第 45 号,1996 年 5 月)中,围绕佛像灵异类故事,以日本神道作为背景,考察了古代日本对于外来佛像接受的文化基础,并揭示了人们如何与佛像进行交流与感应,指出了此类故事虽然受外来影响,但是也有独特的变异情况。笔者在拙文《〈日本灵异记〉对中国文学的接受研究——以佛像灵异故事为中心》(《渤海大学学报》2007 年第 2 期)和《佛像发声故事在中日文学中的流变》(《日本研究》2007 年第 4 期)中,从比较文学的视角对佛像灵异故事的源流和变异进行了细致考察,指出了两国故事间在情节、构造、文句上的关联性的同时,也指出了文学性上的差异性。

2.关于经典类的研究。米谷悦子的论文《关于〈今昔物语集〉卷十四法华经灵验谭的考察》(《日本文学研究》第 19 号,1983 年 11 月)将考察焦点放在了《今昔物语集》的《法华经》灵验谭,首先通过与该作品出典文献的对比考察,揭示作者的意图。然后又对法华灵验谭中的转生谭、现世利益谭、现报谭等故事进行了更为详尽的探究。该研究的分类逻辑便是将法宝《法华经》作为大类,在此基础上根据主题分成"转生""现世利益""现报"三类。增尾聪哉在论文《〈日本灵异记〉中〈法华经〉的地位》(《驹泽国文》第 27 号,1990 年

2月)中重点考察了《法华经》在作品中所表现出的作用与价值。该论文对于分类问题有所触及,如将《法华经》按照故事的性质分为"善报谭""恶报谭""灵验谭""感应谭"。同时也指出这些类型不能截然分开,彼此相互交织在一起,这无疑指出了类型化研究中都无法回避的对复合型故事分类的难题。山口敦史的论文《经典·注释·说话——〈日本灵异记〉中的观音灵验谭与经疏》(《日本文学》第5号,1998年5月)主要通过《日本灵异记》中的观音灵验谭考察了"经典""经疏""说话"之间的关系,指出"经"是"说话"的主题,"说话"是"经"的例证,为了传达"经"的意图,"说话"作为注释发挥着作用。而"说话"也会根据所收录典籍的性质和目的,即使是同一话型也会标注成不同的主题。作为佛教注释书的"经疏"与"经"的关系,具有和"说话"相同的性质。"经疏"在法会的时候发挥着彰显"愿""验力""威力"的作用。为了证实注释佛典中"愿""验力""威力"而举出的浅显易懂的例子被称为"说话"。

3.关于僧侣类的研究。僧侣作为佛教的传播者,在作品中也有大量记载,学者对此也有研究,但成果不多。关口一十三在论文《〈日本灵异记〉中的"法师"像》(《武藏大学综合研究纪要》第17号,2007年)中,从对僧侣的称呼出发,考察了"法师""禅师"的含义,指出"法师"是"沙门""僧"的别称,即使有时被称为"某某法师"也不像《日本书纪》中那样被赋予尊敬的含义,而是对僧侣的普遍称呼。

除了上述按照"佛""法""僧"进行分类研究之外,还有按照主题和情节的分类研究。

4.关于故事主题类的研究。(1)"舌不朽"主题。广田哲通《说话的起源——舌根不朽类型说话的诸相》(《大阪女子大学纪要》第30号,1980年3月)以《日本灵异记》《今昔物语集》为代表的说话集中"舌不朽"故事为考察对象,指出了这些故事中的不同。在此基础上追溯了故事形成的渊源,认为"舌不朽"故事虽然其主干源自佛典,但作为故事主干的思想不是来自佛典,而是佛典的注释书。不仅如此,该研究还将此类故事与中国的同类故事进行了细部对比,指出了在日本变异后的特征。针对"舌不朽"主题,林岚在论文《〈日本灵异记〉中的〈舌不朽〉故事》(《亚细亚游学》第27号,2001年5月)中将考察的视角放在了《日本灵异记》中"舌不朽"类故事上,追溯了该类型故事的中国文学源头,并分析了该书再创作的部分及其特色。(2)转生主题。佐原作美在《〈日本灵异记〉中转生谭的构造》(《驹泽短大国文》,1998年3月)中,将考察的焦点放在了转生类故事的构造方面,从故事的六个要素分析了构造的特征以及其中所表达的作者创作的意图。茂木秀淳的论文《"转生说话"的考察——以〈日本灵异记〉和〈今昔物语集〉的比较为中心》(《信州大学教育学部纪要》第82卷,1994年8月)通过两部作品中的转生说话的对比研究,考察了当时的灵魂观。(3)地狱主题。丸山显德在论文《〈日本灵异记〉中冥界说话的分类及特色》(《四条畷学园女子短大论集》第23号,1989年)中将研究视角集中在"冥界说话"类上,将此类故事进一步分成"冥土偿债型""受托追善型""错名追捕型""被招请冥官型""冥土读诵型""畜类偿债型""巫觋凭依型"。在此基础上,从冥界的所在地和冥界的宫殿构造及官吏的组织两个角度分析了"冥界说话"的特色。(4)报应主题。佐原作美在论文《关于〈日本灵异记〉的考察——对于稀有与奇异之事的认识》(《驹泽国文》第14号,1977年3月)中,根据主题和内容将故事分成了"善因善果型""恶因恶果型""善恶两因果型""善果型""杂类型"五类,对"奇异""奇表""灵奇""稀有"等表达稀有和奇异的词进行了多维度的分析,认为稀有与不可思议之事本应少见,但是在作品中却大量出现,使得失去了稀缺性。这种矛盾性在景戒看来并不重要,而是可以看到作者试图把每一个故事都作为激发信众信心的例证。韩国学者李市埈在论文《〈今昔物语集〉卷二十六宿报谭的意义》(《比较文化文学论集》第16号,1999年)中对宿报类故事的意义进行了系统深入的考察。潘宁的论文《〈日本灵异记〉话型的中日比较研究》(《日语教育与日本学》2020年第15辑)以《日本灵异记》中"错名追捕型""被招请冥官型""要请追善型""冥土诵经型"四个类型为例,对中日两国的同类故事进行了细致对比，认为："与对其他上代文学或民间文学的接纳和传承一样，该作品吸收了原有故事的框架，也就是'话型'部分，再附加上其他要素，而后作为独立的故事展开。"①

5.关于情节类研究。山口敦史在《〈日本灵异记〉中的祖灵祭祀——以枯骨报恩谭为中心》（《日本文学研究》第45号，2006年2月）中，对其中两则枯骨报恩类故事里祖灵祭祀情节的来源进行了探究，认为既有可能是日本本国习俗的反映，也可能是受到了中国外来文献典籍的影响，考察其中的祖灵信仰的复杂要素，有必要考察外来因素。该论文以故事的情节相似性来确定其为同一类型。

通过学术梳理可以看出，虽然对于佛教说话类型化故事价值仍有不同见解，但日本佛教说话文学的类型化特征很早就受到了学术界的重视，学者对此也展开了深入的研究。对于类型化的价值、形成原因、分类标准以及个案研究都取得了丰富的成果，这些对于日本佛教说话文学的整体研究来说，都是不可缺少的重要方面。然而，已有的研究也存在着某些不足。首先，对于分类标准仍然不够统一，随意性较大，对于如何科学合理地进行类型划分并没有给出准确的论述，仿佛"自说自话"，这在一定程度上限定了此类研究的进一步展开。其次，研究视野依然狭隘。尽管某些学者已经将类型研究拓展到了与印度佛典、中国佛教类书比较的层面，但更多的仍拘泥于本国文化语境。佛教不仅仅是日本的佛教，更是亚洲的佛教，日本的佛教说话文学是亚洲佛教文学的一部分，若脱离整个亚洲的文化语境，这种研究无疑是孤立的、片面的，在这一方面仍存在着更大的研究空间。再次，个案研究仍有不足。可以说，作品中的故事可以划分为诸多类型，目前的研究尚有众多类型的故事没有触及，或是研究不够深入。如关于释迦牟尼的故事研究，尤其是比较文学研究远远不够。另外，关于僧侣的研究也明显不足。最后，从研究形式上看，学界尚没有一部专门的

①　潘宁：《〈日本灵异记〉话型的中日比较研究》，《日语教育与日本学》2020年第15辑。

佛教说话文学的类型研究著作。这种单篇论文或章节式的研究虽然可以细致地考察某一问题,却不能全面系统地反映该课题的整体风貌。

总之,关于日本佛教说话文学的类型研究成果十分丰富,具有重要的学术价值。但同时这些研究中也存在诸多问题,这些问题成为了今后该课题研究的重要基点,可以在这些研究的基础上尝试对此进行更加系统、更加全面、更加深入的研究。另外,如何从整个亚洲这一大文化语境中考察日本佛教说话的类型问题,对于重新认识佛教发展和交流史以及佛教文学的比较文学价值都有重大意义,这也是今后该课题研究的重要趋势之一。

《日本灵异记》和《今昔物语集》不是日本佛教说话文学作品的全部,也不能完全反映此类文学的所有特征和思想,因此对于学界日本佛教说话文学类型研究更为全面的梳理和评析,有待进一步深入。

三、研究解题

佛教文学内容包罗万象,形式林林总总,体裁丰富多样。本书以亚洲佛教文学为主要框架,通过与中国佛教文学和朝鲜半岛佛教文学的比较,以日本佛教说话文学为最终研究目标,因此使用了日本佛教文学研究常用的概念"佛教说话文学"来统摄亚洲佛教文学,考察这类文学之间的关联性和文化差异。

佛教说话文学的本质属性是宗教性,其重要的特征之一就是通过一个个具体的灵异故事来解释、传播佛教因果报应的道理。正如杨宝玉在《敦煌本佛教灵验记校注并研究》中指出的那样:"佛教灵验记以佛家的因果报应思想为理论基础和宣介归旨,利用世人趋利避害的心理,以神异故事的形式,宣扬神佛灵验,诱导世人信佛诵经、行善断恶,是进行宗教宣传的有力工具。"[1]杨宝玉对佛教文学本质的揭示十分精准,不过在笔者看来"灵验"一词仍无法涵盖佛教说话文学的所有类型。何为"灵验"?"灵验"是:

---

[1]　杨宝玉:《敦煌本佛教灵验记校注并研究》,甘肃人民出版社 2009 年版,第 4 页。

灵妙之效验实证也。《大日经疏九》曰：“此尊有灵验，故作善事皆成。”《盂兰盆经疏》曰：“今受神方，兼睹灵验。”①

这里突出应验之实际存在，并被人所感受和了解。在众多的佛教文学中固然有相当大甚至是绝大部分的内容是宣传民众通过祈求佛像、持诵经典、供养僧侣而得到应验，实现某种目的，获得某种利益，“灵验记”只能规定此类故事。不过，还有很大数量的作品在宣传佛像、舍利、佛塔、经典、僧侣等自身的神奇怪异，这些故事中没有僧侣的祈祷，也没有因此获得利益的内容，所以这些不体现“求”与“应”之间的因果关系的故事不能归入“灵验”之中，基于这一点本书使用“灵异”一词，这样更能统摄佛教故事的整体。何为“灵异”？丁福保编纂的《佛学大辞典》的解释：

灵妙不可思议之事也。俱舍论十二曰：“审有如斯，甚灵异。”梁僧传（耆域传）曰：“自发天竺，……爰涉交广，并有灵异。”②

日本的《新明解国语大辞典》的解释是：

是指以人类智慧对发生某事的缘由无法理解。③

两部辞典中，对“灵异”一词的解释都侧重在对某事难以理解上。佛教乃至宗教能有应验本身就是不可思议的事情，就是一种非科学的宗教逻辑，此外，“灵”自身就有“灵验”的含义，因此用“灵异”一词进行统摄更为合理全面。

佛教灵异记内容十分丰富，本书主要以“佛教三宝”，即“佛”“法”“僧”④为基本架构，在这一架构下，进行更深层次的划分，进而形成若干具体类型，进行分类考察。本书以印度佛典、中国佛教文学、朝鲜半岛佛教文学为主要参照系，以亚洲文化语境为考察背景，以日本佛教说话文学为最终研究目标。

---

① 丁福保编：《佛学大辞典》，上海书店 1991 年版，第 2978 页。
② 丁福保编：《佛学大辞典》，上海书店 1991 年版，第 2978 页。
③ ［日］金田一京助等编：《新明解国語大辞典》，三省堂 1999 年版，第 1484 页。
④ 由于时间和精力的限制，目前尚没有触及“僧”这一部分的“高僧灵异记”，待日后补充。

第一章　东亚佛教文化接受的
主体意识

回顾古代亚洲佛教传播史可以清晰地发现,佛教从印度传到中国,从中国经朝鲜半岛传到日本,这是一条极其重要的传播路径。可以说,佛教在东亚的繁荣与发展不是自然的发生,而是东亚各国各民族主动选择和吸收的结果。每个国家对于外来宗教和文化的需求目的与吸收样式不尽相同,但共同之处是都立足于本民族的立场,有选择地甄别、扬弃、吸收、改造,主体意识贯穿着文化接受的始终。换言之,佛教文化在东亚传播的诸种延续和各种变貌,一方面依赖于不同民族特定的历史文化背景这一客观因素,另一方面也受到了接受主体主观意识的左右,在这种双重因素的影响下,佛教文化在东亚各地生根发芽,并结出了当地特有的文化之果。本章从佛教文化传播的视角,使用文学和史学材料,考察佛教在中国、朝鲜半岛、日本的传播过程中接受者的主体意识,以此作为分析和理解佛教说话文学接受与改造的基础。

第一节　初见时的迷惑与茫然

佛教作为一种宗教,包含了教主、教义、教规、仪轨、僧团、道场等多种元素,是一个庞大的综合体系。佛教初传之际,人们对这种全新的事物很难一下子看清其本来面目,迷惑与茫然也是必然的反应。

佛教与中国的初次遭遇,在中国人的认知中就产生了某种误解。佛教传入中国大约在两汉之际,以汉明帝夜梦金人为契机,开始了西求佛法之旅:

> 汉永平中,明皇帝夜梦金人飞空而至,乃大集群臣以占所梦。通人傅毅奉答:"臣闻西域有神,其名曰'佛',陛下所梦将必是乎。"帝以为然,即遣郎中蔡愔、博士弟子秦景等,使往天竺,寻访佛法。愔等于彼遇见摩腾,乃要还汉地。腾誓志弘通,不惮疲苦,冒涉流沙,至乎洛邑。明帝甚加赏接,于城西门外立精舍以处之,汉地有沙门之始也。①

汉明帝梦中的形象是"金人",并且具有"飞空而至"的神异行为,这是帝王未曾亲见佛像时候的一种想象。由于不解,所以召集众群臣,占卜此梦。傅毅便禀报皇帝,西域有一种神,称为"佛"。可见,无论是皇帝还是大臣,对于这种只有耳闻未曾见过的"佛",通常用中国的神仙概念去理解,同时认为这是外域之神,这说明印度之佛对于汉民族来说,是一种他者的存在。其实,这段文字还暗含着一条信息,就是在此之前,佛教通过某种形式已经在中国产生了某种影响,否则大臣傅毅怎么能知道这种"神"在西域,这种"神"被称为"佛"呢? 可以进一步推论,早于官方的求法,佛教很可能通过商业贸易等人员流动的方式渗透到了中国,但这种影响应该相当有限。总之,"佛"作为一种全新的概念,在当时人的头脑中,存在于遥远的西域,是一种相当于中国"神仙"的陌生事物。

在汉代及后来相当长的时间里,人们都将佛视为神。如东吴末代皇帝孙皓对佛不敬,而遭到了报应:

> 皓虽闻正法,而昏暴之性不胜其虐,后使宿卫兵入后宫治园,于地得一金像,高数尺,呈皓,皓使着不净处,以秽汁灌之,共诸臣笑以

---

① (南朝梁)慧皎撰,汤用彤校注:《高僧传》,中华书局 1992 年版,第 1 页。

为乐。俄尔之间,举身大肿,阴处尤痛,叫呼彻天。太史占言,犯大神
所为,即祈诸庙,永不差愈。婇女先有奉法者,因问讯云:"陛下就佛
寺中求福不?"皓举头问曰:"佛神大耶?"婇女云:"佛为大神。"①

孙皓在佛像头上撒尿遭到报应,浑身肿痛。掌管天文历法和祭祀的官员太史
占卜说是冒犯了"大神",便到各种神庙祭祀,结果依旧不见好转。后来有一
个宫女信奉佛法,便请孙皓去寺庙求福。孙皓问"佛神大耶",宫女称"佛为大
神",可见在这一时期中国仍然对神与佛没有准确区分,而是统称为"神佛",
将二者混为一谈,因其威力巨大,便在其称呼前加上"大"。

除了用自己的概念"神"去理解佛之外,古人为了区别本土,还往往在神
前面加上表达异域的修饰语。如《高僧传》"佛图澄条"载:

伪中书著作郎王度奏曰:"夫王者郊祀天地,祭奉百神,载在祀
典,礼有尝飨。佛出西域,外国之神,功不施民,非天子诸华所应祠
奉。"……今大赵受命,率由旧章,华戎制异,人神流别。外不同内,
飨祭殊礼,华夏服祀,不宜杂错……虎下书曰:"度议云:'佛是外国
之神,非天子诸华所可宜奉。'朕生自边壤,忝当期运,君临诸夏。至
于飨祀,应兼从本俗。佛是戎神,正所应奉。夫制由上行,永世作则,
苟事无亏,何拘前代。其夷赵百蛮有舍其淫祀,乐事佛者,悉听
为道。"②

大臣王度反佛,认为"佛出西域,外国之神",因此"非天子诸华所应祠奉"。石
虎却说"朕生自边壤",原本就不是中原人,所以供奉"戎神"是理所应当的。
这里指佛的时候在"神"的前面分别加上了"外国之"和"戎",这与代指中国
的"诸华""诸夏"等概念是相对的,前者指外,后者指内。内外意识泾渭分明,
王度是站在本土的立场,认为"华戎制异",所以激烈反佛。

对于传法的僧人,他们同样感到陌生新奇。如康僧会是天竺人,因其父经

---

① (南朝梁)慧皎撰,汤用彤校注:《高僧传》,中华书局1992年版,第17页。
② (南朝梁)慧皎撰,汤用彤校注:《高僧传》,中华书局1992年版,第352页。

商,来到交趾,他后来出家为僧:

> 时吴地初染大法,风化未全,僧会欲使道振江左,兴立图寺,乃杖
> 锡东游,以吴赤乌十年初达建邺,营立茅茨,设像行道。时吴国以初
> 见沙门,睹形未及其道,疑为矫异。有司奏曰:"有胡人入境,自称沙
> 门,容服非恒,事应检察。"①

当时"初染大法,风化未全",人们对于僧人还很陌生,所以吴国人第一次见到
沙门,看到相貌便"疑为矫异",并且穿着上也觉得"容服非恒"。官府对这些
感到非常恐惧,赶紧上报。人们比照本国的标准,认定康僧会无论是样貌还是
服饰都迥异于华土,并称其为胡人。

在日本也有类似的情况,如《日本灵异记》上卷 5《信敬三宝得现报缘》:

> 大花上位大部屋栖野古连公者,纪伊国名草郡宇治大伴连等先
> 祖也。天年澄情,重尊三宝。案本记曰:"敏达天皇之代,和泉国海
> 中,有乐器之音声,如笛筝琴箜篌等声,或如雷振动,昼鸣夜耀,指东
> 而流。大部屋栖野古连公,闻奏天皇,嘿然不信。更奏皇后,闻之诏
> 连公曰:'汝往看之。'奉诏往看,实如闻有当霹雳之楠矣。还上奏
> 之,泊乎高脚浜。今屋栖伏愿,应造佛像焉。皇后诏,宜依所愿也。
> 连公奉诏,大喜,告岛大臣,以传诏命。大臣亦喜,请池边直冰田,雕
> 造佛菩萨三躯像,居于丰浦堂,以诸人仰敬。然物部弓削守屋大连
> 公,奏皇后曰:'凡佛像不可置国内,犹远弃退。'皇后闻之,诏屋栖古
> 连公曰:'疾隐此佛像。'连公奉诏,使冰田直藏乎稻中矣。弓削大连
> 公,放火烧道场,将佛像流难破堀江。然征于屋栖古言:'今国家起
> 灾者,依邻国客神像置于己国内,可出斯客神像,速忽弃流乎丰
> 国也。'"②

这是《日本灵异记》对佛教东传的一种记述。神木从海上流往日本,在方向上

---

① （南朝梁）慧皎撰,汤用彤校注:《高僧传》,中华书局 1992 年版,第 15 页。
② ［日］出云路修校注:《日本霊異記》,岩波書店 1996 年版,第 206—207 页。

"指东而流",后来崇佛派大部屋栖野古连公奏请皇后要造佛像,造佛像后遭到了反佛派物部弓削守屋大连公的反对,他站在本土的立场,将佛像称为"客神像"。"客"即是外来之意,与"国内"相对,而关于这段记载,史书上将佛像称为"藩神",与"客神"同义。无论是"客神"还是"藩神",修饰语都是指外部,但又称其为"神",是因为他们站在本国神道的立场来认识佛像,物部氏主管神道祭祀,因此排佛之举极可能是为了维护自己的既得权力。

佛教在朝鲜半岛初传之时,当地人对此也颇感陌生。如《三国遗事》第三卷"阿道基罗条"载:

> 《新罗本记第四》云:第十九讷祇王时,沙门墨胡子,自高丽至一善郡。郡人毛礼于家中作窟室安置。时梁遣使赐衣着香物,君臣不知其香名与其所用,遣人赍香,遍问国中。墨胡子见之,曰:"此之谓香也。焚之则香气芬馥,所以达诚于神圣。神圣未有过于三宝,若烧此发愿,则必有灵应。"时王女病革,使召墨胡子,焚香表誓,王女之病寻愈。王喜,厚加赉贶。俄而不知所归。①

文中对于僧人用"墨胡子"加以称呼,因为这一时期僧侣很多来自西域,胡人大多留着浓浓的黑胡子,特别是当时对于佛教尚不熟悉,所以文献记录中用"墨胡子"代指僧人。对于佛教的陌生还表现在梁朝赐给的香,君王和大臣居然不知为何物,向国中之人遍询。此外,"墨胡子"解释香的用途时,说焚香表达的诚意可以送达至"神圣",这里同样用"神圣"代指佛,因为当时人们不知佛为何物,故此也用一个笼统且熟悉的概念"神圣"代指,这样人们通过已知的事物加以附会,有助于对佛教的理解。

相对于一般民众而言,在佛教初传之际,按照固有的神祇观念,也是将佛笼统地视为神。正如李海涛在论文《略论高句丽的佛教及其影响》中所论:"从社会下层来看,高句丽民众多信鬼神,敬畏山川,在战乱中,他们不反对多

---

① [高句丽]一然著,[韩]权锡焕、[中]陈蒲清注译:《三国遗事》,岳麓书社2009年版,第214—215页。

一位佛神来护卫自己,所以民众最初是把佛作为多神之一而崇信,并把它与氏族神、国土神和鬼神等一同加以供奉,而并没有深刻地了解佛教教义。也许正是由于佛教与高句丽土俗信仰的结合,才使佛教未遇到多少抵抗就得以顺利传播。"①

对于佛教最初认知的错误还体现在祭祀方面,各地往往沿袭旧有对天神地祇的供奉习惯,因此闹出了不少令人啼笑皆非的笑话。《太平广记》卷九十三"宣律师条"载:

> 至秦穆公时,扶风获一石佛。穆公不识,弃马坊中,秽污此像。护像神瞋,令公染疾。公又梦游于上帝,极被责疏。觉问侍臣由余,便答云:"臣闻周穆王时,有化人来此土,云是佛神。穆王信之,于终南山造中天台,高千尺余尺,基址见在。又于苍颉台造神庙,名'三会道场'。公今所患,殆非佛为之耶?"公闻大怖,语由余曰:"吾近获一石人,衣冠非今所制,弃之马坊,得非此是佛神耶?"由余闻,往视之。对曰:"是真佛神也。"公取像澡浴,安清净处,像遂放光。公又怖,谓神瞋也。宰三牲以祭之,诸善神等,擎弃远处。公又大怖,以问由余,答曰:"臣闻佛清净,不进酒肉,爱重物命,如护一子。所有供养,烧香而已,所可祭祀,饼果之属。"②(出《法苑珠林》)

佛教在两汉之际传入中国乃是学界共识,但是古代僧侣却将佛教传入时间往前推至周朝,因此就杜撰了秦穆公遇佛的逸闻。秦穆公因为不认识佛像,就将其丢弃在肮脏的马棚中,因此遭到惩罚,得了重病。后来经大臣介绍才知道是佛,洗净之后,佛像放光,秦穆公竟然大为惊恐,将祥瑞误认为是神的警告,赶紧"宰三牲以祭之"。所谓"三牲"是牛羊猪,是祭祀鬼神常用的祭品。而以杀生来祭祀和佛教主张的戒律背道而驰,可见即使一国之王在不了解佛教祭祀

---

① 李海涛:《略论高句丽的佛教及其影响》,《世界宗教研究》2011 年第 6 期。

② (北宋)李昉等编:《太平广记》,中华书局 1961 年版,第 616—617 页。笔者根据文意重新句读,后同。

方式之前,也按照本国原有祭祀鬼神的方式,使用肉食加以供奉。

总之,佛教诞生于南亚的古代印度,其本身有着浓郁的印度特色,这与东亚的中国、朝鲜半岛、日本传统文化有很大的差异,对于当时人们的认知而言是一个全新的事物。人们本能地站在本土的立场,用一种他者的眼光加以审视打量,在内心深处发出种种疑问,佛从哪里来,佛长什么样,佛是什么,佛有什么用途,如何祭祀佛,然后自然而然地用较为熟悉的本土概念加以对应和解释,这体现了佛教在东亚初传时期各地民众民族意识的共性。

第二节　主体意识的本能反应

佛教传入东亚后,因为与当地土著宗教、固有民俗、传统信仰等系统有巨大差异,彼此之间势必造成剧烈冲击,对抗与竞争在所难免,这在各个阶层、各个领域都有所体现。

首先,不同宗教之间的论争。民族宗教作为土著信仰,根植于当地文化土壤,拥有大量的信众,占据着人们思想领地。佛教作为外来宗教传播进来之后,对本土宗教必然造成冲击,打破民众已有信仰体系,同时会争夺信众和话语权,本土宗教势必会产生危机感,然后进行奋起抗争。

道教是中国本土宗教,历史悠久。以通过炼丹辟谷,追求长生不老、羽化成仙为最终目的的道教,其主张满足了人们对于生命永存的渴望,受到了下至普通民众上至一国君主的追捧。佛教传入中国之后,道教势必会举起反对大旗。南齐道士顾欢在《夷夏论》中写道:

> 是以端委搢绅,诸华之容;剪发旷衣,群夷之服。擎跽磬折,侯甸之恭;狐蹲狗踞,荒流之肃。棺殡椁葬,中夏之制;火焚水沉,西戎之俗。全形守礼,继善之教;毁貌易性,绝恶之学。①

---

① (南朝梁)萧子显撰:《南齐书》,中华书局 1972 年版,第 931 页。

顾欢站在本土的立场,指出衣着、发型、习俗、葬制方面与印度的差异,厚此薄彼。另外,进一步对中国接受佛教而违反旧俗和遗忘祖训的行为提出批评:

> 今以中夏之性,效西戎之法,既不全同,又不全异。下弃妻孥,上废宗祀。嗜欲之物,皆以礼伸;孝敬之典,独以法屈。悖礼犯顺,曾莫之觉。弱丧忘归,孰识其旧?且理之可贵者,道也;事之可贱者,俗也。舍华效夷,义将安取?若以道邪,道固符合矣;若以俗邪,俗则大乖矣。①

其中"中夏"和"西戎"、"华"与"夷"凸显了与非中华之域一种鲜明对立的态势。顾欢用"下弃妻孥,上废宗祀"来抨击效仿佛教的恶果,同时用"弱丧忘归,孰识其旧"来表达对本国民族传统存亡危机的担忧。

此外,儒学自汉代以来一直是中国统治阶级主要的意识形态,因此也有不少儒学者对佛教持反对态度,对其所主张的教义和灵魂观不以为然。南朝范缜专心研究经学,以研究《周礼》《仪礼》《礼记》见长,是一位强烈的反佛者,著有《神灭论》。齐竟陵王笃信佛教,而范缜却坚称无佛。范缜认为形神相即,"神即形也,形即神也,是以形存则神存,形谢则神灭也",这种朴素的唯物主义哲学在本源上否定了"神"的存在。当时的佛教界曾经多次与范缜进行论战,均未能获胜。又,《太平广记》卷九十九"王淮之条"载:

> 宋王淮之字元曾,琅琊人也。世尚儒业,不信佛法,常谓身神俱灭,宁有三世耶?元嘉中,为丹阳令。十年,得病绝气,少时还复暂苏。时建康令贺道力省疾,适会下床。淮之语道力曰:"始知释教不虚,人死神存。信有征矣。"道力曰:"明府生平置论不尔,今何见而乃异之耶?"淮之敛眉答云:"神实不尽,佛教不得不信。"语讫而终。
> (出《冥祥记》)②

王淮之因尊崇儒学,不相信佛法,认为肉体和灵魂俱灭,怎么可能有三世呢?

---

① (南朝梁)萧子显撰:《南齐书》,中华书局1972年版,第931—932页。
② (北宋)李昉等编:《太平广记》,中华书局1961年版,第659页。

这是他认为佛教虚妄的重要原因,他质疑的基础就是儒学的灵魂观念。尽管故事的结局是王淮之通过冥界体验皈依佛教,但这是崇佛的《冥祥记》作者王琰杜撰的。作者之所以虚构了这个故事,试图说明儒学者信佛的过程,这恰恰在另一个侧面反证了儒学者反佛力量的强大。

其次,民间信仰的抗争。除了道教与儒学知识界的论争之外,对于坚信本土的天神地祇民间信仰的人来说,佛教的进入无疑是一种重大的冲击,因此必然会起来反抗。如《太平广记》卷一百一十三卷"刘龄条"载:

> 宋刘龄,不知何许人也,居晋陵东路城村,颇奉佛法。于宅中立精舍,时设斋。元嘉九年三月二十七日,父暴亡。时巫祝并云:"家当更有三人丧亡。"邻家有事道祭酒魏巨,常为章符诳诱村里,语龄曰:"君家丧祸未已,由奉不明神也。若改事大道,必蒙福祐,不改意者,将灭其门。"龄遂敬延祭酒,罢不奉法。巨云:"宜焚经像,灾乃当除耳。"遂爇精舍,炎炽移日,唯屋而已,经像幡座,俨然如故,像于中夜,大放赤光。其时诸祭酒有二十许人,有惧灵验密委去者,巨等师徒意犹不止。被发禹步,执持刀索,云:"斥佛还胡国,不得留中夏,为民害也。"龄于其处,如有人殴打,顿仆于地。家人扶起,方余气息,遂痿躄不能行。魏巨体内发疽,日出血三升,不一月苦死。自外同伴,并患癞疾。邻人东安太守水立和,传于东阳,时多见者。(出《法苑珠林》)①

这个故事出自佛教类书《法苑珠林》,固然是在宣扬佛法无边,但这却反映了地方神祇的抗争情况。刘龄本来是信奉佛法的,但是其父暴亡,从事鬼神祭祀的巫祝便借题发挥,声称家里还会有三人死亡。邻居道士祭酒也借机煽风点火,和巫祝同一口径,声称由于信奉"不明神"才遭此厄运,并进一步威胁说如果不改信仰将来会有灭门之灾。然后怂恿焚烧经像,即使是佛像"大放赤光"

---

① (北宋)李昉等编:《太平广记》,中华书局 1961 年版,第784—785 页。

予以警告,有些人害怕偷偷溜走,但是魏巨师徒"犹不止",甚至是披头散发拿着刀和绳子,用一种降鬼的仪式加以压制,并大声呵斥"佛还胡国,不得留中夏,为民害也"。无论是从对抗手段之激烈还是仪式的本土性,以及呵斥的语言,都说明了当时一部分民众对于外来佛教恨之入骨,水火不容。

最后,统治阶级的内部排佛。除了不同宗教的论争、民间信仰的对抗,在统治阶级内部也往往会产生排佛的势力。历代统治者扶植佛教居多,但是也出现了历史上著名的"三武一宗灭佛"的事件。第一位就是北魏太武帝。太武帝原本并不反对佛教,但客观上,连年征战需要大量兵源,而僧侣却可以免除兵役,造成兵力不足。加之部分僧尼违反戒律,伤风败俗,甚至有僧侣参与叛乱,引起了太武帝的不满。主观上听信了道士寇谦之和儒学者崔浩的劝谏。崔浩是辅佐道武帝、明元帝、太武帝的三朝重臣,官至司徒。崔浩又是一个纯粹的儒学者,主张用儒学思想来治理国家,因此反对佛教。道士寇谦之上书太武帝,劝其信奉道教,虽然其本人不激烈反佛,但是令太武帝信道教之后,客观上势必起到一种反佛的作用。另一位反佛者北周武帝宇文邕,其灭佛一方面是因为听信了魏元嵩谏言,另一方面也想铲除把持朝政的崇佛者宇文护,当然这也有扩充劳动力、补充兵源的现实考量。唐武宗执政时,由于前代皇帝基本崇佛,佛教势力十分强大,僧尼数量猛增,寺院经济发展,对于国力是一个负面的影响。同时听信了赵归真、邓元起、刘玄靖谏言,开始激烈灭佛,对佛教产生重大打击。后周世宗毁佛在一定程度上也是因为佛教僧尼寺院的存在给朝廷造成了各种负担,为了整顿经济秩序采取的一种抑制佛教的行为。总之,反佛、排佛、毁佛的统治者虽然动机不完全一致,但也十分相近,无外乎是国家经济受到佛教发展的拖累,在意识形态上主张传统文化的儒学者和道士的积极鼓动,皇帝个人宗教偏好等,这些都反映了本土的经济立场、文化立场和政治立场。

日本也有类似的情况。《日本灵异记》上卷五也体现了统治阶级的内部矛盾,当天皇对于佛教没有清楚认知的时候,曾经一度听信了排佛派物部氏的建议，没有主张信奉佛教，甚至听信谗言弃佛、毁佛。后来有的天皇打压私度僧，对佛教采取了高压的政策，说明也是从本国劳动力、民众信仰、政治统治的角度，充分考虑到本国实际情况，采取了对抗性的手段。

但是日本的某些佛教徒，还会将已有佛教视为本土文化的一部分，对某些外来佛教文学进行借鉴的同时，又以一种对抗和竞争的心态对其进行改造，来为本民族服务，并努力超越自己学习的对象，这就是一种“以佛抗佛”式的特殊的文化对抗。关于这一点，景戒在《日本灵异记》上卷序文中说的十分直白：

> 昔，汉地造《冥报记》，大唐国作《般若验记》，何唯慎乎他国传录，弗信恐乎自土奇事？粤起目瞩之，不能忍寝，居心思之，不能默然，故聊注侧闻，号曰《日本国现报善恶灵异记》。作上中下参卷，以流季业。然，景戒秉性不儒，浊意难澄；坎井之识，久迷大方；能巧所雕，浅工家加刀；恐寒心指，患于伤手，此亦昆山一砾……祈览奇记者，却邪入正，诸恶莫作，诸善奉行。①

序文中所提及的两部佛教说话集《冥报记》和《般若验记》均为唐代作品，作者分别为唐临和孟宪忠。景戒在作品中不仅列举了两部中国佛教类文献，还借用了诸如“坎井之识，久迷大方”“昆山一砾”等中国文献中的文句，一方面说明其编撰此书是受到了中国先行文学的启发和刺激，另一方面也揭示了其对中国文化典籍汲取的广度和深度。不过，仔细阅读这段文字，尽管作者语带谦卑，但序文中还在多处透露出了作者为本国服务的创作目的和与中国对抗的强烈意识。如称中国为“汉地”“大唐国”，将自己的作品标注为“日本国”的属性，对比态度鲜明可见。另外，“何唯慎乎他国传录，弗信恐乎自土奇事”一句以一种反问的句式对于国人仅仅相信外来故事，而不相信本土故事的情形表达了强烈的不满，这种不甘屈服而试图对抗的意味力透纸背。并且，“粤起

① ［日］出雲路修校注：《日本霊異記》，岩波書店1996年版，第201—202页。

目瞩之，不能忍寝，居心思之，不能默然"寥寥数语，也将其为自己国家创作
《日本国现报善恶灵异记》的紧迫感和冲动描绘得淋漓尽致。而"祈览奇记
者，却邪入正，诸恶莫作，诸善奉行"中所预设和教化的对象当然是日本民众。
事实上，在《日本灵异记》故事末尾点题之处，通常会使用"是日本国奇事矣"
之类的字样，用以突出与中国的区别，进而凸显本国属性，竞争之意不言自明。
日本学者前田雅之也指出："我们从这里可以很容易地看出其对中国几分自
卑感，这也正是源于日本欲与中国建立对等地位的理论诉求。"①在一定意义
上讲，谋求对等关系就是竞争的开始。可以说，在《日本灵异记》中可以解读
出日本学习者与竞争者的双重性格。

　　日本另外一部佛教说话集《本朝法华验记》又称《大日本国法华经验记》，
采用这种名称实际上也是为了凸显本民族的属性，以和外国的佛教灵验故事
形成鲜明对比。关于该说话集的创作机缘，序文中写道：

　　　　窃以法华经者久远本地之实证，皆成佛道之正轨。搜其枢键，则
　　普括一代五时之始末；寻其根元，亦包百界千如之权实。神德峨峨
　　兮，一天之下高仰照曜；灵运浩浩兮，四瀛之中深润渥泽。故什公译
　　东之后，上宫请西以降，若受持读诵之伴，若听闻书写之类，预灵益者
　　推之广矣。而中比巨唐义寂法师，制于验记流布于世间。观夫，我朝
　　古今未录。余幸生妙法繁盛之域，镇闻灵验得益之辈。然而或烦有
　　史书而叵寻，或徒有人口而易埋。嗟呼，往古童子铭半偈于雪岭之树
　　石，昔时大师注全闻于江陵之竹帛。若不传前事，何励后裔乎？仍都
　　鄙远近，缁素贵贱，粗缉见闻录为三卷。意窗为愚暗所作，专不为贤
　　哲所作。长久之年季秋之月记矣。②

　　① ［日］前田雅之：《今昔物語集の世界構想》，笠間書院1999年版，第106页。
　　② ［日］鎮源著，井上光貞、大曽根章校注：《往生伝・法華験記》，岩波書店1974年版，第
510页。原文用变体汉文写成，依据文意及汉语习惯，笔者重新句读，并将日语汉字改写成汉语
简体字，后同。

序文中,作者盛赞《法华经》为"佛道之正轨",普化众生。指出鸠摩罗什译经、圣德太子讲经注疏以后,持经、诵经、写经获益匪浅。又语带危机地说,唐(宋)的义寂法师著有《法华验记》,而日本没有,因此要效仿先贤,编撰此书,以"励后裔"。尽管其创作的重要动机就是受到了中国说话集创作的影响,体现了外部的推动作用,但同时作者也强调"本地之实证"和"我朝古今未录",同样是为了凸显本民族的属性,以区别于中国的佛教灵异故事。

另外,在日本最大的说话集《今昔物语集》中,故事以国别划分为"天竺""震旦""本朝"三部,也体现了泾渭分明的文化立场。不仅如此,其中还有多个佛教故事从不同角度表达了佛教服务本民族和宣扬本国佛教优越性的基本态度,这是暴露出作者试图通过具体故事来表达与中国对抗和竞争的心态。该书卷十一第4段故事中是有关日本著名僧人道昭赴唐求法的故事。关于求法的因缘,故事中这样写道:

> 一天,天皇召见道昭僧人,对他说:"近来听说震旦有位玄奘法师,曾亲自去天竺,将正教传回本国。其中有一种大乘唯识的法门,是玄奘法师最为有造诣的……但是我朝目前还没有这种教法,所以命你现在急速到该国去,面见玄奘法师,跟他学习教法后回国。"①

可见道昭是奉天皇之命去唐学习佛法,官方性质十分明显,并且天皇让其学法的目的也很明确,即"将正教传回本国",因为"我朝目前还没有这种教法"。在该故事中还极力炫耀道昭的不同凡响。首先,道昭到了玄奘的住所,玄奘这位身份显赫的人物竟然超出一般礼仪惯例地"亲自离座相迎"。其次,学习唯识宗的速度"有如泻瓶"。最后,玄奘弟子见道昭受到师父如此高规格的礼遇,愤愤不平,向老师抱怨:

> 在我国,大师有许多弟子,个个都道高德重,而大师并不特别礼遇他们。但是一见从日本国来的这个僧人,大师倒恭敬地离座相迎,

---

① 张龙妹校注:《今昔物语集》,北京编译社译,人民文学出版社2008年版,第16页。

我们不懂其中的道理。纵然日本僧人才智出众,也不过是小国之人,

有什么了不起的,他怎么能比得上我国人呢!①

而玄奘并没有过多解释,只是让他们夜间窥视道昭。弟子们夜间窥见正在念经的道昭竟然口吐五六尺的白光,才彻底被折服。作者在这里借用玄奘弟子之口,摆出日本僧人道昭与中国僧人较量的姿态。

不仅如此,佛教说话文学中还经常对本国佛教事业的影响加以无限夸大,甚至影响到他国,用以渲染日本佛教之兴旺。《今昔物语集》卷十一第 31 段故事中,德道僧人建立长谷寺,并雕刻了二丈六尺高的十一面观音菩萨像。此像"供奉之后,灵验昭著,轰动全国"。文中接着补充道"这尊观音像不仅止于本朝,就连震旦也有它的灵迹可考"。作者不仅将观音像的福泽在本国范围内无限扩大,而且影响力居然跨越海洋,波及中国。可见,作者意在通过日本佛教的反影响来强调本国佛教的突飞猛进,有撼动甚至超越中国的趋势。该书卷十二第 3 段故事中,强调山阶寺维摩会之盛大,说"在本朝的许多法会中,此法会是最盛大的一个,连震旦也有所闻",此故事的背后意图与前故事如出一辙。

日本从中国引入佛教,在这一过程总是不甘心一直做谦卑的学生,学到一定程度之后便开始强调自己国家文化的独特性和优越性,并在文学作品中将这种不甘于人后、试图超越老师的竞争姿态或隐或显地表达出来。

文化与信仰的内外冲突,还常常在文学作品中以神佛斗法故事的形式表现出来。当然,这种表现形式和激烈程度不尽相同,但都或明或晦地表现了宗教冲突的主题。《三国遗事》第三卷载:

金官虎溪寺婆娑石塔者,昔此邑为金官国时,世祖首露王之妃许

皇后名黄玉,以东汉建武二十四年甲申,自西域阿逾陀国所载来。

初,公主承二亲之命,泛海将指东,阻波神之怒,不克而还。白父

①　张龙妹校注:《今昔物语集》,北京编译社译,人民文学出版社 2008 年版,第 16—17 页。

> 王,父王命载兹塔,乃获利涉,来泊南涯,有绯帆茜旗初入海涯曰"旗
> 出边"。首露王聘迎之,同御国一百五十余年。然于时海东未有创
> 寺奉法之事。盖像教未至,而土人不信伏。①

塔本是埋葬高僧舍利的坟墓,后来作为传播佛教的法器受人供奉。这里是利用婆娑石塔的传播来象征佛教的传播。公主来自具有浓厚佛教色彩国度西域,东渡朝鲜受到了当地神海神的阻碍,不得不返航,这其实是暗指本土神对外来神的拒止。其父王则命人将石塔载于船头,海神没有出来作祟,公主得以平安抵达。故事里没有直接描写佛教与当地神的直接冲突,但是却用了隐喻的方式呈现了这一过程。石塔和海神分别代表两种不同的宗教,将塔放在船上就是与海神公开迎战,公主海上平安则暗示海神的降服,甚至是完败。

《日本灵异记》上卷三《得雷之喜令生子强力在缘》记载了一个故事,故事中有位农夫在雨天里降服了雷神,并饶了雷神,雷神作为回报,给他一个儿子。这个孩子力大无穷,后来在元兴寺当了童子:

> 时其寺钟堂童子,夜别死。彼童子见,白众僧言:"我捉此鬼,
> 杀。谨止此死灾。"众僧听许。童子钟堂之四角置四灯,储四人言
> 教:"我捉鬼时,俱开灯覆盖。"然于钟堂户本居,大鬼半夜所来,伫童
> 子而视之退。鬼亦后夜时来入,即捉鬼头发而别引。鬼者外引,童子
> 内引,彼储四人慌迷,盖不得开。童子四角别引鬼而依,开灯盖。至
> 于晨朝时,鬼已头发所引剥而逃。明日寻彼鬼血而求往,至于其寺恶
> 奴埋立衢,即知彼恶奴之灵鬼也。彼鬼之头发者,今在元兴寺为财
> 也。然后其童子作优婆塞,犹住元兴寺……听令得度出家,名号"道
> 场法师。"②

故事中童子的身份由原来元兴寺的童子,后来作了优婆塞,最后出家成为"道

---

① [高句丽]一然著,[韩]权锡焕、[中]陈蒲清注译:《三国遗事》,岳麓书社2009年版,第250页。

② [日]出云路修校注:《日本灵异记》,岩波书店1996年版,第204—205页。

场法师"，可见这一人物是佛教的象征。鬼是恶灵作祟，是日本的本土存在，恶鬼对元兴寺僧人的侵害，暗指对佛教的攻击，后来通过近身肉搏的方式被这个童子所降服，象征着佛教在这场神佛的斗争中取得胜利。

第三节　主体意识的理性回归

佛教之所以在亚洲乃至世界上传播，为广大民众所接受，其宏大的包容性是重要的原因之一。佛教虽然与东亚各国固有文化产生了对抗、冲突、竞争，但最终还是走向了融合。这种融合当然也并非是自然而然的事情，而是佛教接受者在经过上述一系列过程后进行的理性选择，即各国民众根据本民族的需要，对于佛教进行了相应的改造，产生了他们的民族佛教，这样佛教便在当地生根发芽了。

先说佛道融合。佛教初传之际，由于中国人对于佛教的陌生，人们便用黄老之道附会佛教，其实是一种文化认知上的便利，也是一种文化惯性思维的客观使然。佛教在传播过程中僧侣为了迎合固有信仰，也经常使用类似于道士使用的法术，以征服统治阶级并赢得一般民众的信任。《太平广记》卷八十八"佛图澄条"载：

> 佛图澄者，西域人也，本姓帛氏。少出家，清真幼学，诵经数百万言。以晋怀帝永嘉四年来适洛阳，志弘大法。善念神咒，能役使鬼物，以麻油杂烟灰涂掌，千里外事，皆彻见掌中，如对面焉。亦能令洁斋者见。又听铃音以言事，无不效验。欲于洛阳立寺。值刘曜寇斥洛台，帝京扰乱。澄立寺之志遂不果，乃潜身草野，以观世变。时石勒屯兵葛陂，专以杀戮为威，沙门遇害者甚众。澄悯念苍生，欲以道化勒，于是杖策到军门。勒大将军郭黑略素奉法，澄即投止略家。略从受五戒，崇弟子之礼。略后从勒征伐，辄预克胜负。勒疑而问曰："孤不觉卿有出众智谋，而每知行军吉凶，何也？"略曰："将军天挺神

武，幽灵所助。有一沙门，术智非常，云将军当略有区夏，已应为师，臣前后所白，皆其言也。"勒喜曰："天赐也。"召澄问曰："佛道有何灵验？"澄知勒不达深理，正可以道术为教，因言曰："至道虽远，亦可以近事为证。"即取器盛水，烧香呪之。须臾生青莲华，光色曜日。勒由此信伏。澄因谏曰："夫王者德化洽于宇内则四灵表瑞，政毙道消则彗孛见于上。恒象着见，休咎随行。斯乃古今之常理，天人之明戒。"勒甚悦之。凡应被诛残蒙其益者，十有八九。于是中州之胡，皆愿奉佛。时有痼疾，世莫能知者，澄为医疗，应时瘳损。阴施默益者，不可胜记。①

图澄为了宣扬佛法，来到洛阳之后，使用各种道教幻术征服信众。因为这些手段在佛教传入之前，为方士道士所惯用，人们习以为常，所以当使用这些手段的时候，民众并不会产生陌生感，因此不会排斥，人们甚至会含糊地认为道教和佛教是一回事。另外，图澄深知凶悍的石勒不懂深奥晦涩的佛理，最关心的是战争的胜负，于是便使用道教的方式，预言战争的胜负，借以在思想上使其信服。所以说，无论是对于一般民众还是最高统治者来说，固有的宗教信仰根深蒂固，外来的佛教总是要包装成与他们所熟悉的东西相近或类似，才能消除文化的隔阂，这样一来佛教与道教就走向了融合的状态。这固然是僧侣传播佛教的方便之举，但更重要的是接受者文化选择的结果。

除了宣佛方式上依附黄老之学以外，甚至还出现了体现佛道同一的伪经《老子化胡经》，经载：

是时太上老君，以殷王汤甲庚申之岁建□之月，从常道境，驾三气云，乘于日精垂□九耀，入于玉女玄妙口中，寄胎为人。庚辰□二月十五日诞生于亳，九龙吐水灌洗其形，化为九井。尔时老君须发皓白，登即能行，步生莲花，乃至于九。左手指天，右手指地，而告人曰：

---

① （北宋）李昉等编：《太平广记》，中华书局 1961 年版，第 573 页。

"天上天下,唯我独尊。我当开扬无上道法,普度一切动植众生。周遍十方及幽牢地狱,应度未度咸悉度之。隐显人间,为国师范。位登太极,无上神仙。"时有自然天衣桂体,神香满室,阳景重辉。九日中,身长九尺。众咸惊议,以为圣人。生有老容,故号为老子。天神空里,赞十号名,所言十者,"太上老君""圆神智""无上尊""帝王师""大丈夫""大仙尊""天人父""无为上人""大悲仁者""元始天尊",此后老君,凝神混迹,教化天人。

这里关于老子的出生情节"九龙吐水灌洗其形""登即能行""左手指天,右手指地,而告人曰:'天上天下,唯我独尊'"等均为模仿释迦牟尼诞生,试图混淆佛教与道教,营造一种佛道一致的氛围。尽管这种杜撰遭到了佛道界的抨击和否认,但这也反映了当时人们调和佛教和道教矛盾的急切愿望。

再看看佛儒融合。在思想方面,中国人借儒宣佛,儒佛互释,以冀儒佛共通。如高僧康会在东吴传佛法之际,因孙皓不信佛法,便使用儒家思想阐释佛理:

> 皓问曰:"佛教所明,善恶报应,何者是耶?"会对曰:"夫明主以孝慈训世,则赤乌翔而老人见;仁德育物,则醴泉涌而嘉苗出。善既有瑞,恶亦如之。故为恶于隐,鬼得而诛之。为恶于显,人得而诛之。易称积善余庆,诗咏求福不回,虽儒典之格言,即佛教之明训。"皓曰:"若然,则周孔已明,何用佛教?"会曰:"周孔所言,略示近迹,至于释教,则备极幽微,故行恶则有地狱长苦,修善则有天宫永乐。举兹以明劝沮,不亦大哉?"皓当时无以折其言。①

对于孙皓所提出的善恶报应为何物的疑问,康会首先使用了儒家的天人感应理论,用"夫明主以孝慈训世,则赤乌翔而老人见;仁德育物,则醴泉涌而嘉苗出"来作为比喻,并进而推演出"善既有瑞,恶亦如之"的结论。还指出暗地里

---

① (北宋)李昉等编:《太平广记》,中华书局1961年版,第569页。

作恶会有鬼来惩罚,明里作恶人会惩罚。后来直接引用了儒学经典《易经》中的典故"积善余庆"和《诗经》的典故"求福不回"。孙皓又问,那既然儒家已经对善恶报应说得很清楚了,佛教还有什么用呢?康会则解释说,儒家所说非常浅显,而佛教学说更为深刻幽远。可见,在这场释疑的论辩中,康会运用了统治者孙皓所熟悉的一系列儒学思想和学说,解释佛教的因果报应之理,令其站在理解儒家思想的基础上理解佛教原理,这个过程就是儒与佛融合的过程。

另外,对于佛教的某些戒律,中国人也往往用儒家观点进行阐释。如颜之推《颜氏家训》"归心第十六"云:

> 内外两教,本为一体,渐积为异,深浅不同。内典初门,设五种禁;外典仁、义、礼、智、信,皆与之符。仁者,不杀之禁也;义者,不盗之禁也;礼者,不邪之禁也;智者,不酒之禁也;信者,不妄之禁也。至如畋狩军旅,燕享刑罚,因民之性,不可卒除,就为之节,使不淫滥尔。归周、孔而背释宗,何其迷也![1]

内教即佛教,外教即儒家思想。"内外两教,本为一体,渐积为异,深浅不同"说明儒学与佛教有些许差异,但本质上是一致的。佛教的"五禁"即"五戒",戒杀生、戒偷盗、戒淫欲、戒妄语、戒饮酒。而儒家的"五常"仁、义、礼、智、信内容与佛教的"五戒"有很大区别,只不过二者之间有某些交集而已。但是,颜之推却将二者等同视之,借用佛教的教义解释儒家思想的正确性,客观上推动了儒佛合一的进程。

而在日本,儒学与佛教、道教与佛教也进一步趋向融合。在日本看来,儒释道均为来自中国的文化,但这种文化被吸收到本国之后,在古代日本文化相当落后的特殊历史时期,日本也将其视为特殊的"自有"文化,将各种文化元素糅合在一起,根据不同需要进行改造。《日本灵异记》上卷25《忠臣小欲知

---

[1] (北齐)颜之推著,夏家善、夏春田注释:《颜氏家训》,天津古籍出版社1995年版,第150页。

足诸天见感得现报示奇事缘》载：

> 故中纳言从三位大神高市万侣卿者，大后天皇时忠臣也。有记
> 云："朱鸟七年壬辰二月，诏诸司，当三月三日，将幸行伊势，宜知此
> 意，而设备焉。时中纳言，恐妨农务，上表直谏，天皇不从，犹将幸行。
> 于是脱其蝉冠，擎上朝廷，亦重谏之：'方今农节，不可行也。'或遭旱
> 灾时，使塞己田口，水施百姓田。水施水既穷，诸天感应，龙神降雨，
> 唯澍卿田，不落余地，尧云更霭，舜雨还霈。谅是忠信之至，仁义之
> 大。"赞曰："修修神氏，幼年好学，忠而有仁，洁以无浊，临民流惠，施
> 水塞田，甘雨时降，美誉长传。"①

故事中，天皇在三月要去出游，中纳言直言进谏，以妨碍农务之由，试图阻止天皇。天皇执意出游，中纳言以脱帽辞官的手段，坚持进谏。当天旱之时，中纳言封住自己的稻田入水口，让水浇灌到百姓的田地里，上天为之感动，突降甘霖。不过，雨只降落在中纳言的田地里。文中多次出现了"忠""信""仁""义"的字样，这是儒学的重要关键词，从题目《忠臣小欲知足诸天见感得现报示奇事缘》，这个故事是宣传忠孝爱民思想的，这与中国的儒家理念是一致的。但是，这里还将中纳言的忠义和仁义行为与龙神降雨之间的关系，用佛教的"因果律"加以阐释，使原本和佛教没有任何关系的儒家故事变身为具有一定佛教色彩的故事，这是僧侣根据当时人们既有的思想，为了宣扬佛法利用儒家思想的某些元素，附会到佛教故事中，这样模糊了两者之间的界限。

在佛学与道教关系方面，《日本灵异记》中也有使得二者融合到一起的例子。如上卷28《修持孔雀王咒法得异验力以现作仙飞天缘》：

> 役优婆塞者，贺茂役公，今高贺茂朝臣者也，大和国葛木上郡茅
> 原村人也。自性生知，博学得一，仰信三宝，以之为业。每庶挂五色
> 之云，飞冲虚之外；携仙宫之宾，游亿载之庭；卧伏乎蕊盖之苑，吸啖

---

① ［日］出雲路修校注：《日本霊異記》，岩波书店1996年版，第219页。

于养性之气。所以晚年以四十余岁,更居岩窟,被葛饵松,沐清水之泉,濯欲界之垢,修习孔雀之咒法,证得奇异之验术。驱使鬼神,得之自在。唱诸鬼神,而催之曰:"大倭国金峰与葛木峰,度椅而通。"于是,神等皆愁。藤原宫御宇天皇之世葛木峰一语主大神讬逊之曰:"役优婆塞,谋将倾天皇。"天皇敕之,遣使捉之。犹因验力,辄不所捕,故捉其母。优婆塞令免母故,出来见捕,即流之伊图之岛。于时,身浮海上,走如履陆,体踞万丈,飞如鸁凤。昼随皇命,居岛而行,夜往骏河,富士岭而修。然庶宥斧钺之诛,近天朝之边,故伏杀剑之刃,上富士之表也。见放斯屿而忧吟之间,至于三年矣。于是乘慈之旨,以大宝元年岁次辛丑正月,近天朝之边,遂作仙飞天也。吾圣朝之人道照法师,奉敕求法,往于大唐。法师受五百虎请,至于新罗。有其山中讲《法华经》。于时,虎众之中,有人以倭语举问也。法师问:"谁?"答:"役优婆塞。"法师思之:"我国圣人。"自高座下,求之无之。彼一语主大神者,役行者所咒缚。至于今世,不解脱。其示奇表,多数而繁,故略耳。诚知,佛法验术广大者,皈依之者,必证得之矣。[1]

这段故事并非从思想上进行佛道融合,而是用人物形象的塑造来达到这一目的。贺茂役公是优婆塞,信仰三宝,是佛教人物,但其本身腾云、飞天、披树叶、驱使鬼神等一系列行为,完全就是神仙道士形象,文中最后也提到了"遂作仙飞天也"。作者借助道士诸种高超神奇的表现凸显佛教的神威,这种二合一的文学表现手法正是佛道融合的具体例子。

除了外来宗教之间的融合之外,自然少不了佛教与神道的融合。佛教与当地宗教的融合主要表现在神佛习合与本地垂迹。何为本地垂迹?原本的本地垂迹说是依据《法华经》的本迹二门和《大日经》的本地加持学说,将作为绝

---

① [日]出雲路修校注:《日本霊異記》,岩波书店1996年版,第220—221页。

对理想存在的佛陀视为本地,将作为历史与现实的生身菩萨当作垂迹的思想。日本假借这一思想,对日本的神和佛的关系进行置换,把菩萨作为本地,将诸神当作垂迹。① 可以说,这是神佛习合的思想依据。这一理论是日本人利用佛教已有的思想,用简单的置换方法,将神道套用在其中,为佛教与神道的并存提供了理论依据,这是日本对外来思想进行改造的重要表现之一。

事实上,神佛习合最重要的另一前提是国家最高统治者对佛教的认可和支持。而对于佛教和神道这两种宗教,日本的某些天皇就采取兼收并蓄的方式,同时尊崇。如第三十一代用明天皇就是这样的执政者之一。《日本书纪》卷二十一载:"天皇信佛法尊神道。"②这体现了作为当时最高统治者的天皇对于本土宗教和外来信仰采取了并重的态度。

此外,两种宗教之所以能融合在一起,另一个重要的原因源自两者自身的特点。佛教是一种不排他的宽容性宗教,主张众生平等,一切有情物皆有佛性。有情物在六道中不断轮回,根据诸业积累,决定其轮回的方向。按照这一宗教原理,日本的神道中的诸种天神地祇自然也会被其视为众生的一部分,将其当作佛教系统的重要构成,不会加以排斥。除了外来宗教的佛教宽容性,作为文化接受者的神道本身特性深刻地影响着融合的进程与方式。众所周知,神道教起源于古代民众的原始信仰。古代初民,人们对于自然现象,如风雨雷电等自身无法解释、不能掌控的天象气候变化,十分恐惧,为了趋利避害,虔诚礼拜,视其为神。除此之外,对于蛇、虎、熊、豹等会危及生命的动物,以及会发生洪水泛滥的江河湖海都以相似的原理,视其为神。这样一来,神道自诞生之日起就具有泛神论的特点,日语用"八百万の神々"来形容神的种类与数量之巨。关于神道的特点,川口谦二有比较全面准确的论述:

可以说,无论是佛教的传入与接受,还是与此相关的对立与抗

---

① ［日］川口謙二:《神仏混淆の歴史探訪》,東京美術1987年版,第6页。
② ［日］舍人親王撰,坂本太郎、家永三郎、井上光貞、大野晋校注:《日本書紀》,岩波書店1965年版,第155页。

争,抑或是日本的神佛接触与并存,他们都与日本固有的原始神祇信仰的多神特点及以现世祈愿为元素的文化基础紧密相关。

起初,人们对自然伟大力量的威胁与神秘性不可思议的灵性感知,并将此视为神灵,我国上古时代神的观念由此产生。

人们认为灾害是诸神发怒,因此惧怕抚慰,并进一步祈求生活的平安与眷顾。在此基础上,为了使抚慰和祈愿更为有效,创造出了占卜和咒术,并用以祈雨驱病诸事。

总之,对于人们来说,无论身份高低,实现现世愿望是根本,仪式与信仰的类别并不是重点。从这个意义上说,上古人们神祇信仰的基础就在于多神宗教性之前的具有通融性的认知。

此外,相信自然具有神力的日本神祇信仰自古就具有浓厚的山岳信仰特征。特别是,山岳这种特殊条件长期保存咒术信仰,这也是所谓修验道的起源。所谓的修验道之祖就是役小角、被称为大德的僧泰澄、圣道上人等。[1]

从上述的论说可以看出,多神性、祈祷、现实利益、山岳信仰是神道教的重要特征。这些恰恰是民众认识佛教、接受佛教、信仰佛教的前提基础,也是佛教被日本人改造,进而在日本生根发芽的重要基础。佛教传到日本之后,其自身就拥有重视祈祷、关注现实利益等神道性的特征。

奈良时代,神佛习合表现在神作为婆娑世界的众生之一祈求被佛解救,这一点在佛教说话集《日本灵异记》下卷24《依妨修行人得猴身缘》中有所体现:

近江国野州郡部内,御上岭有神社,名曰"陀我大神",奉依封六户。社边有堂,白壁天皇御世之宝龟年中,其堂居住大安寺僧惠胜,暂顷修行时,梦人语言:"为我读经。"惊觉念怪。明日,小白猴现来

---

① [日]川口謙二:《神仏混淆の歴史探訪》,東京美術 1987 年版,第 4—5 页。

言:"住此道场,而为我读法华经"云。僧问言:"汝谁耶?"猴答言:
"我东天竺国大王也。彼国有修行僧从者数千,所以农业息。因我
制言'从者莫多!'其时我者,禁从众多,不妨修道,虽不禁修道。因
妨从者,而成罪报,后犹生受此猕猴身,成此神社,故为脱斯身,居住
此堂,为我读法华经。"僧言:"然者供养行也。"时猕猴答曰:"无本供
应物。"僧言:"此村籾多有,此乎充我供养料,令读经。"猕猴答言:
"朝庭贶我,而有典主,念之已物,不免我,我怂不用。"僧言:"无供养
者,何为奉读经?"猕猴答言:"然者浅井郡有诸比丘,将读六卷抄故,
我入其知识。"此僧念怪,随猕猴语,往告檀越曰山阶寺满预大法师,
陈猴谳语。其檀曰师,不受而言:"此猴语也,我不信、不受、不听。"
即将读抄,为设之顷,堂童子优婆塞,匆匆走来言:"小白猴居堂上,
才见九间大堂仆如微尘,皆悉折摧,佛像皆破,僧坊皆仆。"见诚如
告,既悉破损。檀曰僧更作七间堂,信彼陀我大神显名猴之语。同入
知识,而读所愿六卷抄,并成大神所愿。然后至乎于愿了,都无障难。
夫妨修善,偿得成猕猴报。故僧劝催,犹不可妨,得恶报故。往昔过
去,罗睺罗作国王时,制一独觉,不令乞食,入境不听。七日顷饥,依
此罪报,罗睺罗,不生六年,在母胎中者,其斯为谓之矣。①

故事中因为东天竺的国王妨碍僧侣修道,以此恶业转生为猿猴,让僧人惠胜为
其读《法华经》,以脱罪业。这里猕猴是当地神,按照佛教的六道轮回原理转
生到畜生,沦为佛教解救的对象,这是神佛习合的重要体现。另外,神社旁边
建有僧侣修行的"堂",可见在当时神佛并立,和谐相处,这也是神佛能够交融
在一起的前提。

平安时代神佛习合又发展到了一个新的阶段。如,在修行仪轨上,出现了
神前诵经写经的怪现象。诸神的称呼上,神往往还被冠以菩萨号和权现号,如

---

① ［日］出雲路修校注:《日本靈異記》,岩波書店 1996 年版,第 279—280 页。

熊野权现、春日权现、热田权现、八幡大菩萨等。另外,在偶像方面造型也出现了新变化,即原本没有偶像崇拜的神道教也有了塑像,塑像仿造僧侣的形象制成的神像,见图1-1。

图1-1　奈良东大寺僧形八幡神坐像①

从图1-1可以看出,神像剃发,头后有背光,手持锡杖,坐在莲花台上,这完全是一尊僧人塑像。

另外,在宗教道场方面也有浓厚的融合痕迹。神道祭祀一般在神社进行,佛教仪式一般在寺院举行,在日本出现了一种新的道场,被称为"神宫寺",又称"神宫院""神愿寺""神护寺""神供寺""宫寺""别当寺"等。在此修行的僧人被称为"社僧",他们会在神像前举行诵经等佛教仪式。

众所周知,萨满教是古代东北亚重要的民间信仰,也是古代朝鲜土著信

_____

①　引自 https://www.jisyameguri.com/images/20181124-hachimanshin.jpg。

仰,在当代韩国某些地区依旧保留着萨满的习俗。佛教传入之后,对萨满教也产生了重要影响。如韩国学者金知妍曾在论文《巫俗信仰所反映的佛教十王》中从十王经传入朝鲜半岛之后,对统营、扶安、首尔、济州岛等地萨满巫俗跳神仪式的影响进行了考察,深刻揭示了其中对佛教元素的吸收和利用,并进行了客观的评价:

> 可以看出,巫俗信仰吸收了佛教的十王后,同时也接受了死者要经过的"冥府"和"地狱"等概念,而非"极乐"这一概念。这种现象,可以说是在为解决日常生活中的多种问题,用超越的神来表现周围的自然要素之巫俗信仰,与具有包含伦理和逻辑性在内的理论与实践的构造的佛教相融合的过程中,所产生的必然结果。但是,巫俗信仰中所接受的佛教要素,虽然看起来和这些概念有相同的含义,但是意义上却与佛教多少有所差异。巫俗信仰是为了补充完善世界观等结构、体系上的不足而接受了佛教,却是出于守护其固有性的倾向而接受了佛教的概念。十王信仰也是经过了这样的过程才形成了巫俗信仰所特有的十王信仰。①

当然,古代朝鲜民众对于佛教的吸收与借鉴总是根植于本民族的信仰,一方面利用佛教元素充实、丰富、重构本民族文化,另一方面客观上也在一定程度上改造了佛教的思想、内容与形式,使其适应了新的文化土壤。

除了固有信仰之外,朝鲜半岛还接受了包括佛教在内的中国文化。关于这一点,李甦平指出:"中韩两国,自古以来,地域相连、文化相通,早在'三国时代'(指高句丽、百济、新罗),中国的儒教、佛教和道教均传入朝鲜半岛,并与当时的传统文化、社会习俗相结合,逐渐嬗变为韩国的儒教、佛教和道教。"②可以说,古代朝鲜在接受中国文化方面,由于有地理上的便利优势,所以接受时间比日本还早。另外一个重要的特征是,中国儒释道与当地固有的

---

① 　[韩]金知妍:《巫俗信仰所反映的佛教十王》,敖英译,《宗教研究》2016年春季号。
② 　李甦平:《论韩国的三教和合——以花郎道为中心》,《当代韩国》2001年冬季号。

传统、文化结合到了一起,衍生出了属于他们自有的文化。从一定意义上讲,他们将朝鲜化的中国文化就视为自己的文化。因为佛教传到朝鲜半岛之后,其融合与变异的土壤往往是与中国文化进行交流融汇后形成的特殊文化语境。

在新宗教的创立方面,朝鲜半岛也有所作为。古代朝鲜借鉴其佛教的某些合理元素和中国儒学思想、道教思想,创造除了新的宗教形式——花郎道。关于佛教与花郎道的关系,《三国遗事》第三卷载:

> 第二十四真兴王,姓金氏,名彡麦宗,一作深麦宗,以梁大同六年庚申即位。慕伯父法兴之志,一心奉佛,广兴佛寺,度人为僧尼。又天性风味,多尚神仙,择人家娘子美艳者,捧为"原花"。要聚徒选士,教之以孝悌忠信,亦理国之大要也。乃取南毛娘、姣贞娘两花,聚徒三四百人。姣贞者嫉妒毛娘,多置酒,饮毛娘至醉,潜舁去北川中,举石埋杀之。其徒罔知去处,悲泣而散。有人知其谋者,作歌诱街巷小童唱于街。其徒闻之,寻得其尸于北川中,乃杀姣贞娘。于是大王下令废原花。累年,王又念欲兴邦国,须先风月道。更下令选良家男子有德行者,改为花郎,始奉薛原郎为国仙。此花郎、国仙之始,故竖碑于溟州。自此使人悛恶更善,上敬下顺,五常六艺,三师六正,广行于代。
>
> 及真智王代,有兴轮寺僧真慈,每就堂主弥勒像前,发愿誓言:"愿我大圣化作花郎,出现于世,我常亲近晬容,奉以周旋。"其诚恳至祷之情,日益弥笃。一夕,梦有僧谓曰:"汝往熊川水源寺,得见弥勒仙花也。"慈觉而惊喜。寻其寺,行十日程,一步一礼。及到其寺,门外有一郎,浓纤不爽,盼倩而迎,引入小门,邀致宾轩。慈且升且揖曰:"郎君素昧平昔,何见待殷勤如此?"郎曰:"我亦京师人也。见师高蹈远届,劳来之尔。"俄而出门,不知所在。慈谓偶尔,不甚异之。但与寺僧叙曩昔之梦与来之之意,且曰:"暂寓下榻,欲待弥勒仙花。

何如?"寺僧欺其情荡然,忽见其勤恪,乃曰:"此去南邻有千山,自古闲哲寓止,多有冥感。盍归彼居?"慈从之。至于山下,山灵变老人出迎曰:"到此奚为?"答曰:"愿见弥勒仙花尔?"老人曰:"向于水源寺之门外,已见弥勒仙花。更来何求?"慈闻,即惊汗,骤还本寺。

居月余,真智王闻之,征诏问其由,曰:"郎既自京师人,圣不虚言,盍觅城中乎?"慈奉宸旨,会徒众,遍于间阎间,物色求之。有一小郎子,断红齐具,眉彩秀丽,灵妙寺之东北路傍树下,婆娑而游。慈迓之,惊曰:"此弥勒仙花也。"乃就而问曰:"郎家何在? 愿闻芳氏。"郎答曰:"我名未尸,儿孩时爷娘俱殁,未知何姓名。"于时肩舆而入见于王。王敬爱之,奉为国仙。其和睦子弟,礼义风教,不类于常,风流耀世。几七年,忽亡所在。慈哀怀殆甚。然饮沐慈泽,昵承清化,能自悔改,精修为道。晚年亦不知所终。说者曰:"'未'与'弥'声相近,'尸'与'力'形相类,乃托其近似而相谜也。"大圣不独感慈之诚款也,抑有缘于兹土,故比比示现焉。至今国人称神仙曰"弥勒仙花",凡有媒系于人者曰"未尸",皆慈氏之遗风也。路旁树至今名"见郎",又俚言"似如树"。[1]

第一段中讲述了"花郎道"最初的起源。作为花郎道的筹建者真兴王是一个虔诚的佛教信奉者,不仅修建佛寺,还剃度僧侣,为了培养治理国家的人才,挑选美艳的女子,教她们儒家理念和治国纲领,但是被选中的两个女头领彼此嫉妒,互相残害,最终放弃选用女性,开始任用漂亮的男子。到了真智王时代,兴轮寺的僧人真慈为了找到合适的花郎人选,在弥勒佛前祈祷,希望弥勒化身花郎。后来几经波折,最终找到了花郎,名叫"未尸",而"未尸"在发音和字形上类似于"弥勒",暗指该花郎就是弥勒的化身。这个故事最重要的意义是指明了花郎道由佛教信仰者创立,而其中的代表性花郎是佛教弥勒转世,这证明了

---

[1]　[高句丽]一然著,[韩]权锡焕、[中]陈蒲清注译:《三国遗事》,岳麓书社2009年版,第291—292页。

古代朝鲜对于外来佛教的改造和本土政治文化制度之间的融合。

花郎道制度本身还有其他众多的佛教元素。《新罗本纪》记录了新罗著名文学家崔致远论述：

> 崔致远《鸾郎碑序》曰："国有玄妙之道,曰风流。设教之源,备详仙史。实乃包含三教,接化群生。且如入则孝于家,出则忠于国,鲁司寇之旨也;处无为之事,行不言之教,周柱史之宗也;诸恶莫作,诸善奉行,竺乾太子之化也。"①

花郎道核心思想除了儒学和道教之外,最重要的就是佛教思想,即"诸恶莫作,诸善奉行"。不仅如此,作为花郎道重要指导思想的圆光的"世俗五戒"也和佛教思想紧密相关。佟波在《新罗花郎道与佛教之关系考论》(《吉林广播电视大学学报》2013 年第 5 期)一文中详细阐明了这一问题,其中第五戒杀生有择。杀生戒是佛教众多戒律的重要戒律,基于众生平等思想,但是这一条戒律不能完全符合花郎道的职责,因此主张可以有选择性杀生,充分体现了佛教对于古代朝鲜本土文化的适应性及其被改造的事实。

结　　语

佛教是一种创立式的宗教,同时又是一种思想文化,在其传播的过程中人是最重要的因素。人是佛教以及佛教文化、文学的创造者,也是佛教的信仰者,更是佛教的传播者。佛教文化在异域的传播过程中,势必会与异民族文化产生冲撞和斗争,但最终和诸种文化融合在一起。这些既有客观规律,同时在很大程度上也受到了人们主观意识的影响。站在传统文化的信仰者和传承者的角度看,因为面对一种迥异于本民族文化的闯入,某些人基于自身文化信仰、政治立场等不同角度的思考,对于佛教往往采取了不同的态度。陌生、好

---

① ［高句丽］一然著,［韩］权锡焕、［中］陈蒲清注译:《三国遗事》,岳麓书社 2009 年版,第295—296 页。

奇、不解与茫然,这是一种最初的本能反应。基于不同立场,一部分人采取了对抗反击或者夸耀本土宗教的方式进行竞争,但佛教最终以其广大的包容性征服了不同宗教信仰的民众,人们根据本民族的需要进行吸收和改造,进而形成了适应当地文化语境的本民族佛教以及佛教文学。

　　东亚乃至整个亚洲的佛教传播以及佛教文化、文学的形成和发展,大体也是沿着这一历史主线进行的。因此在研究东亚各国的佛教文学关系时,应该从东亚文化背景以及各自本土性进行综合分析,这样才更能深刻揭示佛教文学的形成规律以及各国民族文学的特色。

第二章　佛陀诞生灵异记
在东亚的流变

　　佛陀是对佛祖释迦牟尼的尊称,释迦牟尼在成佛前的本名为乔达摩·悉达多。他作为佛教的创始者,同时也是一位伟大的思想家、哲学家和宗教家,他是一个真实存在的历史人物。但在其入灭后,身为佛教的教主被教徒们不断神圣化,并且通过宗教文学的建构和演绎,释迦牟尼从一个真实人物慢慢化身为一种神话的存在。对教主的神化几乎是所有宗教的基本程式,因为通过这一流程既可以凸显该宗教的独特性,也可以征服、招徕更多的信徒,扩大宗教影响。

　　佛陀入灭之后,在相当一段时间里没有对佛陀的偶像崇拜,因为佛陀本人也反对。但后来随着佛教的发展,渐渐开始出现了佛迹崇拜和佛像崇拜,而围绕佛陀生平的文学叙事也成为了佛陀崇拜的重要内容。佛陀形象的构建经历了一个漫长的历史过程,这一过程既有佛教自身发展的内在需求,也受外在客观因素的影响。在这期间,佛陀的形象既有生时的那种普通人的特征,也有入灭后以佛足、菩提树等为代表的象征式佛迹崇拜,也有后来多姿多彩的形象化的佛陀造像,佛陀慢慢登上了神坛。在庞大的佛陀神异叙事系统中,佛陀的入胎和诞生,经典中保留其半人半神的特征,这凸显了佛教文学具有的真实性和虚构性的双重特点。不同的形象满足不同场域、不同时间、不同群体的不同需要。伴随着佛教的传播,佛陀形象跨越了印度国境,在东亚诸国产生了重要影响。佛陀形象甚至成为了一种形象母题,在不同文本中被模仿和演绎。

佛陀是佛教的创始者,也应该是佛教灵异记首先需要关注的对象。本书中将围绕佛陀诞生而出现的一系列灵异叙事简称为"佛陀诞生灵异记"。佛陀诞生灵异记是佛陀灵异故事的重要组成部分,在佛教文学东传过程中被中国文学、朝鲜半岛文学、日本文学所吸收和改造,并被反复演绎。本章以佛陀诞生灵异记为考察对象,揭示佛教文学在亚洲传播、接受和变异的过程,特别是对日本佛教说话文学形成的影响。

第一节　汉译佛典中的佛陀诞生灵异记

关于佛陀诞生的灵异叙事最早见于各种印度佛经,印度佛经经过古代僧侣们的汉译,在东亚广泛传播。因此,无论是中国的佛教类书,还是古代朝鲜的僧传,抑或是日本的佛教说话文学,其种本都可以追溯到汉译佛典,因此在展开后续研究之前,有必要对汉译佛典中的佛陀诞生灵异记的记载作一简单梳理与回顾。在众多的研究成果中,伊家慧的硕士论文十分具有代表性。其对于记述佛陀诞生灵异记的汉译佛典进行了详细的整理,并用图表进行了列举,见表2-1①。

表2-1　佛陀诞生灵异记在佛典中的分布

翻译时间	译者	经名	卷数
东汉	竺大力	《修行本起经》	二卷
东汉	昙果	《中本起经》	二卷
三国吴	支谦	《太子瑞应本起经》	二卷

① 伊家慧:《佛陀降生神话研究》,陕西师范大学硕士学位论文,2016年6月。

续表

翻译时间	译者	经名	卷数
西晋	竺法护	《普曜经》	八卷
西晋	聂道真	《异出菩萨本起经》	一卷
东晋	迦留陀伽	《佛说十二游经》	一卷
符秦	僧伽跋澄	《僧伽罗刹所集经》	三卷
北凉	昙无谶	《佛所行赞》	五卷
南朝宋	求那跋陀罗	《过去现在因果经》	四卷
隋	阇那崛多	《佛本行集经》	六十卷
唐	地婆诃罗	《方广大庄严经》	十二卷
宋	法贤	《众许摩诃帝经》	十三卷
宋	释宝云	《佛本行经》	七卷

伊家慧还参照前人研究,指出这些经典中的《过去现在因果经》《太子瑞应本起经》《修行本起经》为同本异译,而《普曜经》和《方广大庄严经》为同本异译,《佛所行赞》与《佛本行经》为同本异译[1]。也就是说,有些经典虽然名称不同,但实质上是同一经典,只是名称不同而已,所以在这些汉译佛典中可以看到相同的内容在不同的经典中出现,给人一种叠床架屋之感。

佛陀作为佛教的创始人,跟其他宗教创始人一样,其诞生的灵异叙事具有神奇灵异的宗教韵味,其情节也是纷繁复杂、多姿多彩。学术界根据故事的内容,将其划分出十个主要的情节单元,而这些情节单元并不是在表2-1所列佛典中都有呈现。详细情况见表2-2[2]。

---

① 虽然是同本异译,但是内容也不是完全一一对应,关于这一点,在表2-2情节对比中就可见一斑。
② 伊家慧:《佛陀降生神话研究》,陕西师范大学硕士学位论文,2016年6月。

表2-2　佛陀诞生灵异记情节在佛经中的分布①

情节＼经名	降生选择	入梦受胎	摩耶说梦	太卜占梦	出游观花	树下诞生	七步宣言	龙浴太子	瑞应频现	仙人占相
《修行本起经》	有	有	有	有	有	有	有	有	有	有
《太子瑞应本起经》	有	有	无	有	无	有	有	有	有	有
《普曜经》	有	有	有	无	有	有	有	有	有	无
《异出菩萨本起经》	有	无	无	无	无	有	有	有	有	有
《佛说十二游经》	有	有	有	无	无	无	无	无	无	无
《佛所行赞》	有	有	无	无	有	有	有	有	有	有
《佛本行集经》	有	有	有	有	有	有	有	有	有	有
《过去现在因果经》	无	有	有	有	有	有	有	有	有	有
《方广大庄严经》	有	有	有	有	有	有	有	有	有	有
《众许摩诃帝经》	有	有	有	有	有	有	有	有	有	有
《佛本行经》	有	有	有	有	有	有	有	有	有	有

　　从表2-2可以看出,所有情节都包含的有《修行本起经》《佛本行集经》《方广大庄严经》《众许摩诃帝经》《佛本行经》五部经典。《太子瑞应本起经》缺少"摩耶说梦"和"出游观花"情节;《普曜经》缺少"太卜占梦"和"仙人占相"情节;《异出菩萨本起经》缺少"入梦受胎""摩耶说梦""太卜占梦""出游观花"情节;《佛说十二游经》缺少"太卜占梦""出游观花""树下诞生""七步宣言""龙浴太子""瑞应频现"和"仙人占相"情节;《佛所行赞》缺少"摩耶说梦"和"太卜占梦"情节;《过去现在因果经》缺少"降生选择"情节。缺少最多的情节主要集中在"摩耶说梦""太卜占梦"和"出游观花"方面。由此可以看出,在佛典中说梦、占梦和占相是不太被重视的情节。

　　这些经典中的情节全部或部分地被东亚文学所吸收和沿用,并在此基础上通过重构、翻案、改写等多种方式,衍生出了多种变异形态。这些以佛陀诞生灵异记为模板的诸种变身,便于佛教思想和教义在当地的传播,同时也促进

————————

　①　《中本起经》和《僧伽罗刹所集经》关于佛陀诞生内容过于简单,不作为考察对象。

了当地文化与文学的发展。

第二节 《法苑珠林》中的佛陀诞生灵异记

《法苑珠林》被称为"佛教百科全书",是唐代重要的佛教类书。该书成书于唐总章元年,即公元668年。作者为僧人道世。全书100篇,共668部。该书引用的内外典籍多达400余种。该书作为宣传佛教的重要工具书,在网罗汉译佛典的基础上,根据自己的世界观和哲学观进行了系统分类,而且依照布教需要进行了本土化阐释。在"述意部"中阐释该部分的要旨,相当于序言。在"感应缘"中利用我国本土故事验证其所宣之佛教道理,因此道世对佛教经典的引用不是原封不动,而是通过多种方式进行本土化的再创作,以符合中国传统文化语境中民众的接受习惯。

一、基于类书编撰原则下的故事重构

《法苑珠林》中关于佛陀诞生的记载主要集中在卷八的《降胎部》第四至卷九的《占相部》第七。佛陀诞生灵异记在《法苑珠林》中变貌的第一个特征就是整体解构与重构。《降胎部》第四由"述意部""现衰部""观机部""呈祥部""降胎部""奖导部"构成;《出胎部》第五由"述意部""迎后部""感瑞部""诞孕部""招福部""降邪部""同应部""校量部"构成;《侍养部》第六由"述意部""善养部""善征部"构成;《占相部》第七由"述意部""敕占部""呈恭部""现相部""业因部""同异部""校量部""百福部"构成。由此可见,道世将一个故事的整体进行拆分,先将其大致分成《降胎部》《出胎部》《侍养部》和《占相部》,然后再将每一部分成若干小部。这是基于作者独特的编撰原则以及对于故事情节的独特认知,作者分类的标准本身就是一种再创作,让故事在其手中呈现出新的样态,这是一种形式的创新。

那么这些被分成细小的部分究竟都讲了些什么呢?又与经典中的十大主

要情节有什么关系呢?

表2-3　《降胎部》第四中佛陀诞生情节分布及出处

分布	"述意部"	"现衰部"	"观机部"	"呈祥部"	"降胎部"	"奖导部"
内容	佛为了拯救众生,托胎摩耶夫人。	菩萨降兜率天之前,现五种衰相和五种瑞相。	菩萨以四种观来选择降生的时机与地点。	摩耶夫人怀孕之后身心舒畅,婆罗门及五通仙人占相,认定为吉相。	菩萨降兜率宫,入摩耶胎中,在住胎之际为诸天说法。	佛为诸菩萨将其在四生之时,为众生说法之事。
出处		《过去现在因果经》《大智度论》	《大智度论》《佛本行集经》	《佛本行集经》	《涅槃经》《过去现在因果经》《普曜经》《华严经》	《菩萨处胎经》

　　除了"述意部"之外,其他部分包含了大量的主要情节,如"降生选择"("观机部")、"入梦受胎"("呈祥部")、"摩耶说梦"("呈祥部")、"太卜占梦"("呈祥部")的情节。

表2-4　《出胎部》第五中佛陀诞生情节分布及出处

分布	"述意部"	"迎后部"	"感瑞部"	"诞孕部"	"招福部"	"降邪部"	"同应部"	"校量部"
内容	佛陀神奇的降生方式、容貌,与中国古人的降生方式及长相迥异。	摩耶夫人怀孕近十个月,其父将其迎回娘家。	摩耶夫人临产之际现自然界三十二种瑞相。	摩耶夫人产前产后的诸种瑞相。	佛陀诞生灵异表现及诸天护佑。	众梵天礼拜太子。	太子诞生前后,其他众生的降生。	针对太子降生日的甄别考证。
出处		《佛本行经》	《普曜经》	《过去现在因果经》《普曜经》《佛本行集经》《菩萨处胎经》《涅槃经》	《过去现在因果经》《普曜经》《太子瑞应本起经》《修行本起经》《大智度论》	《太子瑞应本起经》《普曜经》	《普曜经》《过去现在因果经》《修行本起经》《太子瑞应本起经》《佛说十二游经》	《瑜伽论》《究竟一乘宝性论》《太子瑞应本起经》

这里包含了"龙浴太子"("招福部")、"七步宣言"("招福部")、"出游观花"("诞孕部")、"树下诞生"("诞孕部")、"瑞应频现"("诞孕部")五个重要情节。当然,这里还将故事中不是十分重要的非核心情节也单独列举出来,如"迎后部""降邪部""同应部"。也许在道世看来,这些情节同样体现了佛教思想的某一侧面。

表 2-5 《侍养部》第六中佛陀诞生情节分布及出处

分布	"述意部"	"善养部"	"善征部"
内容	佛以养育孩子的方式开悟众生。	摩耶夫人生下太子便往生忉利天,经商议,太子由其姨母养育。	太子诞生后,其家族得到各种利益。
出处		《佛本行集经》	《佛本行集经》《普曜经》《太子瑞应本起经》《慧上菩萨问大善权经》《过去现在因果经》

《侍养部》第六中所记载的太子出生后由谁养育问题以及给家族带来的诸多利益,这些虽然是一系列的具体事件,但是这都体现了道世的佛教功德观。

表 2-6 《占相部》第七中佛陀诞生情节分布及出处

分布	"述意部"	"敕占部"	"呈恭部"	"现相部"	"业因部"	"同异部"	"校量部"	"百福部"
内容	中国和印度为不同之国度,两国的占卜也不可同日而语。	净饭王请五百相师和阿私陀仙人为太子占相。	太子不礼阿私陀,反而阿私陀恭敬太子。	详说太子的诸种相好。	详说太子诸种相好的业因。	八十种随好存在何地,菩萨三十二相与转轮王相的区别。	以何种功德成就八十种随好。	福德与相好的关系。
出处	《太子瑞应本起经》《佛本行集经》《过去现在因果经》	《佛本行集经》	《佛本行集经》《胜天王般若波罗蜜经》《宝女所问经》《阿毗达摩大毗婆沙论》《大智度论》	《得无垢女经》	《阿毗达摩大毗婆沙论》	《阿毗达摩大毗婆沙论》	《优婆塞戒经》《阿毗达摩大毗婆沙论》

表2-6中主要围绕"仙人占相"情节展开。由表2-3至表2-6可以看出，《法苑珠林》中囊括了佛陀诞生灵异记中所有主要情节，引用了多种经典。这些情节的分布与经典相比，打破了原有的形式，呈现出非连续的、片段的形态。特别是类似的内容出现多次，有一种叠床架屋之感。这些特征是由这部作品的类书性质决定的，把相似的内容聚集起来，方便阅览。此外，各种小的类别、项目的设立也是道世重要的创举，他结合了佛教思想和本土思想，对于故事的重要内容进行多维度的剖析，这也促进了该故事形态上的改变。

二、议论中的故事再叙述

除了上述形式的变异，《法苑珠林》还在某些"述意部"中以只言片语的形式，对佛陀诞生灵异记再次叙述。如《降胎部》第四"述意部"载：

> 夫诚心内感，则至觉如在；形力外单，则法身咫尺。是以能仁大师，随缘赴机。愍焰宅之既焚，伤欲流之永骛。讬白净之宫，降摩耶之胎。启黄金之色，破无明之闇。居兹三惑，示画箧之非真；出彼四门，惊浮云之易灭也。①

"讬白净之宫，降摩耶之胎"用对句的形式，将菩萨降胎于净饭王的妻子摩耶夫人的情节重新叙述出来，简洁明了。

《出胎部》第五"述意部"载：

> 敬思定光授记，逆号能仁。玄符合契，故讬化释种。萌兆于未形之前，迹孚于已生之后。照炳人天，联绵旷劫。其为源也，邈乎胜矣！所以神形六动，方行七步。五净雨华，九龙洒水。神瑞毕臻，吉征总萃。观诸百代，曾未之有。然后孕异尧轩，产殊禹契。至如黑帝入梦之兆，白光满室之征。徒日嘉祥，讵可拟议。身边则光色一丈，眉间则白毫五尺。开卍字于胸前，蹑千轮于足下。大略以言，三十有二。

---

① （唐）道世撰，周叔迦、苏晋仁校注：《法苑珠林校注》，中华书局2003年版，第290页。

非可以龙颜虎鼻,八采双瞳,方我妙色,较其升降者也。①

文中"方行七步"是指太子的"七步宣言";"五净雨华,九龙洒水"分别指"天降花雨"和"龙浴太子";"神瑞毕臻,吉征总萃"指"瑞应频现";"身边则光色一丈,眉间则白毫五尺。开卍字于胸前,蹑千轮于足下。大略以言,三十有二"指太子瑞相,这里同样使用了对句的形式,概述其关键情节。

《占相部》第七"述意部"载:

夫至圣无方,随缘显晦。澄神虚照,应机如响。所谓寂然不动,感而遂通。于是降神兜率之宫,垂像迦毗之域。家世则轮王递袭,门望则圣道相因。地中三千,既殊于洛邑;国朝八万,有逾于稽岭。宗亲籍甚,孰可详焉。纵吕公之相高帝,世谓知人;若私陀之视吾师,未可同日。较其优劣,升沈有异也。②

"降神兜率之宫,垂像迦毗之域"是指菩萨从兜率宫下降至净饭王之家,这和前面提到的"讬白净之宫"为同一事件。

由此看出,上述"述意部"中为了阐明言说要旨,用极其凝练的语言,对佛陀诞生的部分重要情节重新提及,这当然是出于议论的需要,但客观上起到了创造新的故事形态的作用。

三、借儒宣佛的再阐释

如果说前面两种形式都是对故事结构的分解与重构的话,那么道世还有一种更加深刻的创新手段,那就是用中国固有的典故去阐释佛陀诞生中蕴含的教理。这一部分同样集中在"述意部"之中。如在证明佛陀诞生的神异性时,使用"孕异尧轩,产殊禹契"的典故。关于尧帝、轩辕、禹帝和契的奇特怀孕和生产,梁沈约著《宋书》有所记载。首先是尧帝的诞生:

---

① (唐)道世撰,周叔迦、苏晋仁校注:《法苑珠林校注》,中华书局 2003 年版,第 303 页。
② (唐)道世撰,周叔迦、苏晋仁校注:《法苑珠林校注》,中华书局 2003 年版,第 318 页。

帝尧陶唐氏母曰"庆都",生于斗维之野,常有黄云覆其上。及长,观于三河,常有龙随之。一旦龙负图而至,其文要曰:"亦受天佑。"眉八采,须发长七尺二寸,面锐上丰下。足履翼宿,既而阴风四合,赤龙感之。孕十四月而生尧于丹陵。①

可见,尧帝之母是遇赤龙而怀孕,怀孕十四个月生了尧。

其次是黄帝的诞生:

黄帝轩辕氏母曰"附宝"。见大电绕北斗枢星,光照郊野,感而孕,二十五月而生帝于寿丘。弱而能言,龙颜有圣德。②

轩辕黄帝母亲是在郊外感受到电光而怀孕,怀孕二十五个月。

再次是禹帝的诞生:

帝禹有夏氏,母曰"修己"。出行,见流星贯昴,梦接意感,既而吞神珠。修己背剖,而生禹于石纽。虎鼻大口,两耳参镂。③

由此可见,禹帝母亲是在梦见流星而产生感应且吞掉了神珠,因而受孕。

最后是契的降生:

高辛氏之世妃,曰"简狄",以春分玄鸟至之日,从帝祀郊禖,与其妹浴于玄丘之水。有玄鸟衔卵而坠之,五色甚好,二人竞取,覆以玉筐。简狄先得而吞之,遂孕。胸剖而生契。④

契的母亲简狄是因为吃了玄鸟蛋而怀孕的。

由上述所列出的内容可以看出,尧、黄帝、禹、契母亲怀孕与生产同样不可思议。但是,道世在这里用这些例子却是反衬佛陀诞生的独特性。这种做法与以往的比附手法不同,以往多使用中国的典故来找出与佛教思想近似的内容,进行正向比拟,以助于对佛教的理解。但是这里用了"反比"的方式,强调

---

① （梁）沈约:《宋书》下,商务印书馆 1931 年版,第 6305 页。笔者句读,下同。
② （梁）沈约:《宋书》下,商务印书馆 1931 年版,第 6304 页。
③ （梁）沈约:《宋书》下,商务印书馆 1931 年版,第 6306 页。
④ （梁）沈约:《宋书》下,商务印书馆 1931 年版,第 6306 页。

"孕异尧轩,产殊禹契"。

不仅怀孕和诞生方式不同,道世还从人物的身体特征的对比来凸显佛陀的与众不同。佛陀的"身边则光色一丈,眉间则白毫五尺。开卍字于胸前,蹑千轮于足下"与"龙颜虎鼻,八采双瞳"形成鲜明对照。"龙颜"指的是谁呢?前面引文中的"龙颜有圣德"中的"龙颜"是指黄帝的脸部特征。但是不仅黄帝有此特征:

> 帝舜有虞氏母,曰"握登"。见大虹意感,而生舜于姚墟。目重
>
> 瞳子,故名重华。龙颜大口,黑色,身长六尺一寸。①

这里的舜帝同样具有"龙颜"。因此,这里的"龙颜"究竟是指黄帝还是舜帝很难下准确结论。"虎鼻"应该是指禹帝,因为其"虎鼻"大口。另外,"八采"是指尧帝"眉八采"。"双瞳"是指舜帝,正如引文中所载"目重瞳子"。

可以说,这里同样用反比的方式,列举了中国人所熟知的黄帝、舜等的特异长相,实则是衬托、刻画佛陀的独特性。表面上看,给人一种多此一举之感,因为不是用中国黄帝、舜等形象来比拟联想佛陀。但从更深层次上告诉读者两个信息,一是就像中国的黄帝、舜等一样,印度的佛教教主作为神圣之人同样具有古怪相貌,这样大可不必大惊小怪;二是佛陀的"瑞相"比中国黄帝、舜等还要不可思议。这虽然是作为佛教徒从自己所信奉的宗教立场得出的结论,但作者通过模糊的比拟,构建出中国黄帝、舜等与佛陀的某种共性,使得读者用中国的观念来理解佛教,冲淡异文化的隔阂。

道世还从占相的部分来进行对比。如"纵吕公之相高帝,世谓知人;若私陀之视吾师"同样使用了中国典故。班固撰《汉书·高帝纪》载:

> 单父人吕公善沛令,辟仇,从之客,因家焉。沛中豪杰吏闻令有
>
> 重客,皆往贺。萧何为主吏,主进,令诸大夫曰:"进不满千钱,坐之
>
> 堂下。"高祖为亭长,素易诸吏,乃给为谒曰"贺钱万",实不持一钱。

---

① (梁)沈约:《宋书》下,商务印书馆1931年版,第6306页。

谒入,吕公大惊,起,迎之门。吕公者,好相人,见高祖状貌,因重敬之,引入坐上坐。萧何曰:"刘季固多大言,少成事。"高祖因狎侮诸客,遂坐上坐,无所诎。酒阑,吕公因目固留高祖。竟酒,后。吕公曰:"臣少好相人,相人多矣,无如季相,愿季自爱。臣有息女,愿为箕帚妾。"酒罢,吕媪怒吕公曰:"公始常欲奇此女,与贵人。沛令善公,求之不与,何自妄许与刘季?"吕公曰:"此非儿女子所知。"卒与高祖。吕公女即吕后也,生孝惠帝、鲁元公主。①

吕公是汉高祖刘邦的岳父,擅长给人相面。初见刘邦,见其相貌,赶紧待以上宾。并不顾妻子反对,将其女嫁给刘邦。后来刘邦得天下之后,其女成为皇后。这是"吕公相高帝"的典故。这个阿私陀仙人为太子占相具有类似的情节,但是又具有本质不同。前者是通过相面窥之可以君临天下,因此嫁女,以获得荣华富贵。后者则是预见其必然成为普度众生的转轮圣王。道世的结论同样是"未可同日。较其优劣,升沈有异也"。尽管结论有异,但是用古代帝王的典故来比拟佛陀,目的还是在于用中华文化消解异文化的陌生感。

四、以华土时空观认知佛教

除了在情节上重构与再阐释之外,对于印度与佛教的时空观念,道世运用了"归化"的方式进行处理。如"地中三千,既殊于洛邑;国朝八万,有逾于稽岭"。"地中三千"指佛教所说的大千世界,代指印度;"洛邑"是周朝国都洛阳的古称,代指中国;"国朝八万"是指天竺国家众多;"有逾于稽岭"指数量超越中国。

又如《出胎部》第五"招福部"所载:

身黄金二十二相,放大光明,普照三千大千世界。迦维罗卫国,三千日月,万二千天地之中央也。便有一百万亿日月,四百万亿天下。三千者,略举其要。故如华戎之判,非易而详。海内经云:"身毒之国,是轩辕氏居

① (东汉)班固撰,(唐)颜师古注:《汉书》,中华书局1962年版,第3—4页。

之。"郭氏注云："天竺国也。"以此而言,天地中央未为甚滥。后汉书云："以葱
岭之外,称为九夷。"语其壮丽,胜于中国。吴越春秋云："季子入周,见章甫之
服,三代之乐,云吴,蛮夷之国,岂有此哉。"推此而辨,未必即地为正。故当随其
时代改张,不可同于中天,始末常定。①

这里小字注释部分引用了大量的中国典籍,从地理学上对天竺之国进行说明。
可以说,古代交通闭塞,交流有限,对于中国信众来讲印度是一个陌生的国度,
如何描绘其国家地理特点呢? 道世同样利用了反比的方式,指出某些不同于
中国的地方,这也是一种特殊的文化归化法。

此外,关于佛陀诞生的时间,《出胎部》第五"校量部"写道:

《过去现在因果经》云："二月八日夫人往毗蓝尼园,见无忧花,
举右手摘,从右胁出。"今谓世代既遥,译人前后,直就经文,难可论
辩。考求外典,如似可见。《春秋》云："鲁庄公七年,即庄王一十年,
四月辛亥,恒星不见,星殒(陨)如雨。"检内外典,以四月为正也。②

道世作为类书的编撰者,具有学者的严谨态度,从史学的角度,力求考证出
佛陀出生的准确时间。除了对比各种佛典的说法之外,还引用了中国史书
《春秋》,根据其中"四月辛亥,恒星不见,星殒(陨)如雨"的记载,来判断其
出生月份为四月。这种思维是基于中国古代天人感应的思想,认为有帝
王出,天必有异象。起到了去除陌生化的作用,自然利于中国民众的
接受。

综上可见,佛陀诞生灵异记随着佛典的汉译,被中国僧侣所接受。道世
作为《法苑珠林》的著者,在编撰这部庞大的佛教类书之际,必然也会将其
素材纳入其中。他并没有对故事进行逐一抄录,而是立足于自身对佛教思
想和哲学的理解,对这个故事群进行分类解构,然后根据编撰的要求进行再
建构。在这一过程中,面对本国阅读者,在保留了故事主要情节的同时,尝

---

① (唐)道世撰,周叔迦、苏晋仁校注:《法苑珠林校注》,中华书局2003年版,第309页。
② (唐)道世撰,周叔迦、苏晋仁校注:《法苑珠林校注》,中华书局2003年版,第314页。

试利用本国传统文化元素,对其进行再阐释、再说明,方便中国僧侣借助已有的文化背景,对其进行理解。通过这一系列的做法,佛典中的故事被延续传承下来,其故事结构、表现形式也发生了重大变异,同时由于中国文化因子的介入,故事中某些内容在中国人的接受思维中也发生了某种位移和改动。

第三节　《老子化胡经》中对佛陀诞生灵异记的模仿

佛教传入中国之后,与中国的本土宗教产生了冲突,又慢慢走向融合。道教由于受到了佛教的巨大冲击,也曾尝试着利用佛教来宣传自己,其中《老子化胡经》就是这样一部代表性的道教经典。《老子化胡经》成书于西晋,作者为道士祭酒王浮。据传是王浮与僧人帛远论争后,写了这部典籍,最初为一卷,后人增补至十卷。王浮为了证明道教优于佛教,编造了道教教主老子到印度化身佛陀教化信众的故事。故事载:

> 是时太上老君,以殷王汤甲庚申之岁建□之月,从常道境,驾三气云,乘于日精垂□九耀,入于玉女玄妙口中,寄胎为人。庚辰□二月十五日诞生于亳,九龙吐水灌洗其形,化为九井。尔时老君须发皓白,登即能行,步生莲花,乃至于九。左手指天,右手指地,而告人曰:"天上天下,唯我独尊。我当开扬无上道法,普度一切动植众生。周遍十方及幽牢地狱,应度未度咸悉度之。隐显人间,为国师范。位登太极,无上神仙。"时有自然天衣桂体,神香满室,阳景重辉。九日中,身长九尺。众咸惊议,以为圣人。生有老容,故号为老子。天神空里,赞十号名,所言十者,"太上老君""圆神智""无上尊""帝王师""大丈夫""大仙尊""天人父""无为上人""大悲仁者""元始天尊",此后老君,凝神混迹,教化天人。

从上述文字可以清晰地看出该经对佛陀诞生灵异记模仿的痕迹。第一，"驾三气云,乘于曰精垂□九耀",模仿了菩萨降兜率天的情节;第二,"入于玉女玄妙口中,寄胎为人"仿照菩萨降胎于摩耶夫人;第三,"庚辰□二月十五日诞生于亳"模拟太子于四月十五日诞生于净饭王家;第四,"九龙吐水灌洗其形"仿照了"龙浴太子"的情节;第五,"尔时老君须发皓白,登即能行,步生莲花,乃至于九。左手指天,右手指地,而告人曰:'天上天下,唯我独尊'"借用了太子"七步宣言"的情节;第六,"时有自然天衣桂体,神香满室,阳景重辉"借鉴了太子出生时现诸种瑞应的情节。从这六部分可以看出,《老子化胡经》在多个重要情节方面,吸收借鉴了佛陀诞生的灵异记,这是印度故事在披着中国本土宗教外衣下的存续,体现了印度佛教强大的生命力。

其变异的特征也十分清晰。如进入母胎是通过驾"三气云乘精垂",改变了佛教中乘白象的方式,因为改动之后,更符合道教的日常表现。再如怀胎的主体也将摩耶夫人改成了作为仙女的称呼"玉女"。又如进入胎内的方式也去掉了梦境的媒介。还有将佛经的"七步宣言"改成了"九步宣言"。最后在瑞应的表现方面,也完全去除掉了佛教的因素。这种变异完全是道士为了传播道教而刻意为之。

从文化背景来看,佛教初传至中国的时候,不得不依附黄老道教,因为当时中国人的文化背景就是这些本土元素,佛教为了适应这种情况,不得不反复强调佛教与道教的共性。但是经过一段时间的发展,佛教逐渐壮大起来,甚至在几次与道教的论战中都获得了胜利,因此道教便利用编撰道经之际,杜撰了佛陀是老子出函谷关到印度转生为佛陀的故事,虚构出佛陀是老子转生的情节,意在凸显道教优于佛教。这样一来,这种将佛陀诞生和道教元素杂糅到一起的故事就产生了。

可以说,这里佛陀诞生灵异记的变形与改写是佛教与中国传统宗教文化冲突融合的产物,代表着中国佛教文化的进一步发展,也是佛教中国化的一种具体例证。

第四节　《海东高僧传》中的佛陀诞生灵异记

朝鲜半岛较早便与中原地区频繁地进行文化交流。同样,佛教传入朝鲜半岛也比日本早,然后通过百济传入了日本。朝鲜半岛留下来的佛教研究资料非常有限,《海东高僧传》就是其中的珍贵文献之一。

海东,古代指朝鲜半岛。《海东高僧传》记载的是朝鲜半岛二十余名僧人求法传教的传记。作者为僧人觉训,编著该书的时间应为公元 1215 年。序言载:

> 论曰,夫佛陀之为教也,性相常住,悲愿洪深。穷三际遍十方。雨露以润之,雷霆以鼓之。不行而至,不疾而速。五目不能睹其容,四辩莫能谈其状。其体也,无去无来,其用也,有生有灭。故我释迦如来,从兜率天,乘栴檀楼阁,入摩耶胎。以周昭王甲寅四月初八日,遂开右胁,生于净饭王宫。其夜五色光气,入贯大微,通于西方。昭王问太史苏由曰:"有大圣人,生于西方。"问利害,曰:"此时无他,一千年后,声教被此土焉。"始处宫中。亦同世俗。①

从引文可以看出,释迦降兜率天、乘栴檀楼阁而入摩耶胎、右胁出生、夜有五色光等情节,延续了佛陀诞生灵异记的关键内容,体现了对故事继承的一个方面。

这里变异的部分也非常明显。第一,有取有舍的选择性。相对于延续上述情节的摄取之外,还删除了"降生选择""摩耶说梦""太卜占梦""出游赏花""树下诞生""七步宣言""龙浴太子"等关键情节,充分体现了作者的选择性。第二,中国文化影响痕迹明显。如入摩耶胎的方式与大多数佛典所记载的"乘六牙白象"或"白象"不一样,而是"乘栴檀楼阁","楼阁"本身就是中国

---

① ［高丽］觉訓撰,小峯和明、金英順編訳:《海東高僧伝》,平凡社 2016 年版,第 15 页。

风的建筑,而这种方式恰恰是沿用了中国僧侣志磐编写的《佛祖统纪》和《大方广佛华严经》①的说法,这相较于原来经典是一种明显的变化:

> 序曰:如来降神胎,双垂两应:大机则见乘栴檀楼阁,小机则见乘六牙白象。大小在机,而于如来应本未始有动,此托胎之相也。

> 菩萨已从此没,生于人间净饭王家,乘栴檀楼阁,处摩耶夫人胎。

《华严经》②

另外,"夜五色光气,入贯大微,通于西方"也是站在中国地理方位的观察,并且运用了古代的占星术加以诠释。这部分和太子诞生的祥瑞遥相呼应,只是佛经中的记述是站在当事人的立场,这里是站在旁观者的立场。从文句的使用上看,也是借鉴了道宣的《释迦方志》。不仅如此,后面的昭王问苏由的叙述也是整体上沿用了《释迦方志》的记载。无论是中国天象对太子诞生的瑞应表现,还是当时中国统治者对这一事件的回应,都说明佛陀诞生对于中国的影响,这也为后来佛教传入中国及其传播的合理性做好了铺陈。

总体来讲,古代朝鲜的佛教文学中的佛陀诞生灵异记具有浓郁的中国特色,无论是语言表现还是情节的使用,大多取自中国文献,因此和中国某些佛教文学有雷同之处。之所以会有这种奇特的现象,是由当时特定的时代环境所决定的。古代由于中国和朝鲜半岛在相当长的时间里保持着一种册封体系,这些国家在记述本国历史时往往使用中国年号,重大历史事件也借用中国典籍的记载。《海东高僧传》在叙述本国佛教传来史的时候,首先将佛教在中国的传播过程再叙述一遍,然后才写"若我海东,则高句丽解味留王时,顺道至平壤城"。另外,在序文的后面写道:"且道不自弘,弘之由人,故著流通篇,以示于后。按古梁唐宋三高僧传,皆有译经。以我本朝,无翻译之事故,不存

---

① 虽然《大方广佛华严经》使用了"栴檀楼阁",《佛祖统纪》也是沿用了《华严经》的说法,但这很可能是"窣堵坡"的归化译法,因为楼阁是中国古代传统的样式。

② (南宋)志磐撰,释道法校注:《佛祖统纪校注》,上海古籍出版社 2012 年版,第 25 页。

此科也。"①这虽然是写本朝没有译经之事,但同时也证明了本国文献之缺失。觉训在编撰本国僧侣的传教经历的时候,也大多使用了中国文献的记载。这是佛陀诞生灵异记在朝鲜半岛传承与变异的客观原因。

第五节　《今昔物语集》中的佛陀诞生灵异记

佛陀诞生灵异记不仅影响到了中国的佛教类书、道教典籍和古代朝鲜僧传,其影响还跨越了海洋,影响到了日本的佛教说话文学。②《今昔物语集》是日本最大的说话集,从内容性质可以分为佛教说话和世俗说话,因为其中佛教说话占了主体,因此笼统地称其为"佛教说话集"并无大碍。该书成书年代不详,据学者研究推断,大致写成于平安末期。关于作者有诸多猜想,但是目前仍无定说。该书按地域分为"天竺"(印度)、"震旦"(中国)和"本朝"(日本),其实这种分类在一定程度上也反映了佛教传播的路径。

《今昔物语集》开篇故事就是佛陀的诞生,标题为《释迦如来投胎人界的故事》:

> 从前,释迦如来还没有成佛的时候,名叫释迦菩萨,住在兜率天的内院。有一天,他正想投生到阎浮提的时候,突然出现了五衰相。这五衰相的其一是控制不住自己总是眨眼睛;其二是天人头上的花蔓枯萎了;其三是天人的衣服不知在哪里沾上了尘埃;其四是天人的腋下出汗;其五是天人的宝座也找不到了。
>
> 诸天人和菩萨们看见后非常惊疑,对释迦菩萨说道:"今天出现的事情让我身心震动,不能自安,请为我们解释这其中的缘由。"释迦菩萨回答菩萨和诸天人们说:"这正说明诸行皆无常。我现在很

---

① ［高丽］觉訓撰,小峯和明、金英順編訳:《海東高僧伝》,平凡社2016年版,第17页。
② 关于这一课题,日本学者黑部通善在《日本仏伝文学の研究》(和泉書院1989年版)第三章亦有论说。

快就要离开天宫,转生到阎浮提去。"诸天听后叹息不已。A. 接着,释迦菩萨的眼前浮现出转生到阎浮提后谁是他的父亲、谁是他的母亲的情景。他认定迦毗罗卫国的净饭王作为父亲,摩耶夫人作为母亲。

B. 他于癸丑年的七月八日投入摩耶夫人的胎中。摩耶夫人夜里梦见释迦菩萨乘六牙白象从虚空而来,由右胁进入体内,就像把东西放入琉璃壶中那么鲜明。C. 夫人从梦中惊醒,到净饭王的御前讲述了此梦。净饭王听了夫人讲述的梦境后说道:"我也做了同样的梦,我自己也不知该如何处理此事。"D. 于是净饭王立即请来一位叫善相婆罗门的人。他们用奇妙的香花和丰盛的饮食供养这位婆罗门,然后向他询问夫人梦境的含义。婆罗门回禀大王道:"夫人怀的这位太子,诸善妙相具足,无法细说,现在为了大王略作解说。夫人胎中的太子一定会给释迦族带来荣耀。太子出生时候大放光明。并将得到梵天、帝释及所有诸天的崇敬,现出此相,定能成佛。如果太子不出家,将会成为转轮圣王,使四洲充满七宝,有成千的子孙。"

大王听了这位婆罗门的解说后感到无限欢喜,将无数的金银、象马车乘等宝物赐予这位婆罗门,夫人也给予了无数施舍。婆罗门接受了大王及夫人赐施的宝物后离去了。①

第二个题目为《释迦如来转生人界的故事》,故事是这样的:

从前,E. 释迦如来的母亲摩耶夫人与她的父亲善觉长者相约于初春二月八日前往岚毗尼园的无忧树下。摩耶夫人来到园中,从宝车下来朝无忧树走去。她身上装饰着各种各样优美的璎珞。夫人的随从采女有八万四千人,车乘十万,还有大臣官卿及负责各种事务的群臣百官。那棵无忧树从上到下枝叶极为茂盛,半绿半青,流光溢

---

① 金伟、吴彦译:《今昔物语集》第一册,万卷出版公司 2006 年版,第1—2页。

彩,就像孔雀的脖颈。F.夫人站在树下,举起右手捲取树枝的时候,太子从右胁降生的,大放光明。

此时,诸天人、魔王、梵天王、沙门、婆罗门等皆聚集在树下。G.太子降生时,天人举手侍奉,太子自行朝四方各走了七步,每走一步足下都生出莲花。向南走七步是表示将为无量的众生成就上福田;向西走七步是表示今生将永远断离老死的最后的肉身;向北走七步是表示将超度诸种生死轮回;向东走七步是表示将引导众生;向四维各走七步是表示斩断各种烦恼成佛;向上走七步是表示将为不净者清除污秽;向下走七步是表示将降下法雨熄灭地狱的火焰,让众生享受安稳之乐。太子向诸方各行七步后宣颂曰:

我生胎分尽

是最末后身

我已得漏尽

当后度众生

步行七步表示七觉意。地上生出的莲花是地神变化的。

此事,四天王用天缯包裹太子置奉于宝案上。帝释天持宝盖,梵天持白拂尘侍候于左右。H.难陀、跋难陀二龙王在虚空中口吐清净水为太子浴身,一会儿是温水,一会儿是凉水,交互沐浴。I.太子身呈金黄色,三十二相俱在,大放光明,普照三千大千世界。天龙八部在虚空中奏响天乐,天空上降下天衣及璎珞,散落如雨。

有一位大臣名叫摩诃那摩,来到了大王面前禀告太子降生,并向大王启奏了太子降生时发生的奇异之事。大王听后非常震惊,赶赴岚毗尼园。有一女子见大王前来,进入园中怀抱太子到大王身边道:"太子,现在请向父王敬礼。"大王道:"先礼拜我们的婆罗门师,然后再见我。"那位女子怀抱太子到婆罗门身边。J.婆罗门奉见太子后对大王说道:"此太子必定会成为转轮圣王。"

　　大王携太子回迦毗罗城。离城不远处有一位天神,名叫增长,其
神社是释迦同族的人们经常参拜、乞愿保佑的地方。大王要带太子
参拜那位天神的神社,对诸大臣说道:"我现在要让太子敬拜此天
神。"乳母怀抱太子到天神前参拜的时候,一位女天神名叫无畏,从
神坛上下来,合掌迎奉太子,共境地顶礼太子的双足,并对乳母说道:
"次太子并非凡人要精心侍奉。还有,不可以让太子礼拜我,我应该
礼拜太子。"①

为了便于对故事的整体理解,笔者将核心情节划分成A—J这十个部分。A为
降生地的设定,相当于降生地的选择,但是没有比较的过程。因此,作为《今
昔物语集》的主要出典《过去现在因果经》被认为没有诞生地选择的情节;B
为入梦受胎;C为摩耶说梦;D为婆罗门占梦;E为出游观花;F树下诞生;G为
七步宣言;H为龙浴太子;I为瑞应频现;J为仙人占相。这部分大体上和佛经
的主要情节相对应,体现了故事整体性的沿用和借鉴。但是,《今昔物语集》
中的作者再创作的痕迹也十分清晰,下面逐一详细解析。

一、故事内容的删减与缩写

　　《今昔物语集》中的佛陀诞生灵异记整体上取自于《过去现在因果经》,因
此这里对照经典首先考察篇幅和规模上的变动。故事在原经集中在第一卷,
情节拖沓,篇幅冗长,但是《今昔物语集》在此基础上通过删除和缩写的方式,
将这一故事变成相对清晰简洁的小故事。第一,删除了佛经中绝大多数的偈
颂。第二,删除入胎前的"五瑞相"。佛典《过去现在因果经》中对入胎前有详
细的铺叙,除了善慧菩萨出现"五衰相"之外,又现"五瑞相":一者大放光明,
普照三千大千世界。二者大地十八相动。须弥海水、诸天宫殿,皆悉震摇。三
者诸魔宫宅,隐蔽不现。四者日月星辰,无复光明。五者天龙八部,身皆震动,

---

① 金伟、吴彦译:《今昔物语集》第一册,万卷出版公司2006年版,第4—5页。

不能自安。第三,删除了其他天子降生人间的情节。第四,省略了住胎期间为
诸天说法的情节。第五,删除了摩耶夫人怀孕后的诸种瑞应,等等。从删除的
内容来看,偈颂是佛经特有的叙事体裁,是通过韵文的方式对散文叙事进行再
叙述。从内容上来讲是重复的,有赘述之感。从作者编撰原则来讲,其创作是
要符合日本人的欣赏习惯,并不是要生吞活剥佛经,因此要删掉不合日本人阅
读习惯的样式。另外,删除了“五衰”之前烦琐的铺陈,这些内容充斥着抽象
的佛教说理,故事性和情节性也不是特别明显,即使删掉这些内容也不会影响
佛陀诞生的完整性。同样道理,删除其他部分的理由也大体基于类似原因。

　　除了快刀斩乱麻式的删除,还针对某些复杂的内容在保持基本情节的基
础上,对其进行凝练和浓缩。如当得知菩萨要离开兜率天往生阎浮提时,《过
去现在因果经》写道:

　　　　于时诸天,闻此语已,悲号涕泣,心大忧恼,举身血现,如波罗奢
　　花;或有不复乐于本座;或有弃其庄严之具;或有宛转迷闷于地;或有
　　深叹无常苦者。①

这里对于诸天听了菩萨的决定,佛经中用了比喻、排比等手法,对其不同的反
应进行了详细的描述,烘托了诸天对于菩萨的不舍。但是在《今昔物语集》中
则被凝练成了一句话“诸天听后叹息不已”,即“一言以蔽之”。又如菩萨入摩
耶夫人胎过程及其说梦,《过去现在因果经》也有详细的铺排:

　　　　尔时菩萨观降胎时至,即乘六牙白象,发兜率宫;无量诸天,作诸
　　伎乐,烧众名香,散天妙花;随从菩萨,满虚空中,放大光明,普照十
　　方;以四月八日明星出时,降神母胎。于摩耶夫人,于眠寤之际,见菩
　　萨乘六牙白象腾虚而来,从右胁入,影现于外如处琉璃;夫人体安快
　　乐,如服甘露,顾见自身,如日月照,心大欢喜,踊跃无量,见此相已,
　　见诸瑞相,豁然而觉,生稀有心,即便往至白净王所,而白王言:“我

————————————

　　①　中华电子佛典协会:《中华电子佛典集成》,河北省佛教协会 2010 年版。笔者根据原文
进行重新句读,后同。

> 于向者眠寤之际,其状如梦,见诸瑞相,极为奇特。"王即答言:"我向
>
> 亦见有大光明,又复觉汝颜貌异常,汝可为说所见瑞相。"①

佛经里对菩萨下兜率天的过程从诸天演奏神乐、烧香散花、菩萨相送、光明照十方等角度对其盛况进行了重墨渲染。《今昔物语集》中则用"从虚空而来"一语带过。对于菩萨入胎后的摩耶夫人的反应,也用了三处比喻来加以细描,但是《今昔物语集》中则浓缩成一个比喻。说梦的部分,《今昔物语集》也比佛经简略很多。

此外,在描写给善相婆罗门赏赐的时候,《今昔物语集》中省略了赏赐村邑和女人。

缩写在保留原来基本核心的基础上,化繁为简,使得故事看起来更加便于阅读。但是另一方面,也造成了某些重要文学元素的遗失,令文学性的特色有所消退,这是负面的意义。不过,从创作者的编撰目的来看,无论是删减抑或是缩写,目的都是着眼于故事整体的完整性和简洁性,这可能是作者编撰佛教宣传品的基本原则。

二、情节与细节的改写

除了上述在内容和篇幅上的缩小之外,也在某些细节或情节上进行了变更。

首先,关于入胎前对菩萨的称呼,在《过去现在因果经》中被称为"善慧菩萨",而在《今昔物语集》中则改为"释迦菩萨"。这种脱离出典的刻意改变,体现了作者独特的创作初衷。可以推测,作者站在向一般民众宣教的立场上,并不需要完整准确地叙述佛教史的每一个细节,而只是想呈现一个基本事件。释迦牟尼作为印度佛教创始者,本身有多种别称,极易混淆,若将不同称呼都讲给文化程度不高的民众,势必会给民众带来某种不必要的困扰。因此,直接

---

① 中华电子佛典协会:《中华电子佛典集成》,河北省佛教协会 2010 年版。

将其称为"释迦菩萨"更便于宗教宣传。

其次,诸天对于"五衰相"的惊恐和不解部分。佛经中是先出现了"五瑞相"之后,菩萨又现"五瑞相",诸天才对菩萨提出疑问,发生这一切究竟是为什么。在《今昔物语集》则将这种疑问放在了发生"五衰相"之后。其实这种改动在一般读者看来是非常合理的,因为菩萨从兜率天下到人间,是一种向低层次的"道"轮回,所以现出"五衰"这种不好的现象恰好与事情性质相吻合。如果加上"五瑞相"并在"五瑞相"出现后有天人"身心震动,不能自安"的心情显然不合时宜,因此这种改动是合情合理的。

再次,降生地认定的部分也有较大改动。在佛经中是以和诸天对话形式出现的:

> 尔时菩萨语天子言:"此偈乃是过去诸佛之所共说,诸行性相法皆如是(略)汝等当知,今是度脱众生之时,我应下生阎浮提中,迦毗罗斾兜国,甘蔗苗裔,释姓种族,白净家王。"①

而在《今昔物语集》里则以菩萨心理活动的方式呈现的。前面引文中译者译作"释迦菩萨的眼前浮现出转生到阎浮提后谁是他的父亲、谁是他的母亲的情景。他认定迦毗罗卫国的净饭王作为父亲,摩耶夫人作为母亲"并没有真实反映出原著的表现方式。通过这种改动去除掉了不必要的交代,直截了当地表达了自己的意志,这也是一种成功的改写。

三、多处取材

《今昔物语集》不仅从《过去现在因果经》取材,还从其他文献中汲取素材。如关于入胎时间,《今昔物语集》也有很大改动。《法苑珠林》卷八"降胎部"中沿用了《过去现在因果经》的说法"以四月八日明星出时,降神母胎",而《今昔物语集》中写作"他于癸丑年的七月八日投入摩耶夫人的胎中"。针对

---

① 中华电子佛典协会:《中华电子佛典集成》,河北省佛教协会 2010 年版。

这一变动，金伟、吴彦译本采用了新日本古典文学大系本的观点，认为："编者选择使用的是《法苑珠林》中的记载，即摩耶夫人受胎的时间是周昭王二十三年(癸丑年)七月十五日。这里出现的八日投胎一说可能是与四月八日的混同。"①确实如此，《法苑珠林》卷一百"历算部第六"中引用了大量中土文献，以推算释迦入胎的时间，时间迥异，但没有和《今昔物语集》说法完全一致的。但其中说法之一："佛是姬周第五主昭王瑕即位二十三年癸丑之岁七月十五日，现白象形，降自兜率，讬净饭宫，摩耶受胎。"有"癸丑"字样的仅此一处。可见，时间取自《法苑珠林》而非《过去现在因果经》。从故事传播与变异角度来看，《法苑珠林》一方面忠实引用了《过去现在因果经》，另一方面试图从中国王朝发展历史中重新建构佛教发展的重大时间节点，体现了作者道世明确将故事本土化的意图。此外，保留了《过去现在因果经》"明星出时"的修饰语，还在"历算部"中关于释迦出胎用"江河泉池忽然泛涨""山川大地，咸悉震动""有无色光气入贯太微"等怪异现象加以修饰，体现了中国传统文化语境中"天人感应"的思想，即大凡伟人降世必然有天地异动。而《今昔物语集》中袭用中国文献中的时间的同时，却将反映中国思想背景的复杂内容抹去，突出了文学创作的自主性。

另外，太子降生后有众天人举手侍奉，很可能是依据《佛本行集经》的记载所改写。该经写道：

又菩萨初从母胎出时，时天帝释将天细妙憍尸迦衣裹于自手，于先承接，擎菩萨身。②

从文句描写和实质内容来看，基本一致。因为《法苑珠林》中也引用了这一段，所以《今昔物语集》很可能是直接或间接取材于《佛本行集经》。

再如，对于摩耶夫人游园观花过程，《过去现在因果经》中并没有交代是和父亲善觉长者一起，而《今昔物语集》中则是二者共同游览。而在《佛本行

① 金伟、吴彦译：《今昔物语集》第一册，万卷出版公司2006年版，第3页。
② (唐)道世撰，周叔迦、苏晋仁校注：《法苑珠林校注》，中华书局2003年版，第307页。

经》则有这样交代,《法苑珠林》这样写道:

> 如《佛本行经》云:"尔时菩萨圣母摩耶怀孕菩萨,将满十月,垂
> 欲生时,时彼摩耶大夫人父善觉长者即遣使人诣迦毗罗净饭王所。"
> 又云:"夫人父名善觉,奏大王言:'如我所知,我女摩耶王大夫人怀
> 藏圣胎,威德既大。若彼产出,我女命短,不久必终。我意欲迎我女
> 摩耶,还我安止,住于岚毗尼中,共相娱乐,尽父子情。惟愿大王,莫
> 生留难。乞垂哀悯,遣放女来我家,产讫即遣送还。'"①

后来,净饭王就答应了岳父的请求,将其送回娘家。有了这些情节的铺垫,才
有了善觉长者和摩耶夫人共同游园的情节展开。所以这一部分,很可能是直
接取材于《佛本行经》或者间接取材于《法苑珠林》。故此,佛陀诞生灵异记的
变异和作者多种取材然后进行加工的手段分不开。

四、细部的添加和形式重构

《今昔物语集》故事的某些地方,添加了一些细微的描写。如摩耶夫人在
园中游玩之际,对于无忧树的刻画,就加入了作者独特的描写"那棵无忧树从
上到下枝叶极为茂盛,半绿半青,流光溢彩,就像孔雀的脖颈"。其中对树的
颜色用孔雀的脖颈来比喻,使得树的颜色和形状变得更加形象具体。又如摩
耶夫人生下太子之后,《今昔物语集》中加入了"此时,诸天人、魔王、梵天王、
沙门、婆罗门等皆聚集在树下",为后面叙述做好铺垫,然后又添加了"太子降
生时,天人举手侍奉",这一细节的添加更具有生活实感。因为一般来说,孩
子刚刚降生时,需要众人服侍,因此会有很多人围在后边。加之,大家急于呵
护太子,因此都伸出手来。可以说,这些描写进一步削弱神话色彩,同时增添
了一些现实生活的气息。

《今昔物语集》故事表现形式也有新的创造。用"今昔"字眼开头,大概意

---

① (唐)道世撰,周叔迦、苏晋仁校注:《法苑珠林校注》,中华书局 2003 年版,第 304 页。

思是从现在说起来,那是很久以前的事情了。结尾用"据传"这样的方式来表达过去发生的事情。这种文学叙述方式与佛经及佛教类书的叙述方式完全不同,体现作者独具匠心的改造。

总之,从上述情况来看,通过《今昔物语集》与佛经的对比,可以窥得其与原典之间承续的关系,表现了故事接受的一面。另一方面通过作者的删减增添、多方取材及形式重构,故事的内容、细节、情节及叙述模式都发生很大的变化,体现了故事变异的一面。

第六节　佛陀诞生灵异记在
圣德太子身上的投影

佛陀诞生灵异记不仅作为佛陀本身故事在佛教说话集《今昔物语集》中继承下来,还以一种故事投影的方式,通过圣德太子的生平传记表现出来。[①]

圣德太子具有政治家和日本佛教之祖的双重身份特征。圣德太子曾在推古天皇在位时摄政,曾经制定十七条宪法和冠位十二阶。与中国隋朝积极通好,派遣遣隋使,增强国际影响力。作为佛教的积极推动者,在日本佛教史上贡献巨大。他本人笃信佛教,在十七条宪法中明确主张要"崇敬三宝",扶植佛教发展,建立四天王寺,并为《胜鬘经》《法华经》《维摩经》注疏,受到佛教信徒的崇信,后来甚至逐渐形成了"太子信仰"。在这一过程中,太子从真实的历史人物逐渐登上神坛,成为神格的化身。

关于圣德太子的神话叙事有很多,其中《圣德太子传历》就是其中代表性的文献之一。该作品由汉文写成,编年体,分上下两卷。一般认为,是藤原兼辅于公元917年完成。其中关于圣德太子诞生的记载如下:

> 钦明天皇三十一年庚寅春二月,第四皇子橘丰日尊纳庶妹间人

---

① 关于这一课题,日本学者黑部通善在《日本仏伝文学の研究》(和泉書院1989年版)第二章亦有论说。

穴太部皇女为妃。(1)三十二年辛卯春正月朔甲子夜,妃梦见有金色僧,容仪太艳。对妃而立,谓之曰:"吾有救世之愿,愿暂宿后腹。"妃曰:"是为谁?"僧曰:"吾救世菩萨,家在西方。"妃曰:"妾腹垢秽,何宿贵人?"僧曰:"吾不厌垢秽,唯望妙感人间。"妃曰:"不敢辞让,左之右之随命。"僧怀欢色,跃入口中。妃即惊寤,喉中犹似吞物。(2)妃意太奇,谓皇子。(3)皇子曰:"尔之所诞,必得圣人。"(4)自此以后,始知有娠。妃之妊也,性殊睿敏,动止闲爽,枢机辩悟。经八月,闻言于外,皇子并妃以太奇。

(5)敏达天皇元年壬辰春正月一日,妃巡第中到于厩下,不觉有产。女孺惊抱,疾入寝殿。妃亦无恙,安宿幄内。(6)皇子惊,询侍从会庭。忽有赤黄光至,自西方照曜店内良久而止。敏达天皇闻此异,命驾而问,比及殿户,复有照曜。天皇大异,勒群臣曰:"此儿后有异于世。"(7)即命有司,定大汤坐、若汤坐,而沐浴。抱举天皇,以褓受之。授皇后,皇后授父皇子,皇子授皇妃,妃披怀受,身体太香。(8)三日夕,天皇设宴,赐物群臣。七日夕,皇后设宴赐物,后宫大臣已下,相次献馔,称之养产。定奶母三人,并取连臣女。(9)夏四月后,太子能言能语,知人举动,妄不啼泣。

(10)二年癸巳春二月,生后仅期有二月矣。始十五日平旦,合掌向东称南无佛而再拜,不因人教。奶母常禁,太子举目睎,不依所制,七岁之后,此态永止……

(11)十二年癸卯秋七月,百济贤者韦北达人率日罗随我朝召使节吉备海部羽岛来朝。此人勇而有计,身有光明,如火焰。天皇召遣阿信臣目、物部贽子大连、大伴糟手子连等,问国政于日罗。太子闻日罗有异相者,奏天皇曰:"儿望随使臣等往难波馆,视彼为人。"天皇不许,太子密谕皇子,御之微服,从诸童子入馆而见。日罗在床望四观者,指太子曰:"那童子也,是神人矣!"于时,太子服粗布衣,垢面带绳,与马饲儿连肩而居。日罗遣人指引,太子惊去。日罗遥拜,脱履而走。诸大夫等大奇,出门而见,即知太子。太子隐坐,易衣而出。日罗迎,再拜两段。大夫亦惊,谢罪再拜。修仪而入,太子辞让,直入日罗之房。日罗跪地而合掌,白曰:"敬礼救世观世音大善菩萨、传灯东方粟散王云云。"人不得闻。太子修容折磬而谢。日罗大放身光,如火炽炎。太子亦眉间放光,如日辉之枝,须臾即止。①

从上述情节与佛陀诞生灵异记对比可以看出,情节几乎如出一辙。可以说,这里有诸多情节都可以与佛经中的记述相对应。具体言之,(1)入梦住胎;(2)摩耶说梦;(3)仿太卜占梦;(5)仿游园观花及树下诞生;(6)瑞应频现;(7)仿龙浴太子;(9)(10)仿七步宣言;(11)仙人占相。由此可以看出,这里缺少了入胎选择的情节。

虽然从情节上延续的部分很多,但是其情节本身也不是原封不动的继承,而是带有浓厚的变异色彩。

(1)虽然同是入梦住胎,但是差异也很大。首先,进入摩耶身体的情节佛经大多是菩萨乘六牙白象进入身体的,而这里被改写成了僧人。其次,这里加入了僧人和妃详细的对话情节,这是在原来经文中所没有的。再次,对僧侣的外貌进行了简略描写。如"金色"及"容仪太艳",使得读者对僧侣长相有了初步的认知。同时这也为表现圣德太子的神异做了铺陈。最后,明确僧侣是从口中进入的,而佛经则是从右胁进入的。

(2)摩耶说梦,一语带过,相对更为简洁。

(3)原本应该属于皇子和妃子的对话,但是"尔之所诞,必得圣人"一语,大体相当于佛经中太卜占梦的情节。因此,这里在一定意义上是将佛经中太卜的身份和皇子进行了置换,同样使用了占卜的语言,使得太子的言行功能发生了改变。

---

① 节引自[日]藤原兼辅、藏中进等编:《〈圣德大师伝历〉影印と研究》,樱枫社 1985 年版,第 16—52 页。其中省略了原文中注解部分,笔者根据文意句读,为论述需要标注了数字。

（4）虽然不是故事的核心情节，但是可以笼统地将其视为摩耶怀孕后的瑞应。

（5）佛经中摩耶夫人生产是在无忧树下，但是圣德太子又叫"厩户太子"是众所周知的史实，因此只能将其降生地点和马厩关联起来，这却自然令读者想起佛陀的独特诞生地，这恐怕也是编撰者有意为之。

（6）佛经中瑞应表现比较复杂，这里仅用"忽有赤黄光至，自西方照曜店内良久而止"进行描述，其中发光是佛教描写瑞应惯用的桥段，直接借用过来。不过将原经中的单纯的光加上了颜色，变成了"赤黄光"，增添了灵异色彩。此外还描写了光的方向是从西方而来，暗喻佛教的起源。

（7）太子出生后，天皇命大汤坐和若汤坐为孩子沐浴，这一情节明显是模仿天龙给太子沐浴的情节，只是将天龙替换成了下人，使得神话故事蜕变成了具有人间生活气息的故事。

（8）大体相当于佛经中的宴会群臣，但记述有差异。

（9）（10）明显是仿照佛经中的"七步宣言"，但是作者做了较大改动。如将佛经中生下来就能言，改为几个月之后，这样一来，虽然还有神话色彩，但是色彩相对变淡一些。这里去除了脚底生莲花的神幻情节，也把向四维宣誓的情节简化成了仅朝东方礼拜。

（11）《圣德太子传历》中的太子占相的主体将佛经中的仙人改作百济的日罗。另外还将占相的年龄由原来的出生不久变成了圣德太子十二岁之后，这恐怕是基于某种历史记载进行的改动或创作。不过，日罗慧眼识太子和谦卑礼拜的桥段，均可以发现其模仿佛经的痕迹。

可以说，佛陀诞生故事在圣德太子诞生故事中的投影依稀可见，但是由于诸种光谱的影响，虽然保留了神话叙事的特点，但是明显变得稀薄很多。无论是瑞应描写度的控制，还是太子自身神奇度的掌握，这些都尽量让故事整体看起来既有灵异色彩，又不至于完全荒诞不羁。从圣德太子形象的塑造来看，其身上具有诸多普通人的特征。如"妄不啼泣"是一个让人省心的乖巧孩子。

同时,在没人教授的情况下,经常合掌念佛,因此遭到乳母的阻止,可"太子举目睇,不依所制"偏偏不听,一方面铺垫了他的佛缘,另一方面也使得野性难驯的小孩形象立即跃然纸上。不仅如此,当太子出生后,"抱举天皇,以褓受之。授皇后,皇后授父皇子,皇子授皇妃",皇室对于太子的喜爱通过寥寥数语的交代,仿佛就发生在读者的眼前。

值得注意的是,圣德太子诞生中透露出了浓厚的日本民族文化气息,这背后的文化底蕴恰恰是佛陀诞生灵异记在日本变异的重要原因。如僧人在进入太子妃身体之前,二人有详细的对话。这和佛经中摩耶被动受孕完全不同。当僧人说要入胎在她的身体的时候,太子妃说"妾腹垢秽,何宿贵人",太子妃是从日本神道文化的立场,表达了一种疑惑。神道作为日本土著信仰,在佛教传入日本之前就深深地植入了人们的思想观念之中了。神道的核心就是"清净",厌恶污秽。女性由于月经或生产会出血,因此被视为污秽。太子妃正是有这种认知,当僧人要住胎于她腹中的时候,她也将僧人视为神,因此才这样谦虚地问询。这样的细节在印度的佛经和中国佛教类书中均未发现,这正是日本文化的独特体现。

此外,故事在很大程度上也受到了中国的影响。比如前面提到的光的颜色,佛经中无色,但是《圣德太子传历》中变成了"赤黄"。另外僧人也是金色的,金色就是黄色,因此光和僧人都是黄色。为什么会发生这种变化? 这很可能受到了中国相关文献记载的影响。最有代表性的是汉明帝梦见金色僧人的故事,并且作为引入佛教的重要契机,这一故事情节很早就随着《汉书》传到了日本,颜色的变异很可能受到了中国文学的启发。此外,光的来源写作"自西方照",这里大概是作者试图再现佛教传来之路径。佛教发祥于印度,在中国进一步发扬光大,后来经过朝鲜半岛传到了日本,无论是印度,抑或是中国,还是朝鲜半岛,都处在日本西方,因此这句描写也是基于史实的。但是更深层次的含义应该是太子来自西方。僧人入胎前说自己身在西方,而且光从西方来,说明太子即将诞生,种种迹象表明太子也是来自西方。关于这一点,太子还在后面直接交代了前世：

> 六年丁酉冬十月，遣百济国大别王，将经论并律师、禅师、比丘尼
> 等还来，由此奏状。太子侍天皇窗下，奏曰："而情欲见持来经论。"
> 天皇问之："何由？"太子奏曰："儿昔在汉住衡山峰。历数十年修行
> 佛道。佛之垂教，非有非无，诸善奉行，诸恶莫作，故今欲见百济作献
> 佛经、菩萨诸论。"天皇大奇，问之："汝年六岁，独在朕前，何日在汉？
> 何以诈言？"太子奏曰："儿之前身，意有所虑。"天皇拍手大异。所闻
> 群臣亦大鸣舌，拍手而奇之。①

太子六岁便想阅读经卷，父皇不解，问他原因。于是太子回禀父皇说自己曾经
在中国的衡山修行数十年，并说那是他的前世。由此可以见，圣德太子是从中
国转世到日本的，这就和僧人家在西方、光自西方来对应起来了，这里的西方
就是指代中国，由此可见中国在佛教传播史上的影响。

　　总之，编撰者为了宣扬圣德太子的宗教神性，将佛陀诞生灵异记的诸多情
节移花接木至圣德太子的身上。一方面，要宣传其佛教的宗教性，所以保留了
宗教特有的神幻色彩。另一方面，又限于其历史人物的身份，因此也加入了凡
人特征的描写，这是人物形象变化的最大特点和原因。还需要指出的是，因为
作者所处的本土语境，将本国固有的文化信仰移植其中，所以使其具有了本民
族的特色。不仅如此，中国佛教与日本佛教是源与流的关系，因此作品中在诸
多表现方面都具有中国影响的色彩。

　　然而，佛陀诞生灵异记在圣德太子身上的运用，并没有仅仅局限在《圣德
太子传历》这一部作品，而在其他的说话集，诸如《日本往生极乐记》《本朝法
华验记》等作品中被多次再演绎，情节方面大同小异，或许都是依据共同的文
献种本，可是故事的主要情节还是根源于佛经的。换言之，佛陀诞生灵异记的
故事通过圣德太子诞生的故事在不同的文学体裁、不同的文学作品中被反复

---

① 　[日]藤原兼辅、藏中进等编：《〈聖徳大師伝暦〉影印と研究》，桜楓社1985年版，第32—
34页。

演绎,接受与变异在日本文化语境中一直进行着。

第七节 弘法大师信仰中佛陀
诞生灵异记的影响

佛陀诞生灵异记不仅在日本佛教说话集中被继承下来,同时还被移植到了圣德太子身上。事实上,其影响也不限于此,部分元素还被吸纳到了和弘法大师信仰相关的文本之中。弘法大师信仰中重要的支撑就是各种相关传记,传记中围绕其出生,从佛陀诞生的情节中借鉴颇多。

空海,谥号"弘法大师",幼名"真鱼",法号"遍照金刚"。弘法大师生于公元774年,卒于公元835年。弘法大师是真言宗的开祖,曾经到中国留学,师从长安青龙寺惠果。空海以其特殊的才能和功绩,在日本佛教史和文化史上具有重要的地位。他作为真言宗的开祖,对日本佛教产生了深远影响,著有《三教指归》《性灵集》。他作为著名的书法家,与嵯峨天皇、橘逸势并称为"日本三笔"。作为文人精通汉诗,著有文学批评著作《文镜秘府论》。这种天才式的人物在日本全国各地留下了各种传说和遗迹,并且逐渐形成了弘法大师信仰。弘法大师由宗教领袖和文化名人逐渐走向神坛,成为一种超人间的存在,而与之相关灵异叙事文本就是在这样一种氛围和背景下产生的。围绕弘法大师的生平,产生了一系列的作品,可以将其视为弘法大师信仰作品群。本节以其中一个作品为例,考察其对佛陀诞生灵异记的接受情况。

权大僧都宗性的《弘法大师传要文抄》关于弘法大师这样记载:

弘法大师传上云,赠大僧正法印大和尚,讳"空海",灌顶号曰"遍照金刚",平生职位大僧都传灯大法师位,谥"弘法大师"。赞岐国多度郡屏风浦人也。父佐伯直氏,其源出天尊。先祖昔从日本武尊,征毛人有功,因赐土地,便家之。国史谱牒详之。苗裔相次为县

令,母阿刀氏。父母梦见圣人从天竺飞来,入我等怀,仍妊胎。经十
二月诞生。当宝龟五年甲寅,诞生之时,多有灵瑞。聪明岐嶷,能识
人事。五六岁之间,常梦居坐八叶莲华之中,诸佛共语。虽然不专不
语父母,况他人哉?父母尊宠钟爱,字曰“贵物”。父母曰:“瑞梦而
生,往昔定为佛弟子,然则今又可为佛弟子。”大师幼稚之耳朵闻此
言偷喜悦。宅边建立童堂,以泥土造佛像安置之,奉礼为常事。八九
岁之间,游行家边,有一人来,是问民间疾苦之使者也。下马拜敬,即
告亲族曰:“汝不知哉,是儿权化也!”①

正如中国诸多古代圣人帝王降生的神异故事一样,弘法大师的出生也充满
了神幻色彩,这种神幻表现在佛教特征方面。从引文可以看出,无论是圣人
从天竺而来情节,还是诞生有灵瑞,抑或是坐在莲花上与佛交谈,甚至是父
母也断言前世和今生均是佛弟子,并且官府的使者也认定其是佛化身而
来,都说明其与佛教的渊源。其中关键的情节同样是模仿了佛陀诞生灵
异记。

第一,梦里入胎。这里记述的是父母同样梦见了圣人从天竺来,入怀而
孕。不过,这和佛经也有差异之处。其中的“从天竺飞来”明显是站在了日本
的时空立场上,隐喻起源于印度的佛教,通过转生的方式传到了日本。另外,
这里也省略了圣人的坐骑白象,大概白象并不是生长在日本本土的动物,因此
过滤掉。

第二,诞生有灵瑞。佛经中的佛陀诞生时也有各种灵瑞,包括树下生莲
花、天降花雨、龙王吐水、璎珞缤纷等。不过这些具体的情节并没有用于渲染
弘法大师诞生的情景,仅仅用了“多有灵瑞”一言以蔽之。这样改动少了具象
的画面,却可以留下让读者独立想象的空间。加之,弘法大师毕竟是比较真实
的佛教人物,距离民众不甚遥远,因此在虚构的时候将夸张的程度尽量控制在

---

① [日]長田宝秀编集:《弘法大師伝全集》第三,ピタカ株式会社1977年版,第5页。

有限的范围内,否则作为人物传记就失去可信性了。

第三,居莲花与佛共语。这里情节在佛经中是没有的,但是却部分地截取了其中的情节。如《过去现在因果经》描写太子出生时候,树下生出七宝七茎莲花,大小如车轮,太子便降生于莲花上。弘法大师传记中很可能就是借用了这样一个细节,然后将七步宣言改成了与佛共语。只不过是所处的年龄阶段不一样,佛经是降生,弘法大师是在其五六岁的时候。相比较而言,后者的灵异色彩还是淡化了一些。

第四,对弘法大师的占卜。这里并没有像佛经那样明确描写占卜情节,但是有两处具有占卜的性质。如父母依据因瑞梦而生,由此断言他过去和现在均为佛弟子。其实这一细节也暴露了借鉴佛陀诞生情节的事实,毕竟佛陀感梦而生,是此类故事的祖型。再如官府派来了解民间疾苦的官吏看到了幼小时候的弘法大师,竟然下马拜敬,同样具有占相的功能。其所说的"是儿权化也",完全是用日本对佛教认知的方式加以表达。所谓的"权化"虽然是梵语中早已有之的概念,佛教传入日本之后,日本人认为是菩萨或佛化身为日本诸神来教化日本民众。

其实,关于弘法大师诞生的灵异叙事,在其各种传记中都有记载,细微之处有些差别,但是总体上无异,不再详说。

从上述粗略的考察来看,弘法大师传中关于诞生的记述部分地吸收了佛陀诞生灵异记中的某些元素,是佛陀灵异向高僧灵异发展的重要里程碑,具有重要的意义。此外,弘法大师的相关叙述变异部分较大,除了大手笔地略去了佛经中原有的情节,同时还将神幻的程度降低很多,努力使其向非神的特征发展。之所以有这种重大的改变,原因有很多。除了弘法大师是佛教史上广为人知的真实人物,距离民众并不十分遥远,在虚构的时候尽量站在史实的基础上之外,还有,日本人重视现实和具象的文学审美与印度的信马由缰的空想和抽象的哲学有一定的差别,虚幻的度是有节制的。

结　　语

　　本章从中国的佛教类书、道教经典、古代朝鲜僧传、日本佛教说话集、太子传及弘法大师传与佛陀诞生灵异记之间的关系,考察了这一故事在东亚的传承与变异情况。通过上述考察可以发现,起源于印度佛典的佛陀诞生灵异记作为佛教文学重要的模型,在东亚各国的文学中被沿用和改写。而日本佛教说话文学和古代朝鲜的佛教文学作为文学接受的共性,一方面保持了佛典的基本元素,另一方面也在一定程度上受到了中国文学的影响,尤其是古代朝鲜文学影响更为彻底。可见中国佛教文学在传播佛陀诞生灵异记这一佛教说话类型中起到了重要的桥梁作用,甚至是日本佛教说话文学某些故事情节成立的前提基础,受此影响,两国文学或多或少地带有一定的中国佛教文学色彩。

　　此外,从文学变异学角度来看,因为作者所处的文化语境和作者创作目的的差异,故事显示出很大的变异性,尤其是故事在很大程度上都体现了本民族的文化特色。可以说,这种变异性是佛陀诞生灵异记故事在东亚的再演绎,它丰富了佛教故事的内容,促进了佛教文化的传播。

第三章　亚洲文化语境中的
舍利灵异记

　　佛陀诞生灵异记是佛教说话文学的类型之一，另外作为"佛"的灵异记，舍利灵异记也是重要的类型。佛陀涅槃后的遗骨同样受到佛教徒的崇拜，在佛教文学方面产生了一类故事类型，本章称其为"舍利灵异记"。所谓的"舍利灵异记"，通过对已有研究的调查，学界尚没有给出一个准确的定义，出于研究上的便利，本章权且将其定义为：舍利灵异记是以舍利崇拜为表现主题，描写其超越日常的灵异类故事。

　　何为"舍利"？《法苑珠林》卷第四十《引证部》第二载：

　　　　舍利者，西域梵语，此云骨身。恐滥凡夫死人之骨，故存梵本之
　　名。舍利有其三种：一是骨舍利，其色白也。二是发舍利，其色黑也。
　　三是肉舍利，其色赤也。菩萨罗汉等亦有三种。若是佛舍利，椎打不
　　碎。若是弟子舍利，椎击便破矣。①

《法苑珠林》中，作者道世指出"舍利"这一名词的语源为西域的梵语。另外还指出其内涵原为凡人的遗骨。这里还按照身体的不同部位分为"骨舍利""发舍利""肉舍利"，颜色分为白、黑、赤。不仅如此，这里又指出，舍利因修行果

---

① （唐）道世撰，周叔迦、苏晋仁校注：《法苑珠林校注》，中华书局 2003 年版，第 1260 页。

位不同,分为佛舍利、菩萨舍利、罗汉舍利,其最大的区别是佛舍利击之不碎,其他则击之便碎。佛舍利击之不碎,是舍利灵异记中重要灵异元素,这一情节在此类故事中反复出现。

舍利灵异记作为重要的佛教说话文学的类型之一,最早在印度佛经中就有记载,通过汉译佛典传播到中国,开始出现在中国的文献典籍中,后来伴随着佛教东渐,传到朝鲜半岛和日本。舍利灵异记作为一种故事类型,担负着传播佛教的重任,在不同的国度里与当地的历史、文化、传统的元素相结合,衍生出各具特色的舍利灵异记。本章中重点以汉译佛经、中国佛教类书、古代朝鲜史书、日本佛教说话文学为考察主线,比较这些文学文献中此种类型故事的特点,揭示其共性与差别,分析造成这种差异性背后的文化影响。

第一节　舍利东传史述要

"舍利灵异记"顾名思义,是以舍利为主要载体的灵异故事,因此考察舍利灵异记在亚洲的传播与流变,首先需要对舍利的传播做一个总体的回顾。

一、佛陀入灭与八王分舍利。舍利崇拜与古代印度的殡葬制度密切相关。索南才让指出:"古印度葬俗有火葬、水葬、土葬(林葬、野葬),佛教徒则以火葬为主,以火焚之,取舍利子,收于窣堵波中,舍利被看作是佛教徒修行正果的象征。"①严格意义上说,舍利都是经过火焚之后得到遗骸。佛陀作为一个真实的历史人物,其逝世后也按照当时社会的风俗火化,才有了后来的舍利灵异记的物质载体。据传,佛陀公元前480年2月在中印度拘尸那迦城外的娑椤双树下宁静涅槃,火化之后遗骨归属差点引起战争。关于八王分舍利之事,佛典中有不同版本的记载,《法苑珠林》在卷四十的"舍利篇"第三十七的《分法部》第四中就网罗了多个版本,这里引用其一:

---

① 索南才让:《佛塔的起源及其演变》,《西藏艺术研究》2005年第1期。

又十诵律云："佛般泥洹，八国皆来求舍利，各举四兵，八军围绕。"有一婆罗门姓烟，高声大唱言："诸力士，舍利现在，当分作八分。"诸力士言："敬如来议。"更复唱言："盛舍利瓶，请以见惠，还头那罗聚落起塔。"时毕波罗延那婆罗门复请烧佛处炭，还国起塔。时拘尸城力士得第一分起塔舍利，即于国中起塔。波婆国得第二分舍利，还国起塔。罗摩聚落拘楼罗得第三分舍利，还归起塔。庶勒国诸刹帝利得第四分，还国起塔。毗兜诸婆罗门得第五分，还国起塔。毗耶离诸利昌得第六分，还国起塔。迦毗罗婆国诸释自第七分，还国起塔。摩伽陀国主阿阇世王得第八分，还王舍城起塔。姓烟婆罗门得盛舍利瓶，还头那罗聚落起塔。毕波罗延婆罗门得炭，还国起塔。尔时阎浮提中八舍利塔，第九瓶塔，第十炭塔。自此已后，起无量塔。①

佛经所载的八王分舍利可以被视为佛舍利在印度的首次分散与传播。这种传播以诸国起塔为主要归宿，为后来的舍利崇拜和舍利灵异记诞生提供了前提。但是这种传播具有一定的空间局限，正如尚永琪所指出："'八王分舍利'，是在释迦佛陀诞生地、传法地、涅槃地这个'佛教地理'范围内兴起的最基本的'灵骨崇拜'。"②

八王分舍利之后，阿育王造八万四千座舍利塔是舍利传播的一个重大历史事件。阿育王是印度孔雀王朝的君主，为了进一步开疆拓土，对周边地区和国家发动了多次战争。在获得大量领土的同时，也屠杀了大量无辜百姓。阿育王在一次战争后，看到尸横遍野，血流成河，深感罪孽深重，决定皈依佛门。于是大兴土木，修建佛教建筑，然后修建了多达八万四千座舍利塔，对原有舍利进行再一次分配。不仅在南亚地区，甚至在中国也有阿育王塔的痕迹，足见

---

① （唐）道世撰，周叔迦、苏晋仁校注：《法苑珠林校注》，中华书局 2003 年版，第 1263—1264 页。

② 尚永琪：《佛舍利崇拜的地理困境与感应舍利之起源——对佛教偶像崇拜分流之认识》，《文史哲》2016 年第 4 期。

这次舍利传播之广。

二、舍利入华土。舍利传入中国的方式有很多。第一种是前面提到的阿育王广建舍利塔事件，是一种王权影响下对外的舍利传播，此处不再赘言。

第二种是西域僧人或信众带入中土的舍利。如《法苑珠林》载：

> 汉《法内传》云："明帝既弘佛法，立寺度僧。五岳山馆诸道士等请求角试释老优劣。道经以火试焚，随火消尽。道士众首费才愧耻自感，众前而死。张衍启悟，竟共出家。于时西域所将舍利五粒五色，直上空中，旋环如盖，映蔽日光。摩腾罗汉踊身高飞，居空如地。"①

这里明确指出五粒舍利来自西域，携带者应该是后面提及的摩腾罗汉。又如：

> 晋初竺长舒先有舍利，重之。②

竺长舒是天竺人，迁徙到中国的居士。"先有舍利"，可见是从故土带来的。

第三种是西行求法僧人请回。如我国著名的求法高僧玄奘从印度请回佛舍利150粒。《大唐西域记·记赞》载：

> 是用详释迦之故事，举印度之茂实，颇采风壤，存记异说。岁月遄迈，寒暑屡迁，有怀乐土，无忘返迹。请得如来肉舍利一百五十粒；金佛像一躯，通光座高尺有六寸。③

《大唐西域记·记赞》对于玄奘的事迹进行了夸赞，同时客观地记录了玄奘从印度请回来的包括舍利在内的佛像、佛经等宣佛道具。唐朝的另一名高僧义净，仿效先贤也从印度求法归国途中携带舍利300粒。《宋高僧传》载：

> （释义净）年十有五，便萌其志，欲游西域，仰法显之雅操，慕玄奘之高风……鹫峰、鸡足，咸遂周游；鹿苑、祇林，并谐瞻瞩……还至

---

① （唐）道世撰，周叔迦、苏晋仁校注：《法苑珠林校注》，中华书局2003年版，第1267—1268页。

② （唐）道世撰，周叔迦、苏晋仁校注：《法苑珠林校注》，中华书局2003年版，第1269页。

③ 董志翘译著：《大唐西域记》，中华书局2014年版，第478页。

> 河洛，得梵本经律论近四百部，合五十万颂，金刚座真容一铺，舍利三
> 百粒。天后亲迎于上东门外，诸寺缁伍具幡盖歌乐前导，敕于佛授记
> 寺安置焉。①

唐朝的义净少年时受到法显和玄奘的影响，立志到西域求法，最终实现了宏
愿，除了经书和金刚座之外，还带回了大量舍利。

第四种是祈请感应或建塔所需而得。《法苑珠林》载：

> 吴孙权赤乌四年，有外国沙门康僧会创达江表，设像行道，吴人
> 以为妖异，以状闻之。权召会问："佛有何灵瑞？"曰："佛晦灵迹，遗
> 骨舍利，应现无方。"权曰："何在？"曰："神佛迹感通，祈求可获。"权
> 曰："若得舍利，当为兴寺。经三七日，至诚求请，遂获瓶中。"②

这里的舍利是外国僧人祈请获得的。又如：

> 晋咸康中，建安太守孟景欲建刹立寺。于夕闻床头锵然，视得舍
> 利三枚，因立寺刹。③

舍利的出现往往为了满足人们信仰需要，凭空出现，具有浓郁的灵异色彩。正
如道世所鼓吹的那样："舍利应现，值者甚多，皆敬而得之，慢而失之。"④之所
以这样说，是宣扬信仰的力量。

从上面可以看出，舍利传播到中国，形式多样。僧人西行求请和外来僧人
带来大体可信，但是所谓感应所得完全是一种宗教虚构，不足为信。若抛开史
学的真实，而从佛教文学的角度看，这恰恰体现了其灵异和怪诞的特点。

三、舍利东传朝鲜半岛。朝鲜半岛与中国文化交流频繁，舍利也同样是通
过中国传播到朝鲜半岛的。《三国遗事》载：

---

① （北宋）赞宁、范祥雍点校：《宋高僧传》，中华书局1987年版，第1页。
② （唐）道世撰、周叔迦、苏晋仁校注：《法苑珠林校注》，中华书局2003年版，第1268页。
③ （唐）道世撰、周叔迦、苏晋仁校注：《法苑珠林校注》，中华书局2003年版，第1270页。
④ （唐）道世撰、周叔迦、苏晋仁校注：《法苑珠林校注》，中华书局2003年版，第1273页。

真兴大王即位五年甲子,造大兴轮寺。大清之初,梁使沈湖将舍利。①

又:

国史云:真兴王大清三年己巳,梁使沈湖送舍利若干粒。善德王代,贞观十七年癸卯,慈藏法师所将佛头骨、佛牙、佛舍利百粒、佛所著绯罗金点袈裟一领。其舍利分为三,一分在皇龙塔,一分在太和塔,一分并袈裟在通度寺戒坛;其余未详所在⋯⋯

唐大中五年辛未,入朝使元弘所将佛牙。后唐同光元年癸未,本朝太祖即位六年,入朝使尹质所将五百罗汉像,今在北崇山神光寺。大宋宣和元年己卯,入贡使郑克永、李之美等所将佛牙,今内殿置奉者是也。②

《三国遗事》中记载了梁的使者沈湖、慈藏法师、入唐使者元弘、入贡使郑克永和李之美等人,将中国的舍利带到了朝鲜半岛。不难看出,这些传播方式中虽然有僧侣的传教行为,同时更多的是政权外交形式的交流,体现了舍利传播的宗教意义和政治意义。

四、舍利入扶桑。景山春树对佛教传播路线指出:"佛教传入日本,无论是公传抑或是私传,其发端均为包含朝鲜半岛在内的大陆地区。换言之,均属于北传佛教系统,其首先是作为百济文化传入,然后与中国建立直接的关系。"③可以说佛教传入日本,朝鲜半岛起到了重要的桥梁作用。具体到舍利传播到日本,史书《日本书纪》"推古天皇三十一年条"载:

卅一年秋七月,新罗遣大使奈末智洗而,任那遣达率奈末智,并

---

① [高句丽]一然著,[韩]权锡焕、[中]陈蒲清注译:《三国遗事》,岳麓书社 2009 年版,第227 页。

② [高句丽]一然著,[韩]权锡焕、[中]陈蒲清注译:《三国遗事》,岳麓书社 2009 年版,第280—281 页。

③ [日]景山春樹:《舍利信仰—その研究と資料—》,東京美術 1986 年版,第 24 页。

来朝。仍贡佛像一具及金塔并舍利。且大观顶幡一具、小幡十二条。

即佛像居于葛野秦寺。以余舍利金塔观顶幡等,皆纳于四天王寺。①

这一舍利传播同样是以官方派大使的方式通过朝鲜半岛的新罗和任那传入日本,安放在四天王寺。

此外,以鉴真和尚为代表的中国渡日僧人所携带的舍利,也是舍利传播的重要方式之一。真人元开著《唐大和上东征传》载:

> 所将如来肉舍利三千粒,功德秀普集变一铺、阿弥陀如来像一
>
> 铺……②

随着航海技术的发展,到了隋唐时期,中日佛教文化交流已经在很大程度上舍弃了朝鲜半岛媒介,和中国直接建立了联系。鉴真和尚应日本政府之邀,从海上历经多次失败,将三千颗佛舍利带到日本,成为日本僧侣崇拜供养之物。

这一时期,空海、最澄、圆仁等入唐留学僧,在中国求法之后也将舍利请回本国。京都国立博物馆的《僧圆仁求法目录》载:

> 舍利五粒、三粒菩萨舍利盛白玉小瓶、二粒支佛舍利盛白腊小合子并
>
> 纳白石盒子。③

又,《僧空海将来目录·道具》载:

> 五宝五钴金刚杵一口、五宝五钴铃一口、五宝三昧耶杵一口、五
>
> 宝独钴金刚一口、五宝羯磨金刚四口、五宝轮一口。
>
> 已上各著佛舍利。④

空海请来的舍利十分特殊,舍利镶嵌在秘教的法具上,可以说这进一步强化了法具的圣性和灵性。

舍利是佛教传播的重要道具,是舍利信仰和舍利灵异记的物质载体。舍

---

① [日]舍人亲王撰,坂本太郎、家永三郎、井上光贞、大野晋校注:《日本书纪》下册,岩波书店 1965 年版,第 205 页。

② [日]真人元开,汪向荣校注:《唐大和上东征传》,中华书局 2004 年版,第 87 页。

③ 转引自[日]景山春树:《舍利信仰—その研究と资料—》,东京美术 1986 年版,第 79 页。

④ 电子版《御请来目录》,第九张。

利被视为佛祖的真身,受到佛教徒的虔心崇拜。在这个意义上讲,舍利的东传是佛祖的东传,也是佛教的东传,舍利灵异记与佛陀诞生灵异记、佛像灵异记、经典灵异记一样,是东亚佛教说话文学的重要组成类型。

第二节　佛典中的舍利功德

舍利灵异记的编撰与创作,在一定程度上以佛经中对舍利功德的宣传为蓝本展开的,因此在解读分析东亚佛教文学中的舍利灵异之前,首先简单介绍一下佛经中对舍利功德的宣说。

《大智度论》载:

> 我知供养芥子许舍利功德无量无边。乃至得佛功德不尽。

《大智度论》很笼统地指出供养佛舍利,即使很小,福报也是无穷无尽。此外,《金光明经·舍身品》载:

> 佛言:"善女天! 我本修行菩萨道时,我身舍利安止是塔,因由是身,令我早成阿耨多罗三藐三菩提。"尔时佛告尊者阿难:"汝可开塔,取中舍利,示此大众。是舍利者,乃是无量六波罗蜜功德所熏。"尔时阿难闻佛教敕即往塔所,礼拜供养,开其塔户,见其塔中有七宝函,以手开函,见其舍利色妙红白,而白佛言:"世尊! 是中舍利其色红白。"佛告阿难:"汝可持来,此是大士真身舍利。"尔时阿难即举宝函,还至佛所,持以上佛。尔时佛告一切大众:"汝等今可礼是舍利。此舍利者是戒定慧之所熏修,甚难可得,最上福田。"①

这里指出,舍利为"无量六波罗蜜功德所熏""戒定慧之所熏修",因此礼拜这样的舍利,可得"最上福田"。《法苑珠林》卷四十"舍利篇"的《感福部》引《大悲经》:

---

① 赖永海主编,刘鹿鸣译注:《金光明经》,中华书局 2010 年版,第 163 页。

如《大悲经》云:"尔时世尊告阿难:'我灭度后,若有人乃至供养我之舍利如芥子等,恭敬尊重,谦下供养,我说是人,以此善根,一切皆得涅槃界,尽涅槃际。若有造立形象塔庙,乃有信心念佛功德,乃至一花散于空中,我说是人,以此善根,一切皆当得涅槃界,尽涅槃际。'佛告阿难:'若有众生以念佛故,乃至一花散于空中,如是福德所得果报,不可穷尽。若有众生以至诚心念佛功德,乃至一花散于空中,于未来世当得释天王、梵天王、转轮圣王。于其福报亦不能尽。施佛福田,不以有为果报所能尽边。我说是人,必得涅槃,尽涅槃际。乃至若有畜生于佛世尊能生念者,我亦说其善根福报当得涅槃,尽涅槃际。若有三千大千世界满中四沙门果及辟支佛,如甘蔗竹苇。若有人能若现在若灭后起塔供养,若一劫若减一劫,以诸称意一切乐具,恭敬尊重,谦下供养。若复有人于诸佛所但一合掌,一称佛名,如是福德比前福德百分不及一,千分百千亿分乃至迦罗分不及一。何以故? 以佛如来诸福田中为最无上。是故施佛,成大功德神通威力。'"①

《大悲经》中指出供养舍利,或是造立形象塔庙,抑或念佛的众生均可以"得涅槃界,尽涅槃际"。涅槃是佛教修行的最高境界,因此对于舍利的供养具有至高无上的功德。

但是上述三种经典对舍利功德宣扬依旧抽象,只是强调其无穷巨大。与此不同的是,《分别善恶报应经》则表达得更为具体:

若复有人,于如来塔施花供养,功德有十。何等为十? 一色相如花,二世间无比,三鼻根不坏,四身离臭秽,五妙香清净,六往生十方净土见佛,七戒香芬馥,八世间殷重得大法乐,九生天自在,十速证圆寂;如是功德,以花供养佛舍利塔获如斯果。若复有人,以鬘布施如

① (唐)道世撰,周叔迦、苏晋仁校注:《法苑珠林校注》,中华书局 2003 年版,第 1265—1266 页。

来之塔,获十种功德。云何十种?一色妙如鬘,二身离臭秽,三形体清净,四生十方佛,五戒香芬馥,六恒闻妙香,七眷属圆满,八诸根适悦,九生天自在,十速证涅槃;如是功德,于如来塔施鬘供养,获如斯报。若复有人,施灯供养佛舍利塔,获十功德。云何十种?一肉眼清净,二获净天眼,三离于三毒,四得诸善法,五聪明智慧,六远离愚痴,七不堕黑暗三涂,八尊贵自在,九往生诸天,十速证圆寂;如是功德,施灯供养佛舍利塔,获斯胜报。①

这里细化了供养舍利塔不同方式所得到的福报千差万别,其实供养塔就是供养舍利,因此这里的功德说实质就是舍利功德。功德往往以"十"为单位,而且从一到十,往往有由初级到高级的趋势。比如用灯供养的话,功德一是"肉眼清净",功德十则是"速证圆寂",体现了不同的层次。

佛经中对于舍利的功德往往跟佛塔供养混在一起,认为二者相同,因为塔在佛教的语境中本义就是供养舍利。从上述引用的部分佛经可以看出,供养舍利功德十分巨大,可以到修行的最高境界"涅槃"。但是这里的佛经依然停留在理论的宣传上,没有具体到实际故事。不过,这也为后来舍利灵异记的创作提供了理论依据。

佛经中不仅提出舍利功德的依据,其中也有个别舍利灵异记的具体故事。兹举一例。《法苑珠林》卷四十"舍利篇"《引证部》引《海龙王经》:

> 尔时诸龙白佛言:"今世尊还阎浮利地,海中诸龙无所依仰。惟加大哀,佛灭度时,在此大海,留全舍利。一切众类皆得供养,转加功德,速脱龙身,疾得无上正真之道。唯佛垂恩,威德兼加,所愿得果。"佛言:"善哉!从尔所志。"②

龙王虽然是海中之王,掌管大海,但是依然是佛教所说的畜生道,是"三恶道"之一。因此这里龙王告诉佛,如果佛灭度后若供养舍利,可以"速脱龙身",即

---

① 中华电子佛典协会:《中华电子佛典集成》,河北省佛教协会 2010 年版。

② (唐)道世撰,周叔迦、苏晋仁校注:《法苑珠林校注》,中华书局 2003 年版,第 1260 页。

脱离畜生道,然后"疾得无上正真之道"。这个故事与前面的佛经抽象说理不同,是举出了一个具体的故事,是以龙王供养舍利脱离畜生道为主题的舍利灵异记,是《分别善恶报应经》的第七种功德"不堕黑暗三涂"。

大力宣扬舍利功德的佛典不计其数,无法一一列举。其中功德有稍稍具体的,也有十分抽象的,无论形式如何,都为后来的舍利灵异记创作提供了依据。

第三节　中国舍利灵异记之生成

出于宣扬佛法的需要,中国各类典籍,尤其是佛教典籍中收录了大量的舍利灵异记。《法苑珠林》中对于唐代以前的舍利灵异记进行了集中整理,反映了中国文化语境中舍利灵异记的特色。本节就以该书卷四十所收录的舍利灵异记为对象,进行整体考察。

一、《法苑珠林》中的舍利灵异记概述

《法苑珠林》卷四十·舍利篇分为"述意部""引证部""佛影部""分法部""感福部"。"感福部"的"感应缘"引十六则本土故事,另附隋王邵所撰《舍利感应记》。

"述意部"中盛赞佛法之妙绝,概述佛入灭及其舍利诞生的过程,并指出佛陀与中国圣人死后遗骨存无的差异,相当于引言。

"引证部"解释了舍利的含义、种类、特性,并引用《菩萨处胎经》和《海龙王经》言说供养舍利的功德。

"佛影部"引用《观佛三昧经》观佛影的功德。

"分法部"引用《菩萨处胎经》《阿育王经》《善见论》《十诵律》,讲述分舍利的过程。

"感福部"引用《大悲经》言说供养佛舍利的功德。所付"感应缘"以此为主题,辑录了中国十六则故事。

从上面可以看出，"舍利篇"大体上按照这种流程排列：话题导入→舍利一般性介绍→观佛影功德→八分舍利→舍利功德→本土故事。这里奇怪的是，将观佛影（佛像）的功德加入序列之中，恐怕是作者将佛影与舍利等同视之，同样当作佛的真身。通过这一流程，循序渐进，将舍利的源流和功德介绍得十分清晰，使读者对于舍利有了一个基本认识，这对宣扬佛教具有重要作用。而后面的本土故事则是在具体证明所宣说的舍利功德。这些本土故事辑录自各种中国文献，将印度的舍利灵异记与中国文化结合起来，是外来佛教本土化的一个重要过程。

二、《法苑珠林》中舍利灵异记的诸种类型

《法苑珠林》中舍利灵异记内容繁杂，情节多样，几乎无规律所循，划分类型十分困难。纵观这些故事，表达某种特定情节或主题的有几大类。一是描述舍利奇特出现方式；二是凸显舍利自身灵异；三是立舍利塔呈现灵瑞；四是立塔祛除某种疾病。因此按照上述内容或主题划分"祈请获得型""建塔获得型""舍利自现型""自身显异型""立塔显瑞型""立塔祛病型"六种类型，见表3-1：

表 3-1　《法苑珠林》中舍利灵异记类型及分布

灵异类型	主要故事
"祈请获得型"	《吴康僧会祈舍利》《晋义熙有一舍利自分为三》
"建塔获得型"	《晋北僧法开建寺求舍利》《晋孟景建寺获舍利三颗》
"舍利自现型"	《晋董汪家木像舍利发光》《宋贾道子于芙蓉内得一舍利》《宋安千载家奉佛像舍利》《宋张须元家于像前花上得舍利数十颗》《宋刘凝之额头下得舍利二枚》《宋徐椿读经得二舍利》
"自身显异型"	《汉僧道角法》《魏外国沙门金盘贮舍利五色腾焰》《孙皓毁法舍利扬彩》《晋竺长舒以舍利投水中五色光现》《晋广陵舍利放光》
"立塔显瑞型"	雍州仙游寺、岐州凤泉寺、华州思觉寺、蒲州栖严寺、泰州岱岳寺、并州无量寿寺、嵩州闲居寺、相州大慈寺、廓州法讲寺、牟州巨神寺、吴州会稽山大禹寺、苏州虎丘山寺、泰州静念寺、随州智门寺（其他从略）
"立塔祛病型"	冀州、莒州、潞州、慈州、汴州、沼州

1."祈请获得型"。所谓"祈请获得型"是指在信众的祈请之下,舍利自然出现的灵异故事类型。《吴康僧会祈舍利》载:

> 吴孙权赤乌四年,有外国沙门康僧会创达江表,设像行道,吴人以为妖异,以状闻之。权召会问:"佛有何灵瑞?"曰:"佛晦灵迹,遗骨舍利,应现无方。"权曰:"何在?"曰:"神迹感通,祈求可获。"权曰:"若得舍利,当为兴寺。"经三七日,至诚求请,遂获瓶中。旦呈于权,光照宫殿。权执瓶寫(泻)于铜盘,舍利下冲,盘即破碎。权大惊异,希有瑞也。会进曰:"佛之灵骨,金刚不朽,劫火不焦,椎砧不碎。"权使力者尽力击之,椎砧俱陷舍利不损,光明四射,耀晃人目。又以火烧,腾光上踊,作大莲华。权大发信,乃为立寺,名为"建初"。改所住地名佛陀里。①

康僧会为征服吴国统治者孙权,展示佛法无边,向孙权宣称"神迹感通,祈求可获",后经过二十一天的诚心祈求,终获舍利,获得了孙权对佛教的支持。可以说,舍利从无到有,全凭僧人的虔诚求请,体现佛与信众之间的感应,凸显了舍利不可思议的力量,这也是"祈请获得型"的核心情节。另外《晋义熙有一舍利自分为三》中沙门慧遂跟随广州刺史刁逵的时候,得知某人有一颗舍利放光,欲请之,还没有开口,舍利便一分为二。刁逵也希望得到,舍利一分为三。这里舍利灵异记虽然和前面的都属于"祈请获得型",却没有经过长时间的"诚心"祈求,这个故事进一步凸显了舍利和信众之间感应的迅捷性,更具灵异色彩。

舍利原本是佛陀火化后的遗骨,经过八王分骨和阿育王建八万四千舍利塔的分配,其分布主要集中在印度地区。随着佛教向周边的扩展,尤其是向东亚传播过程中,舍利数量明显不足,因此出现了舍利泛化的现象。这种泛化既体现不问舍利是否为佛陀的遗骨,又不追究来路是否清晰。正如廖望春指出:

---

① (唐)道世撰,周叔迦、苏晋仁校注:《法苑珠林校注》,中华书局 2003 年版,第 1268 页。

"舍利的泛化现象指的是佛教中国化的过程中,舍利实物形态内涵的符号化和内容的多样化现象。就佛教的传播而论,因其受众面的扩大,在客观上对舍利实物形态,有数量上增加的需求。"①"祈请获得型"舍利灵异记就是在这样大的佛教传播历史背景下产生的。

2."建塔获得型"。所谓"建塔获得型"是信众为了建立佛塔,意外获得舍利的故事类型。塔原意为坟墓,是埋葬遗骨的地方。佛教实行火葬,按照佛教习俗,佛陀入灭之后佛骨葬于佛塔。因此,舍利是建塔的关键元素,没有舍利它就失去灵魂。在舍利灵异记中,"建塔获得型"是重要类型之一。《晋北僧法开建寺求舍利》载:

> 晋咸和中,北僧安法开至余杭欲建立寺,无资财。手索钱贯,货之积年,得钱三万,市地作屋,常以索贯为资,欲立刹,无舍利。有罗幼者,先自有之,开求不许。及开至寺礼佛,见幼舍利囊已在座前,即告幼。幼随来见之喜悦,与开共立寺宇于余杭也。②

又,《晋孟景建寺获舍利三颗》载:

> 晋咸康中,建安太守孟景欲建刹立寺。于夕闻床头锵然,视得舍利三枚,因立寺刹。元嘉十六年六月,舍利放光,通照上下,七夕乃止。一切咸见。③

上述两则舍利灵异记中都是信者有建塔寺的意愿,前者向舍利拥有舍利者祈求不得,后求佛获得舍利,舍利竟然自己来到座前,后者则是傍晚舍利突然出现在床头。这两种出现方式异于常理,尤其第二个故事中又加入了发光的灵异表现,更突出了此种类型故事的神幻色彩。

塔是安放舍利之处,寺是纳塔之所,因此塔寺是传播佛教的道场,是凝聚

---

① 廖望春:《宋塔舍利发现与舍利信仰泛化的研究》,《宗教学研究》2012 年第 4 期。

② (唐)道世撰,周叔迦、苏晋仁校注:《法苑珠林校注》,中华书局 2003 年版,第 1270 页。

③ (唐)道世撰,周叔迦、苏晋仁校注:《法苑珠林校注》,中华书局 2003 年版,第 1270—1271 页。

信众信心及进行宗教仪式的重要场域。在隋唐之前,塔是寺的核心,舍利又是塔的核心。"建塔获得型"的舍利灵异记是塔寺建立的文学叙事,与当时佛教道场建立相呼应,使得各种塔寺更具宗教圣性,吸引更多信众汇聚于此。可以说,若没有塔寺,舍利灵异记是失去依附的漂泊灵魂,若没有舍利灵异记,塔寺就是没有灵魂的躯壳,二者相辅相成,互不可缺。

3."舍利自现型"。所谓"舍利自现型"是指舍利在无人祈请的情况下自然出现的故事类型。如《晋董汪家木像舍利发光》载:

> 晋大兴中,于潜董汪信尚木像,夜有光明。后像侧有声投地,视乃舍利。水中浮沉,五色晃昱,右行三匝。后沙门法恒看之,遂腾踊高四五尺,投恒怀中。恒曰:"若使恒兴立寺宇,更见威神。"又跃于前。于即恒为建寺塔于潜,入法者日以十数焉。①

又,《宋贾道子于芙蓉内得一舍利》载:

> 宋元嘉六年,贾道子行荆上明,见芙蓉方发。聊取还家。闻华有声,怪寻之,得一舍利,白如真珠,焰照梁栋。敬之,擎以箱案,悬于屋壁。家人每见佛僧外来,解所被衣而坐案上。有人寄宿不知,亵慢之。乃梦人告曰:"此有释迦真身,众圣来敬,尔何行恶,死堕地狱,出为奴婢,何得不怖?"其人大惧。无几癫死。舍利屋地生荷八枝,六旬乃枯。岁余失之,不知所去。②

上述引用两则故事中,并未出现信众祈请或者有建立塔寺宏愿的描写,但是舍利却分别从地下或者芙蓉花中现身,令人不可思议。此外,其他故事中也具有类似情节,有的斋食上出舍利,有的佛像前奉花上出舍利,有的额头上现舍利等。可以说,这种出现方式千奇百怪,让读者感到佛法的神奇。

这类故事体现了舍利出现的主动性和信众舍利崇拜的被动性。从此类型舍利灵异记中所占比例之大可以看出,当时人们对舍利的崇拜尚未形成风气,

---

① (唐)道世撰,周叔迦、苏晋仁校注:《法苑珠林校注》,中华书局 2003 年版,第 1270 页。
② (唐)道世撰,周叔迦、苏晋仁校注:《法苑珠林校注》,中华书局 2003 年版,第 1271 页。

需要舍利主动出现,以获得人们的关注。

4."自身显异型"。所谓"自身显异型"是指与出现方式无关,舍利本身呈现出各种灵异现象的故事类型。如《汉僧道角法》载:

> 汉《法内传》云:"明帝既弘佛法,立寺度僧。五岳山馆诸道士等请求角试释老优劣。道经以火试焚,随火消尽。道士众首费才愧耻自憾,众前而死。张衍启寤,竞共出家。于时西域所将舍利五粒五色,直上空中,旋环如盖,映蔽日光。摩腾罗汉踊身高飞,居空如地,神化自在,为众说法。"①

又,《魏外国沙门金盘贮舍利五色腾焰》载:

> 魏明帝洛城中本有三寺。其一在宫之西,每系舍利在幡刹之上,辄斥见宫内。帝患之,将毁除坏。时有外国沙门居寺,乃赍金盘成水,以贮舍利。五色光明,腾焰不息。②

这两则故事中舍利自身所表现出多姿多彩的灵异幻象,如彩色、飞空、遇水发光等。其他故事中还有椎之不碎、火不能烧等灵异特点。当然,在其他类型的舍利灵异记中也伴有此类灵异桥段,在此不再一一赘述。

"自身显异型"突出自身所具有不可思议的力量,因此呈现出灵异现象。在佛教的原理中,舍利是佛陀的真身,是智慧的结晶,具有宗教圣性,所以僧侣们利用这类故事惊悚灵异的特性,感染信众,激发他们的信心。

5."立塔显瑞型"。正如前面反复论述的那样,舍利是塔的灵魂,因此塔在一定意义上等同于舍利,所以立塔显灵瑞其实就是舍利灵异。因此,所谓"立塔显瑞型"是指建立舍利塔之际,呈现诸种祥瑞的故事类型。《法苑珠林》所引隋王邵撰《舍利感应记》中记载了多个立塔显灵瑞的故事。兹举几例:

---

① (唐)道世撰,周叔迦、苏晋仁校注:《法苑珠林校注》,中华书局 2003 年版,第 1267—1268 页。

② (唐)道世撰,周叔迦、苏晋仁校注:《法苑珠林校注》,中华书局 2003 年版,第 1268 页。

(1)雍州城西鄠屋县南仙游寺,立塔之日,天降阴雪,晦岭重厚。舍利将下,昏云忽散,日光朗照。道俗散毕,云合如旧。

(2)岐州凤泉寺立塔,感得文石如玉为函。又现双树,鸟兽灵祥,基石变如水精。

(3)牟州巨神山寺立塔,获紫芝二茎。阴雪,将下日开,闭讫还合。

(4)随州智门寺立塔,掘基得神龟,甘露降,黑蜂绕龟有符文。

(5)郑州定觉寺立塔之日,感得神光如流星,入寺设供,二十万人食不尽。

(6)嵩州闲居寺立塔,感得白兔来至舆前,初阴雪,将下日朗。入已复合。

(7)泰州静念寺立塔,定基已,瑞云再覆。雪下草木开华。入函光照声赞。①

从上面所引的几则故事可以看出,多个寺院在立塔之际都出现了祥瑞现象。如天气的阴晴雨雪,植物中双树和二茎灵芝的出现,神龟白兔呈祥等祥瑞。无论是自然界还是动植物的奇异表现,都是为了烘托舍利灵异的主题,使得舍利灵异记变得丰富多彩。这类故事表现了佛教与自然界之间相互感应,将整个宇宙与佛教联系起来。

6.“立塔祛病型”。所谓“立塔祛病型”是指设立佛塔之后,患疾病或残疾之人得以恢复如常的故事类型。此种舍利灵异记出现在《法苑珠林》所引《庆舍利感应表并答》中,共六则:

(1)冀州:有患盲人及躄皆差。

(2)莒州:三现神光,基得古塔,患哑能言。

(3)潞州:灵泉自涌,病遇得差。

①　(唐)道世撰,周叔迦、苏晋仁校注:《法苑珠林校注》,中华书局2003年版,第1276—1279页。

（4）慈州：云盖如飞仙，灵泉涌出，病得愈。

（5）汴州：异香放光，见像患差。

（6）沼州：僧先患腰不行，闻迎十里得差。①

这六则故事中虽然没有出现舍利字样，但正如标题所示"庆舍利感应表"，这些故事都是在表现舍利的感应功德。这里通过舍利感应，治愈诸如失明、腿疾、哑巴、腰痛等疾病。可以说"立塔祛病型"是与一般民众距离最近的舍利灵异记类型，因为从古至今疾病是困扰人类的重大问题，也是佛教所说"四苦"之一。民众接受佛教大多是为了解决现实问题，尤其是疾病，所以人们希望崇拜舍利能解除疾病的痛苦。为了迎合人们这种现实需要，僧侣们杜撰了各种治愈疾病的故事。

前面从六个舍利灵异记的类型考察了相关故事，简单归纳出各种类型的特点，尽管如此亦不能概括所有故事，只能窥得一斑。通过上述故事的考察可以发现，中国文献收录的各种舍利灵异记十分丰富，具有浓厚的中国特色。

三、中国舍利灵异记与佛经及印度舍利灵异记之关联

从前面对《法苑珠林》中舍利灵异记的考察可以看出，中国佛教文学中的此类故事可谓内容丰富，多姿多彩。但是，这些故事演绎的种本却是佛经中的教理教义。下面粗略考察一下中国的舍利灵异记与佛经的关联。

在佛经中对于舍利功德的宣扬相对来讲，并不是十分具体。兹举几例：

又《海龙王经》云："尔时诸龙白佛言：'今世尊还阎浮利地，海中诸龙无所依仰。惟加大哀，佛灭度时，在此大海，留全舍利。一切众类皆得供养，转加功德，速脱龙身，疾得无上正真之道。唯佛垂恩，威德兼加，所愿得果'。佛言：'善哉！从尔所志'。须菩提谓诸龙言：

---

① （唐）道世撰，周叔迦、苏晋仁校注：《法苑珠林校注》，中华书局2003年版，第1282页。

> '一切人天舍利须遍,普蒙获济。卿等求愿,使佛舍利独全奉侍,一
>
> 切众生何缘得度。'"①

从《海龙王经》的记述可以看出,供养舍利可以"速脱龙身",即令龙王脱离畜
生道,"疾得无上正真之道"。

> 如《大悲经》云:"尔时世尊告阿难:'我灭度后,若有人乃至供养
>
> 我之舍利如芥子等,恭敬尊重,谦下供养,我说是人,以此善根,一切
>
> 皆得涅槃界,尽涅槃际。若有造立形像塔庙,乃有信心念佛功德,乃
>
> 至一华散于空中,我说是人,以此善根,一切皆当得涅槃界,尽涅槃
>
> 际。'佛告阿难:'若有众生以念佛故,乃至一华散于空中,如是福德
>
> 所得果报,不可穷尽。'"②

《大悲经》中对于供养舍利功德的说明比较抽象,多用"得涅槃界""尽涅槃
际""果报不可穷尽"的字样来描述,这是印度佛典的特点。这种表述方式弊
端是对于舍利的功德规定得不明确、不具体。正是因为这种抽象,为后世包括
中国佛教文学、古代朝鲜佛教文学、日本佛教说话文学的本土化演绎预留了再
创作的空间,使得后者在这一宏观主题的统摄下,可以相对自由地发挥。

除了经典中对舍利功德的说明外,在印度民间或方志中也流传记录着一
定数量的舍利灵异记,这些被西行求法的唐代高僧玄奘收录在他的见闻录
《大唐西域记》中。以下考察其中几个代表性的类型。

第一,"自身显异型"。该书第一卷的"迦毕试国"载:

> 闻诸先志曰:窣堵波中有如来骨肉舍利,可一升余。神变之事,
>
> 难以详述。一时中窣堵波内忽有烟起,少间便出猛焰,时人谓窣堵波
>
> 已从火烬。瞻仰良久,火灭焰消,乃见舍利,如白珠幡,循环表柱,宛

---

① (唐)道世撰,周叔迦、苏晋仁校注:《法苑珠林校注》,中华书局 2003 年版,第 1260—
1261 页。

② (唐)道世撰,周叔迦、苏晋仁校注:《法苑珠林校注》,中华书局 2003 年版,第 1265 页。

转而上,升高云际,萦旋而下。①

从"闻诸先志曰"可以看出,这里转引了文献中记载的印度佛塔中如来骨肉舍利灵异记,其中没有涉及人们的礼拜或供养而显示出的灵异。又如第四卷"磔迦国"载:

新都城东北十余里,至石窣堵波,高二百余尺,无忧王之所建也,是如来往北方行化中路止处。《印度记》曰:"窣堵波中有多舍利,或有斋日,时放光明。"②

这里引用了《印度记》中舍利发光之事,来凸显舍利自身的灵异。

第二,"建塔获得型"。所谓"建塔获得型"是信众为了建立佛塔,意外获得舍利的灵异类型。第十二卷"瞿萨旦那国"载:

王城西四五六里,有娑摩若僧伽蓝,中有窣堵波,高百余尺,甚多灵瑞,时烛神光。昔有罗汉自远方来,止此林中,以神通力,放大光明。时王夜在重阁,遥见林中光明照曜。于是历问,佥曰:"有一沙门自远而至,宴坐林中,示现神通。"王遂命驾,躬往观察。既睹明贤,乃心祇敬,钦风不已,请至中宫。沙门曰:"物有所宜,志有所在。幽林薮泽,情之所赏,高堂邃宇,非我攸闻。"王益敬仰,深加宗重,为建伽蓝,起窣堵波。沙门受请,遂止其中。顷之,王感获舍利数百粒,甚庆悦,窃自念曰:"舍利来应,何其晚欤?早得置之窣堵波下,岂非胜迹?"寻诣伽蓝,具白沙门。罗汉曰:"王无忧也。今为置之,宜以金银铜铁大石函等,以次周盛。"王命匠人,不日功毕,载诸宝舆,送至伽蓝。是时也,王宫导从、庶僚凡百,观送舍利者,动以万计。③

故事中虽然没有明显提及国王虔心祈请,但是通过国王邀请沙门并建立伽蓝和窣堵波,说明国王内心一定有求得舍利的愿望,因此才有"王感获舍利数百

①　董志翘译著:《大唐西域记》,中华书局 2014 年版,第 50 页。
②　董志翘译著:《大唐西域记》,中华书局 2014 年版,第 138 页。
③　董志翘译著:《大唐西域记》,中华书局 2014 年版,第 464 页。

粒",这也说明佛祖与信众之间神秘感应关系。

第三,"立塔显瑞型"。《大唐西域记》第六卷"室罗伐悉底国"载:

> 举带窣堵波侧不远有井,如来在世,汲充佛用。其侧有窣堵波,
> 无忧王之所建也,中有如来舍利。经行之迹,说法之处,并树旌表,建
> 窣堵波。冥祇警卫,灵瑞间起,或鼓天乐,或闻神香。景福之祥,难以
> 备叙。①

这则舍利灵异记中,建佛塔之后,出现了"灵瑞间起,或鼓天乐,或闻神香"的
各种瑞相。同卷的"蓝摩国"载:

> 故城东南有砖窣堵波,高减百尺。昔者如来入寂灭已,此国先王
> 分得舍利,持归本国,式尊崇建。灵异间起,神光时烛。②

这里对建塔灵瑞用"灵异间起,神光时烛"一语略过。

第四,"立塔祛病型"。"蓝摩国"又载:

> 太子剃发窣堵波东南,旷野中行百八九十里,至尼拘卢陀林,有
> 窣堵波,高三十余尺。昔如来寂灭,舍利已分,诸婆罗门无所得获,于
> 涅叠般那地收余灰炭,持至本国,建此灵基,而修供养。自兹已降,奇
> 迹相仍,疾病之人,祈请多愈。③

该窣堵波中供奉的是"灰炭舍利",即便如此,染病之人若是祈请大多可以治
愈,以此凸显舍利的神秘力量。与该故事类似的还有第九卷"摩揭陁国"载:

> 观自在菩萨像南窣堵波中,有如来三月之间剃剪发爪,有婴疾
> 病,旋绕多愈。④

这则故事同样宣扬舍利治愈疾病的神奇功能。

可见印度民间口头传承或文字记载的舍利灵异记通过玄奘的记载传播到

---

① 董志翘译著:《大唐西域记》,中华书局 2014 年版,第 202 页。
② 董志翘译著:《大唐西域记》,中华书局 2014 年版,第 218 页。
③ 董志翘译著:《大唐西域记》,中华书局 2014 年版,第 222 页。
④ 董志翘译著:《大唐西域记》,中华书局 2014 年版,第 350 页。

了中国,起到了沟通印度佛教文学和中国文学的作用,对于中国的创作也产生了直接的影响。① 总之,印度佛典为后世文学提供了抽象的舍利功德观念,《大唐西域记》这样的作品又将具有印度文化特色的舍利灵异记类型引进到中国,成为中国僧侣吸收、借鉴和模仿的重要文学素材。

四、《法苑珠林》中舍利灵异记的中国特色

《法苑珠林》作者道世同其他僧侣一样,将宣扬佛法视为终生使命,毕生精力都致力于佛教在中国的传播。道世穷尽中国前代各种典籍中关于舍利灵异的文字记录,然后依照自己的编撰原则和传教话语进行改造,让中国民众读得懂,这样一来舍利灵异记在我国特定的文化语境中,被赋予了浓厚的中国特色,成为印度佛教中国化的一个重要方面。下面简单考察作者如何进行改造,使得这些舍利灵异记具有中国文化色彩。

第一,用中国历代先贤阐释言说佛舍利的特异。"述意部"中论道:

　　夫圣德遐邈,冠绝人天。理妙六经,神高百氏。超群有之遗踪,越贤良之胜迹。化缘既终,从俗韬光。故双树八枝,随义所表,舍利八分,亦逐缘感会。入金刚定,预碎全身。欲使福被天人,功流海陆。至于牙齿发爪之属,顶盖目睛之流,衣钵瓶杖之具,坐处足蹈之迹,囊括今古,圣变无穷。祥应荐臻,瑞光频朗。贤愚共睹,岂猜来惑。且如三皇五帝夏殷文武孔丘庄老,惟圣惟贤,共遵共敬。莫不葬骨五泉,遗尘九土。声光寂寞,孰识其纵。罕知生福,奚感来报。岂比能仁大圣,形影垂芳。应感之道不穷,敬仰之风逾远。绍化迹于大千,拔沉冥于沙界。致使开示之道,随义或殊,会空之旨,齐其一实也。②

道世在"述意部"中盛赞佛陀入灭之后"欲使福被天人,功流海陆",借用舍利"圣变无穷。祥应荐臻,瑞光频朗"的灵异神奇,教化众生。为了突出佛舍利

① 如《法苑珠林》卷二十九"感通篇"就引用了《大唐西域记》的相关内容。

② (唐)道世撰,周叔迦、苏晋仁校注:《法苑珠林校注》,中华书局 2003 年版,第 1259 页。

的特性,引用了中国历史人物"三皇五帝夏殷文武孔丘庄老",称这些人虽然是中国的圣贤,人们也很崇拜尊敬,但是他们"莫不葬骨五泉,遗尘九土。声光寂寞,孰识其纵。罕知生福,奚感来报",即死后灰飞烟灭,化为尘土,而佛陀却"形影垂芳。应感之道不穷,敬仰之风逾远。绍化迹于大千,拔沉冥于沙界",即使入灭之后仍用舍利教化众生。

在佛教中国化的过程中,僧侣通常用"格义"的方式,也就是借用中国既有的概念类比佛教概念,进行阐释,以便于理解外来佛教的思想和教义。这种格义的关键是两个概念近似、类似或互通,否则不能起到借此言他的效果。但这里道世却反其道而行之,从差异的角度去突出佛教的独特性。不过这里同样是使用了中国民众所熟悉的历史人物,使得人们首先是将佛陀与三皇五帝先贤放在一个高度来崇拜,然后指出死后遗骨作用的差异,进而达到"抑儒扬佛"的效果。

第二,利用佛道斗法故事,凸显佛教优势。道教是中国的传统宗教,早在佛教传入之前就根植在中国民众信仰体系之中,佛教进入中国之后,道教深感危机,与佛教产生了激烈冲突。除了道士与僧侣公开辩论之外,还利用法术进行较量。前文引用的《汉僧道角法》就是这类故事。斗法过程中,"道经以火试焚,随火消尽",说明在佛法面前失去法力,道士费才"愧心自感,众前而死",而张衍"启悟,竞共出家",足见在这场斗法中佛教彻底击败了道教。故事中为了突出佛教的神异,特意使用了舍利,用"五粒五色,直上空中,旋环如盖,映蔽日光"描述话语来彰显舍利灵异特性。可以说,作者道世充分结合了当时中国宗教发展现状,引用前代文献典籍,运用舍利灵异记来"抑道扬佛"。

第三,将中国灵瑞观念融入舍利灵异记中。灵瑞观念在中国自古有之,是指上天显示出的祥瑞。这种观念深深根植于人们的信仰体系之中,因此僧侣们将这样一种观念有机地融合到舍利灵异记之中。如前面提到的"立塔显瑞型"中出现了多种天降祥瑞的故事。包括天降雨雪、阴晴变换、动物植物的意外出现,以及其他种种祥瑞。汉代大儒董仲舒在《春秋繁露》中针对王道与祥瑞之间的关系就曾写道:"王正,则元气和顺,风雨时,景星见,黄龙下……五帝三王之治天下……毒虫不螫,猛兽不搏,抵虫不触,故天下为之甘露,朱草生,醴泉出,风雨时,嘉禾兴,凤凰麒麟游于郊。"①虽然这里阐述的是王权统治和天之间的感应,但是这是一种普遍的原理。此种原理被移花接木到了佛教之中,于是在中国"天人感应"思想的基础上,通过这种祥瑞建立起一种佛和天之间的感应,去除了舍利作为外来崇拜物质的陌生感,拉近了佛教与民众之间的关系。

第四,将抽象的舍利功德具体化为各种各样的现世利益。佛经中对于舍利功德往往用相对抽象或宗教化的语言进行说明,另外佛陀自身具有的"咒的能力"也是理解舍利为普通民众带来现世利益的依据之一。如毛利丰史在《佛陀咒的能力与物象——古代印度的佛舍利·佛塔·佛像信仰》②一文中认为佛陀自身具有咒的能力,并通过舍利、佛塔、佛像等物质的表象得以体现。特别是舍利作为身体的一部分,是佛入灭后的遗骨,它将佛所具有的咒的能力延续下来,以为现世人们带来各种利益的方式来实现。这两者虽然都是创作舍利灵异记的理论依据,其共同特点就是过于抽象。不过,在《法苑珠林》的"感应缘"中则通过具体的舍利灵异性故事,来阐释其某种抽象舍利功德说。不仅如此,在《庆舍利感应表并答》中还用"立塔祛病型"的舍利灵异记来解决人们的生老病死的疾苦。对于一般的民众来说,佛理晦涩难懂,没有太大吸引力,而疾病是距离人们最近的烦恼,因此把治愈疾病阐释为舍利功德之后,人们便易于接受。所以道世所搜集、编撰的这些以祛病为主题的故事是出于对中国一般民众现实需要的考量。

总而言之,从上面的论证可以看出,《法苑珠林》的作者道世通过采录"抑儒扬佛""抑道扬佛"的故事反衬佛教优越的同时,还利用中国的祥瑞观念来

---

① （汉）董仲舒著,周桂钿译注:《春秋繁露》,中华书局 2011 年版,第 202 页。
② 《专修人文论集》,2011 年 3 月 15 日。

减少佛教的陌生化,并且还刻意搜集了一些事关解决人们疾病痛苦的舍利灵异记。不难看出,道世无论是故事选择还是说理论证,都是体现了他本人独特的编撰原则。佛教的传播主体是各国僧侣,有的携带法具,有的翻译经典,同时也有像道世一样的僧侣,致力于通过佛教文学的中国化达到佛教在中国迅速传播的目的。从文学接受和变异的角度来看,僧侣们的本土化改造是引进外来佛教文学和创造新的本土佛教文学的重要步骤。

第四节　朝鲜半岛的舍利灵异记

《三国遗事》是高丽僧人所作,虽然是史书性质,但是作为僧人从记录佛教传播史的立场,集录了大量佛教说话,其中也收录了一篇关于舍利的灵异故事。第三卷"塔像篇"的"前后所将舍利"载:

国史云:真兴王大清三年已巳,梁使沈湖送舍利若干粒。善德王代,贞观十七年癸卯,慈藏法师所将佛头骨、佛牙、佛舍利百粒、佛所著绯罗金点袈裟一领。其舍利分为三,一分在皇龙塔,一分在太和塔,一分并袈裟在通度寺戒坛;其余未详所在。

坛有二级,上级之中,安石盖如覆镬。谚云昔在本朝,相次有二廉使,礼坛举石镬而敬之,前感修蟒在函中,后见蟾蜍石腹。自此不敢举之。近有上将军金公利生、庾侍郎硕,以高庙朝受旨,指挥江东,仗节到寺。拟欲举石瞻礼,寺僧以往事难之。二公令军士固举之……今唯四尔。既隐现随人,多小不足怪也。

又谚云:其皇龙寺塔灾之日,石镬之东面始有大斑,至今犹然。即大辽应历三年癸丑岁也,本朝光庙五载也,塔之第三灾也。曹溪无衣子留诗云"闻道皇龙灾塔日,连烧一面示无间"是也。自至元甲子已来,本朝使佐,本国皇华,争来瞻礼;四方云水,辐凑来参,或举、不举。真身四枚外,变身舍利,碎如砂砾,现于镬外,而异香郁烈,弥日不歇者,比比有之。此末季一方之奇事也。①

这则舍利灵异记开篇记录了舍利从中国传入朝鲜半岛的时间和方式,并介绍了舍利的存放地点,具有一定的史料价值。不过这里重点关注的是关于舍利灵异的描写。这里借用蟒蛇和蟾蜍的护佑凸显舍利的灵异。此外,舍利被火焚烧后变为碎砂砾,发出异香,久久不散。若与中国舍利灵异记对比来看,笼统地讲,在利用动物和舍利关联来思考,二者是一致的。不过,《三国遗事》中的动物并不是作为灵瑞之物来表现的。另外,真身舍利在火中不烧,体现了和中国文学舍利性质的一致性。只是所谓的"变身舍利"却烧成了砂砾,这在中国文学中是十分罕见的,体现了灵异的独特性和变异性。"既隐现随人,多小不足怪也"一语所表达的舍利多少与信仰主体有关这一思想却是源自《法苑珠林》。《法苑珠林》载:

> 舍利应现,值者甚多,皆敬而得之,慢而失之。②

虽然二者文句表达不完全一致,但是其内涵并无差别。这同样体现了对中国文学的继承性。

不仅如此,《三国遗事》中还融合了中国僧传元素,创作出了舍利灵异记。接续前面"前后所将舍利"的记载:

> 相传云:昔义湘法师入唐,到终南山至相寺智俨尊者处。邻有宣律师,常受天供,每斋时天厨送食。一日,律师请湘公斋,湘至,坐定既久,天供过时不至,湘乃空钵而归。天使乃至,律师问:"今日何故迟?"天使曰:"满洞有神兵遮拥,不能入。"于是,律师知湘公有神卫,乃服其道胜。仍留其供具。翌日,又邀俨、湘二师斋,具陈其由。湘公从容谓宣曰:"师既被天帝所敬,尝闻帝释官有佛四十齿之一牙,为我等辈请下人间,为福如何?"律师后与天使传其意于上帝,帝限

---

① [高句丽]一然著,[韩]权锡焕、[中]陈蒲清注译:《三国遗事》,岳麓书社2009年版,第280—281页。

② (唐)道世撰,周叔迦、苏晋仁校注:《法苑珠林校注》,中华书局2003年版,第1273页。

七日送与。湘公致敬讫,邀安大内。①

这个故事讲述的是新罗高僧义湘和舍利的神奇来源。该故事中道宣受天供以及义湘所问"师既被天帝所敬,尝闻帝释宫有佛四十齿之一牙,为我等辈请下人间"一事,是依据有关道宣的传说。祖琇著《编年通论》载:

> 乾封二年八月,南山律师道宣卒,有诏追悼。仍敕天下寺,并宣图形塑像,以为标范。宣姓钱氏,父吏部尚书郎,母梦月轮贯怀而孕。既而又梦梵僧语之曰:"所孕者祐律师也,愿自爱。"及宣年壮而退然,无经世意,母忆所梦,听,出家。性与道合,所至必感,神物翊卫,供奉天馔。有云,室山人尝访宣,见左右皆天童给侍。②

又如,赞宁撰《宋高僧传》卷十四载:

> 贞观中,曾隐沁部云室山,人睹天童给侍左右。于西明寺夜行道,足跌前阶,有物扶持,履空无害。熟顾视之,乃少年也。宣遽问:"何人中夜在此?"少年曰:"某非常人,即毗沙门天王之子那吒也,护法之故,拥护和尚,时之久矣。"宣曰:"贫道修行,无事烦太子。太子神威自在,西域有可作佛事者,顾为致之!"太子曰:"某有佛牙宝掌虽久,头目犹舍,敢不奉献。"俄授于宣,宣保录供养焉。③

从上述两段引文可以看出,虽然是高僧灵异故事,但是从叙述的侧重点来看,也可以说是舍利灵异记。故事中大量的铺陈,都为舍利灵异出现做准备。《三国遗事》将中国文学中关于道宣律师的灵异谭与义湘融合到一起,体现了古代朝鲜文学与中国文学密不可分的渊源关系。虽然《三国遗事》中收录的舍利灵异记很少,但是却可以以此管窥其对中国文学吸收事实,同时也可以看出变异的一面。

---

① [高句丽]一然著,[韩]权锡焕、[中]陈蒲清注译:《三国遗事》,岳麓书社2009年版,第282页。
② 中华电子佛典协会:《中华电子佛典集成》,河北省佛教协会2010年版。
③ (北宋)赞宁撰,范祥雍点校:《宋高僧传》,中华书局1987年版,第329页。

若从更深层次看,《三国遗事》中关于义湘的描写,体现了作者一然明确的民族意识。故事中道宣请义湘吃饭,因为道宣是"天童给侍",可天童却迟迟未来,后来天使说"满洞有神兵遮拥,不能入"。这里神兵是保护义湘的,阻止了天使。这里是暗喻义湘和道宣的较量,天使败给了神兵,表明道宣败给了义湘。文中也直接说"律师知湘公有神卫,乃服其道胜"。之所以作者通过文学表达这种竞争意识,凸显本国僧人的优异,取决于当时中朝特殊的政治关系和历史语境。朝鲜半岛在相当长的历史时期内保持着一种朝贡体制,中国在相当大的程度上控制着朝鲜半岛。朝鲜半岛人们虽然臣服于中国,但是内心也有一种竞争和反抗意识,这种意识在《三国遗事》中舍利灵异记中不经意间表现出来了。

第五节 日本舍利灵异中的中国文学印记

作为佛教的宣传文本,舍利灵异记也随着佛教从中国经过朝鲜半岛传到了日本。日本的佛教说话文学中收录了一些舍利灵异记,这些灵异记与中国和朝鲜半岛的同类故事具有相似性也有很大的差异性。这体现了日本传播的舍利灵异记与外来文化的传承性和本土变异的两个侧面。

前面已经提到,佛经中关于舍利灵异记大多限定在对舍利功德的抽象宣传,而中国佛教文学作品则以此为依据,结合本土宣佛的需要,创造出多个具体的故事,这样使得佛经的教义变得更为通俗易懂,易于传播佛教。

日本的佛教说话文学仿佛更乐于吸收中国的故事,而非抽象的教理。这里首先从三个方面来考察中日两国舍利灵异记之间的整体关联性。

第一,直接化用中国的舍利灵异记。《今昔物语集·震旦部》第2段写道:

> 道士一方将众多经卷置于装饰华丽的东坛上。西侧也用锦缎
> 搭了个棚,摩腾迦法师和大臣居于其中。法师带来了装在琉璃壶

中的佛舍利和装在饰箱中的二三百部经卷。双方入座后,道士说道:"请摩腾迦法师一方来将道士一方的经文点上火。"摩腾迦法师的弟子出来将道士一方的经卷点上火。同时出来一位道士将摩腾迦法师一方的经文点上火。所有的经卷一起燃烧起来,烈焰黑烟腾空而起。

过了一会儿,摩腾迦法师一方的佛舍利放出光芒升入空中,佛教经卷也随着佛舍利升入空中。摩腾迦法师取过香炉目不转睛地坐着。道士一方的经卷一时间全部烧成灰烬,道士们有的咬掉了舌头,有的眼流血泪,有的气死,有的成了摩腾迦法师的弟子,有的气闷扑地肝胆俱裂。①

这则故事讲述的是神佛斗法的故事,通过道经的易焚和舍利放光的对比,凸显舍利的灵异。此故事与前面做引用的《法苑珠林》中的《汉僧道角法》整体是一样的。只是在原有故事的基础上融入其他几段相关故事,进一步加工和演绎,通过文学叙事的详尽铺陈,进一步强化了舍利及佛教的神异性。另外,《今昔物语集·震旦部》第4段写道:

国王说道:"你号称释迦佛的弟子,可是佛又早已入涅槃,怎么能成为你的师父?"三藏答道:"释迦佛虽然早已入涅槃,但是留下舍利引导众生。"国王说:"既然如此,便把舍利拿来。"三藏说道:"舍利在天竺,我没有带来。"国王说道:"你说的不能令我信服,怎么能知道有没有舍利?"三藏答道:"我虽然没带舍利,但是如果祈祷舍利会自然出现。"国王说道:"好吧,你就在此祈祷舍利出现。"……三藏答道:"如果祈祷不出舍利,就取下我的首级。"依照国王的规定自当日起七日之内必须祈祷出舍利。

三藏将绀色琉璃壶置于案上,散花烧香祈祷。过了七天,国王说

---

① 金伟、吴彦译:《今昔物语集》第一册,万卷出版公司 2006 年版,第 253—254 页。

道："舍利出来了吗?"三藏说："请再延缓七天。"又过了七天,国王来问道："怎么样啦?"三藏又请求延缓七天,国王又同意了。三藏发诚心礼拜祈祷,第六天拂晓的时候琉璃壶内出现了一颗大舍利,在壶内放光明。三藏将现出舍利的事禀告国王,国王非常吃惊地发现,确实有颗白色圆球在壶内发出白光,说道："你祈祷出的舍利真假不辨,怎么能知道这是真舍利?"康僧会三藏说道："真的佛舍利劫火烧不毁,金刚杵捣不坏。"国王说道："既然这样,试试这颗舍利如何?"康僧会说道："可立刻测试。"说完又向舍利起誓道："我师释迦如来入涅槃已久,灭后立誓利益众生。愿广施威力现示灵验。"

　　国王将舍利取出放到铁砧上,选出有力量的人以锤击打。铁砧和锤全都敲击出了凹陷,而舍利丝毫无损。①

这个故事的出典被认为是《神僧传》和《高僧传》,另外《法苑珠林》中也有类似的记载。无论这个故事取自哪里,但是直接吸收中国文学营养这一点是毋庸置疑。除了部分改写之外,这里呈现的是故事的整体继承性,体现其与中国文学的"直系血亲"关系。

　　第二,保留中国的灵瑞思想。除了整体故事的吸收外,还通过延续某些中国的思想来烘托舍利的灵异特性。如作为近世佛教说话集之一的《正续院佛牙舍利记》载:

　　盛长已到,捧舍利献实朝。实朝受之,涕泪悲泣,烧香礼拜,便载小舆,实朝自舁肩,远归镰仓。伶人前后奏乐,姣童左右擎旌盖,万人奉币帛云集。十方献香华雨散。时又有瑞相。红云一道出于鹤岗庙,拥舍利舆。皆神道灵来迎。海南波上,峨冠者数百连现,合掌良久没。是龙王出现欤。观者惊叹。②

在舍利迎请的过程中,不仅场面宏大,而且出现了瑞相。有红云覆盖舍利舆,

---

① 金伟、吴彦译:《今昔物语集》第一册,万卷出版公司 2006 年版,第 256—257 页。
② [日]高田衛、原道生编集:《仏教説話集成》(二),国书刊行会 1998 年版,第 429 页。

有神和龙王前来迎接。这里虽然是以日本历史人物为主人公,也没有全部模仿中国故事内容,但借用某些灵瑞表现,凸显舍利的神奇与灵异。灵瑞思想是中国古代传统思想,日本的佛教说话集沿用了灵瑞烘托舍利的功能,体现了中国文学对日本佛教文学的影响。

第三,灵异类型的总体接受。除了故事内容和中国思想之外,也有故事从类型上整体模仿。如《日本灵异记》中卷三十一《将建塔发愿时生女子捲舍利所产缘》:

> 丹生直弟上者,远江国磐田郡之人也。弟上作塔发愿,未造其塔,而历淹年,犹睠愿果,每疹于怀。圣武天皇御世,弟上年七十岁,妻年六十二岁,怀妊生女,捲左方手,以所产生。父母怪之,开于捲手,弥增固捲,犹故不舒。父母愁曰:"妪非时产,子根不具,斯为大耻,以因缘故,汝生我子。"乃不嫌弃,而慈哺育。渐随长大,面容端正,年至七岁,开手示母曰:"见是物。"因瞻掌有舍利二粒,欢喜异奇,告知诸人,诸人众喜,展转国司,郡乡悉喜,引率知识,建七重塔,安彼舍利,以供养了。今磐田郡内部建立磐田寺之塔是也。立塔之后,其子忽死。阎知,愿无不得,愿无不果者,其斯谓之矣![①]

这段故事是《日本灵异记》仅有的一则舍利灵异记。日本研究者擅长考据出典,但关于这一故事并没有考察出处。出典研究往往太过拘泥于细节,往往没有宏观的视角。这个故事若仅仅局限于故事内容或情节,很难看出与外来文学的关联,但是若从类型学的角度来看,这一故事仍然可以在中国文学中找到"远亲"。该故事在整体上属于"建塔获得型"。从故事内容可以看出,弟上有建立佛塔的夙愿,但是多年没有实现,因此念念不忘。后来在夫妻六七十岁高龄的时候,竟然怀孕生女,女孩左手紧握无法打开,长大后展示给父母,竟然是两颗舍利。后来通过各种努力,如愿建塔。这个故事和《法苑珠林》中《晋北

---

① [日]出雲路修校注:《日本靈異記》,岩波书店1996年版,第252—253页。

僧法开建寺求舍利》《晋孟景建寺获舍利三颗》两则故事一样,都是在有建立塔寺的意愿之后,舍利通过某种不可思议的方式出现。从情节比较来看,《日本灵异记》的故事更为曲折,更富灵异色彩。如夫妻年龄按照常理已经丧失了生育功能,但却可以生出孩子。孩子生出后手攥着舍利,大人无法打开,而且越想打开手攥得越紧。此外,塔建好之后,孩子突然死去。这一系列异乎常理的表现,均凸显了舍利的灵异特性。

又如,"自身灵异型"。《正续院佛牙舍利记》载:

> 同円觉录中,安奉佛牙舍利。上堂如来因地修戒定。智慧解脱知见香五分璎珞互严净,佛牙舍利耀精光,为云为盖,偏法界,为瑞为祥,福此方。奉安伽蓝,资觉路。①

这里佛像自身所展示出的发光和"为云为盖"的灵异特点,与中国文学一脉相承。故事其他内容和中国并不一致,但是从类型的角度上来看,还是保留了和中国文学的某种一致性。这恐怕是作者在吸纳文学中的一种非细枝末节的宏观接受。

从上述考察可以看出来,日本佛教说话文学中的舍利灵异记通过多种方式吸收中国文学元素。这种吸收证明了两国文学之间或远或近、或深或浅的因缘关系,同时也在很大程度上说明日本佛教说话文学对于佛教营养的吸收,大多通过中国文学的桥梁,间接吸收了印度佛教的营养,这一特点也和佛教的传播是相辅相成的。

第六节　日本舍利灵异记的生成与特色

日本佛教说话文学中的舍利灵异记一面接受中国文学的影响,一面又有独特的改造与创新,以适应本国民众的信仰需求。舍利传播到日本之后逐渐

---

① [日]高田衞、原道生编集:《仏教説話集成》(二),国書刊行会1998年版,第441页。

形成舍利信仰,这种信仰与日本原有的信仰体系邂逅融合之后,舍利灵异记在多个方面产生出了新的变化。

第一,舍利对在地神的征服。神道是日本民族宗教,在日本人的信仰体系中占有重要地位。神道的重要特征之一就是某些神具有区域性,这些神护佑着特定的领域,当地人们也会祭祀这些地方神。舍利传入之后,作为圣物被崇拜和供奉,自然会与当地神祇系统产生冲突,僧侣为了融合两种宗教,并凸显佛教的优势,杜撰出一些新型的舍利灵异记。《正续院佛牙舍利记》载:

> 舍利奇瑞一件,在公方记录。不载中山和尚记录。虽然,义时息女年八岁,俄有神讬曰:"我自鹤岗来,垂迹于此境。年未久,草创事疎。身心不安。兹有奇特事。佛牙舍利,自大宋国遥降临此境。三界之宝,何物过之? 我等日日时时致瞻礼,渐灭业报。然者,垂迹化境永代不有限。非唯我一神。日本国中,天神地神,大神小神,礼敬无障,福禄增长,此境众生尽得寿福。汝等诸人不知耶?"云,神即举去。①

这则故事十分特殊,没有正面描写舍利之如何神奇灵异,但却是通过侧面的"弘赞"来凸显。来自鹤岗的地方神,凭付在义时八岁女儿身上,借用其口,夸赞来自大宋国的舍利"三界之宝,何物过之",同时表达对佛牙的崇敬,"日日时时致瞻礼"。甚至还宣称不仅他一个神,"日本国中,天神地神,大神小神"都受到了福报。可以说这里神道之神完全没有对抗佛教的举动,反而表示因为瞻礼舍利而消除业障,福禄增长。不仅如此,还高高在上地责问别人,对于舍利的功德竟然一无所知。可以说,这样的故事是佛教徒基于日本民众信仰神道的现实,借用日本民间所熟悉的神道中神谕的方式,把佛教的教理通过神讬传播给大众,这样既可以表明神道臣服于佛教,又可以让神道信仰的民众相

---

① [日]高田衛、原道生编集:《仏教説話集成》(二),国書刊行会1998年版,第430页。

信佛法无边。

第二，舍利失去灵异。前面提到，舍利灵异有多种表现，如放光、不烧、飞升等。但是中国文学中舍利失去灵异的故事却很少，可这样的故事却在日本出现了。《正续院佛牙舍利记》载：

> 居士，或时开塔瞻礼，舍利在塔中，离上下四边，住在于空。举家奉视，不胜心惊感嗟。自而以后，或时在空，或时丽塔上头，或时傍水晶而住于空，变现无常矣。时闻此灵异，求瞻礼者不尠。草山通西慈空上人，及宏誉厌求上人来拜瞻，有升空之异，率为恒矣。或偶有非法非律之徒，而来到，则舍利自空而坠。可以怪之矣。厥后，每至月望，恒显升空之瑞。有缘缁白，尝亲睹见其异者，今尚多存。或有月经妇女到塔边者，上空舍利顿坠。①

故事中通过舍利飘浮在塔中来渲染其灵异特征。前面铺陈了居士和僧俗瞻仰舍利之后现飞空之灵异，后面笔锋一转，描写有"非法非律之徒""月经妇女"来到塔边，舍利立即从空中坠落。这种强烈的对比和反差营造了舍利灵异的另一种样式，即舍利灵异与否因人而异。这表面体现了舍利对对象的挑剔，而其背后则有深厚的民间信仰的影响，尤其是这里所提到的"月经妇女"。舍利是佛教崇拜的圣物，但是传到日本之后，在一定程度上被等同于神道中的神，这是由特定的文化语境决定的。佛教中固然有女性不洁的观念，但是在印度、中国和朝鲜半岛的众多舍利灵异记中却未曾见到。而《正续院佛牙舍利记》的舍利灵异记出现了舍利遇见月经妇女不显灵异，是编撰者以神道的信仰体系来认知舍利。神道神祇崇信洁净，厌恶污秽。王青针对日本的"污秽"意识指出："古代日本人把死亡与血腥等视为'污秽'，形成了避忌死秽、产秽、血秽等不祥之物的三不净意识。"②神道观念中认为女性是不洁的，尤其是女性月经会流血，就是所谓的"血秽"。由于受此观念的影响，月经妇女在到塔的近

---

① ［日］高田衛、原道生编集：《仏教説話集成》（二），国书刊行会1998年版，第444页。
② 王青：《神道教与日本型伦理道德观念的演变》，《哲学研究》2014年第5期。

前便相当于进入了神界,舍利作为神物,受到了不洁之物的影响,于是不再显现灵异。

总之,神道作为日本固有的宗教,是民众的信仰体系中最核心的元素。人们在接受外来宗教思想的时候,往往站在这一既有信仰基础上来认知外来事物,使得佛教中舍利灵异记和神道信仰相遇之后,产生了带有本土神道元素的新的舍利灵异记类型。

结　语

舍利作为佛的遗骨,被看作是佛入灭后的真身,也是"无量六波罗蜜功德所熏",因此具有无上功德。舍利作为传播佛法的重要物质载体,其功德在佛经中被无限扩大,但是具体灵异故事很少。在民间以及一些方志中却流传着一些具体的舍利灵异记。佛经中的教义成为后来舍利灵异记创作的种子,《大唐西域记》中所记录的印度本土的故事也为中国及其他后世文学创作提供模仿的范本。舍利作为佛祖的化身,以宗教圣物的身份传入中国后被民众所崇拜,同时为了宣传舍利的神奇,中国的僧人和信众创作出了多姿多彩的舍利灵异记。这些故事相较于佛经的抽象,更为具体化,而且其中融入了大量中国传统文化因子,是佛教中国化的一种具体表现。佛教从中国传到朝鲜半岛,古代朝鲜僧侣也根据中国文献的记载创作了舍利灵异记,尽管不多,但是体现了佛教传播的清晰脉络。古代朝鲜文学中的舍利灵异记诞生在当时特定的历史文化背景之中,故事中某些隐喻表达了当时知识分子的民族意识。在日本方面,舍利灵异记也有不少篇什。通过前面的考察可以发现,故事大多直接和中国佛教文学有着深刻的关联性,说明在文学方面基本跳过了朝鲜半岛这一媒介,与中国直接联系在一起。其背后是随着航海技术的发展,日本和中国通过海上建立了更加便捷的交流渠道,文学和文化典籍通过海上直接传到日本,因此其中的中国直接影响痕迹更为清晰。日本僧侣在创作舍利灵异记的时候,除了文学表现手法上的创新和改变,更侧重于本土传统文化信仰的植入,以适应本国民众思想接受的需要。可以说,这是印度佛典文学在中国佛教文学进一步发展基础上的又一次超越。上述脉络可以清晰地看出亚洲佛教文学整体性和民族独特性的某一侧面。

第四章　佛教说话文学中的
佛像灵异记

　　在"佛教三宝"——"佛""法""僧"中,佛像是"佛宝"重要内容之一。同舍利一样,佛像也被佛教徒视为佛祖的真身,佛陀肉体入灭之后,代替他在人间传法。佛像作为一种佛教传播的物质载体之一,是善男信女礼拜的偶像,对佛教传播起到了极为重要的作用。佛像之所以能够受到信众的崇拜,除了佛像本身的庄严之外,围绕佛教相关的灵异叙事也起到了推波助澜的作用。佛经中的诸种功德说作为后来佛教说话文学的种子,传到中国之后与中国传统思想相融合,形成了各种带有中国特色的佛像灵异记,同样原理传到朝鲜半岛和日本之后,又诞生了属于各自民族独有的一些佛像灵异记。这里佛像灵异记将毫无生命的佛像变得活灵活现,千变万化,无所不能,使佛像崇拜得以进一步发展,也使佛教更加便于传播。

　　关于佛像的神秘力量,宫治昭这样论述道:"佛像具有不可思议的魅力,可以接受人们的祈祷。无论科学技术如何发达,但人们祈祷之心不仅没有消退,在这个躁动不安的现代社会中祈祷的欲望反倒越来越强烈了。佛像恰恰唤醒了人们这种祈祷之心。"①可见,无论是在思想文化相对落后的古代还是

---

　　①　[日]宫治昭:《仏像入门仏像入門—ほとけたちのルーツを探る》序言,春秋社2013年版,第1页。

科学相对发达的当代,人们都有祈祷的需要,因为人们面对世事不如意之时倚赖神明的本能亘古未变。他还针对佛像在亚洲文化交流中起到的作用指出:"我们应该重新认识亚洲佛文化交流中的伟大功绩。佛像中包含了以祈祷为核心的诸种文化交流。佛像在古代亚洲起到了全球化共同话语的作用。"①这种评价十分准确,在亚洲拥有共同教主、共同教义的佛教文化背景下,礼拜同一系统的佛教偶像,追求相似的现实利益和解脱之路,使得亚洲人民古代的精神世界紧紧联系在一起,促进不同国家和民族之间的文化交流。

佛像灵异记是佛教说话文学的重要类型之一,相较于前面的舍利灵异记,数量更多,情节更为丰富多彩,其佛教传播的功能也更为巨大,是一个不能忽视的研究课题。本章以汉译佛典、中国佛教类书、古代朝鲜佛教文学、日本佛教说话文学为对象,从亚洲文化语境考察佛像灵异记的生成和变异的过程。

谈到佛像灵异记,首先考察一下何为"佛像"？ 关于"佛像",丁福保在其编著的《佛学大辞典》中是这样解释的:

> 佛之真影也。通雕像铸像画像而言,佛使优填王始造之,为住持之佛宝,使佛灭后之四众以真身之想,而信敬之。《大乘造像功德经》《佛说作佛形像经》《佛说造立形像福报经》《造塔功德经》《佛说造塔延命功德经》等,皆详说造像之功德。圆觉经曰:"若复灭后,施设形像,心存目想,生正意念,还同如来常住之日。"释氏要览中曰:"宣律师云造像梵相,宋齐间皆唇厚鼻隆,目长颐丰,挺然丈夫之相。自唐以来,笔工皆端严柔弱似妓女之貌。故宫娃如菩萨也。"②

《佛学大辞典》中根据佛像的制像方法划分出不同种类,并提及了造像的始源、经典依据、造像功德以及中国不同时期佛像的特点。这一定义提供了佛教造像的始端,甚至是中国佛像不同历史时期的直观特征。

---

① [日]宫治昭:《仏像入門仏像入門—ほとけたちのルーツを探る》序言,春秋社 2013 年版,第 2 页。

② 丁福保编:《佛学大辞典》,上海书店 1991 年版,第 1177 页。

另外,中村元等编撰的《佛教辞典》是这样解释的:

在佛教中,佛像是指作为礼拜对象的雕像和画像的总称。不过,一般多仅指雕像。也通常称前者为"佛像雕刻",称后者为"佛画",以进行严格区别。从主题来讲,既有仅指以释迦如来为代表的佛陀(如来)像的狭义概念,也有囊括菩萨、明王、诸天等佛陀以外的佛教诸尊的广义的佛像概念。①

这里根据佛像的种类和佛像主题两个侧面,分别划分了广义和狭义的两种概念。这一概念对于认知具体的佛像有直接的指导意义。

综合上述中日两种针对"佛像"的定义,本书是一种文学研究,重点关注的是文学方面的流变,因此采用广义的佛像概念,即从制作种类上讲,既包括雕像、铸像,也包括佛画。从主题上讲,包括佛陀、菩萨、明王等宗教系统中所有佛像。本章是针对佛教说话文学的类型之一"佛像灵异记"的考察,权且定义为:与佛像相关的异于常理、不可思议的佛教叙事。

第一节　佛像之诞生与佛像东流史

佛像灵异记作为一种佛教文学的故事类型,其故事核心情节都是围绕主角"佛像"展开的。佛像的诞生与传播是佛像灵异记产生和流传的前提,在进行文学考察之前,有必要对佛像的诞生与在东亚的传播史进行整体的回顾,这对正确认识佛像灵异记在亚洲文化交流与融合中的价值具有重要的意义。

一、偶像崇拜之前后

佛像崇拜的兴起时间与佛祖诞生时间并不是一致的,而是在佛陀入灭之后相当长的一段时间。佛像信仰之前的佛像诞生是从何时开始的呢?关于佛

---

① ［日］中村元等编:《仏教辞典》,岩波书店 2002 年版,第 877 页。

像的诞生,在汉译佛典和中国的佛教类书中流传着优填王和波斯匿王造像的传说。如《增一阿含经》载:

> 尔时,如来母摩耶将诸天女至世尊所,头面礼足,在一面坐,并作是说:"违奉甚久,今来至此,实蒙大幸,渴仰思见,佛今日方来。"是时,母摩耶头面礼足已,在一面坐;释提桓因亦礼如来足,在一面坐;三十三天礼如来足,在一面坐。是时,诸天之众见如来在彼增益天众,减损阿须伦。……是时,人间四部之众不见如来久,往至阿难所,白阿难言:"如来今为所在?渴仰欲见。"

> 阿难报曰:"我等亦复不知如来所在!"

> 是时,波斯匿王、优填王至阿难所,问阿难曰:"如来今日竟为所在?"

> 阿难报曰:"大王,我亦不知如来所在!"

> 是时,二王思睹如来,遂得苦患。尔时,群臣至优填王所,白优填王曰:"今为所患?"

> 时,王报曰:"我今以愁忧成患。"

> 群臣白王:"云何以愁忧成患?"

> 其王报曰:"由不见如来故也。设我不见如来者,便当命终。"

> 是时,群臣便作是念:"当以何方便,使优填王不令命终?我等宜作如来形像。"是时,群臣白王言:"我等欲作形像,亦可恭敬承事作礼。"

> 时,王闻此语已,欢喜踊跃,不能自胜,告群臣曰:"善哉!卿等所说至妙。"

> 群臣白王:"当以何宝作如来形像?"

> 是时,王即敕国界之内诸奇巧师匠,而告之曰:"我今欲作形像。"

> 巧匠对曰:"如是,大王。"

> 是时,优填王即以牛头栴檀作如来形象高五尺。

> 是时,波斯匿王闻优填王作如来形象高五尺而供养。是时,波斯匿王复召国王中巧匠,而告知曰:"我今欲造如来形像,汝等当时办之。"时,波斯匿王而生此念:"当用何宝,作如来形像耶?"斯须复作是念:"如来形体,黄如天金,金当以金作如来形像。"是时,波斯匿王纯以紫磨金作如来像高五尺。尔时,阎浮里内始有此二如来像。

从这里可以看出,第一个造佛像的应为优填王。波斯匿王受到了优填王的影响,同样造了佛像。另外,两者使用的材质分别为"牛头栴檀"和"紫磨金",一个是贵重木材,一个是贵重金属,从使用材质上都可以看出对佛的尊重程度。其中造像的缘起是因为佛陀升忉利天为母亲摩耶夫人说法,人间四部众和优填王、波斯匿王对佛极度想念,即"二王思睹如来,遂得苦患"甚至是"设我不见如来者,便当命终",为了不让大王对佛思念致死,群臣提出造佛像。这里客观描述了造像的由来,其中并没有任何宣扬造像及供养过程中产生的灵异叙述,因为当时佛陀在世,造像的目的仅仅是为了解除二王及众生对佛的思念之苦,所以此时尚未出现文学虚构意义层面的佛像灵异记。不过,佛像的出现以及佛像缘起,为其后来的佛像灵异记的形成提供了某种可能。

关于佛像诞生的传说,《大方便佛报恩品》中也有记载:

> 尔时如来为母摩耶夫人并诸天众说法九十日,阎浮提中亦九十日不知如来所在。大目揵连神力第一,尽其神力,于十方推求,亦复不知;阿那律陀天眼第一,遍观十方三千大千世界,亦复不见;乃至五百大弟子,不见如来,心怀忧恼。优填大王恋慕如来,心怀愁毒,即以牛头栴檀,摞像如来所有色身,礼事供养,如佛在时,无有异也。

《大方便佛报恩品》与《增一阿含经》的记载有些差异,尤其是这里只提到优填王造佛像,并未提及波斯匿王。但两经共同之处为优填王因思念上忉利天说法的如来,而心生思念之情。

总而言之,按照佛经的传说,佛像因二王思念如来而创造,而且从使用的金属来看,佛像也十分尊贵,不过当时供养佛像仅仅限于对在世如来的想念,没有夸饰佛像的灵异情节。而《增一阿含经》中有关佛像功德说为日后的真正佛像灵异记的产生埋下伏笔。

释迦牟尼入灭之后被火化,尸骨被安葬在窣堵波中,即后来的佛塔。可以说,佛像崇拜是佛像灵异记的信仰基础。在佛像崇拜之前存在着相当长时间的"佛迹崇拜"。所谓"佛迹崇拜"就是崇拜以象征手法表现佛陀及其事迹的图像。如佛座和伞盖表示佛陀说法;菩提树象征佛陀成道;佛足印象征着佛陀的经行之处;佛塔象征着佛陀入灭。信徒通过佛陀不在场象征物表达了对佛陀的崇拜,虽然没有佛陀本人出现,但是从形式上开始利用实物图像表达这种形式与后来的佛像崇拜具有某种共通性,为其提供了宗教逻辑上的铺垫。

大约在公元1世纪前后,受到大乘佛教思想的影响,佛像慢慢大量出现。因为大乘佛教经典中极力赞扬佛教的诸种功德,信徒们便开始热衷于制造各种佛像,佛像灵异记也随之应运而生。可以说,佛经的宣说和佛像的制造,以及前期的佛迹崇拜奠定的思想基础,都是佛像灵异记诞生的必要条件。

二、佛像在东亚的传播史回顾

佛像在印度诞生之后,经过西域传入中国,又从中国传入朝鲜半岛,最终流传到了日本。佛像的传播代表着佛教的传播,同时在一定程度上也是佛像灵异记传播的过程,因此通过对佛像传播史的回顾,可以鸟瞰佛像灵异记的诞生和流变的过程。

佛教传入中国最有名的事件就是汉明帝夜梦金人。《后汉书·西域传》载:

  世传明帝梦见金人,长大,顶有光明,以问群臣。或曰:"西方有神,名曰佛。其形长丈六尺而黄金色。"帝于是遣使天竺问佛道法,遂于中国图画形像焉。①

又,《高僧传》的"竺法兰条"载:

竺法兰,亦中天竺人,自言诵经论数万章,为天竺学者之师。时蔡愔既至彼国,兰与摩腾共契游化,遂相随而来。会彼学徒留碍,兰乃间行而至。既达洛阳,与腾同止,少时便善汉言。

愔于西域获经,即为翻译十地断结、佛本生、法海藏、佛本行、四十二章等五部。移都寇乱,四部失本,不传江左。唯四十二章经今见在,可二千余言。汉地见存诸经,唯此为始也。

愔又于西域得画释迦倚像,是优田王栴檀像师第四作也。既至洛阳,明帝令画工图写。置清凉台中,及显节陵上。旧像今不复存焉。②

学术界一般认为,佛教大约在两汉之际传入中国。汉明帝夜梦金人,后来派蔡愔去印度求法。蔡愔遇见了竺法兰,并请他为之翻译请来的佛经。此外,蔡愔还从西域带回来了释迦的画像,明帝命令画工描画。由此可见,佛像的传入与佛教传入同时发生,当时的佛像是画像,而非雕刻,并且这一过程中也没有任何关于佛像灵异的神话叙事。值得注意的是"置清凉台中及显节陵上"的描写,明显具有模拟供养礼仪的意味。

佛教初传中国,对于这种外来宗教,当时人们还十分陌生,甚至加以排斥。对于这种全新的事物,人们借助当时社会流行的神仙道家思想加以理解,笼统地称其为神。由于对佛教及其教义的一知半解,人们对于佛像的意义、功德和作用等同样一无所知,因此最初也没有出现所谓的佛像灵异记。

在中国兴起佛像崇拜的风潮大概在两晋南北朝时期。从这一时期起,在文学叙事中开始出现了对于佛像灵异的描写。如南朝梁元帝萧绎在《与萧咨议等书》载:

---

① (南宋)范晔撰,李贤等注:《后汉书》,中华书局 2005 年版,第 1976 页。
② (南朝梁)慧皎撰,汤用彤校注:《高僧传》,中华书局 1992 年版,第 3 页。

盖闻,圆光七尺,上映真珠之云,面门五色,旁临珊瑚之地,化为
金案,夺丽水之珍;便同珂雪,高玄霜之彩。岂不有机则感,感而遂
通,有神则智,智而必断。故碧玉之楼升堂未易,紫绀之殿入室为
难……窃以瑞像放光倏将旬日,蹈舞之深形于瘩寐。①

这里"圆光七尺,上映真珠之云"等叙述,客观描写了佛像的特征,"有机则感,
感而遂通"宣扬佛像与信众的感应,与"瑞像放光"都是凸显佛像灵异的具体
表现。

南北朝时期,佛像灵异记被大量创作出来,散录于各种佛教题材的文献之
中。如王琰的《冥祥记》、傅亮的《光世音应验记》、陆杲的《系观世音应验
记》、慧皎的《高僧传》等,虽然有些文献已经散佚,但是其中的一些故事还是
被《法苑珠林》等典籍引用,因此可以窥见当时佛像灵异记之一斑。而隋唐时
期,此类故事则更加不胜枚举。

佛教传入中国之后,又于东晋年间传入高句丽,由此在朝鲜半岛传播开
来。一然著《三国遗事》载:

《高丽本记》云:小兽林王即位二年壬申,乃东晋咸安二年,孝武
帝即位之年也。前秦苻坚遣使及僧顺道送佛像,经文。又四年甲戌,
阿道来自晋。明年乙亥二月,创肖门寺,以置顺道;又创伊弗兰寺,以
置阿道。此佛法之始。②

从《三国遗事》的记载可以看出,佛教是由苻坚派遣使者及僧人顺道传到高丽
的,尤其佛教传入时带来了佛像。朝鲜半岛在佛教传入之后,受中国佛教及佛
教文学的影响,也出现了大量的佛像灵异记,关于这一点,在后面将进行详细
考论。

---

① (唐)释道宣:《宋思溪藏本广弘明集》第 10 册,国家图书馆出版社 2018 年版,第 96—
97 页。

② [高句丽]一然著,[韩]权锡焕、[中]陈蒲清注译:《三国遗事》,岳麓书社 2009 年版,第
211 页。

佛教传播并没有在朝鲜半岛止住脚步,反而进一步跨过日本海,远播到了日本。佛像是何时传入日本的呢？日本史书最早记录佛像传入情况的是《日本书纪》。该书"钦明天皇十三年"条载:

> 冬十月,百济圣明王遣西部姬氏率怒牪唎斯致契等,献释迦佛金铜像一躯、幡盖若干、经论若干卷。①

百济圣明王派人送给继体天皇佛像、幡盖,还有佛经,明确记录了佛像的种类为"释迦佛"。钦明天皇十三年即公元 552 年,由此可见佛像和幡盖、佛经大抵于 6 世纪中期已经从朝鲜半岛传入了日本。

除了被认为是官方的佛教传播事件之外,还有被认为是民间佛教传播的事件。在公元 522 年,即继体天皇十六年,南朝司马达止东渡日本,在大和国的飞鸟地区建立草堂,安置了佛像。据说当时人们将此佛像称为"大唐国之神"②。这基本上被认为是佛像传入日本最早的记录,尽管学术界对此也提出质疑,但是通过外来移民将本国信仰及佛教道具传入日本是有一定合理性的。总而言之,佛像是通过官方或民间从中国或朝鲜半岛传入日本的。

此外,《日本灵异记》中也用文学的方式记述了佛像初传日本后,在统治阶级之间产生的影响和冲击。《日本灵异记》上卷 5《信敬三宝得现报缘》载:

> 大花上位大部栖野古连公者,纪伊国名草郡宇治大伴连等先祖也。天年澄情,重尊三宝。案本记曰:"敏达天皇之代,和泉国海中,有乐器之音声,如笛筝琴箜篌等声,或如雷振动,昼鸣夜耀,指东而流。大部屋栖古连公,闻奏天皇,嘿然不信。更奏皇后,闻之诏连公曰:'汝往看之。'奉诏往看,实如闻有当霹雳之楠矣。还上奏之,泊乎高脚浜。今屋栖伏愿,应造佛像焉。皇后诏,宜依所愿也。连公奉

---

① [日]舍人亲王撰,坂本太郎、家永三郎、井上光貞、大野晋校注:《日本书纪》下册,岩波书店 1965 年版,第 101 页。

② [日]中村元、笠原一男、金冈秀友编集:《アジア仏教史·日本編Ⅰ》,佼成出版社 1972 年版,第 53 页。

诏,大喜,告岛大臣,以传诏命。大臣亦喜,请池边直水田,雕造佛菩萨三躯像,居于丰浦堂,以诸人仰敬。然物部弓削守屋大连公,奏皇后曰:'凡佛像不可置国内,犹远弃退。'皇后闻之,诏屋栖古连公曰:'疾隐此佛像。'连公奉诏,使水田直藏平稻中矣。弓削大连公,放火烧道场,将佛像流难破堀江。然徵于屋栖古言:'依邻国客神像置于己国内,可出斯客神像,速忽弃流乎丰国也。'固辞不出焉。公削大连,狂心起逆,谋倾窥便。爰天且嫌之,地复恶之,当于用明天皇世,而挫弓削大连。则出佛像,以传后世。今世安置吉野窃寺,而放光阿弥陀之像是也。"①

这里借助了真实的历史背景,创作了一个佛像缘起的故事。佛像是用敏达天皇时从和泉国海上漂来的楠木制成的。崇佛派大部屋栖古连公和排佛派物部弓削守屋大连公之间为了是否应该接受佛教并礼拜佛像而产生了激烈的斗争。故事虚实相伴,既有历史背景的真实一面,也有对于佛像神异虚构的一面。

从上面对于佛像东流的历史回顾可以看出,佛像也沿着这样一条路径传播过来,成为佛教徒礼拜的对象,佛像与佛经中各种佛像功德说相结合,产生了神奇虚幻的佛像灵异记,最终成为了佛像崇拜的一部分。

第二节　佛典中的佛像功德说

佛像之所以能成为民众崇拜的对象,其中重要的原因之一就是佛典中声称对于造像、供养佛像或礼拜佛像等行为有各种功德,即可以获得诸种利益。佛经是"佛教三宝"之"法宝",对于佛教信仰者来说具有毋庸置疑的圣性,因此对于其中主张的教理和教义,人们也是深信不疑。佛教徒依据经典中某些

---

① [日]出雲路修校注:《日本霊異記》,岩波書店 1996 年版,第 206—208 页。

造像功德说,结合本国、本地、本民族的历史和思想元素,创作出了内容丰富、神幻离奇的佛像灵异记。本节对佛典中有关佛像功德的记述进行简单梳理,这样可以在宗教思想的源头理解佛像灵异记。

《增一阿含经》还用对话的方式提出了造佛像的功德:

> 尔时,优填王手执牛头栴檀像,并以偈向如来说:
>
> "我今欲所问,慈悲护一切,作佛形像者,为得何等福?"
>
> 尔时,世尊复以偈报曰:
>
> "大王今听之,少多演其义,作佛形像者,今当粗说之。
>
> 眼根初不坏,后得天眼视,白黑而分明,作佛形像德。
>
> 形体当完具,意正不迷惑,势力倍常人,造佛形像者。
>
> 终不堕恶趣,终辄生天上,于彼作天王,造佛形像福。
>
> 余福不可计,其福不思议,名闻遍四远,造佛形像福。
>
> 善哉! 善哉! 大王,多所饶益,天、人蒙佑。"
>
> 尔时,优填王极怀欢悦,不能自胜。①

经文中以印度特有的夸张手法宣扬了造佛像的功德,如"得天眼视""意正不迷惑""不堕恶趣"等,为进一步说明功德之无所不包,用"余福不可计,其福不思议"来涵盖各种福报。可以说,这里的造像功德说也为僧侣创作各种佛像灵异记奠定了某种理论基础。

另外,《大乘造像功德经》载:

> 尔时优陀延王住在宫中,常怀悲感渴仰于佛。夫人婇女诸欢乐事皆不涉心,作是念言:"我今忧悲不久当死。云何令我未舍命间得见于佛?寻复思惟,譬若有人心有所爱而不得见,见其住处及相似人或除忧恼。复更思惟,我今若诣佛先住处不见于佛,哀号感切或致于死。我观世间无有一人能与如来色相福德智慧等者,云何令我得见

———————————

① 中华电子佛典协会:《中华电子佛典集成》,河北省佛教协会 2010 年版。

是人除其忧恼？作是念已，即更思惟，我今应当造佛形像礼拜供养。复生是念，若我造像不似于佛，恐当令我获无量罪。复作念言，假使世间有智之人，咸共称扬如来功德犹不能尽。若有一人随分赞美获福无量，我今亦然当随分造。①

这里记载的也是优填王造像之事，不过与前面提到的经典有一定差异。"若我造像不似于佛。恐当令我获无量罪"说明造佛像必须与佛陀本人相似，否则会有罪孽。这里也提及"咸共称扬如来功德犹不能尽。若有一人随分赞美获福无量"中赞扬佛像之无量功德。

该经又载：

尔时三十三天主白佛言："世尊！今在人间颇亦有人，曾于曩生作佛像不？"佛言："天主！诸有曾经作佛像者，皆于过去先已解脱，在天众中尚复无有，况于余处？唯有北方毗沙门子那履沙婆，曾于往昔造菩萨像，以斯福故，后得为王，名'频婆娑罗'。复因见我，今得生天，有大势力，永离恶道，优楼频螺迦叶、伽耶迦叶、那提迦叶并曾于往世修故佛堂，由此因缘永得解脱。憍梵波提昔作牛身，追求水草，右绕精舍，食诸草竹，因见尊容，发欢喜心，乘兹福故，今得解脱……难陀比丘爱重尊仪，香水洗沐。有如是等无量诸阿罗汉，皆悉曾于佛像之所薄申供养，乃至极下如那伽波罗，于像座前，以少许黄丹画一像身而为供养，由此福故，皆永离苦而得解脱。天主！若复有人能于我法未灭，尽来造佛像者，于弥勒初会皆得解脱。若有众生非但为己而求出离，乃为欲得无上菩提，造佛像者，当知此则为三十二相之因，能令其人速致成佛。"②

这一段文字中，佛陀亲口讲述了各种人通过造佛像、观佛像、供养佛像而获得解脱或脱离恶道等功德的事迹。

---

① 中华电子佛典协会：《中华电子佛典集成》，河北省佛教协会 2010 年版。

② 中华电子佛典协会：《中华电子佛典集成》，河北省佛教协会 2010 年版。

同经又载：

> 弥勒！若有人以众杂彩而为缋饰，或复镕铸金、银、铜、铁、铅、锡等物，或有雕刻栴檀香等，或复杂以真珠、螺具、绵绣织成，丹土、白灰、若泥、若木如是等物，随其力分而作佛像，乃至极小如一指大，能令见者知是尊容。其人福报，我今当说。弥勒！如是之人于生死中虽复流转，终不生在贫穷之家，亦不生于边小国土、下劣种姓、孤独之家，又亦不生迷戾车等商估、贩货、屠脍等家，乃至不生卑贱伎巧、不净种族、外道、苦行邪见等家，除因愿力并不生彼。是人常生转轮圣王，有大势力种姓之家……如是福报相续不绝，所生之处常作丈夫不受女身。亦复不受黄门、二形卑贱之身，所受之身无诸丑恶。目不盲眇，耳不聋聩，鼻不曲戾，口不喝斜，唇不下垂，亦不皱涩。齿不疏缺，不黑不黄，舌不短急，项无瘤瘿……弥勒！若有人于生死中，能发信心造佛形像，比未造时相去悬隔，亦复如是。当知此人在在所生净除业障，种种伎术无师自解。虽生人趣得天六根，若生天中超越众天，所生之处无诸疾苦。无疥癞，无痈疽，不为鬼魅之所染着……如是等病四百四种皆悉无有。亦复不为毒药、兵仗、虎狼、师子、水火、怨贼如是横缘之所伤害。常得无畏，不犯诸罪。①

相对于前者，这段叙述对造佛像的功德描述得更为具体详细。如"终不生在贫穷之家""所受之身无诸丑恶""所生之处无诸疾苦""不为毒药、兵仗、虎狼、师子、水火、怨贼如是横缘之所伤害"等，即可以远离贫困、不长丑貌、不得疾病、躲避灾难等。这些苦难是距离平民百姓最近的诸种现实烦恼，因此更具影响力和号召力。

除了上述经典，《法华经》中也有对佛像功德的宣传：

> 若人为佛故，建立诸形像，刻雕成众相，皆已成佛道。

---

① 中华电子佛典协会：《中华电子佛典集成》，河北省佛教协会 2010 年版。

或以七宝成,鍮石赤白铜,白镴及铅锡,铁木及与泥,

或以胶漆布,严饰作佛像,如是诸人等,皆已成佛道。

彩画作佛像,百福庄严相,自作若使人,皆已成佛道。

乃至童子戏,若草木及苇,或以指爪甲,而画作佛像,

如是诸人等,渐渐积功德,具足大悲心,皆已成佛道。

但化诸菩萨,度脱无量众。若人于塔庙,宝像及画像,

以华香幡盖,敬心而供养;若使人作乐,击鼓吹角贝,

箫笛琴箜篌,琵琶铙铜钹,如是众妙音,尽持以供养;

或以欢喜心,歌呗颂佛德,乃至一小音,皆已成佛道。

若人散乱心,乃至以一华,供养于画像,渐见无数佛。

或有人礼拜,或复但合掌,乃至举一手,或复小低头,

以此供养像,渐见无量佛。自成无上道,广度无数众,

入无余涅槃,如薪尽火灭。①

　　《法华经》以偈颂的方式渲染各种造像、礼像所得的功德为"皆已成佛道"。虽然成佛道过于抽象,但是其中列举的造像方式、礼佛与供养礼仪则更为具体,这样对于民间信仰佛教和执行具体的礼佛仪式有直接的指导意义。

　　当然,宣传佛像功德的佛典并不仅限于此,但是通过上述三部经典的分析可以看出,佛典作为传播佛教思想的文字载体,对于佛像崇拜奠定了理论基础。

　　另外,正如前面所考察的舍利灵异记一样,除了经典中一些基本教义对舍利功德的宣扬之外,印度和西域各国流传着各种舍利灵异记。其实佛像灵异记亦是如此。下面简单考察一下印度的佛像灵异记,列举几个类型。

　　第一,"佛像放光型"。《大唐西域记》第二卷"健驮逻国"载:

大窣堵波东南石陛南,镂作二小窣堵波,一高三尺,一高五尺,规

---

① 赖永海主编,王彬译注:《法华经》,中华书局2010年版,第82—83页。

摹形状,如大宰堵波。又作两驱佛像,一高四尺,一高六尺,拟菩提树
下加趺坐像。日光照烛,金光晃曜。①

作为石刻的菩萨像,能够发出各种奇光异彩,实属奇异。另外,第五卷
"忄乔赏弥国"载:

> 城内故宫中有大精舍,高六十于尺,有刻檀佛像,上悬石盖,邬陀
> 衍那王之所作也。灵相间起,神光时照。②

该故事与前者在表现佛像灵异方面同样用了发光的情节。

第二,"佛像出走型"。第二卷"健驮逻国"载:

> 大宰堵波西南百余步,有白石佛像,高一丈八尺,北面而立,多有
> 灵相,数放光明。时有人见像出夜行,旋绕大宰堵波。近有群贼欲入
> 行盗,像出迎贼,贼党怖退,像归本处,住立如故。群盗因此改过自
> 新,游行邑里,具告远近。③

故事中的白石佛像灵异记情节十分丰富,不仅放光,还可以通过夜里出行,围
绕宰堵波巡视,并成功吓退了盗贼,使其改过自新。作为出走型和放光型的复
合型佛像灵异记,相较于其他故事,其内容比较完整,通过佛像种种灵异的行
为及最终教人从善,实现了佛教灵异记最终的宗教教化目的。

第三,"毁佛恶报型"。第八卷"摩揭陀国"载:

> 设赏迦王伐菩提树已,欲毁此像,既睹慈颜,心不安忍,回驾将
> 返,命宰臣曰:"宜除此像,置大自在天形。"宰相受旨,惧而叹曰:"毁
> 佛像则历劫遭殃,违王命丧身灭族,进退若此,何所宜行?"乃召信心
> 以为役使,遂于像前横垒砖壁,心渐冥暗,又置明灯,砖壁之前画自在
> 天。功成报命,王闻心惧,举身生疮,肌肤决裂,居未久之,便丧没矣。

---

① 董志翘译著:《大唐西域记》,中华书局 2014 年版,第 82 页。
② 董志翘译著:《大唐西域记》,中华书局 2014 年版,第 192 页。
③ 董志翘译著:《大唐西域记》,中华书局 2014 年版,第 82 页。

宰臣驰返。毁除障壁,时多经日,灯犹不灭。①

这则"毁佛恶报型"的佛像灵异记对人物心理描写比较细腻。设赏迦王想毁掉佛像,但是又不忍心,就让大臣去做这件事情。大臣深知毁坏佛像会遭到报应和惩罚,但又圣命难违,所以采取了一个不得已的办法,让僧侣在佛像前面砌了一堵砖墙,勉强应付了差事,即便是这样,付出了"举身生疱,肌肤决裂,居未久之,便丧没矣"这样惨痛的代价。佛教为了护法,证明佛像神圣不可侵犯,杜撰出了这样的故事,对于那些不尊敬佛像,特别是毁坏佛像的行为无疑是一种有效震慑。

第四,"疾病治愈型"。第八卷"摩揭陀国"载:

目支邻陀龙池东林中精舍,有佛赢瘦之像。其侧有经行之所,长七十余步,南北各有毕钵罗树。故今土俗,诸有婴疾,香油涂像,多蒙初差。②

故事中赢瘦之像是佛陀苦行时候的形象,人们若是患了疾病,用香油涂抹这尊佛像,大多都可以治愈,体现了佛对民众苦难的救济功能。

第十二卷"瞿萨旦那国"又载:

战地东行三十余里,至媲摩城,有雕檀立佛像,高二丈余,甚多灵应,时烛光明。凡在疾病,随其痛处,金箔贴像,即时痊复。虚心请愿,多亦遂求。③

这则佛像灵异记是疾病治愈型和发光型的复合型,但是从故事的整体来看,意在突出其治病的灵异。其治病的方式也十分特殊,就是哪里疼痛就将金箔贴到哪里,这种独特的供养佛像方式在后来的佛像灵异记中并没有出现。

当然,《大唐西域记》中的佛像灵异记也并不仅限于上述几个,暂且不一一列举。通过前面对舍利灵异记的考察可以发现,其中佛经中对舍利的功德

---

① 董志翘译著:《大唐西域记》,中华书局2014年版,第82页。
② 董志翘译著:《大唐西域记》,中华书局2014年版,第312页。
③ 董志翘译著:《大唐西域记》,中华书局2014年版,第468页。

和灵异的具体说明比较少,但是佛像灵异记则相对丰富得多。不仅佛经中有对佛像功德的规定,从《大唐西域记》的记述来看,在民间流行着各种各样和佛像功德相呼应的佛像灵异记,这些故事在一定程度上反映了古代西域和印度各国佛教礼拜仪轨、佛教崇拜的独特面貌,是研究这些国家社会民族文化的重要资料,从文学传播与影响的角度上看,这些佛像灵异记与佛经中的记载一起成为了东亚各个佛像灵异记借鉴和创作的重要源泉。

第三节 中国佛教文学中的佛像灵异记

佛教传入中国之后,出于佛教徒宣教的需要,僧侣和文人创作了大量的佛像灵异记。这类题材不仅有文字形式的,也有图像形式的。分布的文献也是多种多样,既有南北朝志怪小说,又有寺庙缘起,也有佛教类书等,可以说不胜枚举。其中比较有代表性的当属道宣的《集神州三宝感通录》、道世的《法苑珠林》、非浊的《三宝感应要略录》等。尤其是《法苑珠林》收录了唐及唐代之前的众多文献中的佛像灵异记,集中反映了此类故事的中国特色。不仅如此,这一作品直接或间接对朝鲜半岛的佛教文学及日本的佛教说话集产生了重要影响。本节以《法苑珠林》为中心,通过与朝鲜半岛、日本文学进行整体对比,揭示佛像灵异记的特色,同时挖掘其差异性背后的文化影响。

一、《法苑珠林》中的佛像灵异记

《法苑珠林》中的佛像灵异记大体分为两类,一类为所引佛经中的印度佛像灵异记,另一类为本土化的佛像灵异记。前者分布在卷13"敬佛篇"的"念佛部"和"观佛部"及卷14,后者分布在"感应缘"中,共计53条,见表4-1。不过,通过细读原文可以发现,其中有3条并不是描述佛像灵异的,分别为"唐凉州山出石有佛字缘""唐渝州相思寺佛迹出石缘""唐循州灵龛寺佛迹现缘",后2条是和佛迹灵异相关的故事。

表 4-1　《法苑珠林》中佛像灵异类型

题　名	灵异类型
《东汉洛阳画释迦像缘》	"佛像入梦型"
《南吴建业金像从地出缘》	"毁佛恶报型"
《西晋吴郡石像浮江缘》	"石像浮江型"
《西晋泰山七国金像瑞缘》	"像不污染型"
《东晋杨都金像出渚缘》	"佛像放光型""佛像发声型""佛像摇动型""预兆政治型"
《东晋襄阳金像游山缘》	"佛像出走型""毁佛恶报型""造像呈祥型"
《东晋荆州金像远降缘》	"佛像化身型""佛像放光型""佛像不焚型""预示疾病型""预兆政治型""佛像流汗型""佛像出走型"
《东晋吴兴金像出水缘》	"佛像放光型""佛像入梦型"
《东晋会稽木像香瑞缘》	"造像呈祥型"
《东晋吴郡金像传真缘》	"造像呈祥型"
《东晋掖门金像出地缘》	"佛像放光型"
《东晋庐山文殊金像缘》	"敬像脱难型"
《元魏凉州石像山裂裟出现缘》	"预兆政治型"
《北魏定州金观音像高王经缘》	"敬像脱难型"
《北凉河西王南崖塑像缘》	"佛像出走型"
《北凉沮渠丈六石像现相缘》	"礼佛流泪型"
《宋都城文殊师利金像缘》	"佛像放光型""遗失自归型"
《宋东阳铜像从地出缘》	"像处不燃型"
《宋浦中金像光现乃出缘》	"佛像放光型"
《宋江陵上明泽中金像缘》	"像处不燃型""动物识像型"
《宋荆州壁画像涂却现缘》	"像不污染型""毁佛恶报型"
《宋江陵支江金像誓志缘》	"佛像放光型"
《宋湘州桐盾感通作佛光缘》	"佛像入梦型"
《齐番禺石像遇火轻举缘》	"佛像不焚型""佛像放光型""预兆政治型"
《齐彭城金像汗出表祥缘》	"佛像流汗型""预兆政治型""佛像出走型"
《齐杨都观音金像缘》	"佛像放光型"
《梁荆州优填王栴檀像缘》	"佛像入梦型""佛像放光型""造像呈祥型""佛像发声型"
《梁杨都光宅寺金像缘》	"造像神助型"

题　名	灵异类型
《梁高祖等身金银像缘》	"毁佛恶报型"
《陈重云殿并像飞入海缘》	"佛像入海型"
《北齐末晋州灵石寺石像缘》	"佛像流汗型""佛像不焚型"
《周宜州北山铁矿石像缘》	"佛像放光型"
《周襄州峴山华严行像缘》	"佛像流涕型""预兆政治型"
《隋蒋州兴皇寺焚像移缘》	"佛像不焚型""像不染污型"
《隋京师日严寺瑞石影缘》	"佛像放光型"
《隋邢州沙河寺西面像缘》	"佛像放光型"
《隋雍州凝观寺释迦夹纻像缘》	"造像得报型""佛像放光型"
《唐邟州石像出山现缘》	"动物识像型"
《唐凉州山出石有佛字缘》	"无灵异叙事元素型"
《唐渝州相思寺佛迹出石缘》	"佛迹灵异型""无佛像型"
《唐循州灵龛寺佛迹现缘》	"佛迹灵异型""无佛像型"
《唐雍州李大安金像感救缘》	"礼佛脱难型"
《唐幽州渔阳县失火像不坏缘》	"佛像不焚型"
《唐并州童子寺大像放光现瑞缘》	"佛像放光型"
《唐西京清禅寺盗金像缘》	"毁佛恶报型"
《唐抚州及潭州行像等缘》	"移像呈祥型"
《唐雍州蓝田金像石中出缘》	"佛像放光型"
《唐雍州鄠县金像出沣水缘》	"佛像放光型""佛像发声型"
《唐沁州山石像放光照谷缘》	"佛像放光型"
《唐益州法聚寺画地藏菩萨缘》	"佛像放光型"
《唐荆州瑞像图画放光缘》	"佛像放光型"
《唐代州五台山像变现出声缘》	"佛像发声型"
《唐故净业寺天人感应缘》	"佛像不焚型"

《法苑珠林》"述意部"中关于辑录佛像灵异记的动机这样写道：

夫至人应感,慈赴物机。色相光明,振德于甘露之泽;影留图像,
遗化于日隐之运。所以忉利暂隔,犹致刻檀之圣容;况坚固长晦,孰
忘畴写之心哉! 是故发源于西国,则优填创其始;移教东域,则汉明

肇其初。沿兹而来,匠者踵式,聿追法身。金石珠玉之饰,土木绣画
之资,莫不即心致巧,因兹呈妙。昔晋代僧众,创造炜绝;宋齐帝王,
制作日新。多未记铭,惧或失源。今录其殊胜,垂范表益也。①

道世回顾了造像的历史以及传播到中国的过程,同时指出了历代以来造像的
伟绩,因为各朝代并没有很好地记录,为了担心这些失传,于是决定记载下来。
从"昔晋代僧众,创造炜绝;宋齐帝王,制作日新"的记述可以看出,在魏晋南
北朝之际,造像活动十分兴盛,正因为有了这些造像的事迹,围绕这些事迹,产
生了大量的佛像灵异记。

除了在"述意部"中简单回顾佛像诞生的历史,在其搜集整理的佛像灵异
叙事中,也以佛教史的顺序,首先引用了佛典中的灵异故事,以下列举几例。

"佛像入梦型"。"念佛部"载:

又《观佛三昧经》云:"昔过去久远,有佛出世,释迦牟尼。灭度
之后,有一王子,名曰金幢,骄慢邪见,不信佛法。有一比丘,名定自
在,语王子言:'世有佛像,众宝严饰,极为可爱。可暂入塔,观佛形
像。'王子即随共入塔中,见佛相好,白比丘言:'佛像端严,犹尚如
此,况佛真身!'比丘告言:'汝今见像不能礼者,应当合掌称南无
佛。'是时王子即便合掌,称南无佛。还共系念塔中像故,即于后夜
梦见佛像。梦已欢喜,舍离邪见,皈依三宝⋯⋯"②

经典中王子因为不信佛法,比丘引其瞻仰佛像,并口诵"南无佛"。王子一一
照做,并于晚上梦见佛像,王子由此深受感动,于是皈依了佛教。这则故事凸
显了礼佛的功德,可以使得佛像入梦,令人去除邪见,这是佛像神奇灵异的
地方。

"礼像不堕恶道型"。"观佛部"载:

又《观佛三昧经》云:"过去久远,有佛出世,号曰空王。入涅槃

---

① (唐)道世撰,周叔迦、苏晋仁校注:《法苑珠林校注》,中华书局2003年版,第446页。
② (唐)道世撰,周叔迦、苏晋仁校注:《法苑珠林校注》,中华书局2003年版,第448页。

后,有四比丘尼,共为同学,习佛正法。烦恼覆心,不能坚持,佛法宝藏,多不善业,常堕恶道。空中有声,语比丘言:'空王如来虽复涅槃,汝之所犯谓无救者。汝等今可汝塔观像,与佛在世时无有异。'闻空中声已,入塔观像,眉间毫相,即作念言:'如来在世光明色身与此何异!佛大人相愿除我罪。'作是语已,如太山崩,五体投地,忏悔诸罪。由如佛观像毫相,忏悔因缘,后八十亿阿僧祇皆劫不堕恶道,生生常见十方诸佛,于诸佛所受持甚深念佛三昧……"①

这则佛像灵异记中,四个比丘尼因为学习佛法不能专心,后来在空王佛的指引下,进塔观像,受到了感动,于是开始忏悔。最终这四个比丘尼从此不堕恶道,并分别成为了东南西北四佛,这里凸显了观像的巨大功德。

佛经中的佛像灵异记在很大程度上和佛教功德说保持着紧密的关联性,尤其是"不堕恶道",乃至成佛,这几乎是佛经功德说的注解。"佛"原本就是一种哲学概念,是一种无法直接验证的唯心主义观念,所以佛经中的佛像灵异记给人以一种仍旧停留在抽象说教层面的印象。不过,佛经中存在以具象故事形态存在的佛像灵异记一方面可以进一步解释佛像功德说,另一方面也为东亚各国佛像灵异记的创作提供了某种示范,因此这些故事虽然带有浓厚的印度哲学色彩,但是被中国人编撰的佛教类书《法苑珠林》再次辑录,其客观上在佛教文学的传播方面起到了承上启下的桥梁作用。

道世在征引中国故事之前,在"感应缘"写道:

自法移东汉,教渐南吴。佛像灵光,充仞区宇。而群录互举,出没有殊。至于瑞迹盖无异也。今依叙列而罕以代分。何者?或像陈晋代而历表隋唐。或陶化在人而迹从倚伏。故不获铨次,依缘而辩集之。②

道世这里用"佛像灵光,充仞区宇"来形容佛像对于中国地区影响范围之广。

---

① (唐)道世撰,周叔迦、苏晋仁校注:《法苑珠林校注》,中华书局 2003 年版,第 450 页。
② (唐)道世撰,周叔迦、苏晋仁校注:《法苑珠林校注》,中华书局 2003 年版,第 452 页。

同时指出,虽然故事出现不同典籍,但是所表达的祥瑞并没有差异。此外还说明,其编撰的顺序并没有按照历史顺序,而是"依缘而辩集之"。不过整体上还是按照年代顺序排列的。

从表4-1所列内容统计来看,"佛像入梦型"4条,"毁佛恶报型"5条,"石像浮江型"1条,"像不污染型"3条,"佛像放光型"20条,"佛像发声型"4条,"佛像摇动型"1条,"预兆政治型"6条,"佛像出走型"4条,"毁佛恶报型"4条,"造像呈祥型"2条,"佛像化身型"1条,"佛像不焚型"5条,"预示疾病型"1条,"佛像流汗型"3条,"敬像脱难型"2条,"礼佛流泪型"1条,"遗失自归型"1条,"像处不燃型"2条,"动物识像型"2条,"造像神助型"1条,"佛像入海型"1条,"佛像流涕型"1条。另外,从列表可以看出,其中某些故事包含了多个类型,即复合型的佛像灵异记。类型种类来看,共计23种佛像灵异记的类型;按照类型数量之多少排序,分别为"佛像放光型""预兆政治型""毁佛恶报型""佛像不焚型""佛像入梦型""佛像发声型""佛像出走型""毁佛恶报型""像不污染型""佛像流汗型""造像呈祥型""敬像脱难型""像处不燃型"及其他。

"佛像放光型"指佛像自然或者在信众礼拜的情况下放出各种光亮的类型。这类故事在佛像灵异记中所占比例最高。先看几例。《东晋杨都金像出渚缘》载:

> 东晋成帝咸和年中,丹阳尹高悝往还市阙,(1)每张侯桥浦有异光现。乃使吏寻之,获金像一躯,西域古制,光①趺并阙。悝下车载像,至长干巷口,牛不复行。悝止御者,任牛所往,遂径赴长干寺,因安置之。杨都翕然,劝悟者甚众。(2)像于中宵,必放金光。岁余,(3)临海县渔人张系世于海上见铜莲华趺,丹光游泛。乃驰舟接取,

---

① 原文中"光"写作"足",注释部分指出高丽本作"光"。从故事内容来判断,后来分别找到的是"华趺"和"光趺",前者应为佛像底座,后者应为佛像后面的光圈。"光趺并阙"应为底座和光圈,因此周、苏校本不准确,应该将"足"改为"光"。

具送上台。帝令试安像足,恰然符合。久之有西域五僧振锡诣悝云:"昔游天竺,得阿育王像,至邺遭乱,藏于河滨。王路既通,寻觅失所。近感梦云:'吾出江东,为高悝所得,在阿育王寺。'故远来相投,欲一礼拜。"悝引至寺。五僧见像,歔欷涕泣。(4)像为之放光,照于堂内。及绕像形,僧云:"本有圆光,今在远处,亦寻当至。"五僧即住供养。至咸和元年,(5)南海交州合浦采珠人董宗之每见海底有光,浮于水上。寻之得光,以事上闻。简文帝敕施此像,孔穴悬同光,色无异。凡四十余年,东西别处,祥感光跌,方乃符合。此像华台有西域书,诸道俗来者,多不识之,有三藏法师求那跋摩曰:"此古梵书也,是阿育王第四女所造。"时瓦官寺沙门慧邃欲求摸写,寺主僧尚恐损金色,语邃曰:"若能令佛放光回身西向者,非途所及。邃至诚祈请,至于中霄,闻有异声。"(6)开殿见像,大放光明,转坐面西。于是乃许摸之,传写数十躯,所在流布。至梁武帝,于光上加七乐天并二菩萨。至陈永定二年。王琳屯兵江浦,将向金陵。武帝命将溯流。军发之时。像身动摇,不能自安,因以奏闻。帝捡之有实。俄而锋刃未交,琳众解散,单骑奔北,遂上流大定。故动容表之。天嘉之中,东南兵起,帝于像前乞愿,凶徒屏退。言讫,光照阶宇。不久东阳闽越皆平。沙门慧晓,长干领袖,行化所及,事若风移。乃建重阁。故使藻缋穷奇,登临极目。至德之始,加造方趺。自晋迄陈,五代王臣,莫不归敬。亢旱之时,请像入宫,乘以帝辇,上加油覆。像为雨调,中途滂澍,常候不失。有陈运不祥,亟涉讹谣。祯明二年,像面自西,虽正还尔。以状闻帝,延入太极,设斋行道。其像先有七宝冠,饰以珠玉,可重三斤,上加锦帽。至晓,宝冠挂于像手,锦帽犹在头上。帝闻之,烧香祝曰"若国有不祥,还脱宝冠,用示徵咎。"仍以冠在首,至明脱挂如昨,君臣失色。及隋灭陈,举国露首,面缚西迁,如所表焉。隋高祖闻之,敕送入京,大内供养。帝躬立侍,下敕曰:"朕年老不堪久

立,可令有司造坐像形相,使其同立本像,送兴善寺。"像既初达。殿
大不可当阳,乃置北面。及明,乃处正阳。众虽异之,还移北面,至明
还南如初。众咸愧谢轻略,今现在图写殿矣。①

这里关于此尊佛像的身世从东晋成帝写到隋文帝,横跨 200 余年。这段佛像
灵异记包含了多个灵异类型,有发声、摇动、预兆政治等,不过提及最多的还是
发光。发光主要有 6 处:(1)为佛像因藏在水中,所以"张侯桥浦有异光现",
但是"光趺并阙";(3)在海上找到了铜莲华趺,水面"丹光游泛";(5)采珠人
"见海底有光,浮于水上",而找到光趺。这三部分内容,都是通过发光这种行
为,让人发现,使得分开的三部分又重新成为一个整体。(2)因为"劝悟者甚
众"这一信众的信仰,所以才会"像于中霄,必放金光";(4)由于五位僧人千里
迢迢来寻佛像,并急于观像,所以"像为之放光,照于堂内";(6)因为慧邃想摹
写此像,但是遭到寺主的阻碍,为了实现慧邃的愿望,所以"开殿见像,大放光
明"。这三部发光是在信众的信心感动之下,佛像获得感应而显放光之灵瑞。
而前者并没有突出信众的皈依或是信心,所以其放光属于自身灵异。对于光
的描写,分别使用了"异光""丹光""金光","异光"的颜色不甚清晰,其他两
个指出了具体颜色,给人一种非常直观的感受。无论是佛像放光的原因抑或
是光的颜色,都超出一般生活常识,也就是说这种描写是超现实的,是灵异的。

这则佛像灵异记从内容上看,是有关佛像缘起的灵异叙事,通过其非凡的
出身来增加佛像的正统性,即来自佛教的发源地印度。这里暂且不考虑此像
是否真的是印度的佛像,我们仅从佛教文学的宣教目的来讲,这一灵异叙事已
经达到了为佛像确立权威做舆论宣传的目的。另外,(2)(4)(6)三段故事则
通过信众与佛像之间的感应,进一步凸显了此尊佛像的灵验性。至于这尊佛
像的其他灵异之处,后面再作讨论。

通过放光来宣扬其非凡的出身,并不仅限于该故事。《东晋吴兴金像出

---

① (唐)道世撰,周叔迦、苏晋仁校注:《法苑珠林校注》,中华书局 2003 年版,第 457 页。
(为论述方便,序号为笔者标注)

水缘》载：

> 东晋周玘,字宣珮。义兴阳羡人,晋平西将军处之第二子也。位
> 至吴兴太守。家世奉佛,其女尤甚精进。家童捕鱼,忽见金光溢川,
> 映流而上。当即下网,得一金像,高三尺许。①

这里佛像的登场同样是以在水中发出金光而被人发现为桥段,与前者有相似
之处。这种不同寻常的出身暗示着后面的诸种灵异行为。

再如《宋浦中金像光现乃出缘》载：

> 宋元嘉十四年,孙彦曾家世奉佛,妾王慧称少而信向,年大弥笃,
> 诵法华经,辄见浦中有杂色光。使人掘深二尺,得金像,连光趺高二
> 尺一寸。趺铭云:建武六年岁在庚子,官寺道人法新、僧行所造。即
> 加磨蓥云。②

故事中同样以佛像在水中放出“杂色光”作为佛像出现契机。上述三则佛像
灵异记中,佛像的发光均没有提及信众的礼拜,尤其是高悝本身也不是信佛
者,因此这些故事偏重于强调佛像自身的灵异,为后面与信众的皈依提供某种
机缘。

当然正如《东晋杨都金像出渚缘》中提到的那样,有些佛像放光的灵异行
为是以人们的礼拜或信仰为前提,这样的故事是强调佛像的灵验性,这种类型
的灵异记更能体现佛教的救济功能或善导功能。如《唐并州童子寺大像放光
现瑞缘》载：

> 唐并州城西有山寺,寺名童子。有大像,坐高一百七十余尺。皇
> 帝崇敬释教,显庆末年,巡幸并州,共皇后亲到此寺。及幸北谷开化
> 寺,大像高二百尺。礼敬瞻睹,嗟叹希奇,大舍珍宝财物衣服。并诸
> 妃嫔内官之人,并各捐舍。并敕州官长吏窦轨等,令速庄严,备饰圣
> 容,并开拓龛前地,务令宽广。还京之日,至龙朔二年秋七月,内官出

---

① (唐)道世撰,周叔迦、苏晋仁校注:《法苑珠林校注》,中华书局2003年版,第462页。
② (唐)道世撰,周叔迦、苏晋仁校注:《法苑珠林校注》,中华书局2003年版,第472页。

袈裟两领,遣中使驰送二寺大像。其童子寺像披袈裟日,从旦至暮放五色光,流照崖岩洞烛山川。又入南龛小佛赫奕堂殿。道俗瞻睹,数千万众。城中贵贱睹此而迁善者,十室而七八焉。众人共知,不言可悉。①

此故事中对佛像的放光进行了较为详细的刻画,如"从旦至暮放五色光"描写发光持续时间之长,"流照崖岩洞烛山川。又入南龛小佛赫奕堂殿"则是强调佛光普照范围之广。对于石像来说,发出绚丽的肤色光本身就是不可思议之事,何况照耀岩崖山川,这里无限夸大了佛像的神异。文中佛像放光是受到了皇帝的巡幸和官方供养,受到信众信仰,这是放光的前因。"道俗瞻睹,数千万众。城中贵贱睹此而迁善者,十室而七八焉"则是放光的后果,即引导大量信众前来崇拜,并且大多数人们由此弃恶从善。可以说,这则佛像灵异记是通过佛像放光的灵异行为,引导民众皈依佛教。

"预兆政治型"。"预兆政治型"是指通过佛像一系列不可思议的行为预示政权异动的灵异类型。这种类型是非常具有中国特色的一种类型,而且在众多灵异类型之中,占有很大比重。如《东晋荆州金像远降缘》载:

(1)宋明帝太始末,像辄垂泪,明帝寻崩。嗣主狂勃,便有宋齐革运。荆州刺史沈攸之初不信法,沙汰僧尼。长沙一寺千有余僧,应还俗者将数百人。举众惶骇,长幼悲泣。像为汗流,五日不止……
(2)齐永元二年、镇军萧颖胄与梁高共荆州刺史南康宝融起义时,像行出殿外,将欲下阶。两僧见而惊唤,乃回入殿。三年颖胄暴亡,宝融亦废,而庆归高祖。……中大同二年三月,帝幸同泰,设会开讲,历诸殿礼。黄昏始到瑞像殿。帝才登阶,像大放光,照竹树山水,并作金色、逮半夜不休。……(3)太清二年,像大流汗。其年十一月,侯景乱阶。大宝三年贼平,长沙寺僧法敬等迎像还江陵,复止本寺。

---

① (唐)道世撰,周叔迦、苏晋仁校注:《法苑珠林校注》,中华书局2003年版,第486页。

（4）梁后大定七年，像又流汗。明年二月，中宗皇帝崩。……天保十
五年，明帝迎像入内，礼忏感冥。二十三年帝崩。（5）嗣王萧琮移像
于仁寿宫，又大流汗。广运二年而梁国亡灭。……（6）伪梁萧铣凤
鸣五年，伪宋王杨道生等至寺礼拜，像大流汗，身首雨流，竟日不息。
其年九月，大唐兵马从蜀江下。其月二十日，寺僧法通以唐运将统，
希求一瑞，绕像行道，（7）其夜放光明满堂。至二十五日，光彩渐灭。
其日赵郡王兵马入城，斯亦庆幸大同，故流光为其善瑞也。①

该佛像有流泪、流汗、出走、放光等行为，除了放光表示吉兆之外，其他各种行
为均预示政权崩溃，可以说佛像几乎成为了政局的晴雨表。这里佛像灵异除
了表现神奇的政治预兆功能之外，还具有肉身的性格和人类的情感。（1）明
帝驾崩之前，"像辄垂泪"表示为即将失去君主而伤心哭泣；（2）萧颖胄与宝融
起义时，"像行出殿外"这预示二者不久将兵败而亡，而准备提前逃走；（3）太
清二年时候，"像流大汗"则预知"侯景乱阶"之事，因而吓得冒出一身冷汗；
（4）像流汗预示中宗皇帝驾崩；（5）像流汗预示梁国灭亡；（6）佛像大流汗，预
示大唐兵马将至；（7）佛像放光，预示大唐政权的统一。作者将这些历史上的
政局更迭与佛像诸种灵异行为结合起来，创造出新的佛像灵异记类型。这些
类型本身又是放光、出走等类型，因此是一种复合型。

另外，《齐彭城金像汗出表祥缘》也是此种类型：

齐徐州刺史仲德于彭城宋王寺造丈八金像，相好严华，江右之妙
制也。北境兵起，或贻僧。像辄流汗，滴其多少，则难之多少，逆可知
矣，郡人常以候之。齐建元初，像复流汗，其冬魏寇淮上。时兖州数
郡起义南附，鸠略甚众，亦驱迫沙门助其战守。魏军屠其营垒，悉欲
夷灭，表奏魏台，诬以助乱，须及斩决。时像大汗，殿地流湿。魏徐州
刺史梁王奉法勤勤，至寺亲使人以巾帛拭，随拭随出不已。至数十人

---

① （唐）道世撰，周叔迦、苏晋仁校注：《法苑珠林校注》，中华书局 2003 年版，第 460—462
页。（为论述方便，笔者标注序号）

交手竞拭，犹不能止。王乃烧香礼拜，执巾咒曰："众僧无罪，誓自营护，必不罹祸。若幽诚有感，当随拭即止。"言已自拭，果应手而燥。王具事表闻，下诏皆见原宥也。①

这则故事同样用佛像流汗来兆示各种战乱。丈八金像对战乱的预知十分精准，更为夸张的是竟然可以用汗的流量加以衡量，如文中的"像辄流汗，滴其多少，则难之多少，逆可知矣"。人们对此深信不疑，所以"郡人常以候之"故事中，对于被强迫出兵的僧人即将遭遇灭顶之灾一事，作出清晰的预示，大量流汗，湿遍大殿，并且屡试不止。最终通过礼佛，像汗方止，僧人得以脱难。

佛像作为偶像，大多由漆、土、木、金、石等材料制成，没有生命，但在佛像灵异记中却赋予了丰富的人类情感，佛像变得活灵活现，尤其是可以用自己的行为提前预知、警示未来的天下政权的更替，更显得神奇灵异。佛教徒通过这种佛像灵异来宣传佛法无边的功能，提升宣教效果。从故事可以看出，这种功能成为当时人们的一种普遍信仰，可以说这是佛教在中国发展的具体表现之一。

"毁佛恶报型"。毁佛恶报型是指对于侮辱和毁坏佛像的人受到恶报的佛像灵异类型。此类故事在《法苑珠林》中也大量存在。《南吴建业金像从地出缘》载：

> 吴时于建业后园平地，获金像一躯。讨其本缘，即是周初育王所造，镇于江府也。何以知然？自秦汉魏未有佛法南达，何得有像埋瘗于地？孙皓得之，素未有信，不甚尊重，置于厕处，令执屏筹。至四月八日，皓如戏曰："今是八日浴佛时，遂尿头上"。寻即通肿，阴处尤剧，痛楚号叫，忍不可禁。太史占曰："犯大神圣所致。"便遍祀神祇，并无效应。宫内伎女素有信佛者曰："佛为大神，陛下前秽之，今急可请耶！"皓信之，伏枕归依，忏谢尤恳，有顷便愈。遂以马车迎沙门

---

① （唐）道世撰，周叔迦、苏晋仁校注：《法苑珠林校注》，中华书局 2003 年版，第 474—475 页。

> 僧会入宫,以香汤洗像,惭悔殷重。广修功德于建安寺,隐痛渐
> 愈也。①

孙皓作为吴国最后的皇帝,荒淫无道,杀人无数,这则侮辱佛像的故事在佛教史上十分有名。因其本人不信佛教,得到佛像不仅不敬,而且将其置于厕所这种污秽之处,更为过分的是,竟然在浴佛节在佛像头上撒尿。这些举动在佛教看来是极大不敬,虽然不是对佛像本身的损坏,但是却毁掉了佛在信众心目中的圣性,因此是广义的毁佛。按照佛教的"因果报应,毫厘不爽"的原理,浑身肿胀,甚至疼到哀嚎不止。辱佛为"业",肿胀为"报",而"寻即"强调报应的及时性,这则故事是通过报应的及时凸显佛像不可思议的力量,当然目的是为了树立佛像乃至是佛教的权威。这在佛教初传期,通过孙皓这种统治权威受到的惩罚来强化佛教的力量,对于进一步在全国推广佛教,是十分有效的方法。

再如《宋荆州壁画像涂却现缘》载:

> 宋卫军临川康王在荆州城内,筑堂三间,供养经像,堂壁上多画菩萨图相。及衡阳文王代镇,废为寝斋,悉加泥治。干辄褫脱,画状鲜净,再涂犹尔。王不信向,亦谓偶尔。又使浓涂,而画像彻现,炳然可列。王复令毁故壁,悉更缮改。不久抱疾,闭眼辄见诸像,森然满目。于是废而不居,颇事斋讲。②

这个故事中临川康王敬佛,建造佛堂,供养经像,尤其是在佛堂墙壁上画了菩萨像。可是到了衡阳文王之时,却一改前者。不仅将佛堂改为寝室,而且将墙上的菩萨像用泥涂抹覆盖,但是神奇的是,泥干了之后,画像更显鲜明。文王不甘心,反复一次又失败,于是干脆铲除墙壁。可是不久就得了病,一闭眼满眼都是佛像。这也是针对当权者的"毁佛恶报型"的佛像灵异记。

---

① (唐)道世撰,周叔迦、苏晋仁校注:《法苑珠林校注》,中华书局 2003 年版,第 453—454 页。

② (唐)道世撰,周叔迦、苏晋仁校注:《法苑珠林校注》,中华书局 2003 年版,第 473 页。

此外,《梁高祖等身金银像缘》载:

> 梁祖登极之后,崇重佛教,废绝老宗,每引高僧,谈叙幽旨。又造等身金银像两躯于重云殿,晨夕礼事,五十许年。冬夏蹋石,六时无缺,足蹈石处,十指文现,遂卒穷祚。侯景篡位,犹存供养。太尉王僧辩诛景,修复台城。会元帝陷于江陵,江南无主。辩乃通款于齐,迎贞阳侯萧渊明为帝。时江左未定,利害相雄。辩遣女婿杜龛典卫宫阙。龛性凶顽,不见后际,欲毁二像为铤。先令数十人上三休阁,令坏佛项。椎凿始举,二像一时回顾盼之,所遣诸人臂如堕落,不自胜举,失喑如醉。杜龛亦尔,久乃醒寤。仍被打筑,遍身青肿。唯见金刚力士可畏之物,竞来击之。受苦呻吟,举形洪烂,脓血交流,穿皮露骨而卒。此乃近事,道俗同知。①

这个故事中杜龛生性凶残,不信佛法,为了获取金属,命人毁坏前朝所造的等身佛像,这是彻头彻尾的毁佛行为。然而毁佛之际首先是手下士兵遭到了恶报,"所遣诸人臂如堕落,不自胜举,失喑如醉",不仅如此,即使是杜龛醒悟了,仍被金刚力士打得"受苦呻吟,举形洪烂,脓血交流",直至"穿皮露骨而卒"。故事中刻意描写了毁佛者所受到的身体伤害,这说明其所受之报应与破坏佛身有直接关系,呈现出一种对等关系。另外,"二像一时回顾盼之"一语,将佛像拟人化,而且作为护卫的金刚力士也十分暴怒,"竞来击之",足见佛像报复的激烈。

另外,《唐西京清禅寺盗金像缘》中也有类似记载:

> 唐西京清禅寺先有纯金像一躯,长一尺四寸,重八十两,隋文帝之所造也。贞观十四年,有贼孙德信伪造玺书,将一阍竖子,诈称敕遣取像。寺僧闻奉敕索,不敢拒,付之。经宿事发,像身已被铸破唯头不销。太宗大怒,处以极刑。德信未死之间,身已烂坏,遍体疮溃。②

---

① (唐)道世撰,周叔迦、苏晋仁校注:《法苑珠林校注》,中华书局2003年版,第478页。
② (唐)道世撰,周叔迦、苏晋仁校注:《法苑珠林校注》,中华书局2003年版,第486页。

孙德信为了图金像之财,伪造诏书,毁坏佛像,后来事发被太宗处以极刑。其中"德信未死之间,身已烂坏,遍体疮溃"的罪罚直接对应了"像身已被铸破唯头不销"的恶行。这种表现手法与上一段故事如出一辙。从上述两例可以看出,佛像作为重要的宣佛工具,部分佛像使用贵重的金属所铸成,不仅需要高超的技艺,而且金属本身就十分贵重,因此会有某些利欲熏心之徒为了图财而毁坏佛像,佛教徒为了维护佛像自身的安全,因此编造了这类毁佛恶报的佛像灵异记,以威慑贪财之徒。

"佛像不焚型"。"佛像不焚型"是指佛像遇到火灾通过各种途径不被火烧的灵异类型。这种佛像灵异记在《法苑珠林》中占有重要比重。如《唐幽州渔阳县失火像不坏缘》载:

> 唐幽州渔阳县无终戍城内有百许家,龙朔二年夏四月,戍城火灾,门楼及人家屋宇并为煨烬,唯二精舍及浮图并佛龛上纸帘蘧蒢等,但有佛像,独不延燎。火既不烧,岿然独在,时人见者,莫不嗟异,以为佛力支持。①

故事中房屋着火,房屋尽焚,只有和佛教相关的设施没有被烧毁。"但有佛像,独不延燎。火既不烧,岿然独在",特别强调佛像不被火烧。这里没有佛像躲避的行为,反而是在那里岿然不动,大家都认为是佛力所佑,这就是佛像灵异之处。

又如《隋蒋州兴皇寺焚像移缘》载:

> 隋开皇中,蒋州兴皇寺佛殿被焚,当阳丈六金铜大像并二菩萨,俱长丈六,其模戴颙所造,正当栋下。于时焰火大盛,众人拱手,咸共嗟悼,大像融灭。忽见欻起,移南一步,栋梁摧下,像得全形。四面砖

---

① (唐)道世撰,周叔迦、苏晋仁校注:《法苑珠林校注》,中华书局2003年版,第485—486页。

木炭等皆去像五六尺许,虽被火焚,而金色不变。①

这则故事虽然也是佛像灵异记,与前者相比,这里的佛像不是岿然不动,而是"忽见欻起,移南一步"这样积极躲避,更具人格性,也更富有灵异色彩。

再如《北齐末晋州灵石寺石像缘》载:

> 齐建元中,番禺毗耶离精舍旧有扶南国石像,莫知其始,形甚巨异,常七八十人乃能胜致。此寺草茨,遇火延及,屋在下风,烟焰已接。尼众十余,相顾无计,中有意不已者,试共三四人捧之,飘然而起,曾无钧石之重。像既移矣,屋亦焚焉。②

石像从材质上看,本不会被火焚。但是遇到火灾,尼众等人欲挽救石像,石像太重,无计可施。后来三四人尝试搬动,石像竟然变轻,没有原来重量,由此躲避了火焚。这则故事中佛像是在人力的帮助下躲避了火灾,但是原本很重的石像像通人性一样体重变轻,凸显了佛像的灵异色彩。

古代建筑很少有钢筋混凝土,寺庙大多为木头所建,因此遇到火灾很容易燃烧,其中的佛像也往往难逃厄运。这是一般的常识,但是佛教徒就是用一种违背常理的逻辑,通过各种虚构的手段,来创作佛像躲避火灾的灵异故事,以此来宣传佛像的神通。

"像处不燃型"。所谓"像处不燃型"是指佛像存放地及其附近不被火焚的灵异类型。如《宋东阳铜像从地出缘》载:

> 宋元嘉十二年,留元之,东阳长山人。家以种苧为业,每烧田壃,辄有一处丛草不然(燃)。经久怪之,不复垦伐。后试薄掘,得铜坐像,高三寸许。寻捡其地,旧非邦邑。莫测何来也。③

此则故事中农民烧田时,只有一处草丛不燃烧,后来竟然在此处发掘出来了铜

---

① (唐)道世撰,周叔迦、苏晋仁校注:《法苑珠林校注》,中华书局 2003 年版,第 480—481 页。

② (唐)道世撰,周叔迦、苏晋仁校注:《法苑珠林校注》,中华书局 2003 年版,第 472 页。

③ (唐)道世撰,周叔迦、苏晋仁校注:《法苑珠林校注》,中华书局 2003 年版,第 474 页。

像。草不燃烧违背常理,引起农民的好奇心,在这种好奇心的驱使下才发现佛像。可以说这种像处不燃的佛像灵异类型有两个背后的意义:一是类比佛像不焚类型,通过埋藏佛像处的草丛不燃来凸显佛像不能被火烧的逻辑;二是近似佛像发声或放光的情节,强化其佛像缘起的不可思议。

又如《宋江陵上明泽中金像缘》载:

> 宋元嘉十五年,罗顺为平西府将,戍在上明。十二月放鹰野泽,同辈见鹰雉俱落。于时火烧野草,惟有三丈许丛草不然(燃)。遂披而觅鸟,乃得金菩萨坐像,通跌高一尺,工制殊巧。①

这则故事是动物识像和像处不燃的复合型,两者紧密结合在一起。与前面的故事相同,同样是存放菩萨金像的草丛不被野火燃烧,不同的是金像不是埋在地下,佛像周围三丈的草丛不燃,暗示是一种神秘力量在背后护佑。

"佛像发声型"。"佛像发声型"是指佛像自身或者通过其他方式间接发出某种声音的灵异类型。如《梁荆州优填王栴檀像缘》载:

> 梁祖武帝以天鉴元年正月八日梦檀像入国,因发诏募往迎。案《佛游天竺记》及双卷《优填王经》云:佛上忉利天一夏为母说法,王臣思见,优填国王遣三十二匠及赍栴檀,请大目连神力运往,令图佛相。既如所愿,图了还返。坐高五尺,在祇桓寺,至今供养。帝欲迎请此像,时决胜将军郝骞、谢文华等八十人应募往达,具状祈请。舍卫王曰:"此中天正像不可适边。"乃令三十二匠更刬紫檀,人图一相。卯时运手,至午便就。相好具足,而像顶放光,降微细雨,并有异香。故优填王经云:真身既隐,次二像现。普为众生,深作利益者是也。骞等负第二像,行数万里,备历艰关,难以具闻。又度大海,冒涉风波,随浪至山,粮食又尽,所将人众及传送者,身多亡殁。逢诸猛兽,一心念佛。乃闻像后有甲胄声,又闻钟声,岩侧有僧端坐树下,骞

---

① (唐)道世撰,周叔迦、苏晋仁校注:《法苑珠林校注》,中华书局 2003 年版,第 472—473 页。

登负像下置其前。僧起礼像,骞等礼僧。僧授澡罐令饮,并得饱满。

僧曰:"此像名三藐三佛陀"。①

此则佛像灵异记中,记述了梁武帝派人请像的神奇故事。其中,郝骞等人不仅历尽千辛万苦,后来又遇到猛兽,虔心念佛,于是听到佛像背后有甲胄声和钟声。这两种声音并没有清晰地说明是由佛像发出,用十分含糊的表述方式表达与佛像相关。甲胄声大概表示的是将士出现,钟声可能是佛寺的梵钟之声,这两种声音是在这些人遭受猛兽威胁之际受到祈请而发出了声音,通过这种声音可以恫吓猛兽使其远离,体现了佛法护佑众生的功能。

再举一例,《唐雍州鄠县金像出沣水缘》载:

> 昔废二教,遂藏于沣水罗仁涡中。有人岸行,闻涡中有声,亦放光明。向村老说,便趣水求。涡中纯沙,水出光明,便就发掘,乃获前像。时尚在周村家藏隐,互相供养。②

这则佛像灵异记也属于复合型,既是佛像发声也是佛像放光。从故事整体内容看,这里的发声和放光共同作用就是让人发现,这和前者的发声功能是不一样的。

《唐代州五台山像变现出声缘》载:

> 见石像临崖摇动身手。及至像所,乃是方石。悽然自责,不睹真身,怅恨久之。令作工修理二塔,并文殊像师利像。徙倚塔边,忽闻塔间钟声振发,连椎不绝。又闻异香氛氲屡至。道俗咸怪,感叹未曾有。又往西台,遥见一僧乘马东上,奔来极急。赜与诸人立待其至,久而不到,就往参迎,乃变为栿,怅恨无已。然则像相通感,有时隐显,钟声香气,相续恒闻。③

这则故事中文殊像师利像被供奉在塔中,当被维修之际发出了声音和香气。

---

①　(唐)道世撰,周叔迦、苏晋仁校注:《法苑珠林校注》,中华书局 2003 年版,第 476 页。

②　(唐)道世撰,周叔迦、苏晋仁校注:《法苑珠林校注》,中华书局 2003 年版,第 487 页。

③　(唐)道世撰,周叔迦、苏晋仁校注:《法苑珠林校注》,中华书局 2003 年版,第 490 页。

对于声音还用"连椎不绝"和"相续恒闻"来形容。

前面的《东晋杨都金像出渚缘》也有关于佛像发声的描述,如"邃至诚祈请,至于中霄,闻有异声"。结合其他佛像发声灵异记可以看出,佛像发声一种是自身为了引起别人注意而被人发现,另一种是被信众祈请或供养而受到感通而发声。这里的佛像发声虽然指明是佛像所发出的声音,但是这些声音往往并不明确具体,而且是"借物发声"。

"像不污染型"。"像不污染型"是指佛像不受各种污秽之物污染的灵异类型。如《西晋泰山七国金像瑞缘》载:

> 西晋泰山金舆谷朗公寺,昔中原值乱,永嘉失驭,有沙门释僧朗所居之山,常有云阴,俗异其祯,威声振远,天下知闻。于时无主,英雄负图,七国宗敬,以崇福焉,诸国竞送金铜像并赠宝物。朗恭事尽礼,每陈祥瑞。今居一堂,门牖常开,鸟雀不近,杂秽不着,远近嗟异。①

这一故事内容十分简洁,仅仅用"鸟雀不近,杂秽不着"来形容佛像之神异。创作者用这种有鸟雀不污染佛像来表达世间有情物对佛像的尊重,以衬托佛像对众生影响之大。"远近嗟异"从侧面印证了这种不可思议的现象对信众的冲击,这也是像不污染类型故事创作的目的。与此类似的还有《隋蒋州兴皇寺焚像移缘》载:

> 虽被火焚,而金色不变。跌下有铭,大众咸骇,叹声满路。今移在白马寺。鸟雀无践。②

这里是佛像不污染类型的一种附属类型,记述十分简略,其中"鸟雀无践"一语与前者如出一辙,均为用来表现佛像灵异。

佛像作为信徒崇拜的对象,保持不受外界的污染是理所当然的,否则就失去了圣性。前面提到的孙皓因辱佛而受到了恶报,这是通过反面例子来强调

---

① (唐)道世撰,周叔迦、苏晋仁校注:《法苑珠林校注》,中华书局 2003 年版,第 455 页。
② (唐)道世撰,周叔迦、苏晋仁校注:《法苑珠林校注》,中华书局 2003 年版,第 481 页。

佛像之不可玷污。上述两个鸟雀不近的例子则是通过动物的主动躲避,来凸显佛像之圣性。同时也在一个侧面说明了佛教与一般动物之间的感应关系,这种奇特的能力,进一步凸显了佛像不可思议的力量。这和佛教所倡导的普度众生和众生平等的教义是一致的。

"佛像入梦型"。"佛像入梦型"是指佛像进入人的梦境的灵异类型。梦在许多宗教中都是人与神沟通的桥梁,通过梦境人可以获得神的启示或者得到神助。如《东晋吴兴金像出水缘》载:

> 东晋周珝,字宣珮。义兴阳羡人,晋平西将军处之第二子也。位至吴兴太守。家世奉佛,其女尤甚精进。家童捕鱼,忽见金光溢川,映流而上。当即下网,得一金像,高三尺许,形相严明,浮水而往,牵排不动。驰往白珝,珝告女,乃以人船送女往迎,遥见喜,心礼而手挽,即得上船,在家供养。女夕梦佛左膝痛,觉看像膝,果有穿处,便截金钗以补之。珝后以女适吴郡张澄,将像自随,言归张氏。后病卒,乃见女在城墙上,姿饰逾于平日。内外咸睹。俄而紫云下迎,遂上升空,极目乃没。澄曾孙事接戎旅,平讨孙恩之乱。久废斋戒,不觉失像,而光尚在。举家忏悔,祈求备至。①

这则故事是放光型和入梦型结合的复合型。周珝之女在水中得到金像,虔心供养,夜里竟然梦见佛的左膝痛,醒来发现所供奉的佛像果然穿孔。这里的佛像因为自身受到了损伤,通过梦境,向信众求助,告诉其左腿痛。佛像通过疼痛感被一定程度的拟人化,尤其是向凡人求助,这和一般的普度众生无所不能的形象完全不同。这种与人的对等化处理,更能让人接受佛像。

又如《宋湘州桐盾感通作佛光缘》载:

> 宋泰始中,东海何敬叔,少而奉法,随湘州刺史刘韫监县。遇有梅檀,制以为像,既就无光。营索甚勤,而卒无可获,凭几思之。如

———————

① (唐)道世撰,周叔迦、苏晋仁校注:《法苑珠林校注》,中华书局 2003 年版,第 462—463 页。

睡,见沙门衲衣杖锡,来曰:"檀非可得,粗木不堪,惟县后何家桐盾
堪用。虽惜之,苦求可得。"寤问左右,果如言。因故求买之。何氏
曰:"有盾甚爱,患人乞夺,曾未示人,明府何以得知,直求市耶?"敬
叔以事告之。何氏敬嘉,奉以制光。后为相府直省,中夜梦像云:
"鼠咬吾足。"清旦疾归,视像,果然矣。①

何敬叔用檀香木做了佛像,但是没有背光,于是想尽办法去寻找,终未得。但
是在半梦半醒之间,僧人告诉他何家有桐盾,可以用作背光,他派人去何家求
购。可以说,故事中因为佛像没有背光就意味着没有灵性,在梦中僧人的指引
下,做成背光,佛像便进入梦中,告诉他被老鼠咬到脚。通过故事可以看出,何
敬叔通过诚心造佛,佛获得了感应,在梦中与其交流,这也是一种因果原理。
佛像从原来没有生命感转化成可以与人交流的人一样的存在,完成了灵异叙
事的建构。这一佛像灵异记中加入了老鼠咬佛足情节,使得故事平添了一种
生活情趣。

"敬像脱难型"。"敬像脱难型"是指通过礼拜佛像而躲避各种灾难的灵
异类型。如《东晋庐山文殊金像缘》载:

有一老僧失名,来辞瑞像,像曰:"尔年老但住,何得相舍。"遂依
言住。于时董道冲贼寇扰江州,其徒入山,觅财物,执僧索金。僧曰:
"无可得。"乃以火炙。僧曰:"徒受炙死,秽尸伽蓝,何如寺外。"贼将
出欲杀,僧曰:"行年七十,不负佛教。待正念已,申颈时可下刀。"贼
然之。已见申颈受刀,即便下斫,刀反刺心,刃出于背。群贼奔怕,东
走至远师墓。于时天气清朗,忽有云如盖,屯黑下布,雷电四绕,遂震
霹雳贼死六人。②

无名老僧因战乱欲逃离而辞别佛像,佛像劝其留下。贼寇来了之后,向老僧索

---

① (唐)道世撰,周叔迦、苏晋仁校注:《法苑珠林校注》,中华书局 2003 年版,第 474 页。
② (唐)道世撰,周叔迦、苏晋仁校注:《法苑珠林校注》,中华书局 2003 年版,第 464—
465 页。

钱,老僧宁可被火烤死也不给。后来这些人准备将老僧砍头,谁知砍老僧脖颈的刀竟然刺向了贼寇,并且天降霹雳,劈死了多人。这里老僧之所以能够不被群寇杀害,主要是因为老僧对佛像的崇敬。而老僧脖子不被刀砍,并且晴天突然天降霹雳,都是佛像在其背后暗助的结果。故事通过这一系列违背常识的行为,凸显佛像护佑信众不可思议的力量。

又如《北魏定州金观音像高王经缘》载:

元魏天平中,定州募士孙敬德防于北陲,造观音金像。年满将还,常加礼事。后为劫贼横引,禁于京狱。不胜考掠,遂妄承罪,并断死刑。明旦行决,其夜礼拜忏悔,泪下如雨。启曰:"今身被枉,当是过去枉他,顾偿债毕,誓不重作。"又发大愿云云。言已少时,依俙如梦,见一沙门教诵《观世音救生经》,经有佛名,令诵千遍,得度苦难。敬德欹觉,起坐缘之,了无参错,比至平明,已满百遍。有司执缚向市,且行且诵。临欲加刑,诵满千遍。执刀下斫。刀折三段,不损皮肉。易刀又折。凡经三换,刀折如初。监当官人,莫不惊异,具状闻奏。承相高欢表请其事,遂得免死。勒写此经传之,今所谓高王观世音是也。敬德放还,设斋报愿。出访存像,乃见项上有三刀痕,相亲同睹,叹其通感。①

孙敬德造观音像,而且"常加礼事",后来不幸被劫持而押到京城监狱,屈打成招,被判处死刑。被行刑的前夜,礼拜忏悔,认为他今日被冤枉是因为以前曾经冤枉别人。后来梦境之中,有一个沙门来告诉他念经千遍可以逃过此劫。果然,被刀砍了三次,却皮肉不伤,反而刀被折断。孙敬德被赦免之后,去探访佛像,见佛像脖颈上有三个刀痕,才知道是佛像替他受刑。孙敬德在梦中受到僧人的启示本身就已经很不可思议,不仅如此,佛像竟然用自己的身体去代替孙敬德挨刀,完全是因为孙敬德礼佛之功德,足以说明佛教之法力无边。古代

① (唐)道世撰,周叔迦、苏晋仁校注:《法苑珠林校注》,中华书局2003年版,第466页。

人们官员受到诬陷或遭遇政治迫害是常有之事,以此为背景创作了佛像护佑的佛像灵异记,能够满足部分官员趋吉避凶的心理,这类故事会在士大夫阶层有很大市场。

"动物识像型"。"动物识像型"是指动物知晓存放佛像处并指引人们发现佛像的灵异类型。如《唐邠州石像出山现缘》载:

> 唐武德年中,邠州西南慈乌川,有郝积者,素有信敬。见群鹿常在山上,逐去还来,异之。掘鹿所止处,得石像,高一丈四尺许。移出川中村内,至今见存。自像出后,群鹿因散。①

故事中一个叫郝积的信佛者,发现山上有鹿群来回奔跑,觉得很奇怪,于是在鹿停留的地方挖掘,竟然挖掘出了石像。而且佛像被挖掘出来之后,鹿群就不再来了。从故事的语境可以看出,鹿群知道山中埋有佛像,并通过此种行为引导人们发现佛像,等完成使命之后,鹿群便不再出现。鹿群在这里担当了沟通信众与佛像的角色,其背后当然是佛像不可思议的力量。另外,《宋江陵上明泽中金像缘》也包含了这种类型,其中"十二月放鹰野泽,同辈见鹰雉俱落……遂披而觅鸟,乃得金菩萨坐像"描写的是通过鹰坠落的地方,找到了佛像。虽然这个故事中草丛不燃也是引起人们发现佛像的线索,但是鹰同样起到了这样的作用。鹿和鹰作为动物,本身不会是佛教的信仰者,但是却像神使一样,连接起了信众与佛像。

"造像呈祥型"。"造像呈祥型"是指在造像过程中出现某种祥瑞的灵异类型。如《东晋会稽木像香瑞缘》载:

> 东晋会稽山阴灵宝寺木像者,徵士谯国戴逵所制。逵以中古制像,略皆朴拙,至于开敬,不足动心。素有洁信,又甚巧思,方欲改斲威容,庶参真极。注虑累年,乃得成遂,东夏制像之妙,未之有如上之像也。致使道俗瞻仰,忽若亲遇。高平郗嘉宾撮香咒曰:"若使有

---

① (唐)道世撰,周叔迦、苏晋仁校注:《法苑珠林校注》,中华书局 2003 年版,第 483 页。

常,将复睹圣颜;如其无常,愿会弥勒之前。"所舍(拈)之香,于手自然,芳烟直上,极目云际,余芬徘徊,馨盈一寺。于时道俗莫不感厉,像今在越州嘉祥寺。①

戴逵所造的佛像太过粗陋,不能够引导出信众的信仰之心,于是便重新修改佛像。后来有很多信众前来瞻仰,其中高平郗持香发愿,结果手中的香竟然直升云际,香气充满了整个寺院。故事中通过所焚之香异常表现来凸显所造佛像在信众的祈祷之下所呈现的灵瑞之相。

又如《东晋吴郡金像传真缘》载:

> 东晋太元二年,沙门支慧护于吴郡绍灵寺建释迦文丈六金像,于寺南傍高凿穴以启镕铸。既成将移,夜中云内清明,有华六出,白色鲜发,四面翻洒,未及于地,敛而上归。及晓,白云若烟,出所铸穴。云中白龙现,长数十丈,光彩烟焕,徐引绕穴。每至前瞻仰迟徊,似归敬者。斯风霁景清,细雨而加香气。像既入坐,龙乃升天。②

相较于前面对造像呈祥场面描写的极度简略,这个故事对祥瑞的描写可谓细致。其中祥瑞通过"天降花雨""白云若烟""白龙飞天""细雨飘香"等情节极力渲染祥瑞之神奇。对于天降花雨用"白色鲜发,四面翻洒,未及于地,敛而上归"来加以描写,令人眼花缭乱;以"长数十丈,光彩烟焕,徐引绕穴。每至前瞻仰迟徊,似归敬者"来刻画白龙的神采和对佛的皈依姿态,让人惊叹不已。无论是天气的阴晴和雨雪,抑或是神兽的出现与隐没,都是为了烘托造像将会给众生带来的福祉和吉祥,可谓是天神同庆。

二、《法苑珠林》中佛像灵异记的中国特色

前面对部分佛像灵异记类型进行了分析和解读,了解佛像灵异记的特点。

---

① (唐)道世撰,周叔迦、苏晋仁校注:《法苑珠林校注》,中华书局 2003 年版,第 463 页。
② (唐)道世撰,周叔迦、苏晋仁校注:《法苑珠林校注》,中华书局 2003 年版,第 463—467 页。

当然,这些均为中国唐代及唐代以前的佛像灵异记,不能反映这些故事全貌。即使是这种有限的佛像灵异记,依旧可以发现其中所蕴含的历史文化信息。下面就对佛像灵异记背后的文化语境进行分析。

1. 中国的佛像灵异记真实再现了佛教传播史。佛像是传播佛教的重要载体,佛像的传播也在一定程度上真实反映或象征着佛教的传播。中国这一时期文献所收录的佛像灵异记中在某种层面上描绘了佛教传入中国的历史过程和特点。如"佛像入梦型"的《东汉洛阳画释迦像缘》载:

> 汉明帝梦见神人,形垂二丈,身黄金色,项佩日光。以问群臣,或对曰:"西方有神,其号曰佛。形如陛下所梦,得无是乎。"于是发使天竺,写致经像,表之中夏。自天子王侯,咸敬事之。闻人死精神不灭,莫不惧然自失。初使者蔡愔将西域沙门迦叶摩腾等,赍优填王画释迦佛像。帝重之,如梦所见也。乃遣画工图之数本,于南宫清凉台乃高阳门显节寿陵上供养。又于白马寺壁画千乘万,骑绕塔三匝之像,如诸传备载。①

佛教于两汉之际传入中国,汉明帝梦佛像在佛教传播史上是一个著名的事件,也将其视为佛教公传的标志。道世转引《冥祥记》中的记载,以佛像灵异记的佛像入梦的方式呈现出来,将历史与佛教灵异故事融合到了一起,以史学之真实宣传佛教的真实。

佛教传播路线方面,除了陆路传播之外,海路也是佛教传播的重要路线。如东晋法显西行取法,回国的时候就是从狮子国经苏门答腊岛想回到广州,但是途中遭遇了暴风雨,来到了山东半岛的牢山。② 另外一位高僧法勇归国时同样从海路经南海到达广州。海上传播路线在佛像灵异记中也有曲折表现。如"佛像放光型"的《东晋杨都金像出渚缘》载:

> 东晋成帝咸和年中,丹阳尹高悝往还市阙,每张侯桥浦有异光

---

① (唐)道世撰,周叔迦、苏晋仁校注:《法苑珠林校注》,中华书局 2003 年版,第 453 页。
② [日]鎌田茂雄:《仏教伝来》,講談社 1995 年版,第 40 页。

现。乃使吏寻之,获金像一躯,西域古制,光趺并阙。……临海县渔
人张系世于海上见铜莲华趺,丹光游泛。乃驰舟接取,具送上台。帝
令试安像足,恰然符合。久之有西域五僧振锡诣悝云:"昔游天竺,
得阿育王像,至邺遭乱,藏于河滨。王路既通,寻觅失所。近感梦云:
'吾出江东,为高悝所得,在阿育王寺。'故远来相投,欲一礼拜。"悝
引至寺。五僧见像,歔欷涕泣。像为之放光,照于堂内。及绕像形,
僧云:"本有圆光,今在远处,亦寻当至。"五僧即住供养。至咸和元
年,南海交州合浦采珠人董宗之每见海底有光,浮于水上。寻之得
光,以事上闻。简文帝敕施此像,孔穴悬同光,色无异。凡四十余年,
东西别处,祥感光趺,方乃符合。此像华台有西域书,诸道俗来者,多
不识之,有三藏法师求那跋摩曰:"此古梵书也,是阿育王第四女
所造。"①

从文中可以看出,佛像的出现与水有着深刻的关联,特别是文中提到了"海
上"和"海底"。南海的交州采珠人董宗之发现海底有光,可见佛像是从南海
被发现的,后来得知是印度阿育王所造的。这则"佛像放光型"的灵异记用一
种倒叙的方式勾勒出了佛像乃至佛教传入中国的水上路线,这恰恰和史书的
记载相互印证。

2. 佛像灵异记中表现了中国传统思想与佛教思想交融的历史面貌。佛像
传入中国之后,为了迎合本民族信众的需要,僧侣们将中国固有的思想、信仰、
习俗融入佛像灵异记的创作之中,这样促成了外来佛教与中国文化产生了某
种融合。如"预兆政治型"的《元魏凉州石像山裂袈出现缘》载:

元魏凉州山开出像者,至太武大延元年有离石沙门刘萨河师,备
在僧传。历游江表,礼鄮县塔。至金陵开育王舍利。能事将讫,西至
凉州西一百七十里番和郡界东北,望御谷山遥礼而入,莫测其然也。

---

① （唐）道世撰,周叔迦、苏晋仁校注:《法苑珠林校注》,中华书局2003年版,第457页。

> 诃曰:"此山崖当有像出。灵相具者,则世乐时平。如其有缺,则世
> 乱人苦。"经八十七载,至正光元年,因大风雨,雷震山岩,挺出石像,
> 高一丈八尺,形相端严,唯无有首。登即选石命工,安讫还落。魏道
> 凌迟,其言验矣。至周元年治凉州,城东七里涧忽石出光,照烛幽显。
> 观者异之,乃像首也。奉安像身,宛然符合。神仪雕缺四十余年,身
> 首异处二百许里。相好昔亏,一时还备。时有灯光流照,钟声飞响,
> 皆莫委其来也。周保定元年立为瑞像寺。建德将废,首又自落。武
> 帝令齐王往验,乃安首像项,以兵守之。及明还落如故。遂有废法国
> 灭之徵接焉。备于周释道安碑。周虽毁教,不及此像。开皇通法,依
> 前置寺。大业五年,炀帝西征,躬往礼觐,改为感通道场。今像存焉。
> 依图拟者非一,及成长短终不得定。①

刘萨诃预言说"灵相具者,则世乐时平。如其有缺,则世乱人苦",指出石崖出像具有神奇的预兆功能。果然,到了正光元年,山崖出像,但是却没有头,即使安上头颅,依然掉落,预示着魏政局的变动,即"魏道凌迟,其言验矣"。另外,"建德将废,首又自落",即使是武帝派兵守护,头在第二天依然落下,这是"废法国灭之徵"。这一系列有关佛像的灵异表现,基于中国的天人感应思想。天人感应是儒学中的神学术语,指天意与人事的交感相应。认为天能影响人事、预示灾祥,人的行为也能感应上天。可以说,预兆思想与中国的阴阳五行、符瑞思想、谶纬思想有着相似的原理,并互相交织在一起,这些思想原理早在夏商时代就开始出现,在两汉时期逐渐形成完整的体系,尤其董仲舒提出的符瑞思想还成为了汉代重要的国家意识形态。可以说,这些带有预兆元素的诸种思想是古代人们信仰的重要基石之一,也是认知外来文化元素的前提。龚世学指出:"符瑞,从产生伊始,便被视为天降灵征,董仲舒将此观念予以重申与强化。在他看来,天无以言而意以物,即天意必须依托征象外物也即依托符

————————

① (唐)道世撰,周叔迦、苏晋仁校注:《法苑珠林校注》,中华书局2003年版,第465—466页。

瑞与灾异来表达。"①一般来说,符瑞往往是某些动物、植物以及某种异常的自然现象,如"群龙下""甘露降""凤凰翔""醴泉出""灵龟出"等。符瑞是有关帝王的吉祥征兆。与此相反的还有灾异征兆,灾异作为异常的自然灾害或自然现象,在古代被认为是帝王德行有失,上天给予的某种惩罚,因此帝王往往会据此改正过失。灾异包括"日食""地震""火灾""虫灾"。这种观念根植于统治者和普通百姓观念之中,中国僧侣同样以此种思维将天意与佛教及帝王命运联系到了一起。可以说,在佛教文化语境下,佛像本身兼具符瑞和灾异双重功能的神奇符号,通过这种符号来昭示天意。故事中佛像通过头落,象征着某一政权的颠覆和更迭是天意。同时,通过"灯光流照,钟声飞响"来暗示政权的短暂稳定。

　　3. 佛像灵异记对中国历史人物性格进行了某种刻画。统治者在古代社会中拥有无上的权力,从个体来看,大多具有鲜明的个性。佛教徒在创作佛教文学过程中,将其对佛教的态度与其独特的性格相互映衬,主观上为了宣传佛教对统治阶级的征服,客观上起到了印证古代历史人物个性特点的作用。如前面提到的吴国最后一位国君孙皓,历史学家陈寿在《三国志·吴书》中评价道:"皓既得志,粗暴骄盈,多忌讳,好酒色,大小失望"②。又载:

　　　　皓之淫刑所滥,陨毙流黜者,盖不可胜数。是以群下人人慑恐,皆日日以冀,朝不谋夕。其荧惑、巫祝,交致祥瑞,以为至急。昔舜、禹躬稼,至圣之德,犹或矢誓众臣,予违女弼,或拜昌言,常若不及。况皓凶顽,肆行残暴,忠谏者诛,谗谀者进,虐用其民,穷淫极侈,宜腰首分离,以谢百姓。既蒙不死之诏,复加归命之宠,岂非旷荡之恩,过厚之泽也哉!③

尽管在历史上也有一些对孙皓的正面评价,但是残暴的一面为世人所熟知。

---

① 龚世学:《论汉代的符瑞思想》,《文艺研究》2016 年第 2 期。
② (西晋)陈寿撰,裴松之注:《三国志》,中华书局 2011 年版,第 970—971 页。
③ (西晋)陈寿撰,裴松之注:《三国志》,中华书局 2011 年版,第 983—984 页。

尤其滥用刑罚,杀人无数,这在佛教看来是罪大恶极。《法苑珠林》中僧侣们借助孙皓这样一个真实的历史人物及其残暴的性格,将其融入佛像灵异记中,通过其辱佛来凸显其傲慢的性格,以及后来遭受了报应和悔悟来宣扬佛教的力量。可以说,佛像灵异记借用了历史人物,并以其性格特点作为宣佛的突破口,同时也进一步用佛教文学的方式强化了历史人物形象。其背后的目的是佛教徒在佛像灵异记中借用历史的真实来证明佛教的真实。

4. 佛像灵异记再现了中国剧烈的朝代更迭史。在中国古代几乎是文史不分家,这一习惯在文人创作中是一种传统。佛教徒在编撰佛教文学过程中也往往借用史学的观点,一方面用历史的真实宣扬佛教的真实,同时也用佛教演变进程来叙述朝代更迭。从表4-1所列题目可以看出,其叙述的顺序为:东汉→南吴(东吴)→西晋→东晋→北魏→北凉→宋→齐→梁→陈→北齐→周(北周)→隋→唐。可以说,基本上沿着佛教传入到作者著书时这样一个政权演变的历时性顺序来罗列各种佛像灵异记,体现一种历史性。不过这仅仅是一种表面上的描述。正如前三条论述的那样,僧侣在创作佛像灵异记过程中,并没有将佛像灵异记仅仅设定为历史变动中的旁观者角色,而是通过某些故事的各种符瑞和灾异叙事来凸显佛像乃至佛教对历史演变的某种神奇力量,特别是通过灾异的征兆政权更替功能,威慑统治者,让统治者更加礼佛敬佛。但是跳出佛像灵异记的细部,《法苑珠林》中的佛像灵异的文学叙事,与中国的历史叙事交融在一起,佛像灵异记的传播和传承史,俨然就是一部中国古代政权演变史。

总之,从《法苑珠林》中辑录的各种佛像灵异记可以看出,相较于印度,中国的唐代及唐代以前的此类故事不仅变得数量庞大,类型丰富,而且这些故事与中国悠久的历史背景紧紧地融合在了一起,具有浓厚的中国文化特色。从功能上来看,佛像从原来仅限于传播佛法的偶像,发展成了具有昭示政权更迭的符瑞与灾异的符号,佛像的功能在中国传统的思想信仰体系中进一步扩大。从比较文学的视角来看,恰恰是这种文化语境的影响,促成了佛像灵异记文学上的变异。从文学传承来看,中国佛像灵异记的创作对于后世文学具有重要意义,尤其是为朝鲜半岛文学及日本佛教说话文学的形成奠定了重要的基础。

第四节　朝鲜半岛文学中的佛像灵异记

朝鲜半岛与古代中国在佛教文化交流方面关系十分密切。中国佛教发展以及佛教文学的形成,对朝鲜半岛产生了相当大的影响。本节以《三国遗事》为研究对象,考察其中的佛像灵异记的特色,同时揭示其与中国佛教文学的关联,以描绘佛教说话文学在东亚文化语境中传播的面貌。

一、《三国遗事》中的佛像灵异类型及其解读

《三国遗事》虽然是一部史书,但作者的身份为僧人,其中也收录了大量佛教内容,佛像灵异记就是其中重要内容之一。

《三国遗事》的佛像灵异记主要集中在第三卷第四《塔像篇》。根据故事情节和主题可以将其分为如下类型:一、"佛像流泪型",二、"佛像自毁型",三、"佛像发声型",四、"佛像入梦型",五、"佛像赐子型"(2个),六、"化身赐物型",七、"躲避火灾型"(2个),八、"佛像还遗型",九、"保佑平安型",十、"疾病治愈型",十一、"梦中赐女型",十二、"灵像旋转型"。其中,有些故事是一个佛像身上有多重灵验表现,属于复合型。如三所观音众生寺中的佛像灵异记中就包含了"佛像赐子型""化身赐物型""躲避火灾型"三种灵异类型。另外,"佛像赐子型"和"躲避火灾型"分别有两个故事,下面对这些故事进行逐一解读。

"佛像流泪型"。《皇龙寺丈六》中记载了佛像流泪的灵异事件:

新罗第二十四真兴王即位十四年癸酉二月,将筑紫宫于龙宫南,有黄龙现其地,乃改置为佛寺,号黄龙寺。至乙丑年,周围墙宇;至十七年,方毕。未几,海南有一巨舫,来泊于河曲县之丝浦,检看,有牒

> 文云:"西竺阿育王,聚黄铁五万七千斤,黄金三万分,将铸释迦三尊
> 像。未就,载船返航而祝曰:'愿到有缘国土,成就丈六尊容。'并载
> 模样,一佛二菩萨像。县吏具状上闻。敕使卜其县之城东爽垲之地,
> 创东竺寺,邀安其三尊;输其金铁于京师。以大建六年甲午三月,铸
> 成丈六尊像,一鼓而就,重三万五千七斤,入黄金一万一百九十八分;
> 二菩萨入铁一万二千斤,黄金一万一百三十六分,安于黄龙寺。明
> 年,像流泪至踵,沃地一尺,大王升遐之兆。"①

这是一篇关于丈六佛像的灵异叙事,故事后面还有另外一个版本的描述,无关
主题权且略去。故事中除了最后部分之外,前面都是对佛像缘起叙事的铺陈。
其中缘起本身也具有不可思议的灵异韵味,尤其是原本铸像失败之后,金和铁
放到船上,随船任意漂流,祈愿找到可以铸成的有缘国土,后来被发现,一铸便
成,这体现了佛像与信众之间的感应。故事最为灵异之处,佛像竟然可以流
泪,甚至湿透了一尺见方的土地,这种奇特的现象还成为了大王去世的前兆。
因此,这个故事也可以归入"预兆政治型"。

"佛像自毁型"。与佛像流泪功能近似的还有一则故事,故事通过佛像自
身毁坏,预示人的死亡。《原宗兴法、厌髑灭身》载:

> 法兴王既举废立寺,寺成,谢冕旒,披方袍,施宫戚,为寺隶。主
> 住其寺,躬任弘化。真兴乃继德重圣,乘衮职,处九五,威率百僚,号
> 令毕备,因赐额"大王兴轮寺"。前王姓金氏,出家法云,字法空。
> 《册府元龟》云:"姓慕,名秦,初兴役之乙卯岁,王妃亦创永兴寺。"慕
> 史氏之遗风,同王落彩为尼,名妙法,亦住永兴寺,有年而终。国史
> 云:建福三十一年,永兴寺塑像自坏。未几,真兴王妃比丘尼卒。②

---

① [高句丽]一然著,[韩]权锡焕、[中]陈蒲清注译:《三国遗事》,岳麓书社 2009 年版,第
253 页。
② [高句丽]一然著,[韩]权锡焕、[中]陈蒲清注译:《三国遗事》,岳麓书社 2009 年版,第
227—228 页。

这里暂且不追究寺庙缘起之史实,只关注佛像灵异的部分。故事中对于永兴寺的佛像的材质没有详细交代,只标明为"塑像",这很可能是区别于金属的铸像和石制与木质的雕像,而是用泥塑的像。如果这种推理成立的话,从科学上讲,泥塑自然容易损毁,因此"塑像自坏"也是情理之中的事情,不足为怪。但后面的"真兴王妃比丘尼卒"却暗示佛像自毁的非同寻常,尤其是"未几"直接说明两件事情的内在关联性。这一故事表达的是其预兆人生死的功能,与上面佛像流泪故事具有相同的宗教原理。

"佛像发声型"。《四佛山、掘佛山、万佛山》中有关佛像发声故事的记载:

> 竹岭东百许里,有山屹然高峙。真平王九年甲胄,忽有一大石,四面方丈,雕四方如来,皆以红纱护之,自天坠其山顶。王闻之,命驾瞻敬,遂创寺岩侧,额曰大乘寺。请比丘亡名诵莲华经者主寺,洒扫供石,香火不废。号曰亦德山,或曰四佛山。比丘卒,既葬,冢上生莲。

> 又景德王游幸栢栗寺。至山下,闻地中有唱佛声。命掘之,得大石,四方刻四方佛。因创寺,以"掘佛"为号,今讹云"掘石"。①

两个故事虽然是关于"佛山"的缘起谭,但都和佛像密切相关。引文中第一个故事中关于佛像的来历十分神奇,一块一丈见方的巨石从天而降至山顶,巨石上雕刻着如来佛像,这种奇特的出现方式足以令人不可思议。但是第二个故事更具灵异色彩,景德王游幸栢栗寺之时,在山下的地面下传出了念佛的声音,后来发现是刻着佛像的巨石。众所周知,佛像是非肉身的,是无生命的,故事的灵异之处就在于非生命的偶像发出唱佛的人类声音,超出了一般的世间常识。

"佛像入梦型"。《生义寺石弥勒》载:

> 善德王时,释生义常住道中寺。梦有僧引上南山而行,令结草为标。至之南洞,谓曰:"我埋此处,请师出安岭上。"既觉,与友人寻所

---

① [高句丽]一然著,[韩]权锡焕、[中]陈蒲清注译:《三国遗事》,岳麓书社2009年版,第256页。

标,至其洞掘地,有石弥勒出。置于三花岭上。善德王十二年甲辰岁,创寺而居,后名"生义寺"。①

故事虽然也属于寺庙缘起谭,但是如小题目所示,侧重点放在了弥勒石像上。弥勒为了让释生义发现他,化身僧人进入其梦境,指引他到南山所埋之处,并亲口告诉生义埋藏地点。从石制的佛像化身肉身僧人,从现实穿越至梦境,是一种独特的佛像灵异叙事模式。

"佛像赐子型"。《三所观音众生寺》载:

《新罗古传》云:中华天子有宠姬,美艳无双,谓古今图画鲜有如此者。乃命善画者写真。其人奉敕图成,误落笔污赤,毁于脐下,欲改之而不能,心疑赤志必自天生,功毕献之。帝目之曰:"行则逼真矣。其脐下之志,乃所内秘,何得知之并写?"帝乃震怒,下圆扉将加刑,丞相奏云:"所谓伊人,其心且直,愿赦宥之。"帝曰:"彼既贤直,朕昨梦之像,画进不差,则宥之。"其人乃画十一面观音像呈之,协于所梦。帝于是意解,赦之。其人既免,乃于博士芬节约曰:"吾闻新罗国敬信佛法。与子乘桴于海,适彼同修佛事,广益仁邦,不亦益乎?"遂相与到新罗国,因成此寺大悲像。国人瞻仰,禳祷获福,不可胜记。

罗季天成中,正甫崔殷诚久无胤息,诣慈寺大慈前祈祷,有娠而生男。未盈三朔,百济甄萱袭犯京师,城中大溃。殷诚抱儿来告曰:"邻兵奄至,事急矣,赤子累重,不能俱免。若诚大圣所赐,愿借大慈之力覆养之,令我父子再得相见。"涕泣悲婉,三泣而三告之,裹一襁褓,藏诸猊座下,眷眷而去。经半月寇退,来寻之,肌肤如新浴,貌体嫚好,乳香尚迹于口,抱持归养。②

---

① [高句丽]一然著,[韩]权锡焕、[中]陈蒲清注译:《三国遗事》,岳麓书社 2009 年版,第268 页。

② [高句丽]一然著,[韩]权锡焕、[中]陈蒲清注译:《三国遗事》,岳麓书社 2009 年版,第271 页。

故事前段的叙事是十一面观音神奇的缘起,第二段是该观音灵像的灵验故事。正甫崔殷诚因为婚后无子,便到寺庙的观音像前祈祷,得观音神助,妻子很快就怀孕并生子。后来百济兵袭来,因为逃难带着不满三个月的儿子是累赘,便再次在佛像前祈祷,请神佛保佑儿子,结果儿子果然平安无事。观音赐子并护子平安,体现了观音大慈大悲普度众生的大乘精神。

除了上述故事,作品中又有一则佛像赐子的故事。第四卷义解第五《慈藏定律》载:

> 大德慈藏,金氏,本辰韩真骨苏判茂林之子。其父历官清要,绝后无胤,乃归心三宝,造于千部观音,希生一息。祝曰:"若生男子,舍作法海津梁。"母忽梦星坠入怀,因有娠。及诞,与释尊同日。①

金茂林虽然担任清要的官职,但是没有子嗣,于是皈依三宝,并到千手千眼观音的雕像前虔心礼拜,希望能有个孩子,并立下誓愿如果生男孩就让他出家。奇怪的是,妻子做梦梦见有星辰坠落怀中,便怀孕了。慈藏之所以降生有赖于父亲在观音神像前的礼拜,并很快得到了观音的救助,让他实现了求子的愿望。这一故事宣扬观音佛像和前面的故事在礼拜观音像而得子属于同一类型。这里佛像灵异故事满足了人类繁衍后代的基本愿望,在古代重视香火相传家族延续的封建社会中有着深厚的信仰土壤。

"化身赐物型"。除了佛像可以赐子之外,佛像还可以化身人形,对有需求的人施舍财物。《三所观音众生寺》第3段载:

> 又统和十年三月,主寺释性泰,跪于菩萨前,自言:"弟子久住慈寺,精勤香火,昼夜匪懈,然以寺无田出,香祀无继,将移他所,故来辞尔。"是日,假寐梦大圣谓曰:"师且住,无远离,我以缘化充斋费。"僧忻然感寤,遂留不行。后十三日,忽有二人,马载牛驮,到于门前。寺僧出问:"何所而来?"曰:"我等是金州界人。向有一比丘到我云:

---

① ［高句丽］一然著,［韩］权锡焕、［中］陈蒲清注译:《三国遗事》,岳麓书社2009年版,第377页。

       '我住东京众生寺久矣。欲以四事之难,缘化到此。'是以敛施邻间,
得米六硕,盐四硕,负载而来。"僧曰:"此寺无人缘化者,尔辈恐闻之
误。"其人曰:"向之比丘率我辈而来,到此神见井边曰:'距寺不远,
我先往待之。'我辈随逐而来。"寺僧引入法堂前,其人瞻礼大圣,相
谓曰:"此缘化比丘之像也。"惊叹不已。故所纳米盐,追年不废。①

故事中的性泰在寺庙中居住很久,但是因为寺庙没有田产,祭祀的香火钱都没
有,所以在观音佛像前祈祷,并声称要离开该寺庙。不过在梦中梦见观音告诉
他不要离开,他要去化缘,补充斋费。果然后来有人送来财物,并指着佛像说
就是这个僧人带领他们化缘的。故事对观音化身描述较多,不仅进入性泰的
梦境与其交流,而且化身僧人亲自去外地化缘,为佛寺带来财物,通过佛像种
种行为将观音急人所需且说话算话的人格特征刻画出来。佛像化身赐物一方
面体现了观音可以救苦救难的广大神通,另一方面也体现了在古代经济尚不
发达的社会中僧人或者是一般民众对于某些生活物资的急切渴望。故事虽然
是一个,但是却可以反映人们对于佛教皈依的普遍动因。

    "躲避火灾型"。《三所观音众生寺》载:

       又一夕寺门有火灾,间里奔救,升堂见像,不知所在,视之已立在

庭中矣。问其出者谁,皆曰:"不知",乃知大圣灵威也。②

作为《三所观音众生寺》第4段故事,叙述了和前面"佛像赐子型"与"化身赐
物型"不同的灵异类型,是"躲避火灾型"。佛像可以是金属制的、石制的、泥
制的以及其他材质。故事中第一段交代了佛像为画像,并没有说明是什么材
料制成的,很有可能是纸制或木制的。无论怎么说,按照一般的常识来看,这
些非肉身性的偶像固然不能移动,更何况是平面的画像。在火灾发生危急关

---

    ① ［高句丽］一然著,［韩］权锡焕、［中］陈蒲清注译:《三国遗事》,岳麓书社 2009 年版,第
371—372 页。
    ② ［高句丽］一然著,［韩］权锡焕、［中］陈蒲清注译:《三国遗事》,岳麓书社 2009 年版,第
272 页。

头,佛像迅速逃离,一方面说明基本上佛像不是金属制的、石制的或是泥制的,因为一般的火灾不会对其有根本性损坏。由于佛像是非防火的材料,所以必须躲避。另一方面,凸显了佛像神奇的人格特性,因为有人问是谁将观音像搬出来的,都说不知道,侧面说明这是佛像自己逃出来的。《法华经·观音品》中有关礼拜观音的功德之一就是躲避火灾,而这个故事里,用在了观音菩萨自己身上了。

除了这个故事外,还有一个故事可以归入"躲避火灾型"之中。《洛山二大圣:观音、正趣》载:

> 后有崛山祖师梵日,太和年中入唐。到明州开国寺,有一沙弥,截左耳,在众僧之末。与师言曰:"吾亦乡人也,家在溟州界翼岭县德耆坊。师他日若还本国,须成吾舍。"既而遍游丛席,得法于盐官。以会昌七年丁卯还国,先创崛山寺而传教。大中十二年戊寅二月十五日,夜梦昔所见沙弥到窗下,曰:"昔在明州开国寺,与师有约。既蒙见诺,何其晚也?"祖师惊觉,押数十人,到翼岭境,寻访其居。有一女居洛山下村,问其名,曰德耆。女有一子,年才八岁,常游于村南石桥边。告其母曰:"吾所与游者,有金色童子。"母以告于师。师惊喜,与其子寻所游桥下。水中有一石佛,舁出之,截左耳,类前所见沙弥,即正趣菩萨之像也。乃作简子,卜其营构之地,洛山方吉。乃作殿三间安其像。
>
> 后百余年,野火连延到此山,唯有二圣殿独免其灾,余皆煨烬。①

这个故事是有关"正趣观音"的灵异叙事。故事情节曲折跌宕,结局出人意料,灵异色彩浓厚。梵日与一个断耳童子在异乡结识,童子告诉他乃是同乡,还告诉他若回国帮他建一个房舍。梵日回国后,忘记了此事,童子又在梦中催促一番,后来到其老家寻找,竟然是一尊和童子长相相似的断耳正趣观音。梵

---

① ［高句丽］一然著,［韩］权锡焕、［中］陈蒲清注译:《三国遗事》,岳麓书社2009年版,第306页。

日后来盖了佛殿,安置了观音像。一百年之后,圣殿遇到野火,却唯独不被火烧,其他建筑全化为灰烬。故事中没有直接写佛像躲避火灾,但是从故事整体解读来看,佛殿之所以不被火烧是因为有佛像安置,佛像本身的神力保佑佛殿不被焚毁,自然也就毫发无损了。与前面通过逃离的方式躲避火灾不同,这个故事中的佛像岿然不动,竟然火所不及。灵异故事归灵异故事,其实从现实角度来看,前者逃跑后者不动也是在情理之中。正如前面所推测的那样,其中的佛像很可能是纸质或木质的画像,而这段故事中清晰标明是"石佛",石佛当然不怕火烧。因此说,佛像灵异故事有些时候仍然是立足于现实的合理的文学想象。

"佛像还遗型"。《栢栗寺》载:

鸡林之北岳曰金刚岭,山之阳有栢栗寺。寺有大悲之像一躯,不知始作,而神异颇着。或云是中国之神匠,塑众生寺像时并造也。谚云:此大圣曾上忉利天,还来入法堂时,所履石上脚迹,至今不刓。或云:救夫礼郎还来时之所视迹也。

天授三年壬辰九月七日,孝昭王奉大玄萨喙之子夫礼郎为国仙,珠履千徒,亲安常尤甚。天授四年癸巳暮春之月,领徒游金兰。到北溟之境,被狄所掠而去。门客皆失措而还,独安常追迹之。是三月十一日也,大王闻之,惊骇不胜曰:"先君得神笛,传于朕躬。今与玄琴藏在内库,因何国仙忽为贼俘,为之奈何?"时有瑞云覆天尊库,王又震惧使检之,库内失琴笛二宝。乃曰:"朕何不予?昨失国仙,又亡琴笛。"乃囚司库吏金贞高等五人。五月募于国曰:"得琴笛者,赏之一岁租。"五月十五日,郎二亲就栢栗寺大悲像前,裎祈累夕。忽卓上得琴笛二宝,而郎、常二人来到于像后。二亲颇喜问其由来。①

第1段是围绕栢栗寺中观音像由来的种种传说,为后面灵异故事展开做好了

---

① [高句丽]一然著,[韩]权锡焕、[中]陈蒲清注译:《三国遗事》,岳麓书社2009年版,第275—276页。

铺垫。第 2 段则重点讲述了佛像灵异的故事。故事中夫礼郎和僧人安常出游时候，被狄贼掠走了，不久大王又丢失了笛子和琴。后来，夫礼郎的双亲就到观音菩萨像祈祷。不久二宝失而复得，夫礼郎和安常也平安归来，凸显了观音神力。

"保佑平安型"。《敏藏寺》载：

> 禺金里贫女宝开，有子名长春，从海贾而征，久无音耗。其母就敏藏寺观音前，克祈七日，而长春忽至。问其由绪。曰："海中风飘舶坏，同侣皆不免。予乘只板归泊吴涯，吴人收之，俾耕于野。有异僧如乡里来，吊慰勤勤，率我同行；前有此深渠，僧掖我跳之。昏昏间如闻乡音与哭泣之声，见之乃已届此矣。日晡时离吴，至此才戌初。"即天宝四年乙酉四月八日也。景德王闻之，施田于寺，又纳财币焉。①

这一段故事同样是观音灵异故事。故事中的贫女宝开，因其子长春出海经商，久无音讯，十分想念，于是在敏藏寺观音前礼拜祈祷七天，祈求观音保佑儿子平安归来，最终儿子顺利返还。《法华经·观音品》中宣扬观音可以救助海上遇难之人，故事中的长春在海上遭遇风浪，其他人均落水溺亡，而只有长春抓住了木板，漂泊至岸边，其实是观音听到了其母的求助之音，所以暗中搭救。尤其是有僧人带领甚至是将其夹在腋下跳过沟渠，并很快从遥远的外地赶回家中，更验证了是观音的救助。

"疾病治愈型"。《芬皇寺千手大悲：盲儿得眼》载：

> 景德王代，汉岐里女希明之儿，生五稔儿忽盲。一日，其母抱儿，诣芬皇寺左殿北壁画千手大悲观音，令儿作歌祷之，遂得明。②

---

① ［高句丽］一然著，［韩］权锡焕、［中］陈蒲清注译：《三国遗事》，岳麓书社 2009 年版，第 279 页。
② ［高句丽］一然著，［韩］权锡焕、［中］陈蒲清注译：《三国遗事》，岳麓书社 2009 年版，第 304 页。

这个故事又是一则观音救苦救难的佛像灵异故事。希明的儿子不到五岁,忽然失明,于是她抱着孩子来到了芬皇寺壁画的千手观音像前作歌祈祷,不久眼睛奇迹般地复明了。故事宣扬了观音菩萨疾病治愈的功能。这则故事一个重要的特色就是佛教和古代朝鲜本土文化的融合,因为孩子祈祷时候没有用一般的语言,而是用朝鲜民族传统的乡歌,表达虔诚的祈愿心情,并由此感动了灵像,得到了救助。

"梦中赐女型"。《调信》载:

> 昔新罗为京师时,有世逵寺之庄舍,在溟州捺李郡。本寺遣僧调信为知庄。信在庄上,悦太守金昕公之女,惑之深。屡就洛山大悲前,潜祈得幸。方数年间,其女已有配矣,又往堂前怨大悲不遂已。哀泣至日暮,情思倦惫,俄成假寝。

> 忽梦金氏娘容豫入门,粲然启齿而谓曰:"儿早识上人于半面,心乎爱矣,未尝暂忘。迫于父母之命,强从人矣。今愿为同穴之友,故来尔。"信乃颠喜,同归乡里……

> 方分手进途而形开。残灯翳吐,夜色将阑。及旦鬓发尽白,惘惘然殊对圣容,忏涤无已。归拨蟹岘所埋儿冢,乃石弥勒也。灌洗奉安于邻寺。还京师,免庄任,倾私财,创净土寺。勤修白业,后莫知所终。①

这一故事与中国《枕中记》的"黄粱梦"有诸多神似之处,后面还以"快适须臾意已闲,暗从愁苦老苍颜。不须更待黄粱熟,方悟劳生一梦间"来评议故事的警示意义。僧人原本应该清心寡欲,断绝诸念,但调信却情迷金氏之女,不能自拔,于是到洛山大悲观音前,祈求神像能将此女赐给他。遗憾的是,几年过后,女子被许配他人,于是跑到了佛像前抱怨其没能帮他遂愿。昏昏沉沉睡着了,后来梦中金氏女前来,诉说衷肠,并与之成婚。引文略去部分描写的是两

---

① [高句丽]一然著,[韩]权锡焕、[中]陈蒲清注译:《三国遗事》,岳麓书社2009年版,第310—311页。

人结婚四十余年,养育五个孩子,生活贫苦,四处流浪乞讨,于是二人和平分手。梦醒之后,调信已经垂垂老矣,深感人世无常,一切虚空,便彻底出家。

故事通过佛像满足调信求女的愿望,又利用梦境让其体验人间的虚无,使他最终明白了佛教"色即是空"的观念,其实间接向读者传达了佛教思想。

"灵像旋转型"。《贤瑜伽、海华严》载:

> 瑜伽祖大德大贤,住南山茸长寺。寺有慈氏石丈六,贤常旋绕,像亦随贤转面。①

佛像本是非生命的偶像,但这段故事中,丈六菩萨却可以像人一样,随着僧人旋转,实属世间罕见。

总之,从上述古代朝鲜文学中的佛像灵异故事可以看出,佛像不仅自身可以躲避火灾、地下发声、随人旋转等自身灵异的行为,但更多的是众菩萨应人礼拜祈请,可以化身入梦、赐子赐物、保佑平安、治愈疾病等对民众施各种利益救济。

二、《三国遗事》中的佛像灵异记与中国文学

朝鲜半岛佛教并非从印度直接传入,而是经过中国传入的。关于佛教的传入,《三国遗事》第三卷《顺道肇丽》写道:

> 《高丽本记》云:小兽林王即位二年壬申,乃东晋咸安二年,孝武帝即位之年也。前秦苻坚遣使及僧顺道送佛像、经文。又四年甲戌,阿道来晋。明年乙亥二月,创肖门寺,以置顺道;又创伊弗兰寺,以置阿道。此高丽佛法之始。②

可见,在东晋时期佛教便传入了高句丽。随着佛教的传播,佛像和经文也传到

---

① ［高句丽］一然著,［韩］权锡焕、［中］陈蒲清注译:《三国遗事》,岳麓书社 2009 年版,第421 页。

② ［高句丽］一然著,［韩］权锡焕、［中］陈蒲清注译:《三国遗事》,岳麓书社 2009 年版,第211 页。

了高丽,同时和佛像与佛经相关的文学作品也自然传入了朝鲜半岛。佛教的
交流一直没有间断,佛教文学的交流也一直没有停止。当然,非佛典籍也同样
在各地流布。

另外,一然在作品中还直接取材于中国的唐代佛教类书,如《辽东城育
王塔》:

> 《三宝感通录》载,高丽辽东城傍塔者,古老传云:昔高丽圣王,
> 按行国界次,至此城,见五色云覆地。往寻云中,有僧执锡而
> 立……①

这里一然所说的《三宝感通录》就是唐代僧人道宣所撰的佛教书《集神州三宝
感通录》,其后面引用的故事就直接取自这部作品。这部作品收录了大量的
关于舍利、佛像、佛经的灵异故事,这些故事被《法苑珠林》以后的佛书所引
用。可以说,佛教的传播以及中国佛教文学作品直接影响了《三国遗事》的编
撰,下面考察一下其中佛像灵异故事与中国文学之间的影响关系。

"佛像流泪型"。前文摘引了《皇龙寺丈六》中佛像流泪的故事,而这些故
事在中国文学中大量存在。《法苑珠林》的《东晋荆州金像远降缘》载:

> 宋明帝太始末,像辄垂泪,明帝寻崩。②

又,《集神州三宝感通录》载:

> 北凉河西王蒙逊为母造丈六石像,在于山寺,素所敬重。以宋元
> 嘉六年遣世子兴国攻抱罕,大败,兴国遂死于佛。逊恚恨以事佛无
> 灵,下令毁塔寺斥逐道人。逊后行至阳述山,诸僧候于路侧,望见发
> 怒,立斩数人。尔时将士入寺礼拜,此像涕泪横流,惊还说之。逊闻
> 往视,至寺门,举体战悸,如有把持之者,因唤左右扶翼而进,见像泪
> 下若泉。即稽首礼谢,深自咎责。登设大会,倍更精到,招集诸僧,还

---

① [高句丽]一然著,[韩]权锡焕、[中]陈蒲清注译:《三国遗事》,岳麓书社 2009 年版,第
247 页。

② (唐)道世撰,周叔迦、苏晋仁校注:《法苑珠林校注》,中华书局 2003 年版,第 460 页。

复本业焉……

　　齐建元中,番禺毗耶离精舍旧有扶南国石像,莫知其始,形甚异
常,七八十人乃能胜致。此寺草茨遇火延及,屋在下风,烟焰已接。
尼众十余相顾无计,中有意不已者,试共三四人捧之,飘然而起,曾无
钧石之重。像既出矣,屋亦焚焉。每有神光。州部兵寇,辄泪汗满
体,岭南以为恒候。后广州刺史刘俊表送出都。今应在故蒋州
寺中。①

上述三个故事中,每个故事中佛像流泪的原因都不尽相同。第一个,预示明帝
驾崩。第二个,因佛难而悲伤。第三个,预示兵寇之乱。中国佛教文学中的佛
像流泪功能所指是多元的,《三国遗事》中的流泪功能是唯一的,只是大王去
世的先兆。不过,这并没有脱离中国文学的窠臼。另外,其文化背景都根源于
中国的"天人感应"思想。

　　作者一然对中国的"天人感应"思想是认可和接受的,在作品的开端就
写道:

　　叙曰:大抵古之圣人,方其礼乐兴邦、仁义设教,则怪力乱神,在
所不语。然而,帝王之将兴也,膺符命,受图箓,必有以异于人者,然
后能乘大变、握大器、成大业也。故河出图,洛出书,而圣人作。以至
虹绕神母而诞羲;龙感女登而生炎;皇娥游穷桑之野,有神童自称白
帝子,交通而生小昊;简狄吞卵而生契;姜嫄履迹而生弃;胎孕十四月
而生尧;龙交大泽而生沛公。自此而降,岂可殚记? 然则,三国之始
祖皆发乎神异,何足怪哉! 此纪异之所以渐诸篇也,意在斯焉。②

文中引用了多个中国"怪力乱神"的典故,包括帝王将兴的预兆和帝王降生灵
异谭,以此说明始祖神异降生的合理性,为后面叙述朝鲜先祖打好铺垫。这些

---

① 中华电子佛典协会:《中华电子佛典集成》,河北省佛教协会 2010 年版。
② [高句丽]一然著,[韩]权锡焕、[中]陈蒲清注译:《三国遗事》,岳麓书社 2009 年版,第
3 页。

典故中,如"帝王之将兴也,膺符命,受图箓""故河出图,洛出书,而圣人作"中恰恰表现了在天人感应思想基础上衍生出来的预言表达的灵异事件。

可以说,中国儒家思想中的某些元素已经深深地扎根于一然的知识背景和文化底蕴之中,并成为了水乳交融的一部分。因此在表达佛教思想的时候,也直接将其借用过来,表达佛像的灵异。如果限于独立的佛像灵异故事,那可以证明一然接受的是佛教故事的影响,但若要挖掘背后的文化语境,则可以说明接受了中国的外来思想。

"佛像自毁型"。在中国文学中佛像自毁的故事也不少见。《集神州三宝感通录》载:

> 元魏凉州山开出像者,至太武大延元年有离石沙门刘萨诃师,备在僧传。历游江表,礼鄮县塔。至金陵开育王舍利。能事将讫,西至凉州西一百七十里番和郡界东北,望御谷山遥礼而入,莫测其然也。诃曰:"此山崖当有像出。灵相具者,则世乐时平。如其有缺,则世乱人苦。"经八十七载,至正光元年,因大风雨,雷震山岩,挺出石像,高一丈八尺,形相端严,唯无有首。登即选石命工,安讫还落。魏道凌迟,其言验矣。至周元年治凉州,城东七里涧忽石出光,照烛幽显。观者异之,乃像首也。奉安像身,宛然符合。神仪雕缺四十余年,身首异处二百许里。相好昔亏,一时还备。时有灯光流照,钟声飞响,皆莫委其来也。周保定元年立为瑞像寺。建德将废,首又自落。武帝令齐王往验,乃安首像项,以兵守之,及明还落如故。遂有废法国灭之徵接焉。备于周释道安碑。周虽毁教,不及此像。开皇通法,依前置寺。大业五年,炀帝西征,躬往礼觐,改为感通道场。今像存焉。依图拟者非一,及成长短终不得定。①

这段故事中的佛像自毁的情节为头落,相较于《三国遗事》中"塑像""自坏"

---

① (唐)道世撰,周叔迦、苏晋仁校注:《法苑珠林校注》,中华书局 2003 年版,第 465—466 页。

的语焉不详,这里指出了佛像的质地为石像,并且在损坏的具体情节展开方面更加详细具体,而且更具灵异,如"安讫还落""身首异处二百许里""以兵守之,及明还落如故",可见佛像是否落地或远遁几乎不受人力主宰。这里佛像断首的功能同样是预兆,正如刘萨诃所言"灵相具者则世乐时平,如其有缺则世乱人苦",可以兆示社会的安定与动荡。可以说,同样是预兆功能,但是这里关注的是宏大的社会变动,而非个人,体现了作品不同的功能所指。

"躲避火灾型"。《三所观音众生寺》和《洛山二大圣:观音、正趣》中收录了两条佛像躲避火灾的故事,而此类故事也是延续了中国的故事模型。

《法苑珠林》的《隋蒋州兴皇寺焚像移缘》载:

> 隋开皇中,蒋州兴皇寺佛殿被焚,当阳丈六金铜大像并二菩萨,俱长丈六,其模戴颙所造,正当栋下。于时焰火大盛,众人拱手,咸共嗟悼,大像融灭。忽见欻起,移南一步,栋梁摧下,像得全形。四面砖木炭等皆去像五六尺许,虽被火焚,而金色不变。[1]

又,《法苑珠林》的《唐幽州渔阳县失火像不坏缘》载:

> 唐幽州渔阳县无终戍城内有百许家,龙朔二年夏四月,戍城火灾,门楼及人家屋宇并为煨烬,唯二精舍及浮图并佛龛上纸帘薦荐等,但有佛像,独不延燎。火既不烧,岿然独在,时人见者,莫不嗟异,以为佛力支持。[2]

这两个故事中的佛像,一个是从大火中积极躲避,一个是大火"独不延燎",都能躲避火灾,这两种躲避模式与《三国遗事》基本一致,体现了两国佛教文学之间的内在关联性,两个故事均宣扬佛像的神奇与灵异。

"佛像发声型"。《法苑珠林》中也有佛像发声故事,如《唐雍州鄠县金像

---

① (唐)道世撰,周叔迦、苏晋仁校注:《法苑珠林校注》,中华书局2003年版,第480—481页。

② (唐)道世撰,周叔迦、苏晋仁校注:《法苑珠林校注》,中华书局2003年版,第485—486页。

出沣水缘》载：

> 昔废二教，遂藏于沣水罗仁涡中。有人岸行，闻涡中有声，亦放光明。向村老说，便趣水求。涡中纯沙，水出光明，便就发掘，乃获前像。时尚在周村家藏隐，互相供养。①

又如《法苑珠林》的《梁荆州优填王栴檀像缘》载：

> 骞等负第二像，行数万里，备历艰关，难以具闻。又渡大海，冒涉风波，随浪至山，粮食又尽，所将人众传送者，身多亡殁。逢诸猛兽，一心念佛。乃闻像后有甲胄声。又闻钟声，岩侧有僧端坐树下，骞登负像下置其前。②

再如《东晋杨都金像出渚缘》载：

> 邃至诚祈请，至于中宵，闻有异声。开殿见像，大放光明。转坐面西。③

从上面可以看出，《法苑珠林》中佛像发声的故事发声方式比较委婉，往往借物发声。相比之下，《三国遗事》中发出的是唱佛声，也就是人声。另外，上面有一则故事和《三国遗事》中的故事从地下发声类似，是从水中发声，可见在情节构思上两部作品之间有内在关联性。

通过对上述几个类型故事的比较可以看出，两地某些佛像灵异记的类型具有一致性，可见中国文学的佛像灵异故事被古代朝鲜的《三国遗事》所继承下来。佛像灵异故事是伴随着佛教传播而产生的文艺作品，此类故事在一定程度上反映了东亚佛教传播的某一侧面，以及民众信仰的实相。

三、《三国遗事》中佛像灵异记与朝鲜半岛的历史文化

下面从当时的朝鲜半岛的历史文化背景来分析《三国遗事》中的佛像灵

---

① （唐）道世撰，周叔迦、苏晋仁校注：《法苑珠林校注》，中华书局2003年版，第487页。
② （唐）道世撰，周叔迦、苏晋仁校注：《法苑珠林校注》，中华书局2003年版，第476页。
③ （唐）道世撰，周叔迦、苏晋仁校注：《法苑珠林校注》，中华书局2003年版，第456页。

异记的民族特色。首先考察作品中出现的佛像及其相关叙事,见表4-2。

表4-2　《三国遗事》中的佛像灵异分布

分布	佛像年代	佛像种类	佛像材质	相关记述
顺道肇丽	小兽林王即位二年壬申	不详	不详	前秦苻坚遣使及僧顺道送佛像、经文。
原宗兴法、厌髑灭身	建福三十一年	不详	塑像	国史云:建福三十一年,永兴寺塑像自坏。未几,真兴王妃比丘尼卒。
黄龙寺丈六	大建六年	丈六(释迦)	金铁像	明年,像流泪至踵,沃地一尺,大王升遐之兆。
黄龙寺钟、芬皇寺钟、奉德寺钟	新罗第三十五景德大王天宝十四年	药师	铜像	又明年乙未,铸芬皇药师铜像,重三十万六千七百斤。
四佛山、掘佛山、万佛山	真平王九年甲申	四方如来	石像	真平王九年甲申,忽有一大石,四面方丈,雕四方如来,皆以红纱护之,自天坠其山顶。 至山下,闻地中有唱佛声。命掘之,得大石,四方刻四方佛。
生义寺石弥勒	善德王	弥勒	石像	既觉,与友人寻所标,至其洞掘地,有石弥勒出。
兴轮寺壁画普贤	第五十四景明王贞明七年	普贤菩萨	画像	二僧奉教,敬画普贤菩萨于壁间。至今犹存其像。
三所观音众生寺	不详	十一面观音像	画像	其人乃画十一面观音像呈之,协于所梦。帝于是意解,赦之。 罗季天成中,正甫崔殷诚久无胤息,诣慈寺大慈前祈祷,有娠而生男。 又一夕寺门有火灾,间里奔救,升堂见像,不知所在,视之已立在庭中矣。
栢栗寺	不详	观音	不详	鸡林之北岳曰金刚岭,山之阳有栢栗寺。寺有大悲之像一躯,不知始作,而神异颇着。
敏藏寺	不详	观音	不详	其母就敏藏寺观音前,克祈七日,而长春忽至。
芬皇寺千手大悲	景德王代	千手观音	画像	诣芬皇寺左殿北壁画千手大悲观音,令儿作歌祷之,遂得明。
洛山二大圣:观音、正趣	不详	观音、正趣观音	塑像石像	师闻之出崛,果有竹从地涌出,乃作金堂,塑像而安之。 截左耳,类前所见沙弥,即正趣菩萨之像也。

续表

分布	佛像年代	佛像种类	佛像材质	相关记述
调信	不详	观音 弥勒	不详 石像	屡就洛山大悲前,潜祈得幸。 归拨蟹岘所埋儿冢,乃石弥勒也。
慈藏定律	不详	千面观音	不详	乃归心三宝,造于千部观音,希生一息。
贤瑜珈、 还华严	不详	丈六 (释迦)	石像	寺有慈氏石丈六,贤常旋绕,像亦随 贤转面。

从佛像的种类看,除了种类不详的之外,最多是观音像,共 8 尊;其次,是丈六和弥勒,均为 2 尊;最后,药师佛、如来佛、普贤菩萨各 1 尊。如果按照笼统的佛与菩萨的标准来划分的,佛类丈六、弥勒、药师、如来共 6 尊,菩萨类观音和普贤共计 9 尊,其中观音类占了 53.3%,可见在这一时期,观音信仰十分兴盛,而这些观音像灵异故事大多数与人们求子、保佑平安、治愈疾病等现世利益的希求相关,由此可以推断当时佛教不是追求来世往生净土,而是期望得到当下的现世利益。

从佛像的材质看,除了 3 尊质地不明外,金属类佛像 2 尊,包含塑像、画像、石像在内的非金属类共 10 尊,两者分别占 16.67% 和 83.33%。从这种比例的巨大差别可以看出,当时造金属佛像的成本十分巨大,而且工艺也十分复杂。比如,黄龙寺的丈六佛的铸成就是因为原来阿育王造佛不成功而将这些金属随船漂走的,间接说明造金属佛的技艺要求之高。另外,两尊金属像的建造都是大王主导的政府行为,足见耗资巨大。其他的塑像、画像、石像相对来说技术要求较低,成本相对也比较低廉,在当时占了绝大多数。因此,《三国遗事》中出现的佛像质地,在一定程度上反映了当时古代朝鲜的经济发展情况和科技水平,这体现了文学与历史、文学与经济、文学与科技的某种关系。

前面提到了佛像流泪和佛像自毁的灵异类型,同样表达了佛像的征兆功能,这跟中国的"天人感应"思想是一致的,说明汉化佛教传播过程中,不仅传播了佛教固有思想,而且将混杂其中的中原汉族文化思想也随之传递过去。但这并不意味着佛教异域传播总是一成不变,事实上佛教的巨大适应性就要求它必须针对不同的历史语境、信仰群体等诸多变化的因素随时调整自身的传播方式和表达话语,当然这也是佛教接受者的能动要求。下面,考察一下佛教在朝鲜半岛的变异情况。

祈祷方式的变化。《芬皇寺千手大悲·盲儿得眼》中女人为了让孩子眼睛复明,让孩子在千手观音面前祈祷,祈祷的形式是"作歌祷之"。这种形式在中国文学几乎不存在,而是佛教在传播到朝鲜半岛之后衍生出来的一种新的祈祷方式。这个歌又是什么呢? 这里的歌就是新罗的乡歌,是用乡扎标记法记录的新罗乡歌。所谓的"乡扎标记法"就是用汉字标记的新罗的语音,歌词是:"屈膝合掌坐,祈祷观音佑。怜我双盲目,悲我无春秋。千手千眼佛,赐我一明眸。菩萨慈悲心,为根在此留。"①可以说,当时人们用本民族独有的表达方式,虔诚地祈祷,最终获得观音的感应,给予了及时的救助。

运用乡歌来表达佛教祈祷的不仅此一例,《月明师·兜率歌》载:

> 景德王十九年庚子四月朔,二日并现,挟旬不灭。日官奏请:"缘僧,作散花功德可禳。"于是洁坛于朝元殿,驾幸青阳楼,望缘僧。时有月明师,行于阡陌时之南路。王使召之,命开坛作启云:"臣僧但属于国仙之徒,只解乡歌,不闲声梵。"王曰:"既卜缘僧,虽用乡歌可也。"明乃作《兜率歌》赋之。

> 其词曰:"今日此矣散花唱良,巴宝白乎隐花良汝隐,直等隐心音矣命叱使以恶只,弥勒座主陪立罗良。"解曰:"龙楼此日散花歌,挑送青云一片花。殷重直心所使,远邀兜率大仙家。"

> 今俗谓此为《散花歌》,误矣。宜云《兜率歌》。别有《散花歌》,文多不载。既而日怪即灭。王嘉之,赐品茶一袭、水精念珠百八个。忽有一童子,仪形鲜洁,跪奉茶珠,从殿西小门出。明谓是内官之使,王谓师之从者,及玄征而俱非。王甚异之,使人追之,童入内院塔中

---

① 详见[高句丽]一然著,[韩]权锡焕、[中]陈蒲清注译:《三国遗事》,岳麓书社2009年版注释和译文,第304—305页。

　　而隐。茶珠在南壁画慈氏像前。知明之至德至诚,能昭假于至圣也

　　如此。朝野莫不闻知。①

天现二日并存乃不祥之兆,在中国往往是贼人篡位和政权颠覆之征,同样源自
中国的天人感应思想。故事中为了消除这种凶兆,大王派人寻找僧人作散花
功德禳之。因为找到的月明师是国仙,只会乡歌,不会梵语。王便同意作乡歌
祈祷,果然"日怪即灭",危机解除了。后来通过"茶珠在南壁画慈氏像前"可
以得知,是因为所唱的祈祷乡歌《兜率歌》至诚之心感动了弥勒。"臣僧但属
于国仙之徒,只解乡歌,不闲声梵"揭示了佛教在朝鲜半岛传播的语言不通的
现实,但从最终结果来看本土的乡歌作为一种沟通人与佛的语言,解决了王权
的不祥之征。上述两个故事表明,佛教超越了语言和祈祷礼仪的陌生化,全然
接受了朝鲜民族的崇拜。

　　佛教传播新路径。佛教从印度传到中国,从中国再传到朝鲜半岛,这是学
界所共知的,即使在《三国遗事》中也是这么记载的。但是,这部作品中又提
出了一个新的传播路线。如《黄龙寺丈六》中关于丈六的缘起,金和铁的来源
并非本国提供,而是来自海外。"海南有一巨舫,来泊于河曲县之丝浦"说明
是从南面的海上传来,抵达新罗的海边。仔细检查一下,上面公文标明了是从
西天竺漂泊而来,将这些造佛用的金属送到有缘的国度。可以说,这个故事中
所描绘的以造像为象征事件的佛教传播路线,打破了以往学界的认识,勾勒了
一条从印度沿海上航线直接传到朝鲜半岛的路线,避开了中国大陆。这一佛
像灵异故事对研究佛教在东亚乃至在亚洲的传播史具有重要的意义。此外,
这一新的路线还有更深层次的象征性。同故事第2段载:

　　别本云:阿育王在西天竺大香华国,生佛后一百年间。恨不得供

养真身,敛化金铁若干斤,三度铸成无功。时王之太子独不预斯事,

王使诘之,太子奏云:"独力非公,曾知不就。"王然之,乃载船泛海,

---

　　① [高句丽]一然著,[韩]权锡焕、[中]陈蒲清注译:《三国遗事》,岳麓书社2009年版注释
和译文,第453—454页。

南阎浮提十六大国,五百中国,十千小国,八万聚落,靡不周旋,皆铸不成,最后到了新罗国,真兴王铸之于文仍林,像成,相好毕备。阿育此翻无忧。①

第1段的"愿到有缘国土,成丈六尊容",说明这种佛教传播是基于佛教的"因缘"观念,就是一种天意。而第2段则用了"南阎浮提十六大国,五百中国,十千小国,八万聚落"等大量数字的铺排,结果"靡不周旋,皆铸不成",而在新罗"一鼓而就",通过这种鲜明的对比,意在凸显这个国家佛缘之深,其中蕴含的本土意识和民族情绪不言自明。在古代朝鲜,以往佛教的传播依赖于中原政权的赐予以及向中国求取,在这种宗教交往中,古代朝鲜始终处于学习乃至是被施舍的地位。而这一故事所表达的潜台词便是,朝鲜半岛的佛教和中国是一样的,都是印度嫡传,和中国谋求对等关系的意味十分明显。但是,佛像流泪兆示大王崩,足以说明其文化重要的根源依旧来自中原王朝,无法摆脱。从这一故事可以解读出古代朝鲜佛教发展的复杂性和矛盾性。

此外,为了凸显新罗和印度佛教的直接关系,还杜撰了另外一个故事。《黄龙寺九层塔》:

新罗第二十七善德王即位五年,贞观十年丙申,慈藏法师西学,乃于五台山感文殊授法。文殊又云:"汝国王是天竺刹利种王,预受佛记,故别有因缘,不同东夷共工之族。然以山川崎险故,人性粗悖,多信邪见,而时或天神降祸;然有多闻比丘,在于国中,是以君臣安泰,万庶和平矣。"言已不现,藏知是大圣变化,泣血而退。经由中国太和池边,忽有神人出问:"胡为至此?"藏答曰:"求菩提故。"神人礼拜,又问:"汝国有何留难?"藏曰:"我国北连靺鞨,南接倭人。丽、济二国,迭犯封陲,邻寇纵横,是为民梗。"神人云:"今汝国以女为王,有德而无威,故邻国谋之。宜速归本国。"藏曰:"归乡,将何为利益

_____

① 〔高句丽〕一然著,〔韩〕权锡焕、〔中〕陈蒲清注译:《三国遗事》,岳麓书社2009年版,第253页。

乎?"神曰:"黄龙寺护法龙,是吾长子,受梵王之命,来护是寺。归本
国,成九层塔于寺中,邻国降服,九韩来贡,王祚安矣。建塔之后,设
八关会,赦罪人,则外贼不能为害。更为我于京畿南岸,置一精庐,共
资予福,予亦报之德矣。"言已,遂奉玉而献之。忽隐不现。①

新罗僧人入唐留学,到五台山感应文殊菩萨授法。文殊菩萨告诉他,他们国王
前生是天竺国刹地利种姓的国王,以前曾经接受过佛的教诲。这里借用文殊
菩萨之口,讲述了国王和印度及佛教的渊源关系,与前面的故事具有相同的目
的所指。此外,慈藏又遇到了神人,并对神人讲述了本国周边国家屡犯边境,
危机重重。于是神人告诉他迅速回国,兴建佛塔,护佑国家。可见慈藏为本国
弘扬佛法是一种"天意",同时也清晰地表达了为本国本民族服务的强烈自我
意识。总而言之,作者通过佛像灵异的故事和其他故事灵异叙事,一方面表达
了佛教史发展的客观性,同时也清晰地表达了区别于中国,凸显本民族自主性
的主观情感。这恰恰是《三国遗事》这部作品的历史的真实和人性的真实。

总之,通过对《三国遗事》中佛像灵异记的解读以及与中国佛教文学的比
较分析可以看出,古代朝鲜的佛教文学在很大程度上受到了中国佛教文学的
影响,无论是灵异类型,还是故事情节,都可以看出二者紧密的一致性,说明作
品编撰的过程中深受中国文学启发,并直接取材于中国文学。另一方面,作者
又融合当时政治背景、佛教传播的历史、民众信仰以及民族传统艺术,对故事
进行改造,创作了具有浓厚朝鲜民族特色的佛像灵异记。这既是对中国佛教
文学形态的突破,也是创造了一种新的朝鲜民族佛教文学的形式。

第五节　《日本灵异记》中的佛像灵异记

古代日本对于中国文化吸收如饥似渴,儒释道典籍不断输入日本,佛像灵

---

① ［高句丽］一然著,［韩］权锡焕、［中］陈蒲清注译:《三国遗事》,岳麓书社 2009 年版,第
257 页。

异记也同样随着中日文化交流的历史大潮,经过留学僧、遣唐使及中国渡日僧人等文化使者之手,从中国跨越惊涛骇浪,远播到日本。日本一方面努力吸收中国文学中的营养成分,另一方面又根据本国国情,创作出适合本国佛教传播的佛像灵异记。本节以佛教说话集《日本灵异记》为对象,探讨日本文化语境下佛像灵异记的特色以及与中国文学的关联。

一、《日本灵异记》中的佛像灵异记

《日本灵异记》作为日本最早的佛教说话集,主要收录了 25 个佛像灵异故事,集中反映了奈良时代及平安初期日本佛教传播及佛像崇拜的历史面貌。为了便于整体把握《日本灵异记》中的总体情况,梳理故事的分布、题目、类型列表,见表 4-3。

表 4-3　《日本灵异记》中的佛像灵异类型

分布	题　目	类　型
上卷 5	信敬三宝得现报缘	"佛像放光型"
上卷 17	遭兵灾信敬观音菩萨像得现报缘	"敬像脱难型"
上卷 33	妻为死夫建愿图绘像有验不烧火示异表缘	"佛像不焚型"
上卷 35	引知识为四恩作绘佛像有验示奇表缘	"佛像发声型"
中卷 13	生爱欲恋吉祥天女像感应示奇表缘	"佛像入梦型"
中卷 14	穷女王归敬吉祥天女像得现报缘	"佛像化身型""佛像赐财型"
中卷 17	观音铜像反化鹫形示奇表缘	"动物识像型"
中卷 21	塇神王跌放光示奇表得现报缘	"佛像放光型"
中卷 22	佛铜像盗人所捕示灵表显盗人缘	"佛像发声型"
中卷 23	弥勒菩萨铜像盗人所捕示灵表显盗人缘	"佛像发声型"
中卷 26	未作毕佛像而弃木示异灵表缘	"佛像发声型"
中卷 28	极穷女于释迦丈六佛愿福分示奇表以现得大福缘	"佛像赐财型"
中卷 34	孤娘女凭敬观音铜像示奇表得现报缘	"佛像化身型""佛像赐财型"
中卷 36	观音木像示神力缘	"佛像自毁型""佛像放光型"
中卷 37	观音木像不烧示威神力缘	"佛像不焚型"

分布	题　目	类　型
中卷 39	药师佛木像流水埋沙示灵表缘	"佛像发声型""佛像放光型"
中卷 42	极穷女凭敬千手观音像愿福分以得大富缘	"佛像化身型""佛像赐财型"
下卷 3	沙门凭愿十一面观世音像得现报缘	"佛像赐财型"
下卷 5	妙见菩萨变化示异形显盗人缘	"佛像化身型"
下卷 7	被观音木像之助脱王难缘	"敬像脱难型"
下卷 11	二目盲女人归敬药师佛木像以现得明眼缘	"疾病治愈型"
下卷 17	未作毕捻墻像生呻音示奇表缘	"佛像发声型"
下卷 28	弥勒丈六佛像其颈蚁所嚼示奇异表缘	"佛像发声型"
下卷 29	村童戏刻木佛像愚夫斫破以现得恶死报缘	"毁佛恶报型"
下卷 30	沙门积功作佛像临命终时示异表缘	"造像苏生型"

　　表 4-3 所列的佛像灵异记中灵异的表现各有不同，有一些还是属于复合型的。不过大体上是在没有人为的礼拜、发愿的情况下，佛像自身发生的诸种不可思议的怪异现象，或者应陷入种种困境的信众的祈愿，给予各种救济的灵验现象。根据故事的主题和情节，对这些故事进行类型划分，可以划分出 11种类型：1."佛像放光型"，2."敬像脱难型"，3."佛像不焚型"，4."佛像发声型"，5."动物识像型"，6."佛像入梦型"，7."佛像赐财型"，8."佛像化身型"，9."疾病治愈型"，10."毁佛恶报型"，11."造像苏生型"。当然，其中也包括了一些复合型。《日本灵异记》全书共 116 个故事，佛像灵异记 25 个故事，约占 21.6%，足见此种故事在这部佛教说话集中的重要性，更可以推测出作者景戒对于佛像灵异记在宣扬佛教作用的重视。这些故事在后来的佛教说话集《今昔物语集》中被再次收录并进行改写，进一步体现了此类故事的价值。

二、《日本灵异记》中的佛像灵异记与《法苑珠林》之比较

　　通过对中国《法苑珠林》的佛像灵异记的整理和考察，结合《日本灵异记》中的表格进行粗略对比不难看出，两书中存在众多共同的灵异类型。从成书年代上看，完成于公元 668 年的《法苑珠林》比成书于公元 822 年前后的《日

本灵异记》早 150 年左右,可以推测后者对前者吸收与借鉴的可能性乃至事实。当然,《日本灵异记》沿袭了中国文学中绝大多数的故事类型,这显示出两国文学关联的整体性。不限于此,若从故事的文本细部考察,更可以发现两者之间细微之处的模仿与借鉴,下面任举几例。

首先,"佛像不焚型"。这类故事指佛像遭遇火灾之时,或者烧而不坏,或者自身逃离,或者在外人相救之下身体变轻躲过劫难之事。《法苑珠林》的《隋蒋州兴皇寺焚像移缘》载:

> 隋开皇中,蒋州兴皇寺佛殿被焚,当阳丈六金铜大像并二菩萨,俱长丈六,其模戴颙所造,正当栋下。于时焰火大盛,众人拱手,咸共嗟悼,大像融灭。忽见欻起,移南一步,栋梁摧下,像得全形。四面砖木炭等皆去像五六尺许,虽被火焚,而金色不变。①

《日本灵异记》中卷 37《观音木像不烧示威神力缘》载:

> 圣武天皇世,泉国泉郡部内,珍努上山寺,居于正观自在菩萨木像,而敬供之。时失火,烧其佛殿。彼菩萨木像,自所烧殿,出二丈许,而伏无损。诚知,三宝之非色非心,虽不见目,而非不威力,此不思议第一也。②

上面两个故事中的佛像最终都没有被大火烧毁,其中"移南一步"和"出二丈许"都着重于佛像的积极"躲避","像得全形"和"而伏无损"都强调了佛像最终成功避火。另外"佛殿被焚"和"烧其佛殿"的描述性语言都在故事中出现,不难看出其用意是通过佛殿的易燃来与佛像的不焚形成鲜明对比,以反衬出佛像的灵异性。《日本灵异记》中在突出佛像神奇灵异特性时,即佛像积极躲避大火的文学语言的使用和《法苑珠林》中非常相似,表现手法则完全相同,即都用了对比的手法。

---

① (唐)道世撰,周叔迦、苏晋仁校注:《法苑珠林校注》,中华书局 2003 年版,第 480—481 页。
② [日]出雲路修校注:《日本靈異記》,岩波书店 1996 年版,第 257 页。

另,《法苑珠林》的《唐幽州渔阳县失火像不坏缘》载:

> 唐幽州渔阳县无终戍城内有百许家,龙朔二年夏四月,戍城火灾,门楼及人家屋宇并为煨烬,唯二精舍及浮图并佛龛上纸帘蘧蒢等,但有佛像,独不延燎。火既不烧,岿然独在,时人见者,莫不嗟异,以为佛力支持。①

《日本灵异记》上卷33《妻为死夫建愿图绘像有验不烧示异表缘》载:

> 河内国石川郡八多寺,有阿弥陀画像。其里人云:"昔于此寺边,有贤妇,妇名不传焉。其夫将死之日,愿奉造斯佛像,而缘贫未遂,多经岁月。每迄秋拾穗,便请画师,亲载供养,霅情泣悼。画师矜之,共同发心,绘绚已毕。因设斋会,即置金堂,恒为敬礼。后盗人放火,其堂皆烧,唯斯佛独存,曾无损。"此乃妇人,其咸所佑乎哉。②

引文中的"但有佛像,独不延燎。火既不烧,岿然独在"以及"其堂皆烧,唯斯佛独存,曾无损"也同样运用了这种对比的表现手法。可以说相同文学表现手法的运用,是一种特意的模仿和借鉴。

其次,"动物识像型"。此类故事是指在某一动物的指引下,人们发现了佛像埋藏之所。《法苑珠林》的《宋江陵上明泽中金像缘》:

> 宋元嘉十五年,罗顺为平西府将,戍在上明。十二月放鹰野泽,同辈见鹰雉俱落。于时火烧野草,惟有三尺许从草不燃。遂披而觅鸟,乃得金菩萨坐像,通趺高一尺,工制殊巧。时定襄令谓盗所藏,乃符界内,无失像者,遂收之。③

《日本灵异记》中卷17《观音铜像反化鹫形示奇表缘》载:

> 圣武天皇世,彼铜像六体,盗人所取,寻求无得。经数日月,平群

---

① (唐)道世撰,周叔迦、苏晋仁校注:《法苑珠林校注》,中华书局2003年版,第485—486页。
② [日]出雲路修校注:《日本霊異記》,岩波书店1996年版,第225页。
③ (唐)道世撰,周叔迦、苏晋仁校注:《法苑珠林校注》,中华书局2003年版,第472—473页。

郡駅,西方有少池。夏六月,彼池边有牧牛童男等,见之池中,有聊木头,头上居鹭。牧牛见彼居鹭,拾集砾块,以之掷打,不避犹居。掷拍疲懈,下池取鹭,垂将捕之,即入于水。见所居木,有金之指,取牵上见,观音铜像,赖观音像,名菩萨池。①

两个故事的构思有三处相同之处:一、都将事件发生地点设在和水有关的地方;二、都是通过鸟的指引找到佛像;三、佛像的由来都可能或事实上与盗像行为有关。

最后,"造像苏生型"。这类故事中,僧侣因为有造像的宏愿或行为,但由于某种原因未能如愿死去,又得以复活,最终完成造像的任务。这类故事中的情节,大多相似。《法苑珠林》的《隋雍州凝观寺四释迦夹纻像缘》载:

> 隋时凝观寺僧法庆,开皇三年早夹纻释迦立像一躯,举高一丈六尺。像功未毕,庆身遂卒。其日又有宝昌寺僧大智死,经三日而便苏活。遂像寺僧说云:"于阎王前见僧法庆,其有忧色。少时之间,又见像来王前,王遽走下阶,合掌礼拜此像。像谓王曰:'法庆造我,今仍未毕,奈何令死?'王自顾问一人曰:'法庆合死未?'答曰:'命未合终,而食料已尽。'王曰:'可给荷叶,令终其福业也。俄而不见。'"大智苏活,为寺僧说之。乃令于凝观寺看之,须臾之间,遂见法庆苏活。所说与大智不殊。法庆苏后,常食荷叶为佳味。及啖余食,终不得下。像成之后,数年乃卒。其像仪相圆满,屡放光明。此寺虽废,其像现存。②

《日本灵异记》下卷30《沙门积功作佛像临命终时示异表缘》载:

> 老僧观规者,俗姓三间名干岐也,纪伊国名草郡人也。自性天年雕巧为宗,有智得业,并统众才,著俗营农,畜养妻子。先祖造寺,有

---

① [日]出雲路修校注:《日本霊異記》,岩波书店 1996 年版,第 482 页。
② (唐)道世撰,周叔迦、苏晋仁校注:《法苑珠林校注》,中华书局 2003 年版,第 472—473 页。

名草郡能应村,名曰"弥勒寺",字曰"能应寺"也。观规,圣物天皇之代,发愿雕造释迦丈六并胁士,以白璧天皇世宝龟十年已未,奉造既毕,居能应寺之金堂,以设会供养,又发愿雕造十一面观音菩萨木像,高十尺许。半造未毕,少缘历年之,老耄力弱,不得自雕。爰老僧年八十有余岁之时,长岗官宇大八岛国山部天皇代,延历元年癸亥春二月十一日,卧于能应寺,而命终焉。经之二日,更生还之。召弟子明规言:"我忘一语,不得念忍,故还来也"……受遗言,造彼十一面观音像,因开眼供养已讫,今居能应寺之塔本也……①

尽管两个故事有些差异之处,但是某些情节主干十分类似。如:一、主人公均在造像未完先死,二、经些许时日苏生,三、最终都通过某种途径完成造像遗愿。

通过上述三个类型故事的比较不难发现,故事的描写手段、构思、情节主干基本相同。可见,《日本灵异记》的编撰者景戒在编撰此类故事时,对中国《法苑珠林》中的故事不仅对佛像灵异在类型上进行整体的沿用,在故事的某些细部也进行了模仿和借鉴。

三、《日本灵异记》中佛像灵异记的变形与日本文化语境

前面通过故事类型的共通性和细部描写的相似性揭示了两书的影响关系。不过,《日本灵异记》中的故事模仿、借鉴中国文学的过程中,还在原有的基础上进行了本土化的改造,进而在某些地方创造出新的内容,这对于先行文学有了进一步的发展。如,"佛像发声型"就是有代表性的例子之一。首先,考察两国文学之间的关联性。

《法苑珠林》的《唐雍州鄠县金像出沣水缘》载:

昔废二教,遂藏于沣水罗仁涡中。有人岸行,闻涡中有声,亦放

---

① [日]出雲路修校注:《日本霊異記》,岩波书店1996年版,第284—285页。

光明。向村老说,便趣水求。涡中纯沙,水出光明,便就发掘,乃获前
像。时尚在周村家藏隐,互相供养。①

《日本灵异记》的中卷39《药师寺木像流水埋沙示灵表缘》载:

> 骏河国与远江国之堺有河,名曰"大井河"。其河上,有鹈田里,
> 是远江国榛原郡部内也。奈良官治天下大下大炊天皇御世,天平宝
> 字二年戊戌春三月,彼鹈田里,河边沙之中,有音而曰:"取我矣! 取
> 我矣!"于时有僧,经国而行过彼,当时"取我"之曰音犹不止。僧呼
> 求之,邂逅得闻沙底有音,思埋死人之苏还也。掘见有药师佛木像,
> 高六尺五寸,左右耳缺。敬礼哭言:"我之师哉,何有过失,遇是水
> 难。有缘偶值,愿我修理。"引率知识,劝请佛师,令造佛耳,鹈田里
> 造堂,居尊像,以之供养。今号曰"鹈田堂"矣。是佛像,有验放光,
> 所愿能与,故道俗归敬。传闻,优填檀像,起致礼敬,丁兰木母,动示
> 生形者,其斯谓之矣。②

通过上面的故事引文可以发现,尽管这两个故事有些具体的、细微的差异,但
是其基本情节总体相同,即:有人在河边经过→听到水中传出的声音→下水挖
掘→获得佛像→供养佛像。故事在声音的性质上却有本质上的区别。如,
《法苑珠林》中的佛像是通过可以发出声响的自然界的东西来发出声音,而
《日本灵异记》中的故事则是自身发出的人的声音。

《法苑珠林》的《梁荆州优填王栴檀像缘》载:

> 骞等负第二像,行数万里,备历艰关,难以具闻。又渡大海,冒涉
> 风波,随浪至山,粮食又尽,所将人众传送者,身多亡殁。逢诸猛兽,
> 一心念佛。乃闻像后有甲胄声。又闻钟声,岩侧有僧端坐树下,骞登
> 负像下置其前。③

---

① (唐)道世撰,周叔迦、苏晋仁校注:《法苑珠林校注》,中华书局2003年版,第487页。
② [日]出雲路修校注:《日本霊異記》,岩波书店1996年版,第258页。
③ (唐)道世撰,周叔迦、苏晋仁校注:《法苑珠林校注》,中华书局2003年版,第476页。

另,《东晋杨都金像出渚缘》载:

> 邃至诚祈请,至于中宵,闻有异声。开殿见像,大放光明。转坐面西。①

又,《唐代州五台山像变现出声缘》载:

> 见石像临崖摇动身手。及至像所,乃是方石。悽然自责,不睹真身,恨恨久之。令作工修理二塔,并文殊像师利像。从倚塔边,忽闻塔间钟声振发,连椎不绝。又闻异香氛氲屡至。道俗咸怪,感叹未曾有。又往西台,遥见一僧乘马东上,奔来极急。贶与诸人立待其至,久而不到,就往参迎,乃变为桥,恨恨无已。然则像相通感,有时隐显,钟声香气,相续恒闻。②

上述所引故事多处叙述均和发声行为相关。不过,这里的佛像发声类故事中的佛像都是通过"借物发声"的形式实现的。如"乃闻像后有甲胄声。又闻钟声""闻涡中有声""忽闻塔间钟声振发,连椎不绝"。"甲胄"作为军人在战斗中保护身体重要部位不受到伤害的防身用具,往往都是用金属或其他比较坚硬的材料制作而成,因而各个部分发生摩擦或撞击时可以发出声响。"钟"是指寺院的钟,钟当然可以发出声响来。而"水涡"是两股或多股水流交汇或撞击而形成的,往往也会发出声音。由此可以看得出,这些能发声的主体都是人们日常生活中比较熟悉的诸如防身工具、佛教用品或是江水溪流等。这些故事中的佛像都是利用了常见的生活和自然界中某些物体可以发声的功能来烘云托月,试图给人造成一种佛像自身发声的错觉。但是,作者有时还特意将这一手段进行模糊化处理,隐去发声主体和声音的具体特征。如,"中宵闻有异声"这一语句,从原故事中难以辨明其中的"异声"究竟是何物的何种声音。

与此不同的是,《日本灵异记》中多将发声的主体设定为动物或人的声音。如,上卷35《引知识为四恩作绘佛像有验示奇表缘》载:

---

① (唐)道世撰,周叔迦、苏晋仁校注:《法苑珠林校注》,中华书局2003年版,第456页。
② (唐)道世撰,周叔迦、苏晋仁校注:《法苑珠林校注》,中华书局2003年版,第490页。

　　河内国若江郡游宜村中,有练行沙弥尼,其姓名未详,住于平群山寺。率引知识,奉为四恩,敬画像。其中图六道,供养之后,安置其寺。因缘事,暂示东西。时其尊像,为人所盗。悲泣求之,终不得矣。更缔知识,念欲放生,行乎难破,徘徊市肆,时见担箧之在树上。即闻种种生物之声,从箧中而出,疑是畜生类,必赎而放之,留待物主。良久主来,乃其尼等曰:"从此箧中,有生物声,吾欲买之,故待汝耳。"箧主对曰:"非生物也。"尼等乞之,而犹不止。于时市人评曰:"可开其箧。"箧主困然,舍箧奔走。后开见之,尊像存焉。尼等欢喜,流泪泣矜曰:"我先失斯像,日夜奉恋,今邂逅遇。嗟呼庆哉。"市人闻之,来集称欢。尼等欢喜,放生修福,遂安本寺,道俗归敬。斯乃奇异事也。①

这段故事中,河内国的沙弥尼所敬奉的佛画被盗人所偷,后来该尼为放生而到了集市,听到了树上挂的箱子中有动物发出的声音,于是想要买下来放生。等卖主回来后,卖主却说里面装的并非是动物。后来在她的一再坚持之下,打开了笼子,发现竟是自己所丢失的佛画。这时卖主的盗人面目也就暴露出来了。箱子里装的明明是没有生命的佛画,但是沙弥尼却听见了动物发出的声音,可以说在这里佛像被赋予了一种特殊的生命意义,展示出生命体所具有的发出"肉声"的功能。这种声音没有被外道之人听见,只有热衷于放生、醉心于佛教的画主沙弥尼才能听得到。这里其实是把佛教徒由于宗教虔诚而导致的"幻听"行为进行了文学处理,将现实世界之物幻化成一种更高的精神想象。另一方面也通过"声音"的桥梁实现了佛像与佛教徒之间神秘的心灵交感。

　　除此之外,《日本灵异记》中的声音均为人声。如,下卷17《未作毕捻塯像生呻音示奇表缘》载:

　　沙弥信行者,纪伊国那贺郡弥气里人,俗姓大伴连祖是也。舍俗

---

① ［日］出雲路修校注:《日本霊異記》,岩波书店1996年版,第225—226页。

自度，剃除鬓发，著福田衣，求福行因。其里有一道场，号曰“弥气山室堂”。其村人等，造私之堂，故以为字。法名曰“慈氏禅定堂”者。未作毕有捻壩像二体，弥勒菩萨之胁士也。臂手折落，居于钟台。檀越量曰：“斯像隐藏乎山净处。”信行沙弥，常住其堂，打钟为宗。见像未毕，犹以为患，落臂之者，以线缚副，抚于像顶，每愿之言：“当有圣人令得因缘。”淹经数年，白壁天皇代宝龟二年辛亥秋七月中旬，从夜半有呻声，言：“痛哉，痛哉。”其音细小，如女人音，而长引呻。信行初思，越山之人，得顿病宿。即起巡坊，觅无病人，怪之嘿然。彼病呻音，累夜不息，不得乎忍。起窥见之，呻有钟堂。实知彼像。信行见之，一怪一悲。时左京元兴寺沙门丰庆，常住其堂。惊彼沙门，叩室户，白：“咄大法师，起应闻之矣。”具述呻状。于兹丰庆与信行，大怪大悲。率引知识，奉捻造毕。设会供养。今安置弥气堂，以居乎弥勒胁士之菩萨是也。左大妙声菩萨右法音轮菩萨。诚知，愿无不得，无愿不果者，其斯谓之也。斯亦奇表之事也。①

这段讲述的是两尊没有完成的佛像的手臂断落后，夜里经常发出痛苦的呻吟之声，后来有一个和尚丰庆巧遇此事，召集信众将其修复的故事。从该故事的题目《未作毕捻壩像生呻音示奇表缘》可以看出，故事的情节主要是围绕“佛像发声”这一主题展开的。此外，纵观全文，无论是前面的铺陈与伏笔还是后面的呼应与扣题都与“佛像发声”有着紧密的内在关联性。而且，关于发声的描写如“其音细小，如女人音，而长引呻。信行初思，越山之人，得顿病宿。即起巡坊，觅无病人”，故事情节跌宕起伏，引人入胜。

另，中卷22《佛铜像盗人所捕示灵表显盗人缘》载：

和泉国日根郡部内，有一盗人，住道路边，姓名未详也。天年心曲，杀盗为业，不信因果。常盗寺铜，作带衔卖。圣武天皇御世，其郡

① ［日］出雲路修校注：《日本霊異記》，岩波書店1996年版，第274页。

尽惠寺佛像,盗人所取。时有路往人,从寺北路,乘马而往,闻之有
声,而叫哭曰:"痛哉,痛哉。"路人闻思,谏不令打,趁马疾前,随近叫
音,渐失不叫。留马闻之,唯有锻音,所以前马过往。随却如先,复哃
呻也。不得忍过,故更还来,叫音复止,而有锻音。疑若杀人,必有异
心,良久徘徊,窃入,从者窥见屋内,奉仰佛铜像,剔缺手足,以锭镭
颈。即捕打问:"何寺佛像?"答:"尽惠寺之佛像也。"遣使问之,实所
盗矣。使者举语,而具述状。僧并檀越,闻之集来,卫于破佛,而号愁
曰:"哀哉！悲哉！我大师耶,何有过失,蒙此贼难。尊像有寺,以像
为师。今自灭后,以何为师矣……"①

这段故事中,盗人看中了佛寺中铜像作为金属的价值,将其盗走后欲砸碎换钱
花。后佛像所发的哭叫之声引来了过路之人,把佛像解救出来,也把盗人扭送
官府了。故事中最引人注目的是关于佛像发声的描写,如"闻之有声,而叫哭
曰:'痛哉,痛哉'"。可见所发声音的感觉的"痛",情感特征的"哭"和呼喊内
容"痛哉"可以判断所发声音是人声。在此处佛像被充分的拟人化了,使得佛
像从一种非生命体经过一个动物体阶段又进一步跨越到了人的阶段。此外,
路人在听到佛像声音的时候也是一波三折,"留马闻之,唯有锻音,所以前马
过往。随却如先,复哃呻也。不得忍过,故更还来,叫音复止,而有锻音"。这
样路人反反复复,左右徘徊,最终确认了发出人声正是被砸的铜佛像。路人所
听到的声音时而是锻打声时而是人声,这种亦真亦幻的感觉为后来确认为人
声做好了铺垫,使得声音从锻打声向人声过渡显得不是过分突兀,从读者的心
理接受来看似乎是水到渠成的。

　　中国的佛像发声故事是以无生命物为主体,而《日本灵异记》中的故事则
是有生命的动物和人发出的声音。事实上,从中国的佛像发声故事向日本的
佛像发声故事的流变,也有过渡性的故事。《日本灵异记》下卷 28 故事《弥勒

---

① 　[日]出雲路修校注:《日本霊異記》,岩波书店 1996 年版,第 246 页。

丈六佛像其颈蚁所嚼示奇异表缘》就是连接两国该类故事的节点。

> 纪伊国名草郡贵志里,有一道场,号曰"贵志寺"。其村人等,造私之寺故,以为字也。白壁天皇代,有一优婆塞,而住其寺。于时寺内,音而呻言:"痛哉! 痛哉!"其音如老大人之呻。优婆塞,初夜思疑行路之人得病参宿。起巡堂内,见堂内无人。其时有塔木。未造淹仆伏而朽,疑斯塔灵矣。彼病呻音,每夜不息。行者不得闻忍,故起窥看,犹无病人。然寝后夜,倍于常音,响于大地,而大痛呻。犹疑塔灵也。明日早起,见于堂内,其弥勒丈六佛像颈,断落在土。大蚁千许集,嚼摧其颈。行者见之,告知檀越。檀越等怅,复奉造副,恭敬供养矣。夫闻,佛非肉身。何有痛病。诚知,圣心示现。虽佛灭后,而法身常存,常住不易。更莫疑之为。①

从这段故事中的优婆塞听到声音后,在没有发现佛像之前就怀疑是木塔的灵异之音,而且"疑斯塔灵矣""犹疑塔灵也"这样反复两次强调其怀疑对象为"塔",可见其对"塔"发声的坚定信念。但是,最终还是认定为弥勒木像发出的声音。不难看出,作者之所以让木塔和佛像对比登场意在突出佛像的独有功能。那么换个角度可以这样解读:"塔"可以发声是在日本的僧侣之中已经成为一种共识,这种通识恰恰是中国式的"佛像发声"概念在日本的流布。虽然故事在该作品的目次排列上置于后面,但这却不能妨碍学者认定该故事为中国佛像发声向日本佛像发声发展的过渡性故事。

《日本灵异记》中的此类故事情节很相似,基本上是当佛像被盗、被弃、被损时佛像发出声音,然后被人发现获得解救。从有关发声的描写不仅能够确定其发声的性质为人声还可以领略其浓浓的文学韵味。声音的感觉色彩:"而叫哭曰"(中卷22)、"有哭叫音言"(中卷23);声音的性别以及年幼程度:"其音细小,如女人音"(下卷17)、"其音如老大人之呻"(下卷28);声音的大

---

① [日]出云路修校注:《日本灵异记》,岩波书店1996年版,第283—284页。

小程度:"倍于常音,响于大地"(下卷28)。所以,《日本灵异记》中的故事实现了从中国文学的佛像借物发声向佛像自身发声以及声音性质从自然物向人声的双重飞跃,使得故事本身更具灵异色彩。

日语中汉字"声"读作"こえ",《新明解国语大辞典》的解释是:指人或动物通过发声器官或独特的方法发出音响①。日语中汉字"音"读作"おと",《新明解国语大辞典》的解释是:物体摩擦或动弹的时候,通过空气、水传入我们耳朵中的声响②。可见,"声"的发出主体是有生命的人或动物,"音"的发出主体是自然界无生命的物体。在《日本灵异记》中多用"音"表达人声,是由于文体是变体汉文,用词造句和汉语基本相同,因此故事中并没有进行现代日语意义上的区分使用。但从声音的性质上看,这是从"音"到"声"的变异。

这种变异源于作者景戒的创新思维,这种思维又和日本文化语境有着紧密的联系。日本被称为"神国",神道是日本的本土信仰,是日本人的文化基础之一。因此,对外来宗教,日本人也通常以神道信仰去加以认知。从前面列表可以看出,《日本灵异记》中出现的佛像大多是木像,这个和当时日本自然风土以及冶炼水平等不无关系。日本列岛属于海洋性气候,降雨丰沛,岛上植被茂密,粗大的树木是非常容易得到的造像材料,因此本国造像大多使用木材。另外,铜等金属在当时日本冶金水平尚不发达的古代,仍然是稀罕的材料,因此铜像出现的比较少,即使出现了铜制的佛像,也往往成为盗贼重要的盗窃目标。

如《日本灵异记》上卷5《信敬三宝得现报缘》载:

> 弓削大连公,放火烧道场,将佛像流难破堀江。然徵于屋栖古
>
> 言:"今国家起灾者,依邻国客神像置于己国内,可出斯客神像。"③

可见,统治阶层在最初接触到外来的佛像时,将其称为"客神像"。这里的

---

① [日]金田一京助等编:《新明解国語大辞典》,三省堂1999年版,第471页。
② [日]金田一京助等编:《新明解国语大辞典》,三省堂1999年版,第181页。
③ [日]出雲路修校注:《日本霊異記》,岩波書店1996年版,第206页。

"神"当为日本"神道"概念中的神。

日本神道原本是没有偶像崇拜的,即诸神是无形的,通过凭附在特定的自然物,以梦或神讬的方式与人交流。关于这一点,日本学者山折哲雄所指出:"我国原始神道中的诸神,作为肉眼看不见的祖灵、精灵游荡于空间之中,并以凭着在山间、森林、树林的灵体形式,为我们所感知……这种神灵、祖灵的神,可以无限分解在空中飞翔,应祈请人的祈愿和意向,镇座在特定的事物和场所之上。"①佛教传入日本以后,和本土的神道在冲突之后,渐渐走向融合,即所谓的"神佛习合"。山折哲雄认为:"我们通常所说的'神佛习合'构造的特质性的东西,是在佛的受肉原理和神的凭灵原理接触和融合中产生的。"②这样,佛像也成了神凭附的对象之一。关于人神交流方式,武田比吕男指出:"作祟是神发出的信号,对于这种难以预测的神的出现,人们通过梦、占卜等方式理解神的意志,并采取合适的方法予以应对。试图通过神讬、梦求的神的声音、语言的人们,会睡祈请之觉,或进行附体仪式。"③

可见,通过神发声感知其意志,是人与神交流的重要途径。《日本灵异记》这类故事中,景戒以神道的思维来解释佛像的存在,以神说佛,让佛像通过发声的形式和信众进行交流,感受其意志。可以说,在日本以神道为基本宗教信仰的日本文化语境中,古代民众自然会对这种形式感到特别熟悉和亲近,对这样故事接受起来也十分容易。

另外,不仅在声音性质上发生了很大变异,其实某些故事的场景设定上,也体现了作者改造的痕迹。下面以佛像灵异故事中的发生地点"桥""堺""玉坂"为切入点,加以考察。

《日本灵异记》中卷26《未作毕佛像而弃木示异灵表缘》原文如下:

---

① 《日本思想》岩波讲座·東洋思想第二十五卷,岩波書店1992年版,第10页。
② 《日本思想》岩波讲座·東洋思想第二十五卷,岩波書店1992年版,第11页。
③ [日]武田比吕男:《仏像の霊異——『日本霊異記』における〈交感〉の一面——》,《日本文学》1996年第5号。

　　禅师广达者,俗姓下毛野朝臣,上统国武射郡人。一云畔蒜郡人
也。圣武天皇代,广达入于吉野金峰,经行树下,而求佛道。时吉野
郡桃花里有椅,椅本伐梨,引置之而历岁余。同处有河,名曰"秋
河"。彼引置梨,度于是河。人畜俱践,而度往还。广达有缘出里,
度彼椅往,椅下有音曰:"呜呼,莫痛逾耶。"禅师闻之,怪见无人。良
久徘徊,不得忍过。就椅起看,未作佛了,而弃木也。禅师大恐,引置
净处,哀哭敬礼,发誓愿言:"有因缘故遇,我必奉造。"请有缘处,劝
人集物,雕造阿弥陀佛弥勒佛观音菩萨等像。既讫。今居置吉野郡
越部村之冈堂也。木是无心,何而出声,唯圣灵示,更不应疑也。①

文中"椅"字就是指"桥"。这个故事大致情节是一个叫广达禅师的僧人路过
一条名为"秋河"上的桥,听到桥下有喊痛的声音,发现原来是桥是用雕刻佛
像而没有完成而丢弃的梨树木头搭建的。长年有人和牲畜在上面来往践踏,
刻佛之木不堪其痛,遂呼喊求救。后来,广达召集信众将佛像雕刻完毕,供奉
起来。

　　该故事属于佛像灵异故事中的"佛像发声型"。故事读起来让人感到离
奇怪诞,更令人玩味的是,故事的地点竟然是发生在桥上。在日语中,"桥"最
初被定义为"用来连接物与物的东西"。据考证,在古代日本通常在道路的终
点,也就是路的"一端"架设桥梁。并且从读音来看,日语中"桥"读作"は
し",而读音"はし"又写作"端"。由此可见,"桥"本身就在某种程度上意味
着"端","桥"有连接事物两端的意思。作为连接"此端"与"彼端"的建筑物
"桥"在古代的人们思想之中被赋予了特定的象征意义。也就是说,"桥"被当
作一种连接"此世"和"异界"的交界线。

　　关于"异界"有多种解释。《日本大辞典》的解释:人类学或民俗学中的用
语,是指生疏可怕的世界,也指亡灵或鬼所生存的世界。诹访春雄的解释:所

---

① ［日］出雲路修校注:《日本霊異記》,岩波书店 1996 年版,第 249 页。

谓异界,从狭义讲它是一个空间的概念,它与人间从事日常生活的空间相互重叠,也指蔓延于人间日常生活四周的"非日常空间"。① 《日本古典文学大辞典》的解释:异界,文学用语。异界,异域。一般指远离故乡或祖国的土地,或边境之地,也有指死后的世界。自折口信夫倡导从异乡之地来访的远客带来的词语与日本文学有深刻的关系这一观点以来,又被赋予了新的含义,只要与日常环境相隔离,或者是日常生活的世界里突然形成超乎寻常的现象也称异界。② 这三个有关"异界"的解释有所差异,如《日本大辞典》认为该词主要是用于人类学和民俗学,诹访春雄的解释也基本上立足于民俗学,而《日本古典文学大辞典》则从文学作品的角度来解释这个词的。其实,这三者并不矛盾,民俗学更多的是体现在民间信仰的层面,而文学也通常是民间信仰的一种具体的艺术表现。总之,所谓的"异界"的观念是一种朴素的民间信仰,深植于普通民众之中。此外,"异界"的空间范围又有狭义和广义之别。那么,综合上面三种解释,"异界"的狭义上的空间,其实就是指和人们日常的生活空间紧密相连的或是交叉重叠的一些"非日常空间",其中就包括边境之地。

日本民俗研究家赤田光男这样论述道:"自古以来人们就相信,村外来物加害于己村。人们认为,疾病、不幸、病害虫、歉收等都是恶神恶灵作祟的结果。为了防范这些,在村边进行各种各样的驱魔的神佛祭祀和各种仪礼活动⋯⋯他相信作为'此世'与'异界'分界线的村与村的交界处是极度危险的空间,是妖怪与幽灵的出没之地。"③自古以来,日本人对"异界"这种特殊的地理空间产生了一种莫名的畏惧心理,即进入"异界"或交界线就意味着会有离奇的遭遇或带来伤害甚至是死亡。"桥"作为一种两村的边界标识也被视为一种灵异之地,是神或幽灵的存在之所。因此,在这样一种有特定民俗意义的场所往往会有不可思议的事情发生。

---

① [日]诹访春雄:《日本的幽灵》,黄强译,中国大百科全书出版社 1990 年版,第 24 页。
② 张龙妹主编:《日本古典文学大辞典》,人民文学出版社 2005 年版,第 35 页。
③ [日]赤田光男:《祖霊信仰と他界観》,人文書院 1986 年版,第 15 页。

　　《日本灵异记》中这个故事特意标明了事件的发生地是"秋河"上的桥。桥的建筑材料是一根被雕刻成佛像但是没有完工就被丢弃的废木料,正是这段弃木发出痛苦的呼叫之声。对于广达法师来讲,遭遇弃木发声之事实属怪异。宫田登在《妖怪的民俗学》中指出桥的境界性的基础上,进一步论道:"关于桥的场所性有很多传说。很多传说中,桥的名字里都包含了这种象征意义。比如'细语桥',清晨最早在桥上通过的人会像在十字街头占卜那样,听到神谕的声音。这种'细语桥'因为能听到微微细语而得名。"①可见在日本传统民俗信仰中就有桥下发声的传说,这成为杜撰桥下佛像发声情节的重要文化基础。《日本灵异记》作为佛教文学文本,其故事意在宣扬佛的圣性与神秘,劝人尊佛、信佛,以达到教化之目的。然而,故事的地点被特意设在这座桥之上是有作者精心考量的。因为,佛教作为外来之物如要让本国人接受必然要尽量避免"陌生化",在故事的某些细节之处穿插一些本民族固有的习俗或观念,会使读者感觉到似乎在读本土故事一样,减少异文化摩擦。作者将原本属于佛教的灵异事件的发生地点设定在"桥"这样一个有特定日本民间信仰之所,就是基于这一点考虑的。

　　再看看《日本灵异记》中卷39《药师佛木像流水埋沙示灵表缘》的故事:

　　　　骏河国与远江国之堺有河,名曰"大井河"。其河上,有鹈田里,是远江国榛原郡部内也。奈良宫治天下大下大炊天皇御世,天平宝字二年戊戌春三月,彼鹈田里,河边沙之中,有音而曰:"取我矣!取我矣!"于时有僧,经国而行过彼,当时"取我"之曰音犹不止。僧呼求之,邂逅得闻沙底有音,思埋死人之苏还也。掘见有药师佛木像,高六尺五寸,左右耳缺。敬礼哭言:"我之师哉,何有过失,遇是水难。有缘偶值,愿我修理。"引率知识,劝请佛师,令造佛耳,鹈田里造堂,居尊像,以之供养。今号曰"鹈田堂"矣。是佛像,有验放光,

────────────

① ［日］宫田登:《妖怪の民俗学》,岩波书店1985年版,第139页。

> 所愿能与故,道俗归敬。传闻,优填檀像,起致礼敬,丁兰木母,动示
>
> 生形者,其斯谓之矣。①

这个故事的情节和前文有雷同之处,即灵异表现都是被弃的佛像发出求救之声。但是,故事发生地点和前者有一定的差异,如文中叙述的那样,这段故事发生在骏河国与远江国的边界河"大井河"。"堺"字在现代汉语中并不常用,按照日本的《国语大辞典》的解释,"堺"读作"さかい"。和"堺"有相同训读的还有"境"与"界",可见"堺"与"境""界"的意思相同。这里"堺"是指划分土地与土地的界线,是国与国、领地与领地相接之处;也指时间和事物的分界线。其实,古代在交通设施尚不十分便利的条件下,自然形成的大河往往被当成一种划分村落与村落、郡与郡的边界标志。这种地理功能在人们的思想意识之中也逐渐演变成一种精神象征,成了是一种连接"此世"和"异界"的交界线。

日本学者赤坂宪雄在《异人论叙说》中有大意如下的论述:共同体内部是被秩序所控制的可知的领域,而通过石、树木、河流、湖等这样的自然地形或者是石柱、门等人为标志隔开的界线之外对于共同体内来讲是带来污秽、疾病的生疏的被忌讳的混沌的时间和空间。这种秩序混沌的二元世界的认识在定居的农耕居民之中是广泛存在的②。在此,赤坂宪雄就提及了"河流"作为区分"此世"和"异界"的功能,并且进一步指出了这一民间信仰在古代农耕民众中是普遍存在的。从这样一个角度再审视前面的故事就会发现,从表面看"骏河国与远江国之堺有河,名曰'大井河'。其河上,有鹈田里,是远江国榛原郡部内也"这个仅仅只有33个字的叙述似乎只是在简单的交代故事发生地点,可是从古代人对"异界"的认识来看,这段文字却蕴含着厚重的民间信仰的信息。

再看看"毁佛恶报型"的故事。在该书的下卷29《村童戏刻木佛像愚夫斫

---

① [日]出雲路修校注:《日本靈異記》,岩波書店1996年版,第258页。

② [日]川口秀樹:《〈水滸伝〉の好漢像と〈異界〉》,引自 http://www.ne.jp/asahi/sinology/lib/kenkyu/suiko.html。

破以现得恶死报缘》中出现了地名"玉坂"。故事的原文如下：

> 纪伊国海部郡仁嗜之浜中村，有一愚痴夫，姓名未详也，自性愚痴，不知因果。海部与安谛通而往还，山有山道，号曰"玉坂"也。从浜中正南而逾，到乎秦里。当里小子，入山拾薪，其山道侧，戏游木刻，以为佛像，累石为塔，以戏刻佛，而居石寺，时时戏游。白壁天皇之世，彼愚夫，笑戏刻佛，以斧杀破弃之。而去之不远，举身躃地，从口鼻流血，两目拔，如梦忽死。谅知，护法非无，何不恭敬。如法花经说："若童子戏，草木及笔，或以指爪甲，而画作佛像，皆成佛道。复举一手，小低头，以此供养佛像，成无上道。"是以慎信矣。①

作为一个毁佛得恶报类型故事，讲的是一个不信佛法的人将孩童所木刻的佛像毁坏，最终得到"恶死"的报应。值得注意的是，文中有关于名为"玉坂"一条山路的介绍。文中"玉坂"这样一个地方存在的真实性，还没有得到学者考古学上的确认。笔者认为，应该是作者虚设的一个故事地点。

按照字典意思，"坂"从地理的角度指的是一边高一边低的斜路。也通常被比喻成为事物发展进程中的大坡、大关等。在文本故事中"玉坂"这个地方是一个郡通往另一个郡的倾斜的山路，也就是两个郡的接点，它也相当于日语中的"境"。"境"通常被理解成为"此世"与"异界"的交界线，跨越了这条临界线就进入了"异界"。

不仅《日本灵异记》，日本最古老的典籍《古事记》中也有关于"坂"的记载。该书中关于伊邪那岐命黄泉国之行的记述，大意是，伊邪那美命死后去了黄泉国，其夫伊邪那岐命万分思念，去黄泉国看望妻子。当看到自己妻子丑陋的面貌之后，吓得夺路而逃。伊邪那美命感觉自己受到了奇耻大辱，命令黄泉丑女去追赶，但没有成功。后来——

> 伊邪那美命又派八雷神，率领一千五百名黄泉军追赶上来。伊

---

① ［日］出雲路修校注：《日本霊異記》，岩波书店1996年版，第284页。

邪那岐命拔出所佩的十拳剑，一边向后面挥动，一边逃跑。一直追到
黄泉的边界比良坂。这是，伊邪那岐命从坂下的桃树上摘下三个桃
子，等黄泉军追到时，向他们打去。黄泉军最后逃了回去……

　　最后，伊邪那美命亲自追来。伊邪那岐命用千引石堵住黄泉的
比良坂。他们隔着千引石面对面地站着，发出了夫妻决绝的誓言。①

从这段引文可以看得出，伊邪那岐命打败追兵的关键要素有两个。其一是桃
子在民俗学上有避邪驱恶功能。其二是伊邪那岐命到了黄泉国的边界"比良
坂"。黄泉国是人死后的世界，属于广义的"异界"范畴。八雷神之所以败逃，
除了受到具有避邪功能的桃子的攻击之外，还因为不敢超越自己的活动界域，
而踏进相对自身"异界"。此外，夫妻二人正是在"黄泉的比良坂"发下恶毒的
决绝誓言，这清晰地表明"比良坂"作为阴阳、生死两界的界线功能。同时，伊
邪那岐命的惊心动魄、危机重重的黄泉国之旅已经暗示了"异界"的不可涉入
性。由此看来，"坂"的界线功能在《日本灵异记》成书一百年前就已经存在于
日本人的观念之中了。

　　总之，正如赤田光男所述："'辻''峠''坂'都具有类似村村交接线的功
能。"②所以"玉坂"和"桥""堺"这样的表现地点的名词，都在民间信仰中有表
达连接"此世"与"异界"之义，在这类场所发生离奇事件或受到伤亡都是情理
之中。《日本灵异记》中不信因果的愚痴之人尽管是因为毁坏佛像而死亡，但
是这一行为毕竟发生在一个有特定意义的场所。因而，其死亡与一般的毁佛
而死是有一定区别的。换言之，从日本民俗语境来解读，是因为他的所作所为
是在"玉坂"这样"此世"与"异界"的临界点进行的。严格意义上，他已经涉
嫌踏入了"异界"，所以受到伤害乃至是死亡必然的。

　　王晓平在《佛典　志怪　物语》中曾有这样的论述："但是，景戒偏要当作
实事来写，年月、地点，一点也不曾马虎，最后还特别交待了材料来源：'牧人

---

①　[日]安万吕：《古事记》，邹有恒、吕元明译，人民文学出版社 1979 年版，第 12—13 页。
②　[日]赤田光男：《祖霊信仰と他界観》，人文書院 1986 年版，第 17 页。

还来,以状转语',声明是从牧人口中辗转传出的,并非子虚乌有,这些都是志怪小说的陈套,明确了经史与志怪的关系,便不难理解"。① 王晓平很有见地地指出了《日本灵异记》的明确时间、地点这一手法与中国文学的关系,并且指出其功能在于突出故事的真实性,以证明该故事并非"虚妄之言"。从该书的作者景戒编撰故事的宣教目的来看,确有此种意味。但是,从民俗的视域来解味这些地点名词,以及通过对原故事的再解读可以发现"桥""堺""玉坂"除了具有王晓平所指出的功能之外,还有特定的日本民俗学意义。这些特殊的地点名词所暗含的日本民间固有的"异界"观念和外来的佛教有很大的区别,但却被巧妙而有机地融合到佛教故事的细节之处。总之,从"佛像发声型"和"毁佛恶报型"故事可以发现在继承中国文学基干的基础上,景戒将根植于日本民众内心深处的民族信仰、传统、习俗等元素融入故事中,令这些故事更加符合日本人的欣赏口味,这一过程无疑是创造新的佛像灵异记的过程。

结　　语

通过前面的考察可以看出,佛经中关于佛像的功德说为后来佛像灵异记的创作提供了理论依据,是中国、朝鲜半岛、日本相关作品共同的源泉。中国早于朝鲜半岛和日本接受了佛教,中国的僧侣从历史语境现实出发,将中国的儒家思想、天人感应观念、历史更迭、历史人物等众多文化元素融入其中,创作出丰富多彩的佛像灵异记。这种故事不仅仅是佛教说话文学之"果",又成为了朝鲜半岛和日本佛教说话文学的"种"。两地僧侣根据中国的佛像灵异记将本国的历史、歌谣、神道、民间信仰巧妙地融入故事中去,又衍生出别样的故事,但是作为拥有共同文学源泉的佛教文学,其共同特点就是在情节、主题上保持着相似性或近似性,这就是类型化的特征。

---

① 王晓平:《佛典　志怪　物语》,江西人民出版社 1990 年版,第 192 页。

第五章　佛教说话文学中的
《金刚经》灵异记

　　经典是佛教"三宝"之一的"法宝",是弘扬佛教的重要组成部分,是宣扬教理教义的文本载体,是创作佛陀灵异记、舍利灵异记、佛像灵异记等佛教文学的理论依据,在庞大的佛教灵异记系统中处于核心位置。纵观佛教发展与传播史,僧侣为了弘法传教,宣扬因果,大肆渲染经典的功德,据此创作了大量的经典灵异记。僧侣们在创作各种经典灵异记的过程中,以佛教最根本的教义为基础,为了迎合当地民众的欣赏口味和接受习惯,重视结合当地的历史人文,创造了丰富多彩的民族性的故事。这些故事同中有异,异中有同,体现了亚洲佛教文学的一致性,也体现了背后文化的差异性,是我们比较文化、比较文学研究的重要对象。本章及下一章分别以《金刚经》和《法华经》为对象,从亚洲文化的大背景中考察经典灵异记。

第一节　佛典东传史回顾

　　佛教大约在两汉之际传入中国,特别是在河西走廊被打通之后,汉朝与西域开始接触,为佛教东传提供了可能。佛典的传播、翻译与佛教的传播相伴相生,因此佛典大体从此时通过多种方式传入中国。《三国志·魏书·东夷传》

（注引）载：

> 临兒国，浮屠经其国王生浮屠。浮屠，太子也。父曰屑头耶，母
> 云莫耶。浮屠身服色黄，发青如青丝，乳青毛，蛉赤如铜。始莫邪梦
> 白象而孕，及生，从母左胁生，生而有结，堕地能行七步。此国在天竺
> 城中。天竺又有神人，名沙律。昔汉哀帝元寿元年，博士弟子景卢受
> 大月氏王使伊存口受浮屠经曰复立者其人也。①

陈寿在《三国志》中不仅提到了释迦牟尼家族及其诞生灵异记，还特别指出了景卢接受佛经的方式是受大月氏王使伊存的口头传授。这种口头授经的方式保留了最早的授经方式。在公元前 1 世纪以前，佛教经典没有成文记载，全靠口头传诵，甚至东汉时我国早期的译经，也多从口授。②

除了口授佛经之外，汉明帝梦金人而取经的记载也是佛经传播的重要事件：

> 昔汉孝明皇帝，夜梦见神人，身体有金色，项有日光，飞在殿前，
> 意中欣然，甚悦之。明日问群臣，此为何神也。有通人傅毅曰："臣
> 闻天竺，有得道者，号曰佛。轻举能飞，殆将其神也。"于是上悟。即
> 遣使张骞、羽林中郎将秦景、博士弟子王遵等十二人。到大月支国，
> 写取佛经四十二章。在第十四石函中，登起立塔寺。于是道法流布，
> 处处修立佛寺，远人伏化愿为臣妾者。③

孝明皇帝是汉明帝刘庄的谥号，其历史功绩之一就是将佛教引入中国。明帝梦金像是被几乎所有佛教史籍公认的佛教入华的滥觞。汉明帝派人求取佛教，在大月氏抄写了《四十二章经》，这里比较明确地记载了传入佛经的名称。

东汉时期由于佛教的进一步发展，一些西域的僧人开始来华译经。《高僧传》"汉洛阳安清"载：

① （晋）陈寿撰，裴松之注：《三国志》，中华书局 2011 年版，第 716 页。
② 任继愈主编：《中国佛教史》第一卷，中国社会科学出版社 1985 年版，第 92 页。
③ 赖永海主编，尚荣译注：《四十二章经》序，中华书局 2010 年版，第 1 页。

> 安清,字世高,安息国王正后之太子也……以汉桓之初,始到中
> 夏。才悟机敏,一闻能达,至止未久,即通习华言。于是宣译众经,改
> 胡为汉,出安般守意、阴持入、大、小十二门及百六十品。初外国三藏
> 众护撰述经要为二十七章,高乃剖析获所集七章,译为汉文,即道地
> 经是也。其先后所出经论,凡三十九部。①

安世高是在东汉桓帝时期来到中国,翻译了大量佛典。除了安世高,还有支
谶、竺佛朔、安玄、严佛调、支曜等。《高僧传》"汉洛阳支楼迦谶"载:

> 支楼迦谶,亦直云支谶,本月支人……汉灵帝时游于洛阳,以光
> 和中平之间,传译梵文,出般若道行,般舟、首楞严等三经,又有阿阇
> 世王、宝积等十余部经,岁久无录。
>
> 时有天竺沙门竺佛朔……于洛阳出般若舟三昧,谶为传言,河南
> 洛阳孟福张莲笔受。
>
> 时又有优婆塞安玄,安息国人……玄与沙门严佛调共出法镜经,
> 玄口译梵文,佛调笔受。
>
> 又有沙门支曜、康巨、康孟详等,并以汉灵献之间,有慧学之誉,
> 驰于京洛。曜译成具定意、小本起等;巨译问地狱事经,并言直理旨,
> 不加润饰;孟详译中本起及修行本起。先是沙门昙果于迦维罗卫国
> 得梵本,孟详共竺大力译为汉文。②

可以看出,在东汉时期不少外来僧人到洛阳进行传教活动,翻译了大量经典,
其间还出现了外国僧人与中国僧人、俗人共同译经的合作方式,这也体现当时
佛教初传时期译经的特点。

即使到了唐代,仍然有印度僧人来华传法,中印度的波颇就是代表性的僧
人。波颇携带经论六百五十七部来华,其中大乘经二百二十四部、大乘论一百
九十二部、上座部经律论十四部、大众部经律论十五部、三弥底部经律论十五

① (南朝梁)慧皎撰,汤用彤校注:《高僧传》,中华书局1992年版,第4—5页。
② (南朝梁)慧皎撰,汤用彤校注:《高僧传》,中华书局1992年版,第10—11页。

部、弥沙塞部经律论二十二部、伽叶臂耶部经律论十七部、法密部经律论四十二部、说一切有部经律论六十七部、因明论三十六部、声论十三部。①

　　除了外国僧人来华译经,也有中国僧人远赴印度求取佛经,晋代的法显就是其中之一。《高僧传》"宋江陵辛寺释法显"条载:

　　　　释法显,姓龚,平阳武阳人……以晋隆安三年,与同学慧景、道整、慧应、慧嵬等,发自长安。西渡流沙,上无飞鸟,下无走兽,四顾茫茫,莫测所之……后至中天竺,于摩竭提邑波连弗阿育王塔南天王寺,得摩诃僧祇律,又得萨婆多律抄、杂阿毘昙心、綖经、方等泥洹经等……到师子国……复得弥沙塞律、长杂二含及杂藏本,并汉土所无。②

法显冒着九死一生的危险,穿越了杳无人烟的沙漠,又翻越了茫茫葱岭雪山,在中天竺和师子国求得各种经典,为后来佛教在中国的发展奠定了重要基础。

　　在佛教发展史上玄奘是一位家喻户晓的求经者。在《续高僧传》《大唐三藏玄奘法师行状》《开元释教录》等文献中记录了其取回经典的数目,有少许差异,分别为"七十三部一千三百三十卷""七十五部一千三百四十一卷""七十六部一千三百四十七卷",从这些数字可以看出玄奘所求佛法数量之巨。

　　下面再回顾一下佛经在朝鲜半岛的传播。据史料记载,佛经最早传入朝鲜半岛是小兽林王在位期间。《三国遗事》载:

　　　　《高丽本记》云:小兽林王即位二年壬申,乃东晋咸安二年,孝武帝即位之年也。前秦苻坚遣使及僧顺道送佛像、经文。又四年甲戌,阿道来晋。明年乙亥二月,创肖门寺,以置顺道;又创伊弗兰寺,以置阿道。此高丽佛法之始。③

---

　　① 引自汤用彤:《隋唐佛教史稿》,江苏教育出版社 2007 年版,第 53 页。
　　② (南朝梁)慧皎撰,汤用彤校注:《高僧传》,中华书局 1992 年版,第 87—89 页。
　　③ [高句丽]一然著,[韩]权锡焕、[中]陈蒲清注译:《三国遗事》,岳麓书社 2009 年版,第211 页。

前秦苻坚笃信佛教,支持佛教,为了和高句丽发展友好关系,派遣使节和僧人顺道向高句丽送去包含佛经在内的传播道具。可见,佛经传入高句丽是一种官方行为,具有一定的政治意义。当然,从高句丽来看,这也是其政治安全需要。正如柯劲松指出的那样:"高句丽也受到了来自北方的拓跋鲜卑的威胁,同前秦交好是其政治上的迫切需要。佛教就是在这种历史背景下走上韩国人的祭坛。"①从该文献还可以看出,佛经和佛像同时传入,不过具体为何种经文、何种佛像语焉不详。

不仅如此,南北朝时期的陈国也曾向新罗遣使送经。《海东高僧传》载:

释法云。俗名么麦宗,谥曰真兴、而法兴王弟葛文王之子也。母金氏。生七岁即位……七年,行轮寺成,许人出家为僧尼……十年,梁遣使与入学僧觉得送佛舍利。王使群臣奉迎兴轮寺前路……二十六年,陈遣使刘思及僧明观、送释氏经论七百余卷。②

新罗真兴王和南朝梁陈两国保持着佛教的交流,梁送来舍利,陈送来佛经,这些都成为新罗隆兴佛教重要的载体。

除了中国向古代朝鲜输送佛教经典之外,古代朝鲜僧人到中国求取经典也是佛经在朝鲜半岛传播的重要方式之一。《海东高僧传》载:

(元安)高弟元光,亦新罗人。机锋颖锐,性希历览,仰慕幽永。遂北趣九都。东观不耐,又游西燕、北魏。后展帝京,备通方俗,寻诸经论,跨轹大纲,洞清纤旨。③

"寻诸经论"虽然仅是只言片语,但是却将新罗僧人元光在中国搜罗佛典的事实交代得十分清楚。除了元光,安弘也是求法僧之一。《海东高僧传》载:

又按新罗本记,真兴王三十七年,安弘入陈求法。与胡僧毗摩罗

---

① 柯劲松:《韩国佛教史》,社会科学文献出版社2008年版,第10页。
② [高丽]觉训撰,小峯和明、金英顺编訳:《海東高僧伝》,平凡社2016年版,第185页。
③ [高丽]觉训撰,小峯和明、金英顺编訳:《海東高僧伝》,平凡社2016年版,第269页。

等二人回,上楞伽胜鬘经及佛舍利。①

同样是在真兴王时代,安弘来到陈,并与胡僧共同归国,携带《楞伽经》和《胜鬘经》。这里比较清晰地记录了传到新罗佛典的名称。当然,到中国及西域求法的古代朝鲜僧人尚有很多,不过有关于他们的传记和文献中很少言及获得何种经典,可是从"求法"一词本身就可以推测,求取佛经就是高僧们的第一要务。

最后讨论一下佛经东传日本的情况。佛经是什么时候开始传入日本的呢?日本史书中最早记录佛经传入情况的当属成书于720年的《日本书纪》。该书的"钦明天皇十三年"条载:

冬十月,百济圣明王遣西部姬氏率怒唎斯致契等,献释迦佛金铜像一躯、幡盖若干、经论若干卷。②

当时百济出于安全需要,与日本极力交好。百济圣明王派人送给钦明天皇佛像、幡盖,还有佛经。但是其中并没有具体写明是什么佛经。而钦明天皇十三年即公元552年,由此可见佛经大抵于6世纪中期就已经从朝鲜半岛传入日本。正是从那一时期开始,佛经便通过各种渠道流向日本。

以下对佛经传入日本的方式进行简单考察。第一,正如前面所引《日本书纪》中的记载,百济国王派人相送。在佛经传来之前的同年5月,《日本书纪》还记录了百济国使节去日本的情况,在某一侧面反映了当时朝鲜半岛的政治形势以及百济国与日本的交往:

五月戊辰朔乙亥,百济、加罗、安罗遣中部德率木劦今敦、河内部阿斯比多等奏曰:"高丽与新罗,通和并势,谋灭臣国与任那。故谨求请救兵,先攻不意。军之多少,随天皇勒。"诏曰:"今百济王、安罗王、加罗王、与日本府臣等,俱使奏状闻讫。亦宜共任那并心一力。

① [高丽]觉训撰,小峯和明、金英顺编译:《海東高僧伝》,平凡社2016年版,第287页。
② [日]舍人親王撰,坂本太郎、家永三郎、井上光貞、大野晋校注:《日本書紀》下册,岩波书店1965年版,第101页。

犹尚若兹,必蒙上天拥护之福,亦赖可畏天皇之灵也。"①

从这段记载可以看出,当时高丽与新罗联合对付百济国等国,百济国王派使节到日本,请求出兵相助。同年10月,百济王派人献上佛经和佛像。可以推断,在当时东北亚复杂的政治局势下,为了和日本交好并换取军事援助,百济将佛经当作礼品,赋予其一定的外交功能。换言之,这一时期佛经是通过百济与日本官方交往的方式传入日本的。在敏达天皇时期,这种流传方式依然存在。如《日本书纪》"敏达天皇六年"条载:

> 夏五月癸酉朔丁丑,遣大别王与小黑吉士,宰于百济国。冬十一月庚午朔,百济国王,付还使大别王等,献经论若干卷,并律师、禅师、比丘尼、咒禁师、造佛工、造寺工,六人。遂安置于难波大别王寺。②

第二,朝鲜半岛渡日僧人携带来的经典。除了百济与日本官方交往中由使节带去的经典之外,作为民间的归化僧人以及旅日僧人也是传播经典的重要媒介之一。如,《日本书纪》"推古天皇三年"条载:

> 五月戊午朔丁卯,高丽僧人慧慈归化。则天皇太子师之。是岁,百济僧慧聪来之,此两僧弘演佛教,并为三宝之栋梁。③

"推古天皇十年"条载:

> 冬十月,百济僧观勒来之。仍贡历本及天文地理书,并遁甲方术之书也。是时,选书生三四人,以俾学习于观勒矣。润十月乙亥朔己丑,高丽僧僧隆、云聪,共来归。④

除了史书记载之外,《日本灵异记》故事中也有关于渡来僧的记载。如上

---

① [日]舍人亲王撰,坂本太郎、家永三郎、井上光贞、大野晋校注:《日本书纪》下册,岩波书店1965年版,第101页。
② [日]舍人亲王撰,坂本太郎、家永三郎、井上光贞、大野晋校注:《日本书紀》下册,岩波书店1965年版,第141页。
③ [日]舍人亲王撰,坂本太郎、家永三郎、井上光贞、大野晋校注:《日本书紀》下册,岩波书店1965年版,第175页。
④ [日]舍人亲王撰,坂本太郎、家永三郎、井上光贞、大野晋校注:《日本书紀》下册,岩波书店1965年版,第179页。

卷4《圣德太子示异表缘》载：

> 又，蒿法师之弟子圆势师者，百济国之师也，住于日本国大倭国
> 葛木高宫寺。①

上卷7《赎龟命放生得现报龟所助缘》载：

> 禅师弘济者，百济国人也。当百济乱时，备后国三谷郡大领之先
> 祖，为救百济，遣军旅时，发誓愿言："若平还来，为诸神祇，造立伽
> 蓝，起多诸寺。"遂免灾难，即请禅师相共还来，造三谷寺。②

另外，上卷12的道登、上卷14的释义觉、上卷26的多罗等僧人均为朝鲜半岛渡日僧人。尽管史书以及《日本灵异记》中都没有这些僧人携带经典的字样，但是通过常理可以推测，作为僧人当以弘法为己务，又怎能不携带作为弘法道具的佛经呢？圣德太子曾著有《胜鬘经义疏》《维摩诘经义疏》《法华经义疏》，这三种经典很可能就是这些僧人携带去的。因此说，这些通过非官方的途径而来到日本的僧侣们也会携带一部分经典。

第三，入隋、入唐留学僧来华求得经典。日本政府派往中国的遣隋使和遣唐使中，也有许多留学僧和学问僧来中国学习佛法。日本学者木宫泰彦在《日中文化交流史》一书中，从《日本书纪》《续日本书纪》中辑录了遣隋留学僧和学问僧名字，有倭汉直福因、奈罗译语惠明、高向汉人玄理、新汉人大国、新汉人旻、南渊汉人请安、志贺汉人惠隐、新汉人广齐、惠光、医惠日、灵云、胜鸟养、惠云③这13人。不过，该书中并没有提及经典传入之事。而关于圣德太子派遣唐使的目的，村上专精在《日本佛教史纲》中从佛教交流的角度进行了论述："十五年七月，他派大礼小野妹子为使到中国隋朝联系邦交，求取经论；十六年四月，妹子一度回国。同年九月再派妹子为使赴隋，率有留学僧和

---

① ［日］出雲路修校注：《日本霊異記》，岩波书店1996年版，第206页。
② ［日］出雲路修校注：《日本霊異記》，岩波书店1996年版，第209页。
③ 参见［日］木宫泰彦：《日中文化交流史》，胡锡年译，商务印书馆1980年版，第58—59页。

学问僧多人。一行中有舒明天皇末年在宫中讲《无量寿经》的慧隐。总之,和中国的交通是为了求取经论而开辟的。"①村上专精的观点或许有夸大圣德太子派遣使节的宗教目的之嫌,但是求取经论这一事实是存在的。与此相似的是,与遣唐使同来的僧人们也是取得经典的群体之一。其中有辨正、道昭、道慈、玄昉、空海、最澄、常晓②等僧人。按时期来分,奈良时代,玄昉带回的经论有五千余卷。天平八年(736年),道璿、佛彻也曾带回一些经典。而平安时代,最为有名的入唐僧当为最澄、空海、常晓、圆行、圆仁、惠运、圆珍、宗叡"入唐八家"。这些僧人还著有求得经典目录,其目录及数量见表5-1③。

表5-1 "入唐八家"求经目录

僧人	所著《请来目录》	经论疏章传记等数量
最澄	《传教大师将来越州录》《传教大师将来目录》	合计二百三十部、四百六十卷; 台州求得:一百八十部、三百四十五卷; 越州求得:一百零二部、一百一十五卷。
空海	《御请来目录》	合计二百一十六部、四百六十一卷; 新译经等一百四十二部、二百四十卷; 梵字真言赞等四十二部、四十四卷; 论疏章三十二部、一百七十卷。
常晓	《常晓和尚请来目录》	合计三十一部、六十三卷。
圆行	《灵岩寺和尚请来法门道具等目录》	合计六十九部、一百二十三卷; 新请来真言经法二十六部、三十卷; 梵字三部、四卷; 显教论疏章四十八部、八十八卷。
圆仁	《日本承和五年入唐求法目录》《慈觉大师在唐送进录》《入唐新求圣教目录》	扬州求得:一百二十八部、一百九十八卷; 五台山求得:三十四部、三十七卷; 长安求得:四百二十三部、五百五十九卷。

---

① [日]村上专精:《日本佛教史纲》,杨增文译,汪向荣校,商务印书馆1981年版,第14—15页。

② 更为详细记载参见[日]木宫泰彦:《日中文化交流史》,胡锡年译,商务印书馆1980年版,第63—72页。

③ 本表依据《大正新修大藏经·目录部》(http://sutra.goodweb.cn/lon/other55/other55.htm)以及木宫泰彦的《日中文化交流史》第191—192页的《入唐八家请来法门道具等略表》制成。

僧人	所著《请来目录》	经论疏章传记等数量
惠运	《惠运禅师将来教法目录》《惠运律师书目录》	合计一百八十卷。
圆珍	《开元寺求得经疏记等目录》《福州温州台州求得经律论疏记外书等目录》《青龙寺求法目录》《日本比丘圆珍入唐求法目录》《智证大师请来目录》	合计四百四十一部、一千卷。
宗叡	《新书写请来法门等目录》	合计一百三十四部、一百四十三卷。

这些历史上留下名字的僧人以及求得佛经目录恐怕也只是冰山一角，更多的是湮没在漫漫的时间长河中，没有留下任何记录。其中某些目录是在《日本灵异记》成书之后著成，不过通过这些能看到的目录，可以想象出当时来华僧人如饥似渴地求法和求取经典的情景。

第四，鉴真及其随从僧人东渡日本带去的经典。应日本政府之邀，鉴真东渡日本授戒传法。鉴真及其弟子经历了五次失败，终于在公元756年抵达日本。鉴真不仅带去了佛像、舍利以及其他佛具，还携带了大批经典。真人元开在其所著的《唐大和尚东征传》中有详细记载，罗列如下：

《大方广佛华严经》八十卷、《大佛名经》十六卷、金字《大品经》一部、金字《大集经》一部、南本《涅槃经》一部四十卷、《四分律》一部六十卷、法励师《四分疏》五本各十卷、光统律师《四分疏》百廿纸、《镜中记》二本、智周师《菩萨戒疏》五卷、灵溪释子《菩萨戒疏》二卷、《天台止观法门》〔计四十卷〕、《玄义》《文句》各十卷、《四教义》十二卷、《次第禅门》十一卷、《行法华忏法》一卷、《小止观》一卷、《六妙门》一卷、《明了论》一卷、定宾律师《饰宗义记》九卷、《补释宗义记》一卷、《戒疏》二本各一卷、观音寺〔亮〕律师《义记》二本十卷、〔终〕南山宣律师《含注戒本》一卷及疏等二本、〔怀道律师《戒本疏》四卷〕、《行事抄》五本、《羯磨疏》等四本、怀素律师《戒本疏》四卷、大觉律师《批记》十四卷、《音训》二本、《比丘尼传》二本四卷、玄奘

法师《西域记》一本十二卷、终南山律师《关中创开戒坛图〔经〕》一
卷、法铣律师《尼戒本》一卷及疏二卷,合四十八部。①

从这一名单中可以看出,鉴真带来的既有汉译佛经,也有律、疏、抄、记等,
这些都是他在日本传法的重要道具。同样,这些也正是日本佛教界希望得到
的。鉴真东渡日本时,有二十四名弟子随行,名单如下:

扬州白塔寺僧人法进、泉州超功寺僧云静、台州开元寺僧思讬、
扬州兴云寺僧义静、衢州灵耀寺僧法载,窦州开元寺僧法成等一十四
人、滕州通善寺尼智首等三人,扬州优婆塞潘仙童,胡国人安宝,昆仑
国人军法力,〔瞻〕波国人善听,都二十四人。②

这些人也有关于携带经典的记载。如法进就带去了《禅门》《六妙门》《梵网经
疏》《诸经要集》等,这些出借给东大寺写经所③。其中法进携带的《诸经要
集》就出现在《日本灵异记》的下卷38,依此推测,鉴真及其弟子所带的经典等
经过辗转传抄,后被《日本灵异记》作者景戒所阅读到,并成为创作该说话集
的重要素材来源之一。

除了上述几种途径外,印度僧人,如菩提及佛彻④和其他入唐人员携带经
典,这里不再详述。

总之,佛经所记载的佛教最基本的教义,是僧侣宣传佛教的依据,是佛教
的灵魂。佛经在东亚的传播是佛教进一步发展的基础,一方面为其他类型的
佛教灵异记创作提供理论来源,另一方面僧侣们为了维护"法宝"的权威,创
作了大量的佛经灵异记。

---

① 〔日〕真人元开著,汪向荣校注;(明)李言恭、郝杰著,汪向荣、严大中校注:《唐大和尚东
征传 日本考》,中华书局 2000 年版,第 87—88 页。
② 〔日〕真人元开著,汪向荣校注;(明)李言恭、郝杰著,汪向荣、严大中校注:《唐大和尚东
征传 日本考》,中华书局 2000 年版,第 85 页。
③ 参见王勇:《书籍之路与文化交流》,上海辞书出版社 2009 年版,第 12 页。
④ 参见〔日〕木宫泰彦:《日中文化交流史》,胡锡年译,商务印书馆 1980 年版,第 214—
219 页。

　　《金刚经》全称为《能断金刚般若波罗蜜经》，也简称为《金刚般若经》。译本种类较多，有鸠摩罗什、菩提流支、真谛、芨多、玄奘①、义净六种译本，名称稍有差异。鸠摩罗什的译本最早也是影响最为广泛的译本，完成于公元402年，由此可见，《金刚经》在中国传播并产生影响可以追溯到五胡十六国时期。与《金刚经》相伴的还有注疏，如后秦僧肇大师的《金刚经注》一卷、晋慧远的《金刚般若波罗蜜经疏》一卷、隋智顗的《金刚般若疏》一卷、唐慧净的《金刚经注疏》等。《金刚经》及其相关注疏对于东亚的佛教产生了重要影响，为了宣传该经的神奇与灵验之处，僧侣们苦心创作，因此在中国和日本②的佛教文学中都保留有大量的《金刚经》灵异记。特别是，佛教说话集《日本灵异记》和《今昔物语集》收录的经典灵异类故事中有关《金刚经》的灵异类故事是其中重要的一种。《金刚经》灵异故事内容丰富多样，且与中国的佛教类书、志怪小说中的同类故事有着深厚的渊源关系，而中国的故事又与其根本教典《金刚经》有着密切联系。本章通过对该类型的文学文本进行比较，勾勒故事的一致性，揭示差异性，并在亚洲文化交流背景下揭示造成类型化特征的共同佛教原理，以及产生差异性、变异性的民族历史原因。

第二节　《金刚经》功德说

　　众所周知，佛教起源于印度，佛教文学最早也起源于印度。相对于印度的佛教文学发端，中国文学和日本文学可以相应地笼统称为第二代佛教文学和第三代佛教文学，但作为中日两国产生的新佛教文学，其与印度佛教文学也有

---

　　①　玄奘译《大般若经》第九会为《金刚般若波罗蜜多经》，因为两部说话集中没有过多强调《大般若经》与《金刚经》之间的区别，尤其《今昔物语集》中将《大般若经》灵异记与《金刚经》灵异记集中到一起，可见古代日本人将其视为同一或同一类经典，本书依此将《大般若经》灵异记与《金刚经》灵异记等同视之。

　　②　由于古代朝鲜文学文献中记载《金刚经》灵异记和《法华经》灵异记数量极其有限，因此本章及下一章主要考察中国和日本的经典灵异记。

着或远或近的亲缘关系。如何来看中国佛教文学、日本文学与印度原始的佛教文学之间的关联呢？佛典《金刚经》无疑是二者最重要的源头之一。

对于中日佛教文学产生影响的主要是该经的教义，特别是其中被无限夸大的功德说，为后世经典灵异记的创作提供了思想的种子。《金刚经》在中国的翻译、传播以及在日本的传播过程就是将文学的种子向外播撒的过程，但佛经中文学的种子与后来开出文学之花之间却出现了很大差异，在佛典《金刚经》中几乎看不到太多包含具体情节的故事。原典中是围绕释迦牟尼与弟子须菩提之间的对话展开的，在对话中阐明了佛教的教理与教义，教义深奥难解，富于哲学思想，相较之下，中日两国文学更加通俗具体，形象易懂。下面简略介绍一下佛经中的功德说。

第一，布施佛法功德。《金刚经》载：

"须菩提，如恒河中所有沙数，如是沙等恒河，于意云何？是诸恒河沙宁多不？"

须菩提言："甚多，世尊。但诸恒河尚多无数，何况其沙！"

"须菩提，我今实言告汝：若有善男子、善女子，以七宝满尔所恒沙数三千世界，以用布施，得福多不？"

须菩提言："甚多，世尊。"

佛告须菩提："若善男子、善女人，于此经中乃至受持四句偈等，为他人说，而此福德胜前福德。"

尔时，须菩提白佛言："世尊，当何名此经？我等云何奉持？"

佛告须菩提："是经名为《金刚般若波罗蜜》，以是名字，汝当奉持。"①

这组对话中，用层层递进的手法，通过与布施七宝的功德对比，突出布施《金刚经》功德之无限。

---

① 赖永海主编，陈秋平译注：《金刚经·心经》，中华书局2010年版，第50—57页。

第二,闻经功德。《金刚经》载:

> 尔时,须菩提闻说是经,深解义趣,涕泪悲泣而白佛言:"希有,世尊。佛说如是甚深经典,我从昔来所得慧眼,未曾闻如是之经。世尊,若复有人闻是经,信心清净,即生实相,当知是人成就第一希有功德。世尊,是实相者,即是非相,是故如来说名实相。世尊,我今得闻如是经典,信解受持不足为难。若当来世后五百岁,其有众生得闻是经,信解受持,是人即为第一希有。"①

这里重点强调能听到《金刚经》的人功德为"第一稀有",足见此经神奇。

第三,书写受持功德。除了布施佛法、听闻经典之外,抄经、受持该经同样具有功德。《金刚经》载:

> 须菩提,若有善男子、善女人,初日分以恒河沙等身布施,中日分复以恒河沙等身布施,后日分亦以恒河沙等身布施,如是无量百千万亿劫以身布施。若复有人闻此经典,信心不逆,其福胜彼,何况书写、受持、读诵、为人解脱!
>
> 须菩提,以要言之,是经有不可思议、不可称量无边功德。如来为发大乘者说,为发最上乘者说。若有人能受持、读诵、广为人说,来悉知是人,悉见是人,皆得成就不可量、不可称、无有边、不可思议功德……
>
> 须菩提,在在处处,若有此经,一切世间天、人、阿修罗所应供养,当知此处即为是塔,皆应恭敬作礼围绕,以诸华香而散其处。②

这里同样用了比较的方法,通过与布施和闻经的对比,进一步强调书写、受持、读诵、为人解脱的功德之大。这种功德用了"不可量""不可称""无有边""不可思议"这样抽象的话语来形容和夸张,并且还提出有经存放之处众生都应该前来供养。

---

① 赖永海主编,陈秋平译注:《金刚经·心经》,中华书局 2010 年版,第 61—62 页。
② 赖永海主编,陈秋平译注:《金刚经·心经》,中华书局 2010 年版,第 69 页。

第四,持经净业。佛说持诵《金刚经》可以消除业障:

> 复次,须菩提,善男子、善女人受持读诵此经,若为人轻贱,是人
> 先世罪业应堕恶道,以今世人轻贱故,先世罪业则为消灭,当得阿耨
> 多罗三藐三菩提。①

受持读诵《金刚经》可以消除诸种罪业,不再坠入恶道。这里对于持诵此经的功德说相对更为具体。

从《金刚经》中有关该经的功德说来看,佛法高深,晦涩抽象难以理解。上述四条功德说仅为《金刚经》众多种功德的一小部分,下面可以对照其中某些内容来分析解读中日两国《金刚经》灵异记中的故事。

第三节　中日《金刚经》灵异记的共性

何为"《金刚经》灵异记"？关于这一定义,学界至今并没有完整的论述。本书指的是因为持经、写经、诵经、听经、讲经等行为而产生的灵验、感应、报应、怪异等诸多不可思议之事。先学通常使用"灵验记"一词,如刘亚丁在《佛教灵验记研究——以晋唐为中心》中使用了"灵验记"。此外,李铭敬在《唐代〈金刚经〉灵验故事与日本平安时代佛教说话文学的交涉关系考略》(《日语学习与研究》2012 年第 3 期)中同样使用了"灵验"字样。前者通过对各种词典及文献的释义进行综合,指出:"可见灵验是指因信仰神灵而导致的某种效验现象,一种超自然力量成就的奇迹。"②其中产生某种效验现象或奇迹的前提是因信仰神灵,但日本佛教说话集中的故事主人公并非信仰经典甚至蔑视经典却产生了奇迹,因此用"灵验"并非十分全面。《汉语大词典》关于"灵异"一词指出 4 个义项:1. 神灵;2. 神奇怪异;3. 灵验;4. 贤俊、奇才。③ 从 2 和 3

---

① 赖永海主编,陈秋平译注:《金刚经·心经》,中华书局 2010 年版,第 72 页。
② 刘亚丁:《佛教灵验记研究——以晋唐为中心》,巴蜀书社 2006 年版,第 2 页。
③ 罗竹风主编:《汉语大词典》第十一卷,上海辞书出版社 2011 年版,第 763 页。

可以看出,"灵异"本身包含了"神奇怪异"和"灵验"两个义项,在日本佛教说话集中更能全面统摄故事内容,故使用"灵异记"一词。

本书在分类选择标准方面,因考察对象是具有神奇灵异功能的《金刚经》灵异记,故此那些虽然有《金刚经》出现但是它不是主角或即使是主角也是被贬低对象的故事(如《日本灵异记》下卷 1、《今昔物语集》本朝部卷十三 41),不被本书纳入考察对象。按照这一标准,《日本灵异记》中检出 3 条,《今昔物语集》中检出 14 条,共计 17 条。一般来说用"主题+情节"的标准进行综合划分比较合适,即首先考虑主题的近似性再辅之以情节的相似性,因为本书对象的故事主题基本一致,所以这里主要从情节的相似性和差异性进行划分。可将这些故事分成 7 种类型,分别为"再生型""往生型""转生型""祛病型""发光型""受养型""偿愿型",见表 5-2:

表 5-2　日本的《金刚经》灵异记分布及出典

灵异类型	存在作品	分布位置	相关出典
"再生型"	《日本灵异记》	中卷 24、下卷 23	《金刚般若经集验记·救护篇》13,不详
	《今昔物语集》	震旦部卷七第 8、第 9、第 42	《三宝感应要略录》中卷 53、57,《冥报记》中 16
"往生型"	《今昔物语集》	震旦部卷七第 3、第 5	《三宝感应要略录》中卷 47、48
"转生型"	《今昔物语集》	震旦部卷七第 4、第 10	《三宝感应要略录》中卷 46,《弘赞法华传》九(10)
"祛病型"	《日本灵异记》	下卷 21	
	《今昔物语集》	震旦部卷七第 43,本朝部卷十四第 33、第 34	《冥报记》中 18、《日本灵异记》下卷 21,不详
"发光型"	《今昔物语集》	震旦部卷七第 1、第 2	《三宝感应要略录》中卷 42、43
"受养型"	《今昔物语集》	震旦部卷七第 7	《三宝感应要略录》中卷 52
"偿愿型"	《今昔物语集》	震旦部卷七第 6	《三宝感应要略录》中卷 49

从表 5-2 可以看出,《金刚经》灵异故事中"再生型"最多,共计 5 条,"祛病型"次之,共计 4 条,"转生型""往生型""发光型"相同,分别为 2 条,"受养

型"和"偿愿型"各 1 条。这些故事表达了类似的主题,即持经、抄经、写经、听经有功德,但具体情节有差异。

"再生型"。"再生型"的最基本情节图示为:生(人间)→死(冥界)→再生(人间)。如《日本灵异记》中卷 24 中楢磐岛经商返途中,忽然得重病,鬼使前来追捕,后来通过贿赂鬼使且诵读《金刚经》,最终免地狱之难。故事中虽然没有直接言及主人公死亡,但得病且在宇治桥附近被鬼捉住,说明其已经进入了死亡的状态,并身处冥界。这个故事在整体上符合"再生型"。下卷 23 大伴连忍胜欲抄写《大般若经》,募捐出家,誓愿未竟,后被人打死进入冥界。冥界中三僧问其有何功德,答欲写《法华经》,三僧促其复生写经,最终得以再生。《今昔物语集》卷七第 8 中,张志达信奉道教,误抄了《般若经》三行。三年后死后进入冥界,阎王因其有抄写经书三行之功德,放其重返人间。第 9 中法藏因书写《金刚经》并发心诵持,死后到了冥界。阎王问其生前造何福业,告之有写经之德,阎王放其返回阳间。第 42 中李思因有听经、读经之功德两次入冥界后复生。

上述五个故事虽然具体情节有所差异,但故事模型基本经历了三个环节:生→死→再生。使这些环节能够连接在一起的是诵经、写经等与《金刚经》相关的行为,可见这些都意在突出经典功德的力量。

"往生型"。震旦部卷七第 3 中的神母不信"三宝",却因追赶黄牛进入了佛寺,尽管掩目避看佛像,但却听到了僧众所念的《南无大般若波罗蜜多经》。其死后,托梦告诉女儿因其听了僧众念的经文,已经往生了忉利天。第 5 中僧人道俊发愿往生极乐却只是专修念佛,另一位僧人常愍劝道俊若要往生须写《大般若经》,道俊不信。后来道俊做梦,梦见六位童子,告诉他若要往生西方极乐净土,需要乘般若之舟。梦醒之后潜心书写供养《大般若经》,当天便现极乐之象。"往生型"中主人公共同特点是不信般若,直到死后或通过梦示才相信般若之功德可以度人往生。大体模式可归纳为:不信般若→死后(或梦示)→往生(现往生之象)。这两个故事中,让人皈依《般若经》的方式均有强人所难之味道,尤其前者。神母为了不经意听到了《般若经》特意去河边洗耳,洗去晦气。正如作者所评论的那样"即使不情愿地听到了般若也会有此功德"。

"转生型"。震旦部卷七第4僧人僧智诵《大般若经》只能诵二百卷,不知其故。后来梦见一位僧人告诉他前世是牛,奉主人之命驮经二百卷,陷入泥潭而死,因有驮经之功德,后转生为人。因其与除了所驮二百卷经之外的经书无缘,所以背诵不下来。第10中一位诵《金刚经》《法华经》的老僧养了两只鸽雏,后来鸽雏跌落摔死。其后老僧梦见两个小童子告诉他他们是其所喂养的鸽子,因为听了老僧诵经之功德,死后转生到农家。老僧十月之后去该家确认,确有此事。"转生型"的模式:前世为畜生(牛和鸽子)→驮经或听经→转生为人。这两个故事是通过从畜生道向人间道流转的故事,说明《金刚般若经》的功德之力。

"祛病型"。《日本灵异记》下卷21中僧人长义双目失明,请僧人为其诵读《金刚般若经》,后双目重现光明。《今昔物语集》震旦部卷七第43中的豆卢氏常诵《金刚般若经》,一日,患头痛病后想读经却家中无火,这时居然有火烛自现,头痛消除。本朝部卷十四第33内容与《日本灵异记》下卷21雷同。第34中僧人壹演常年诵《金刚般若经》,天皇请其为患病的外祖父诵经,诵经后病情即有很大改善。"祛病型"的情节模型:患疾→诵经→病愈(改善)。"再生型""往生型""转生型"关注的是人的生死轮回之事,"祛病型"则试图解决现实的疾病困扰。

"发光型"。震旦部卷七第1迎请供养玄奘翻译的《大般若经》时,《大般若经》大放光明。第2有一位书生因曾经奉唐高宗之命抄写《大般若经》十卷,入冥界后右手大放光明,光明直指阎王,胜过日月。因其有写经之功德,书生循光明复生。这个故事虽然符合"再生型"的模式,但是其中叙述焦点主要集中在发光的情节上,且作者将之与前一个发光故事连续编排,当归入"发光型"。此类故事模型:翻译或抄写经典→经典或人发光。这类故事一方面凸显译经写经而产生的神异现象,也宣扬了有死而复生的功德。

"受养型"。某位比丘因常年诵《大品般若经》,天人用甘露来供养。

"偿愿型"。僧人灵运曾到天竺游历佛教圣地,曾立三个誓愿。观自在现身告诉他诵《大般若经》便可实现愿望,灵运诵经三日,最终实现愿望。

上述七类说话类型中,除了"受养型"和"偿愿型"之外,同一类型的故事均非单一存在,说明某些故事在主题或情节方面存在着诸多共性。这些共性的故事往往反复表达相近或相似的佛教教义。通过再生、往生、转生等生存形态的变换及人间、冥界、极乐等多种存在空间的转换,表达佛教的轮回思想。"祛病型""发光型""受养型""偿愿型"更多的是体现了业报思想以及佛教神异观念。

据笔者统计,中国的大型类书《太平广记》在卷102—108中共辑录113则《金刚经》灵异类故事,这些故事也都出自中国的志怪小说和佛教类书等中国文献典籍。通过比较,可以宏观勾勒出两国故事的整体关联性。

第一,故事类型的共通性。1."再生型"。如卷102中的"赵文若""赵文昌""慕容文策""赵文信""袁志通"均属于"再生型"。这些故事的基本情节构架为生→死→再生。2."往生型"。如卷103"张玄素"、卷104"于昶"、卷106"薛严"等属于"往生型"。3."转生型"。如卷102"赵文若""赵文信"、卷107"吴可久"等均涉转生之事。4."祛病型"。卷103"王陁"、卷107"强伯达"均属"祛病型"。5."发光型"。卷104"长安县系囚"、卷107"于李回"、卷108"元初"等是"发光型"。上述这五种类型故事情节和叙述重点与说话文学中的同类故事有些许差异,但是在主要情节因子皆有共同之处,可见说话文学与中国文学紧密的关联性。中日某些学者在浩瀚的文字大海中仔细甄别故事的出典时,往往容易忽视一个事实,那就是整体的影响,或重复影响。在中国,某一类型的故事会出现在多种文献或多个故事中,古代日本僧人或文人看到的故事恐怕也并非是单一的,很可能是综合性的材料,这个情况下考察故事的关联性,除了抓住个别关键点之外,还要用宽阔的目光,关注总体的影响。因此,若忽略两国文学细节上的差异,日本佛教说话文学对中国文学的接受是总体的、宏观的、综合的。

第二,叙述模式的相似性。首先,说话文学中开头大多交代时间、地点、人物。《日本灵异记》中往往用"某某天皇之世"、在"某某国某某郡"、有"某某人"的方式开头,而《今昔物语集》通常用"从前"或"某朝代",在"震旦"的"某某人"。在中国的文献典籍中同样是开篇就是"某朝""某地""某人"。这都体现了我国叙事文学中"史"的精神,当然从佛教文学的角度来说是强调事件的真实性。同时也说明,中国的叙述样式规定或影响着日本佛教说话文学的叙述模式。其次,故事展开方面,围绕主要人物与经典关系的表现过程如出一辙,这一方面通常有三种。第一种是原本就信佛念经,第二种是临时抱佛脚应急念经,第三种是通过地狱体验之后发心念经。人物与经典发生关联的这三种样式穿插在故事的叙述进程中,是故事情节展开的代表性样式。最后结尾部分,大多以长寿、往生、归心、宣佛的事件为结局,完成了一个宣佛说教的过程。

第四节　《金刚般若经集验记》的位置

日本佛教说话集中的故事大多并非直接取材于印度佛典。除了个别出典不详之外,通过日本学者的考证,可以发现绝大多数故事来源于中国的佛教文学,诸如《三宝感应要略录》《冥报记》《金刚般若经集验记》等。这些还基本上直接出典,若宏观地看故事的类型,也大多可以从中国佛教文学找到"亲戚"。这些作品的作者还对受中国文学影响也直言不讳,景戒在《日本灵异记》上卷序文中就曾写道:"昔汉地造冥报记,大唐国作般若验记,何唯慎乎他国传录,弗信恐乎自土奇事?"可见其编撰该说话集是受到了《金刚般若经集验记》①编撰的

---

① 《金刚般若经集验记》,唐代开元六年(718年)孟献忠所著,由六篇七十章组成,是专门宣传《金刚经》种种神奇灵验的作品。该书上卷为"救护及延寿",中卷为"消罪及神力",下卷为"功德及诚应",是体现初唐时期《金刚般若经》信仰的重要史料。该书在中国已经散佚,日本奈良国立博物馆藏有抄本。

启发和影响。

虽然日本说话集与印度佛典基本思想是一致的,但其外在形式却与中国文学有着高度的相似性,而与佛典更为疏远。中国文学仿佛是架设在印度佛典和日本说话集之间的桥梁,起到了沟通和过渡的作用。特别是中国佛教文学对印度佛典进行了文化格义,使得印度文化特征渐趋淡化。印度佛典形而上的抽象哲学经过中国文人的再阐释和再创作,编撰出一个个形而下的具体故事。而日本佛教说话文学则延续了中国文学的风格。那么中国文人对印度佛典是如何改造的呢?

关于这一点,从孟献忠的《金刚般若经集验记》的序文中可以窥得一二。孟献忠改造手法有如下几种。

首先,对佛典《金刚经》教义进行具体化阐释。《金刚经》对于持经诵经的功德极尽夸张之词:"须菩提,若三千大千世界所有诸须弥山王,如是等七宝聚,有人持用布施。若人以此般若波罗蜜经乃至四句偈等,受持读诵,为他人说,于前福德百分不及一,百千万亿分乃算数、譬喻所不能及。"①佛经先是大肆宣扬布施功德之巨,然后通过说这一福德不及百千万亿分之一,甚至连比喻都无法形容,进而凸显持诵该经典的功德。孟献忠则用了大量的排比和对句的形式加以具象化。

> 其有一念净信,四偈受持。福无量而无边,广大侔于法界;果不生而不灭,究竟等于虚空。故能使修罗之军,循声而远遁;波旬之骑,藉想而旋奔。钩爪锯牙,挫芒衄锐;洪涛烈火,息浪韬炎;厉气烟凝,毒不能害;交陈云合,刃不能伤。含识必该触类而长。亦由洪钟虚受,响无击而不扬;明镜高悬,物有来而斯见。则知幽显垒赞;释梵护持,百神由其侍卫。②

---

① 赖永海主编,陈秋平译注:《金刚经·心经》,中华书局 2010 年版,第 95 页。
② (唐)孟献忠撰:《金刚般若经集验记》,载《新撰大日本续藏经》第 87 册,国书刊行会 1988 年版,第 449 页。

孟献忠虽然秉承了佛典中的"四偈受持。福无量而无边"的基本思想,但是将佛经原有的模糊与笼统换成了一个个具体的实例。如远离诸种兵灾贼难,躲避洪水烈火,能拒各种毒害,可通幽明且诸神加护等。这些如纲目一样的例子成为辑录后文中具体故事的基础。孟献忠的这一改造过程,是佛典向志怪小说和佛教类书转变过程中重要的作业。

其次,借用中国典故阐释佛典教义。孟献忠对于佛法宏力分成了若干主题,对于"救护"思想在"救护篇"的序文中这样描述道:

> 昔者鲁连谈笑而秦军自却,干木偃息而魏主获安。闻郑玄之名,群凶不入;惮太公之化,神女衔悲。况乎象帝之先,法王之母。三明八正,待思而成;九恼六缠,因之而灭。无名无相,则万德俱圆;无取无行,则众功咸备。若持若诵,护国护身。投烈火而不然,溺层波而讵没。般若之力,其大矣哉![①]

作者通过举出战国时代的众多名士用非战手段化解战争的典故,进而引出佛教经典的救护功能,并列举其"护国护身。投烈火而不然,溺层波而讵没"等具体救护类别。对于中国读者来说,佛经具有加护功能本身就不可思议,难以接受,所以作者利用中国人所熟知的本土典故对佛教教义进行一种过渡性的引入,使得读者在中国文化语境下比附式地理解佛典,这样避免了直接的文化冲突,令文化接受变得水到渠成。

最后,以儒道释佛。佛教作为外来宗教,在进入中国初期便依附于中国传统宗教和思想。孟献忠在《金刚般若经集验记》中同样利用中国既有的道教和儒学思想解释佛教思想。在"延寿篇"的序文中写道:

> 夫积善余庆,积恶余殃。李耳年为,入重玄之境;彭铿久寿,还游众妙之门,况乎不去不来,固超于三际;不生不灭,岂计于千龄。如能

---

① （唐）孟献忠撰:《金刚般若经集验记》,载《新撰大日本续藏经》第 87 册,国书刊行会1988 年版,第 449 页。

四偈受持,一念清信,积尘积劫,喻寿量而非多;无数无边,等虚空而
共永。①

"夫积善余庆,积恶余殃"出自儒家经典《易经》的"积善之家,必有余庆;积不
善之家,必有余殃",儒家的"积善"与佛教的"诸善奉行"内涵极为相似,而作
者把"余庆"理解成了善报,并进一步具体化为"延寿"。李耳为道家人物,"人
重玄之境"为化仙升天,作者也把这种行为用佛教的逻辑进行阐发。彭铿即
彭祖,是古代名厨,也是先秦传说中的仙人,因其长寿,后被道教尊为仙真。儒
学和道教是中国本土文化最重要的内容,在古代人思想中根深蒂固,作者借助
佛教教义与哲学传统思想的某些相关相似之处进行比附,消除了文化隔阂,便
于佛教思想的融合。

周裕锴关于"义解"与"语境"关系这样论道:"正如翻译一样,讲解也有语
境问题。一方面,讲解者是按照自己的知识经验所理解的来讲,而这知识经验
来自他生活的语境。另一方面,讲解者必须把自己的理解置入接受者(听者
或读者)所在的生活语境中,使接受者借助于自己的经验来尽可能领悟。特
别是一种外国宗教和学说刚刚被介绍进来时,还缺乏相应的知识经验的铺垫,
更不得不借助本土的学术思想底子去理解和阐释。对于早期的中国佛教讲师
来说,就是把自己本土援用的儒道学说与印度佛教作比较,即所谓'格义'、
'配说'或'连类'"。② 另外,《牟子理惑论》中有人提出佛经内容浩如大海,文
辞美如锦绣,为什么要引用《诗》《书》呢? 牟子曰:"道为智者设,辨为达者通,
书为晓者传,事为见者明。吾以予知其意,故引其事。"③可见,牟子充分意识
到宣佛者要充分考虑受众的知识背景和文化积淀,以调整和改变自己的传播

---

① (唐)孟献忠撰:《金刚般若经集验记》,载《新撰大日本续藏经》第 87 册,国书刊行会
1988 年版,第 452—453 页。

② 周裕锴:《义解:移花接木——中国佛教阐释学研究》,《四川大学学报(哲学社会科学
版)》2003 年第 6 期。

③ (南朝梁)僧祐编撰,刘立夫、胡勇译注:《弘明集》,中华书局 2011 年版,第 54 页。

话语。同理,孟献忠以中国思想为基础,借用儒学阐释佛教,恰恰是立足于中国佛教接受者的生活语境和文化背景。可以说,中国文化是一个巨大的熔炉,将外来佛教文化融入其中,佛教也因其与中国文化的融合才得以生根发芽,并结出新的文学果实。而日本佛教文学直接取自于融合后的中国文化,所以其本身就带有印度和中国文化的双重血统。中国文化在印度佛典与日本佛教说话文学中起到了桥梁的作用。

第五节　《金刚经》灵异记的本土化

可以说,无论从故事出典,还是灵异类型,乃至叙述样式,日本佛教说话集中的《金刚经》灵异故事在整体上都受到了中国文学的影响。但这种影响的存在不能掩盖日本人本土改造的痕迹,也就是说古代日本在汲取中国文学营养过程中并不是简单地照搬照抄,而是根据需要进行了再创作。因为"存在的历史性决定了理解的历史性",日本人必然要从本民族的历史文化语境出发,对外来宗教故事进行再阐释和再创作,那么接受者的生活语境和文化背景便是作者必须考量的重要因素。

第一,将故事的时空场域进行本土化和异域化改造。如《日本灵异记》中卷24中,将时间设定在了"圣武天皇世",主人公活动地点设置在奈良左京及大安寺等地。按照日本学者的考证研究,该故事取自唐孟献忠所撰的《金刚般若经集验记》。主人公窦德玄遇鬼是发生在去扬州渡淮水之际。此外,《日本灵异记》下卷23将故事发生地点移到了信浓国小县郡孃里。可以说作者虽然吸纳了中国故事的类型和大体情节,但却将故事的时间和空间改变为日本的时空,这样避免了故事接受者的陌生感,淡化文化隔阂。可《今昔物语集》的编撰者的做法却与《日本灵异记》作者背道而驰,刻意将这些故事的地点设定在中国,但是也并非跟原典完全一致。中国文献中多用"隋""唐"等中国朝代名称代指时间,而《今昔物语集》将具体的朝代抹去,统称为"震旦"。

可以说,在作者看来,具体是中国哪一朝并不重要,只是标明这是舶来故事。对异域故事的时空改造虽然对于日本的接受者存在着陌生化的问题,但是换个角度看,这种带有异域风情的故事势必会令读者产生一种对外来佛教的遥远想象。此外,《今昔物语集》中还收录"天竺"故事,意在说明佛教具有普遍性。

第二,融入本民族的民间信仰。民间信仰根植于平民百姓的心灵深处,影响着日常生活的方方面面。僧侣们在创作说话集的过程中,势必要考虑本民族特有的思想观念,作为其吸收和改造外国文学素材的重要基点。在《日本灵异记》中,作者将日本的异界观念植入其中,剔除了中国文学中的某些观念。中卷 24 的主人公楢磐岛借大安寺的钱去经商,途中得病,欲乘马回家。后发现有三人在后面追赶,到了宇治桥的时候,被追赶上了,并被带走。一打听才知道是阎王的鬼使。相比较于一般意义的日本地名,故事中"宇治桥"的设定更具文化意义。与此类似的还有下卷 23。其中主人公大伴连忍胜,遭人陷害被打死,后来复生。大伴连忍胜死后,来到了路的尽头,登上了一个险峻的山坡,对面便是冥界。原文中将山坡写作"坂","坂"和"桥"在日本民间信仰中具有相近的文化意义。因为"坂"是从一个空间到另一个空间的交界,"桥"同样是连接两个空间的工具,在日本人的观念中从具体的地理空间进而升华至生死的节点。中国文学中对于冥界认识却与日本有很大差异。中国文化中《金刚经》灵异故事中的冥界大多将坟墓视为冥界的出口和入口。如《太平广记》"窦德玄"条中"出堕坑中。于是得活";"李丘一"条中"至一坑。策推之。遂活";"李虚"条中"灯旁有大坑。昏黑不见底。二吏腿堕之。遂苏";"僧法正"条中"至一大坑。吏因临坑。自后推之。若陨空焉"。在中国讲究入土为安,将坟墓视为死后永久居住之所,达官显贵死后在坟墓中陪葬大量的金银财宝,凸显了对死后世界的重视。建造坟墓自然需要掘地很深,形成大坑。这种大坑观念渐渐形成了生死关口。可以说,这正是中国民间信仰在文学中的具体体现。虽然某些故事并没有直接提及坟墓字样,但是"李丘一"条中"身在棺中。惟闻哭声"足以证明这是广泛意义的坟墓。

第三,除了文化改造之外,作者还采用一种文化过滤的方法,将异文化中的某些元素排除在外。对于《金刚般若经集验记》中提到的经典具有"护国护身"中的护国功能,《日本灵异记》中并没有继承下来,而是刻意地回避。在中国封建社会中,文人对政治大多抱以极大关心。一方面,这种佛教文学及志怪小说的创作者笃信佛教,另一方面又有不少人是官僚,自然作品中离不开政治的话题。再者,在封建集权社会中,中国的佛教发展本就不得不依附于统治者,并为政治服务,所以作者强调了"护国"功能,体现了佛教文学的政治性。与此不同的是,当时日本社会中虽然是封建制度,不过对中下层的文人尤其是像景戒这样的私度僧人的政治控制并非十分严格,僧人也不必过多依仗统治阶级,因此作品相较于中国具有一定的"脱政治性"。除了政治环境造成的文化过滤之外,民众生活习俗上的差异,也导致了某种文化细节的排异现象。如前面提到的《日本灵异记》中卷24故事,鬼使向主人公楢磐岛索要的是牛肉,而《金刚般若经集验记》中索要的却是食物和纸钱。之所以在这一细节上景戒没有照搬中国文学的内容,恐怕鬼索要纸钱不符合日本当时的殡葬和祭祀习惯,而索要牛肉恐怕更符合神道的祭祀风俗。

无论是故事空间的改造或是承袭,抑或是民间习俗的融入或是对外来文化习惯的摒弃,这都是日本佛教说话文学在本土文化语境中再创作的方法和手段。这既体现了僧侣们创作佛教文学的种种苦心,也从某个侧面勾勒出一种外来宗教进入另一种文化场域中必经的适应路径。

第六节　《金刚经》灵异记与经典功德

中日两国《金刚经》灵异记在灵异类型、主题、情节等多个方面保持着相似性,一方面是由于中国佛教文学对日本佛教说话文学的直接、间接的影响,另一方面是二者具有共同的思想源头——佛典功德。

　　前面对《金刚经》中的某些教义进行了分析,这些教义大多抽象地无限夸大布施佛经、聆听佛经、抄写佛经、诵读佛经、讲解佛经的功德。中日两国的灵异记也大体围绕这种行为展开。下面简单讨论一下。

　　第一,书写受持功德。《金刚经》认为,"在在处处,若有此经,一切世间天、人、阿修罗所应供养""随说是经乃至四句偈等,当知此处一切世间天、人、阿修罗皆应供养如佛塔庙,何况有人尽能受持、读诵。须菩提,当知是人成就最上第一稀有之法。若是经典所在之处,即为佛,若尊重弟子"①,佛典的这一教义衍生出了各种受养型故事。如《今昔物语集》天竺部卷七第 6、《三宝感应要略录》中卷第 52、《金刚般若经集验记》"延寿篇"第 2"袁志通"条均为受供养类的故事。佛典中,释迦牟尼强调有人说经之处应该像供养佛、塔、庙那样被天、人、阿修罗所尊敬供养。持经之人也已成为无上菩提。原文中并没有说明应该如何供养,也没有具体情节的展开。《今昔物语集》和《三宝感应要略录》中的故事则是比丘夜诵《般若经》,天人来到比丘之处用天上甘露供养。袁志通因为诵经非常饥饿,"须臾有二童子,将一钵饭并酱菜",并告诉袁志通"勤修功德,诵般若经,莫令废阙",然后乘空而去。说明袁志通也同样是受到了天人的供养,但供养的是可以果腹的人间饭菜,而非天上甘露。

　　第二,持经净业障。前面提到,《金刚经》认为受持该经可以净业障。依据佛典的教义,所谓的疾病、兵难、堕地狱及入畜生道皆因前世恶业,而持经可以很快去除诸种业障,进而疾病治愈、脱离兵难、远离地狱、脱离畜生道。根据这一佛理,僧侣们演绎出了"再生型""转生型""往生型""祛病型"等类型的故事。先看看"转生型"故事。《今昔物语集》卷七第 4 中僧智母亲梦见吞掉香炉而生下僧智。他十岁后就可以背诵《大般若经》二百卷,但其余的怎么也背不下来。后来做梦,梦见一个僧人告诉他前世是牛,因为曾驮经二百卷到寺庙中,依此功德转生为人。转生为牛即堕入畜生道,是佛教所称"三恶道"之

_____

　　① 　赖永海主编,陈秋平译注:《金刚经·心经》,中华书局 2010 年版,第 95 页。

一,后来驮经有功德,并以此清除了前世的业障,进而转入了"三善道"之一的人道。同卷第10中有一只鸽子在一个常年念《金刚经》的僧人屋檐下筑了巢,并孵出了两个鸽崽。老僧精心喂养,但后来摔死后,老僧便给埋葬了。三月后,梦见两个童子告诉他因为他们前世有罪转生为鸽子,后因听老僧诵《金刚经》后已经转生人间,投胎在某村某家。老僧到此地一打听,确有此事。鸽子曾因恶业而化身为畜生,后只因有听《金刚经》的功德而除掉业障,转生为人。此外《日本灵异记》和《今昔物语集》中冥界巡游死后重生的再生类故事同样依据此段教义。地狱和冥界在佛教中都是恶道,能够从恶道再次轮转出来返回人间道,均与持经、写经、听经等有关,并依此无上功德除掉杀生等前世恶业。佛经中"阿耨多罗三藐三菩提"意为完成人,又译为"无上正觉""无上正遍知""无上正等觉",是一种对真理体悟到无上境界的人。这一概念太过抽象,一般民众无法理解。因此中国和日本的同类型故事,将这一概念具体到一般的人。恶道也具体设定为畜生、冥界、地狱等。不仅日本《金刚经》灵异故事如此,甚至佛教在日本化的过程中也体现了这样的一个总体特征:"就佛教在日本化过程所呈现出来的各种文化现象而言,概而言之,可以归纳为高深教理的通俗、简单化,抽象教义的具体、具象化。"①

从以上两点可以看出,日本佛教说话集中的《金刚经》灵异故事虽然表现形式多姿多彩,但是表达的基本思想却和佛经的原教义是一致的,这也体现了佛教思想在亚洲传播过程中所呈现出的同一性和连续性。

结　语

从上述内容可以看出,日本佛教说话文学中的《金刚经》灵异故事直接来源于中国佛教文学,根本精神根植于印度佛典。印度佛教文学经过中国儒学

---

① 韦立新:《试论佛教在日本化过程中的文化现象》,《解放军外语学院学报》1994年第3期。

与道教的融合,又与日本的神道和民间信仰交汇在一起,使得佛教文学之花变得多姿多彩。

　　佛教文学是亚洲的文学,共同性表现在共通的主题和相似的情节。对于佛教文学的研究只有在整个亚洲文化语境下加以考察,才能梳理出故事的"源"与"流",描绘其"变"与"不变",进而揭示故事所反映出的亚洲各国文化的差异性。

第六章　亚洲文化语境中的
《法华经》灵异记

　　除了前面考察的《金刚经》,在东亚佛教史上产生重要影响的还有另一部经典《法华经》。《法华经》全称为《妙法莲华经》,被誉为"经中之王",是早期大乘重要经典之一。学界认为这部经典大概在大乘佛教初期就已经形成了,是大乘佛教早期经典之一。《法华经》产生之后,在印度、尼泊尔及中亚地区广为传播,后来传到东亚,为古代亚洲各国人民所持诵。《法华经》最早在三国时期就传到了中国,支疆梁接曾翻译《法华三昧经》,遗憾的是现在已经散佚。现今流传下来的有三种,分别为西晋竺法护据西域胡本翻译的《正法华经》、后秦鸠摩罗什的《妙法莲华经》、隋代阇那崛多与达摩笈多法师共同翻译的《添品妙法莲华经》。从翻译的时间跨度来看,该经在中国受到了佛教界和民众的重视,对中国产生了广泛而深远的影响。

　　何为《法华经》灵异记? 和《金刚经》灵异记相同,学术界尚未见对此有准确科学的定义,本章权且定义为:因诵经、持经、转读、写经等行为而产生的和《法华经》相关的诸种灵异故事。本章运用比较文学的方法,以印度佛典《法华经》、中国类书《太平广记》、日本的佛教说话集《本朝法华验记》为考察对象,揭示日本说话文学中《法华经》灵异记与中国文学中的《法华经》灵异记的关联性与差异性,以及两国作品与印度佛典的渊源关系,并分析作品中差异背后的各民族历史文化原因。

第一节　法华功德种种

与上一章《金刚经》灵异记具有同样的宗教原理,作为传播经典乃至佛教的重要手段之一,印度佛典《法华经》中对于持经、诵经、听经、写经等的功德极力渲染,以吸引信众,增强民众的信心,扩大佛教的影响。也就是说,佛教故事并非无源之水、无本之木,《法华经》灵异记的"源"和"本"而是佛典《法华经》。需要指出的是,日本的灵异故事大多并非直接取材佛典,源自中国佛教文学,再融入本土文化进行创作。而中国佛教文学大体是由从佛典直接演绎而来,没有经过桥梁的连接。如果用一个笼统的比喻来说,中国灵异故事如果是第一代移民,日本灵异故事则是第二代移民,每一代移民身上都打上了清晰的本民族文化烙印,同时他们又在体内保留着某种永恒不变的原始基因。这种原始基因便是佛教的基本教理教义,使得不管生在何种环境,类型化的特征都会将共通的基因表现出来。在探讨《法华经》灵异记之前,首先有必要对其中重要的佛经功德说进行简单的介绍。

第一,天童相伴。《法华经·安乐行品第十四》载:

> 尔时,师尊欲重宣此义,而说偈言:(前略)读是经者,常无忧恼,又无病痛,颜色鲜白,不生贫穷,卑贱丑陋,众生乐见,如慕贤圣,天诸童子,以为给使,刀杖不加,毒不能害。①

佛典《法华经》中师尊为了宣传读经的好处,说读了此经会受到众生的尊重,像敬仰圣贤一样,甚至天童都服侍周围。天童是天上的童子,一般侍奉在佛和菩萨左右,天童围绕身边,保护在左右,是为了凸显读经者的功德。

第二,疾病治愈。《法华经·药王菩萨本事品第二十三》载:

---

① 赖永海主编,王彬译注:《法华经》,中华书局2010年版,第339—340页。

此经能救一切众生,此经能令一切众生脱离诸苦恼,此经能饶益
一切众生,充满其愿。……此《法华经》亦复如是,能令众生离一切
苦、一切痛,能解一切生死之缚……此经则为阎浮提人之良药。若人
有病,得闻是经,病即消灭,不老不死。①

"药王菩萨本事品"说《法华经》是婆娑世界中人的良药,听此经可以灭除一切
疾病,用极度夸张的手法说明祛病种类无所不包。"病苦"是佛教"四苦"之
一,无论高低贵贱,人人都难以逃脱,佛经中宣称诵持该经可以远离各种疾病,
对于民众来说无疑具有巨大影响力。

第三,躲避灾难。《法华经·药王菩萨本事品第二十三》载:

善男子,汝能于释迦牟尼佛法中,受持、读诵、思惟是经,为他人
说,所得福德无量无边。火不能焚,水不能漂,汝之功德,千佛共说不
能令尽。汝今已能破诸魔贼,坏生死军,诸余怨敌皆悉摧灭。②

另外,《法华经·观音菩萨品第二十五》载:

闻是观世音菩萨,一心称名,观世音菩萨即时观其音声皆得解
脱。若有持是观世音菩萨名者,设入大火,火不能烧,由是菩萨威神
力故。若为大水所漂,称其名号即得浅处。……若复有人临当被害,
称观世音菩萨名者,彼所执刀杖寻段段坏而得解脱。若三千大千国
土满中夜叉、罗刹欲来恼人,闻其称观世音菩萨名者,是诸恶鬼尚不
能以恶眼视之,况复加害? 设复有人,若有罪、若无罪,杻械枷锁锁检
系其身,称观世音菩萨名者,皆悉断坏即得解脱。③

"药王菩萨本事品"和"观音菩萨品"中均有关于《法华经》功德中躲避火难、
水难、贼难、兵难等功能的记载。与其他品不同,观音品对于经典功德的种类
进行了细化,涵盖了人类所面临的种种灾难,体现了观音菩萨对于救人于危难

---

① 赖永海主编,王彬译注:《法华经》,中华书局 2010 年版,第 463—464 页。
② 赖永海主编,王彬译注:《法华经》,中华书局 2010 年版,第 463—464 页。
③ 赖永海主编,王彬译注:《法华经》,中华书局 2010 年版,第 483—484 页。

之事无所不包。

第四,往生天界。《法华经·普贤菩萨劝发品第二十八》载:

> 若有受持、读诵、正忆念、解其义趣、如说修行,当知是人行普贤
> 行,于无量无边诸佛所深种善根,为诸如来手摩其头。但若书写,是
> 人命终当生忉利天上,是时八方四千天女作众伎乐而来迎之,其人即
> 着七宝冠于婇女中娱乐快乐;何况受持、读诵、解其义趣,是人命终为
> 千佛授手,令不恐怖、不堕恶趣,即往兜率天上弥勒菩萨所。①

"忉利天"和"兜率天"分别为欲界的第二层天和第六层天。依此经所言,人在
命终之际书写《法华经》会往生忉利天,有天女来迎接,享受众多美女环绕的
快乐。而持经读诵并理解其中奥义的话会有千位如来相迎,来到弥勒菩萨的
处所。可见,持经、诵经、解经的功德更高。

第五,冥界巡游。冥界在《法华经》中通常指的是"三恶道"的地狱,并且
"冥界巡游"故事更加抽象,很难看出与中日两国佛教灵异记的关联。《法华
经·法师功德品第十九》载:

> 尔时,佛告常精进菩萨摩诃萨:"若善男子、善女子受持是《法华
> 经》、若读、若诵、若解脱、若书写,是人当得八百眼功德、千二百耳功
> 德、八百鼻功德、千二百舌功德、八百身功德、千二百意功德。以是功
> 德庄严六根皆令清净。"是善男子、善女子,父母所生清净肉眼,见于
> 三千大千世界内外所有山林河海,下至阿鼻地狱,上至有顶;亦见一
> 切众生,及业因缘果报生处,悉见悉知。②

这里宣说受持、读诵、抄写《法华经》的六根功德。八百眼功德不仅可以洞悉
大千世界,而且可以看透阿鼻地狱。《法华经》笼统地夸耀了经典的巨大功
德,对于世间万物进行了高度概括,成为后世文学演绎故事的依据。

第六,唯"舌不朽"。《法华经·法师功德品第十九》载:

---

① 赖永海主编,王彬译注:《法华经》,中华书局 2010 年版,第 522 页。
② 赖永海主编,王彬译注:《法华经》,中华书局 2010 年版,第 407 页。

> 复次,常精进! 若善男子、善女子受持是经,若读、若诵、若解说、
> 若书写,得二百舌功德。……若以舌根,于大众中所演说,出深妙声
> 能入其心,皆令欢喜快乐。又诸天子、天女、释梵诸天,闻是深妙音
> 声,有所演说言论次第,皆悉来听。①

《法华经》中对于读经、诵经、解经等舌功德进行了强调,并且声称诵此经声音
优美,且诸天来听。基于舌的强大功能,中日两国文学中创造出各种各样"舌
不朽"的故事。虽然具体的故事情节似乎和《法华经》原典教义没有直接关
联,但可以推测出来,是以此为宗旨进行了大胆的虚构。

第七,动物转生。《法华经·譬喻品第三》载:

> 见诸众生为生老病死、忧悲苦恼之所烧煮,亦以五欲财利故受种
> 种苦。又以贪着追求故现受众苦,后受地狱、畜生、恶鬼之苦,若生天
> 上及在人间,贫穷困苦、爱别离苦、怨憎会苦,如是种种诸苦。众生没
> 在其中,欢喜游戏,不觉不知,不惊不怖,亦不生厌,不求解脱,于此三
> 界火宅东西驰走,虽遭大苦不以为患。舍利弗,佛见此已便作是念:
> "我为众生之父,应拔其困难,与无量无边佛智慧乐,令其游戏。"②

"譬喻品"中提到在"火宅"中的众生有的受到了畜生之苦,舍利弗作为众生之
父,要将其从火宅中挽救出来,脱离苦海。畜生道为"三恶道"之一,因前世之
恶业化为诸种动物,要想摆脱畜生道之苦,需要作善业方能转生其他善道。

前面《法华经》从七个方面阐释了此经的功德,这也为其后东亚各国的
《法华经》灵异记创作提供了思想来源。

第二节　中日《法华经》灵异记之"大同"

在日本佛教说话集中,除了《日本灵异记》和《今昔物语集》收录了《法华

① 赖永海主编,王彬译注:《法华经》,中华书局2010年版,第421—422页。
② 赖永海主编,王彬译注:《法华经》,中华书局2010年版,第119页。

经》灵异记,《本朝法华验记》还是专门宣传该经的灵异故事集。《本朝法华验记》又称《大日本国法华经验记》,亦称《法华验记》,此书作于平安中期,作者为首楞严院的僧人镇源,是一部重要的佛教说话集。全书分上、中、下三卷,记载了与《法华经》相关的共计 129 个灵异故事。据学者考证,该书多个故事取材于《日本往生极乐记》《三宝绘》《日本灵异记》《叡山大师传》《慈觉大师传》等日本前代作品。除了借鉴本国文学元素之外,该书还与中国有深刻的渊源。该说话集关于创作机缘,在序言中写道:

> 窃以法华经者久远本地之实证,皆成佛道之正轨。搜其枢键,则普括一代五时之始末;寻其根元,亦包百界千如之权实。神德峨峨兮,一天之下高仰照曜;灵运浩浩兮,四瀛之中深润渥沢。故什公译东之后,上宫请西以降,若受持读诵之伴,若听闻书写之类,预灵益者推之广矣。而中比巨唐有寂法师,制于验记流布于世间。观夫,我朝古今未录。余幸生妙法繁盛之域,镇闻灵验得益之辈。然而或烦有史书而叵寻,或徒有人口而易埋。嗟呼,往古童子铭半偈于雪岭之树石,昔时大师注全闻于江陵之竹帛。若不传前事,何励后裔乎? 仍都鄙远近,缁素贵贱,粗缉见闻录为三卷。意宜为愚暗所作,专不为贤哲所作。长久之年季秋之月记矣。①

序文中,作者盛赞《法华经》为"佛道之正轨",普化众生。指出鸠摩罗什译经、圣德太子讲经注疏以后,持经、诵经、写经获益匪浅。又语带危机地说,唐(宋)的义寂法师著有《法华验记》,而日本没有,因此要效仿先贤,编撰此书,以"励后裔"。可以说,其创作的重要动机就是受到了中国说话集创作的影响,体现了外部的推动作用。

尽管作品取材于日本的前世说话集,但这些前世说话集也大多受到了中

---

① [日]镇源著,井上光贞、大曾根章校注:《往生伝·法華験記》,岩波書店 1974 年版,第 510 页。原文用变体汉文写成,依据文意及汉语习惯,笔者重新句读,并将日语汉字改写成汉语简体字。后同。

国文学的影响,因此《本朝法华验记》的创作除了动机之外,其故事结构、故事类型、叙事模式、作品素材都直接或间接地受到了中国的影响,这也可以作为中日比较文学研究的对象。而中国的《法华经》灵异记在《法苑珠林》《冥报记》《高僧传》等各种佛教文学作品中均有辑录,《太平广记》在第 109 卷中《报应八》对此类故事集中收录了 21 条,对于前世佛教作品中的故事进行了转录,集中反映了中国《法华经》灵异记的基本特色。本章不再考察每个故事之间的出典关系,只做整体和宏观的对比分析。囿于篇幅限制,不能穷尽所有故事,仅举若干代表性的类型故事进行比较。

第一类,唯"舌不朽"。《太平广记》中的"沙门法尚""释志湛""五侯寺僧""悟真寺僧""释道俗""史阿誓"条均属"舌不朽"类型。而《本朝法华验记》中仅第 13 段清晰地表达了"舌不朽"的情形。此类故事大多讲述因持经者潜心诵经,因此死后舌头不朽,甚至依然诵经不止。《本朝法华验记》中的沙门壹睿受持《法华经》多年,后参诣熊野,宿完背山,夜间听见诵《法华经》的声音:

> 明朝见有死骸骨,身体全连更不分散,青苔缠身,经多年月。见骷髅其口中有舌,赤鲜不损。①

后来壹睿问其骸骨因缘,骸骨的灵魂回答说本人叫"元善",生前发愿转读六万部《法华经》,活着的时候只读了一半,死后接着读经。《太平广记》中的"舌不朽"情节与上面故事有一定差别,但是都有对舌头的描写,如"东山人掘土见一物,状如两唇,其中舌,鲜红赤色"("沙门法尚条")、"骸骨并枯,唯舌不坏"、"余骸并枯,唯舌不朽"("五侯寺僧条")、"其骨槁然,独唇吻与舌,鲜而且润"("悟真寺僧条")、"身肉都尽,唯舌不朽"("释道俗条")、"见其舌根,如本生肉"("史阿誓条")。这些故事都将灵异重点放在了"舌不朽",并通过骨骸和身肉的枯尽和"鲜""赤""润"等形容词反衬、刻画舌头"鲜活如生"。

---

① [日]镇源著,井上光贞、大曾根章校注:《往生传·法华验记》,岩波书店 1974 年版,第 519 页。

第二类,冥界巡游。《太平广记》中的"赵泰条""李山龙条""李氏条"均属于"冥界巡游"类型。《本朝法华验记》第 8 段、第 28 段、第 70 段、第 118 段均可以归入此类型。此种类型故事最大的特点就是主人公因种种机缘进入冥府,由于生前持经、诵经、抄经等而获得功德,最终从冥界返回人间。不过入冥界后的巡历体验各有不同。《本朝法华验记》第 8 段中妙达到了阎王宫后,受到了王的礼拜,王告诉他并非命尽而来,而是请他为日本众生诵经,教化百姓。第 28 段源尊幼年开始诵《法华经》,但不能背诵,后染重病死后入冥界。阎王身边有僧人,向其禀报,称源尊生前诵《法华经》有功德。源尊后为阎王诵经,遂得活。第 70 段沙门莲秀染病入冥途,来到了三途河遇见了三途河姬,老姬称如果莲秀送给她僧衣便可渡河,后来被四天童所阻止,令其复生。第 118 段藤原氏读经染病,死后进入冥界,但冥界却是极乐世界,后来天童将其送回阳界。《太平广记》"赵泰条"中的赵泰死后入冥界,因其生前没有恶业,在冥界做了小官。后来见到了地狱中的父母和弟弟,有人前来告知狱吏,称其生前礼佛,后三人转入福舍。后来又经历了种种宗教教诲,最终返回人间。李山龙生前有善业,入冥界后阎王请其讲经,然后游历了地狱,返回人间。而"李氏条"中的李氏因奴婢卖酒时缺斤少两,而被误抓到了阴间,因生前打算造佛经,判明之后将其放还。故事内容尽管千差万别,但基本上都是从阳界到冥界,经历了冥界的教育和洗礼之后,又再次返回人间。

第三类,动物转生。《本朝法华验记》中的第 24、25、26、27、30、36、37、53、58、77、78、89、93、126 段等。《太平广记》中仅录一条"石壁寺僧"。此类故事中的人因造诸种恶业,化身为各种的动物,如牛、蚯蚓、蛇、狗、黑马、虫、蟋蟀、猿、鸽。这些动物又因为听经、驮经等功德,转生为人。这些故事往往借助梦境叙事,叙述各种生前事、转生事。

第四类,疾病治愈。《本朝法华验记》中的第 88、91、122 段和《太平广记》的"费氏条""释慧进条""彻师条"都属于"疾病治愈"的类型。《本朝法华验记》第 88 段中的莲照法师苦行,将衣服施与他人,身体聚集了各种寄生虫。

法师却不肯听人劝说而涂药，以免杀生。于是诵《法华经》，后梦见有一贵僧盛赞其行，然后用手抚摸其伤痕，其病痊愈。第91段盲僧妙昭法师为他人诵经，"病恼之人，闻盲僧经，除愈病患""乃至摄念受持，两目开见一切诸色矣"，虽然本人眼病未能治愈，却可以为他人治愈各种疾病。第122段，筑前国有一盲女，盛年之时眼睛忽然失明，于是请一尼姑为其诵经。后来梦见一僧人，僧人"即以手指摩开两目。梦觉已后，两眼忽开，见色分明"。《太平广记》的费氏常年诵《法华经》，患上了心痛病。梦见佛以手摩其心口，随即病愈。慧进诵《法华经》，后生病，于是发愿造百部《法华经》，积攒了一千六百文钱。贼来抢劫，于是慧进将这些钱给贼看，贼被吓退。最终实现造经的愿望，病忽然痊愈了。彻师禅师遇见了一个生疮癞的人，将其救下，教其诵经。可是此人愚笨，学习比较慢。于是梦见有人教授诵经，后有领悟。生疮癞之人渐渐病愈。

第五类，躲避灾难。《太平广记》的"释慧庆条"中的慧庆常年诵《法华经》。一次乘船出行，突遇狂风雷电，所乘之舟几乎倾覆，于是顿觉船在浪中如有人牵之，平安抵岸。《本朝法华验记》第40、54、57、71、72、107、113、114、115段等属于此类。沙门平愿常年念《法华经》，一次在房屋坍塌之际，突然有神人前来搭救，将其从危险中救出。沙门珍莲在被大火围困的紧要关头，专心念《法华经》，火突然熄灭，免死。年轻的持经僧人在恶鬼来袭的时候，一心念《法华经》，毗沙门天王前来救助，杀死恶鬼。真远法师被官吏莫名绑缚，于是心念《法华经》。该官吏夜里梦见普贤菩萨样子的神人乘大象过问真远被缚之事，官十分惊恐，当夜便释放了法师。沙门光空被人造谣称与兵部郎中妻子私通，于是被绑缚起来，并被人以箭射之。光空高声念《法华经》，箭自折。兵部惊恐，放了沙门。光空后来梦见是普贤替他受箭。大隅掾纪某因上司怨恨，被派遣远地戍边，并被遗弃在无人岛之上，后念《法华经》，有人驾舴艋舟前来搭救。捕鹰者遭同伴背叛，身处险境，于是诵《法华经》，观音菩萨化蛇前来搭救。盗人多多丸子从小诵《法华经》，偷盗被捕获之后，被士兵射杀，箭不着身，后来得知，是观音前来搭救。周防国判官从少年开始诵读《法华经》，后遭政敌怨恨,被半路偷袭,结果得三井观音救助,免死。

第六类,天童相伴。《太平广记》"释弘明条"中弘明诵经习禅定时,"每旦则水瓶自满实,感诸天童子,以为给使也",天童为其供养。《本朝法华验记》第 11、21、68、79、87 段等属于此类。某持经者在深山里修行,修行期间"天诸童子,以为给仕"。沙门光日年老时在太子山修行诵《法华经》。后夜宿八幡宫,并诵《法华经》。有人梦见有八个天童礼拜光日,并以妙花洒在其身。沙门行空迷路之际,"天童示路"。信誓阿阇梨诵经之时,有天童来听《法华经》。关于"天童",《佛学大辞典》中的解释:"(天名)护法诸天现童形而给侍于人者。《释门正统》八曰'天童给仕'。《法华经·安乐行品》曰'天诸童子,以为给使'。"①可见,天童是护法的化身,而"给侍"或"给仕""给使"都是指服侍他人的人。两部作品中的天童虽然具体行为不同,但都侍候他人。

上述六类均为《本朝法华验记》和《太平广记》所共通的《法华经》灵异类型。除此之外还有一些是"此有彼无"的类型。如"唯经不损类"。《太平广记》中收录两条,分别为"云韵禅师条"和"苏长条"。云韵禅师请人写《法华经》,后遇胡贼,于是逃离之前,"方箱盛其经,置高岩上"。后来贼退之后,"乃寻经,于岩下获之。巾箱糜烂,应手灰灭,拨朽见经,如旧鲜好"。苏长的小妾常年诵《法华经》。苏长赴巴州任刺史途中,在嘉陵江上遭遇风暴,全家溺死。而小妾"头戴经函,誓与俱溺",但意外的是,"倾之着岸,逐经函而出。开视其经,了无湿污。"这一类型在《本朝法华验记》中并没有找到。另一方面,《本朝法华验记》中大量存在的诸如"骷髅诵经"和"往生天界"两种类型《太平广记》却没有收录。

当然,还有其他一些类型故事,无法一一列举。通过上述的简单整理可以发现,中国的文献和日本佛教说话集中存在大量共通的《法华经》灵异故事,这种相似和相通绝非偶然,存在着一定的事实的联系,有的是直接影响,有的

---

① 丁福保编:《佛学大辞典》,上海书店 1991 年版,第 474 页。

是间接影响。关于出典研究,已经有学者做了深入的探讨,这里不再进行渊源追溯。

第三节　中日《法华经》灵异记之"小异"

古代日本面对先进的中华文化一直存在着矛盾的心理,一方面囿于本国薄弱的文化根基不得不引进和模仿中国文化,但另一方面内心又不甘心成为文化附庸,于是绞尽脑汁地改造外来文化,试图凸显本国文化的特色,以对抗中国文化。因此,文学创作者本人的时代特色、本国的历史传统、土著的民俗信仰、作者的创作观,都是影响一部作品的重要因素。

基于此,以下从文化语境的角度分析中日《法华经》灵异记细节上的差异,进而揭示文学传播中变异背后的原因。

首先,佛教故事中土著信仰。佛教传入中国之后,与中国固有的民间信仰产生了不同程度的冲突和融合,这在《太平广记》中的《法华经》灵异故事中有多处表现。"释昙邃条"中的晋僧人昙邃住在白马寺,"蔬菜布衣"并能诵经、解经。有一天夜里,突然听见有人敲门,请他诵经,邃起初拒绝了,后来在其一再邀请下,梦中身在白马岛神祠中,为其讲经:

神送白马一匹,白羊五头,绢九十匹。呪愿毕,于是遂绝。[1]
这里"神""白马""白羊"是值得仔细研读的关键词。文本最初并没有交代是谁请僧人诵经,后来故事结尾才出现是"神"。这个"神"是白马岛神祠中供奉祭拜的神祇,属于中国固有的民间信仰对象。"神"为了答谢昙邃诵经,居然以白马和白羊供养。神完全是依据民众对他供奉的神馔来献给僧人。马和羊作为荤腥食物奉献给僧侣以为表达了自己极大的诚意,但是对素食的僧侣来说,这是犯了最大的忌讳,恐怕令昙邃哭笑不得。这其实体现了神对外来佛教

---

[1]　（北宋）李昉等编:《太平广记》,中华书局 1961 年版,第 738 页。

的教理教义不甚了解,也从一个侧面说明,即使在晋代,中国民间对佛教依然存在误解。但另一个方面,神请僧人诵经也证明当时一般民众虽然一知半解,但却囫囵吞枣地信奉佛教。在"赵泰条"中,这一点说得更加直白。赵泰进入冥界之后,冥官用生死簿查阅人生前所犯罪恶时指出:

> 人死有三恶道,杀生祷祠最重。①

"三恶道"指的是畜生、饿鬼、地狱。而通过杀生祭祀和祈祷这种行为是最大的罪业,佛教反对杀生,这是最基本的戒律。这其实也是借助冥官之口,对中国民间杀生祭祀行为的一种警告,从根本上说是外来信仰体系和本土信仰体系之间的冲突。

佛教传到日本,自然也会和日本原有的宗教发生摩擦与交融。《本朝法华验记》第81段某檀那欲立宝塔,每次都被雷电击毁,反复多次。沙弥神融为其诵经护塔:

> 即住塔本诵法华经。爰叆叇布云,细雨数降,雷电见曜。愿主作是念:"雷破塔相也。"悲叹忧愁。神融上人立誓,高声诵法华。时有一童男,从空下落,见其形体。头发蓬乱,形貌可怖,年十五六岁,被缚五处,流泪高声,起卧辛苦而白言:"持经上人,慈悲免我,自今以后更不破塔。"时神融法师问破坏因缘,雷白圣言:"此山地主神与我有深契。地主语曰'此塔立我顶耳,仍无住处,为我可破坏塔。'依地神语度度破坏。而妙法力不可思议能伏一切。依之,地主移去他所,我敬恐避由此。"当知愿主足,圣人誓言实。神融圣人告雷神云:"汝随佛法不作违逆,发起善心,不破宝塔。尤当利益汝。但见此寺更无水便,遥下谷汲水荷登,雷神此处可出泉水,以为住僧便。汝若不出水,我缚汝身!"②

---

① (北宋)李昉等编:《太平广记》,中华书局1961年版,第740页。
② [日]镇源著,井上光贞、大曾根章介校注:《往生伝·法華験記》,岩波书店1974年版,第548页。

这是一个表现佛教与神道冲突的典型故事。因为立塔,本地的地主说"此塔立我顶耳,仍无住处",抱怨佛塔侵占了自己原有的生存空间。于是请另一位好友雷神击毁佛塔,赶走佛教。神融不仅用法力降服雷神,而且语带威胁地告诉他,这里不仅要住僧人,你还得让这里泉眼出水,否则就绑他,体现了佛教的强势进入。可以说,故事用具体事件,表达了一个庞大的隐喻主题。檀那立佛塔,象征着佛教的进入,地主神的抗拒象征着本土神道的抵抗。最终神融打败雷神则象征着佛教战胜了神道。与这个激烈对抗的关系不同,《本朝法华验记》第80段则缓和很多。故事中明莲法师好诵《法华经》,但奇怪的是,只能背到第七卷,第八卷无论如何也背不下来,愁苦不已,于是:

> 祈乞佛神,应知此事。即笼稻荷百日祈念,更无其感。长谷寺、金峰山,各期一夏,更不得应。诣熊野山,百日勤修。梦想示云:"我于此事力所不能及,可申住吉明神。"沙门依梦告参住吉社,百日祈祷。明神告言:"我亦不知,可申伯耆大山。"沙门参诣伯耆大山,一夏精进。大智明菩萨梦告言:"我说汝本缘,勿疑!"①

作为佛教弟子的明莲,为了弄清背不下来第八卷的因缘,求助于佛祖或菩萨。可他却偏偏去了稻荷神社、住吉神社,祈请神明给予明示。这些神明都不能解释原因,最终从"大智明菩萨"那里得到答案,说明佛教系统中的菩萨的法力还是高于神道的,暗示本土神道教与佛教的较量,佛处于上风。但不得不说,明莲起初求助于神,这在一定程度上说明在当时人看来,神佛本是一家,神即是佛,佛即是神。平安时代中期以前,就有所谓"本地垂迹"的思想了。表现神佛融合的佛教说话故事还有第86段。道命阿阇梨诵《法华经》受到了信众的追捧,甚至诸多神明亦来听经:

> 有一老僧,笼行其寺。梦见堂庭及四邻边,上达部贵人充塞无隙,皆合掌恭敬,向寺而住。又从南方遥见有音,皆人闻言:"金峰山

---

① [日]鎮源著,井上光贞、大曾根章校注:《往生伝·法華験記》,岩波书店1974年版,第546页。

藏王、熊野权现、住吉大明神,为闻法华来至此所。"皆悉讫,一心顶礼,闻阿阇梨诵法华经。住吉明神向松尾明神而作是言:"日本国中,虽有巨多持法华经人,以此阿阇梨为第一。闻此经时,虽生生业苦,善根增长,仍从远处每夜所参也。"松尾神言:"如是! 如是!"①

故事中,日本著名的神金峰山藏王、熊野权现、住吉大明神、松尾明神都远道而来,聆听阿阇梨诵《法华经》,这其中表明的是神道向佛教的归附。特别是借用住吉大明神和松尾明神之间的对话,揭示听经的功德,即"闻此经时,虽生生业苦,善根增长",说明当时神道中的众神已经接受了佛教宣扬的业报思想,体现了本土宗教与外来的佛教融合交汇。

尽管上述对比的故事不属于同一类型的故事,但都是《法华经》灵异记。故事中的某些情节,甚至是细枝末节都凸显了两个国家文化语境的差异。僧侣创作者们将弘扬佛法视为己任,都试图从本国的文化背景出发,用本民族所熟悉的文化场景和宗教语言来揭示佛教的特点,努力改变固有信仰中与佛教教理相冲突的部分,进而推动佛教在本国民众中的发展。

其次,僧侣礼佛仪轨创举。佛教虽然从中国传入日本,但是到了日本之后发生了巨大的变异,这种变异在说话集的文本中则演变成一种文学的变异。如,礼佛方式方面出现了新的样式。《本朝法华验记》第 6 段中延昌僧正在入灭之前,"右胁以枕卧,前奉安置弥陀尊胜两像,以线系于佛手,结着我左手,把愿文右持念珠,结定印入灭"。第 51 段境妙法师,勤学《法华经》,临终前"沐浴身体,着净衣裳,以五色线着弥陀佛手,以其手线系我手,向西方坐。"第 99 段中也有类似的表现。比丘尼释妙诵《法华经》又称念弥陀:"临迁化时,手取五色线,一心念佛。正历三年端坐入灭"。故事中尽管没有涉及释妙用线系于佛手,但是也象征着这种行为。另外,在《日本灵异记》《拾遗往生传》等佛教说话集也有类似记载,而这种用线连接佛手和自己手的例子在中国佛

---

① [日]鎮源著,井上光貞、大曾根章校注:《往生伝·法華験記》,岩波书店 1974 年版,第551 页。

教文学中并未见到。关于以线系佛手的礼佛方式,日本学者原田行造对平安时期的作品进行了梳理,指出:"与平安中期用华丽的五彩线系于九体佛手不同,奈良时期用的是简朴的绳子。系的地方也未必都是佛手,也有系在足背的情景。并且,平安中期具有作为来世迎请证据的个人救济之含义,而奈良时期则为实现得度愿望和致富愿望这种极为现实的情形下使用的。"①从原田行造的考察可以看出,净土宗传入日本之后,礼佛形式有了特殊的创举,并在当时广泛实行,这恰好被镇源运用到故事的创作中来,使得故事更加符合日本佛教发展的真实状况。

再次,僧侣修行规范的突破。在修行规范中的饮食方面,日本的僧人也有了某种新的变化,集中体现在禁盐。如相应和尚"和尚天性极大精进,志念勇进,断谷断盐,厌世美味"、应照法师"断谷断盐更不食甘味"、莲坊阿阇梨"常以断食为业,又断盐诵法华"、沙门良算"永断谷盐只飧菜蔬"。在《太平广记》中昙邃"蔬食布衣,诵法华经"、慧进"蔬食布衣,诵法华经"。两部作品中的僧侣修行过程中均为素食,这是佛教基本戒律规范,但是日本僧人竟然发展到"断盐"的程度,这也体现出在修行要求方面,日本僧人更为严格。作者通过当时断盐的行为凸显日本高僧修行的虔诚度,用以区别中国修行的特征。因为作者运用了真实的佛教修行习俗,主观上满足了当时信众的阅读亲近感,客观上使得中日两国故事表现出细微的异样风情。

最后,僧侣生活样式的差异。《本朝法华验记》故事中出现了僧侣蓄养妻子的现象。第62段不详姓名的僧人"具足妻子"、莲秀法师"牵世路虽具妻子,心犹归信法华大乘,每日读诵观音经一百卷"、寻寂法师"虽具妻子,犹期菩提"。在中国佛教界,结婚生子是被禁止的,但是佛教传到了日本,僧侣的生活样式产生了新的变化。从描述莲秀法师和寻寂法师的语句可以看出,虽然养妻子,但丝毫不影响诵经,两者并不冲突,甚至还成为了故事情节发展的

---

①　［日］原田行造:《〈本朝法華驗記〉所收説話の特徵・下》,《金沢大学教育学部紀要》1974年第23号。

必需情节。

通过上述的对比可以发现,《本朝法华验记》为了突出本民族特色,特意将日本佛教特有仪轨和礼俗融入各个故事中,一方面让本国读者感觉灵异故事就在自己身边,另一方面也实现了作者创作"本朝"法华验记的目的。

第四节 中日《法华经》灵异与法华功德

《法华经》灵异记的创作是为了进一步详细解说经典中的基本教义,因此不管故事如何神奇虚幻,其主题思想基本最终仍然归于持经、诵经的功德说,各种类型均以教义为依据,下面结合前面的论证简单探讨一下佛典功德与《法华经》灵异类型之间的关系。

一、"天童相伴型"。《太平广记》和《本朝法华验记》为了宣扬诵经者的功德,创作了包含天童相伴、天童供养、天童来迎情节的灵异记故事,这些故事都是基于《法华经·安乐行品第十四》"天诸童子,以为给使"的思想。佛典《法华经》中师尊为了宣传读经的功德,说读了此经会受到众生的尊重,像敬仰圣贤一样,甚至天童都服侍周围。

二、"疾病治愈型"。《法华经·药王菩萨本事品第二十三》指出"能令众生离一切苦、一切痛""若人有病,得闻是经,病即消灭",说《法华经》是婆娑世界中人的良药,听此经可以灭除一切疾病,用极度夸张的手法说明祛病种类无所不包。中日两国文学中的佛教故事以此教义为原点,将笼统抽象化为详细具体,将人间常出现的疮伤、失明、心痛、疮癞等具体疾病引入故事中,然后通过诵经、持经、抄经的功德,灭除这些疾病,为《法华经》的宣传作注脚。

三、"躲避灾难型"。《法华经·药王菩萨本事品第二十三》和《法华经·观音菩萨品第二十五》说持诵此经可以避水难、火难、贼难、兵难、狱难。与其他品不同,观音品对于经典功德的种类进行了细化,涵盖了人类所面临的种种灾难,体现了观音菩萨对于救人于危难之事无所不包。《太平广记》和《本朝法华验记》中的故事都是以此为依据而杜撰出来的,反过来证明其所宣教义的可信性。

四、“往生天界型”。与其他宗教的生命观不同,佛教认为生命以不同形式在六道中不断轮回,天道是最高级别的道。在《法华经·普贤菩萨劝发品第二十八》中宣扬书写《法华经》“人命终当生忉利天”“不堕恶趣,即往兜率天上弥勒菩萨”,“忉利天”和“兜率天”分别为欲界的第二层天和第六层天。依此经所言,人在命终之际书写《法华经》会往生忉利天,有天女来迎接,并可享受众多美女环绕的快乐。而持经读诵并理解其中奥义的话会有千位如来相迎,来到弥勒菩萨的处所。可见,持经、诵经、解经的功德更高。《本朝法华验记》中的第 16 段沙门仁镜临终前,昼夜诵《法华经》:

> 或时狮子常来驯亲,或白象来昼夜宿直,定知文殊菩萨守护。年百二十七岁入灭。故老梦云:“捧法华经上升虚空,我今往生兜率内院,值遇弥勒矣。”①

这一故事完整诠释了佛典的教义。仁镜借用他人梦境,告诉自己诵经往生兜率天,并且还遇见了弥勒。第 120 段壬生良门书写并供养《法华经》,供养时有诸种祥瑞:

> 或鲜白莲花,自然而散法会之庭。或众细音乐,遍满堂内。或天诸童子捧华而来,或奇妙鸟来狎和鸣,或护世天人合掌敬礼。如是奇瑞,或在梦中。或有眼前,千部愿毕,所念成就,临最后时。良门洗手漱口。告左右曰:“天女数千。调和音乐从空下。我随彼天,升兜率宫。”言语已毕,合掌安座而气绝焉。②

壬生良门因写经供养《法华经》的功德,供养期间便有诸天来迎之相。入灭

---

① ［日］镇源著,井上光贞、大曾根章校注:《往生伝·法华验记》,岩波书店 1974 年版,第520 页。

② ［日］镇源著,井上光贞、大曾根章校注:《往生伝·法华验记》,岩波书店 1974 年版,第561 页。

前,告诉左右天女来迎升兜率宫。《本朝法华验记》中的故事仿照《法华经》的教义,编造了诸天来迎的各种桥段。

五、"冥界巡游型"。冥界在《法华经》中通常指的是"三恶道"的地狱,并且"冥界巡游"故事更加抽象,很难看出与中日两国佛教灵异记的关联。《法华经·法师功德品第十九》说"若读、若诵、若解脱、若书写,是人当得八百眼功德",这里宣说受持、读诵、抄写《法华经》的六根功德。八百眼功德不仅可以洞悉大千世界,而且可以看透阿鼻地狱。《法华经》笼统地夸耀了经典的巨大功德,对于世间万物进行了高度概括,成为后世文学演绎故事的依据。《本朝法华验记》和《太平广记》从这一条教义出发,把阿鼻地狱换成了民间信仰中的冥界,将清净肉眼洞悉阿鼻地狱之事改写成了亲身游历冥界的具体事件。可以说,《法华经》的演说毕竟深奥晦涩,难以理解,但是经过僧侣的改变,幻化成各种情节丰富的故事,更加易于被人理解、被人接受,更有助于增强宣教的效果。

六、"唯舌不朽型"。《法华经·法师功德品第十九》说"若读、若诵、若解说、若书写,得二百舌功德",《法华经》中对于读经、诵经、解经等舌功德进行了强调,并且声称诵此经声音优美,且诸天来听。基于舌的强大功能,中日两国文学中创造出各种各样"舌不朽"的故事。虽然具体故事的情节似乎和《法华经》原典教义没有直接关联,但是创作者却以此为宗旨进行了跨越式的虚构。

七、"动物转生型"。《法华经·譬喻品第三》的"譬喻品"中提到在"火宅"中的众生有的受到了畜生之苦,舍利弗作为众生之父,要将其从火宅中挽救出来,脱离苦海。畜生道为"三恶道"之一,因前世之恶业化为诸种动物,要想摆脱畜生道之苦,需要作善业方能转生其他善道。中日两国动物故事色彩缤纷,光怪陆离,但都是宣说此理,只是在创作的过程中,将转生的善业具体化为诵经、持经、写经。

《本朝法华验记》除了用故事演绎佛教思想,还直接撷取佛典中的文句,反复强化宣说佛教道理。第 11 段的"天诸童子,以为给仕"出自《法华经·安乐行品第十四》;而"得闻是经,病即消灭,不老不死"取自《药王菩萨本事品第二十三》。故事中借用圣人之口,说出了《法华经》的语句,将端正童子以美食供养之事用经典文句来概括,同时也用来描绘圣人的面貌不老。第 87 段的"经文刀杖不加,毒不能害"出自《安乐行品第十四》。故事中信誓阿阇梨多年诵《法华经》功德无量,后心想如果多活在人间或许会多造罪孽,不如早死免作恶业。于是吃了一种名为"附子"的毒草,可是却安然无恙。为了说明这一灵异,以证明诵经的功德,便引用这一语句。第 123 段的"蚖蛇及蝮蝎,气毒烟火燃"取自《观音菩萨品第二十五》。故事中的女主人公常年诵《法华经·观音品》,一次偶然的机会从捕蟹人的手里救下了螃蟹并放生。其父后来遇见一条毒蛇欲吞食青蛙,感觉可怜便承诺如果毒蛇放了青蛙便会让其做女婿,毒蛇放了青蛙。晚上毒蛇来到了家里,结果被许多螃蟹钳断死亡。女主人公对父母说,她整夜诵观音经,有一个一尺长左右的观音告诉她让她念"蚖蛇及蝮蝎,气毒烟火燃"等文句,于是得以免灾。这里女子之所以能躲避灾难既是蟹报恩,又是诵经功德得观音庇佑。《法华经》的偈言指出诵经的功德"蚖蛇及蝮蝎,气毒烟火燃,念彼观音力,寻声自回去",恰恰符合了《本朝法华验记》中的故事主题,引用文句起到了强化主题的作用。正如广田哲通所论:"经文就是说话的一种证据,若从经文角度来看,说话也是它的证据。"①概言之,两者是互证的关系。

从前面的考察可以看出,上述诸多类型故事大多在佛典中能够找到基本教义,不过表现程度有所差异,有的是直接、清晰的,有的是模糊、暧昧的,不管故事距离佛经的言说距离有多远,但在更深的层面是一致的。当然,引用的某些经典文句直接点出了故事的主题,更加说明了灵异记与佛典的关联性。

---

① ［日］廣田哲通:《経文と説話:本朝法験記を実例として》,《女子大学·国文篇》1982年第 33 卷。

结　　语

　　《法华经》作为大乘佛教的重要经典之一,集中反映了古代印度的轮回思想、业报观念,同时也展示了信马由缰的文学想象力。《法华经》作为亚洲文学的种粒,随着佛教的传播,来到了中国和日本,并在异域土地上生根发芽、开花结果。因为《法华经》灵异记中在很大程度上都直接或间接依据佛典而作,因此两国的故事都呈现出主题共通、情节相似的类型化特征,这是由《法华经》倡导的基本教义决定的。

　　当然,无论中国还是日本,在诵持、阅读、传抄《法华经》的同时,立足于本土接受语境,均重新认识了这部外来教典。为了便于本民族的民众接受《法华经》思想,中日两国的创作者将信众熟悉的本地习俗和信仰融入其中,使得故事呈现出了不一样的异域风情,体现了文学的变异。文学的变异性根源于创作者的创作观、生活体验、历史背景等综合的文化语境。可以说,从宗教传播看文学创作,可以发现亚洲文学乃至文化的共通性和一致性。从故事细节的差异也可以深刻地追溯各民族相异的文化底蕴。

第七章 佛教说话文学类型的
建构与类型生成

　　在浩瀚的佛教典籍中,作为佛教文学重要组成部分的佛教灵异记数量之巨不可计数,情节也是林林总总,光怪陆离。佛教利用一切可以利用的元素,创作灵异故事,扩大影响。其中"三宝"是这些灵异记中最主要的内容,除此之外,在众多佛教灵异记中还有佛迹灵异记、佛塔灵异记、佛寺灵异记等其他类型,这些有待日后继续深入系统研究。

　　亚洲的佛教灵异记有其共同的源头,那就是佛典。在佛典中记录了佛教最基本的教义,佛教徒们为了宣传这种教义,在印度、西域、中国、朝鲜半岛、日本等地创作了各种各样的佛教灵异记。一方面受到教义的约束,这些佛教灵异记形成了共同的类型;另一方面,又受到各民族独有的历史文化土壤的影响,在相同佛教灵异类型中存在细节上的差异,甚至还产生了不同的灵异类型。那么如何对这些故事进行归类,划分出准确的类型,是研究佛教灵异记的重要步骤。此外,这些佛教灵异记是如何形成的,也是不可回避的学术问题,本章对佛教说话文学进行进一步系统的划分,为准确认知佛教说话文学的本质、特征以及和社会文化之间的关联提供借鉴。同时也尝试对佛教说话类型的形成过程进行初步的探讨,为今后的进一步研究起到抛砖引玉的作用。

第一节 佛教说话类型的建构

所谓类型是具有共同特征的事物形成某一种类。同样,佛教说话文学的类型建构首先就是找到共同特征,这种共同特征是在某种标准或依据下规定出来的,因此若要对众多的佛教灵异记进行类型化的规定,首先就是确定某种标准。这种标准的制定与使用,因研究者的研究目的或视角的不同而不同,呈现出很大的差异性。下面对以往研究中类型划分进行粗略考察,分析得失,为本书提供参考。

在众多研究中,有两部代表性的著作,值得重点分析。首先,马渊和夫监修、说话研究会编辑的《日本的心·日本说话》(大修书店,1987 年)中对于日本的说话文学进行了分类。该丛书分一、二、三卷,第一卷分为“总说”“印度说话”“中国说话”;第二卷分为“佛教说话”“文学说话”;第三卷为“世俗说话”。该丛书的分类层次关系如图 7-1 所示。

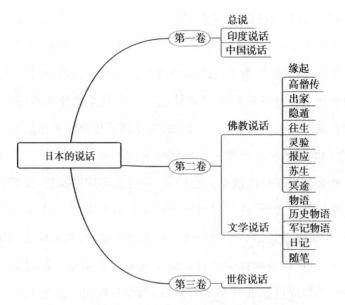

图 7-1 《日本的心·日本说话》佛教说话分类示意图

因为本书中主要观察佛教说话的分类,故该图中略去了第一卷、第三卷最末端层级的分类。通过该图可以看出编辑者分类的用心,研究者们试图囊括印度、中国、日本的说话文学,同时其研究也尝试统摄佛教说话文学和世俗的说话文学,其全面性可见一斑,其意义也可圈可点。但是,或许是因为内容太过广泛,其中的问题也是显而易见的。第一卷中的分类是按照故事的地域为标准进行分类的,印度和中国是一种并列的关系,完全成立。不过,第二卷和第三卷的分类就有些问题了。一般来说,"佛教说话"与"世俗说话"是对应的概念,前者故事内容属于宗教性质,后者是非宗教性质的,因此在这一层级的分类就出现了不对等的现象。而第二卷中"佛教说话"与"文学说话"作为并列项就问题更大了,因为与"文学说话"对应的应该是"非文学说话",难道"佛教说话"是"非文学说话"吗?接下来对于"佛教说话"的分类同样显得层次混乱,因为下属的九项的设立标准十分随意。如,"缘起"和"高僧传"可以并列到一起,因为属于两种不同佛教灵异记的体裁,按照体裁的标准,两者是可以有对等关系的。但是"出家""报应"等往往是一种故事主题,因此这些类型是按照主题进行划分的,和"缘起""高僧传"的划分标准相矛盾,所以这种分类的方法值得进一步商榷和推敲。

相对上面这种标准类型划分存在的瑕疵,入部正纯在《日本灵异记的思想》(法藏馆,1988 年)一书的第二章中对《日本灵异记》的佛教灵异记所进行的划分则更加清晰明确。该书在目录中将第二章题目定为"日本灵异记与佛·法·僧",然后进一步分成三小节,按照"佛教三宝"划分为"灵异记的经典信仰""灵异记中登场的僧尼""灵异记的佛·菩萨信仰"。其中"经典灵验谭"中根据获得经典灵异的不同主题划分为"自身奇瑞""持经者奇迹""经典利益"(除了经典和持经者之外的第三者);僧尼灵验谭中按照身份进一步划分为"官僧""私度僧""身份不明僧";佛、菩萨灵异记中根据利益施与灵威显示的主题进一步分为"利益说话"和"灵威说话"。在这两类的基础上,又进一步按照佛和菩萨的身份分为"观音""弥勒"等。为了清晰呈现彼此之间的层次关系,同样用思维导图来表示,如图 7-2 所示。

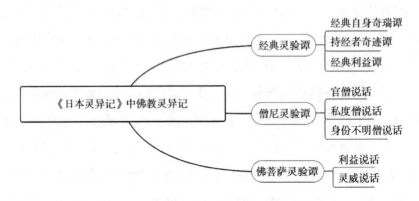

图 7-2 《日本灵异记的思想》佛教说话分类示意图

入部正纯对于佛教说话文学的分类比较全面,且层次比较清晰,但是由于只是考察一部说话集《日本灵异记》中的信仰情况,因此这些类型并没有进行历时性的考察,其流变关系也没有涉及,因此这种类型构建及其研究也存在一定的不足。

正如在第一章研究综述中所梳理分析的那样,其他研究成果中大多只是针对某一类的研究,如经典灵异记研究、僧侣灵异记研究、佛像灵异记研究、报应谭研究、报恩谭研究、异类婚姻谭研究等,这些分类中有的按照"佛教三宝"进行分类,有的按照故事情节进行分类,有的按照主题进行分类,标准不尽相同,但都通过这些分类达成了某种研究目的。这些研究中,在分类方面要么缺少宏观广度,局限于某一类别,缺乏整体性观照,要么逻辑意识不明确,无法呈现类型之间不同的层次关系,要么分类的标准太过随意,没有呈现出统一的规范性。正是这些分类存在的局限和不足,直接影响到了佛教说话类型研究的效果。如无法全面统摄佛教灵异记的整体,各种灵异记中间的关系考察不足,类型的历时性考察缺失等,因此说建立合理科学的灵异记类型对于佛教灵异记的研究来说意义重大。

本书在吸收借鉴先学研究中划分类型的经验和不足的基础上,针对庞大的佛教灵异记说话群按照某种标准,建立了不同层次的分类,类似于生物界的"界""门""纲""目""科""属""种"的逐渐细化的分类法。具体言之,按照宗教类别,相对于道教、伊斯兰教、基督教等宗教,首先将研究对象限定在佛教的范围内,将与宣传佛教灵异的佛教说话文学统称为"佛教灵异记"。"佛""法""僧"是佛教教法和证法的核心,被称为"佛教三宝",因此在佛教灵异记的基础上进一步分出了有关于佛的灵异记和经的灵异记。因为从广义上讲,佛陀、舍利和佛像分别代表了真身和法身,可以统称为"佛",因此按照佛的种类进一步划分出了"佛陀灵异记""舍利灵异记""佛像灵异记"。与佛的灵异记相处于平行位置的还有经典灵异记,根据经典的种类进一步划分出"《金刚经》灵异记"和"《法华经》灵异记"。在此基础上,以故事情节为主,诸种功德为辅,针对故事整体特点,进行整体判断,进而综合归纳出更为具体的佛教灵异记类型。

对佛教灵异记基本类型的划分为什么要采用情节和功德相结合的标准呢?"佛教说话文学"这一称呼中重要的关键点有两个,一是它的宗教性质,二是它的文学性特征。佛教的核心思想之一就是"业报","业"作为是指身、口、意的行为以及由这种行为造成的相应结果。"业"有善恶之别,因业的性质不同,会有相应的报。佛教为了宣传业报这种思想,往往将皈依崇信"三宝",礼佛持经作为善业,并由此获得相应的果报,这就是佛教的功德说。这种功德说是佛教教义的核心构成,因此也通常会成为佛教说话文学的主题,作为划分的依据之一。另外,本书是从文学的角度进行研究的,文学性是主要着眼点。佛教说话文学的文学性主要通过神秘灵异、跌宕起伏的情节进行表现,情节的可读性和趣味性是佛教说话文学的生命,是划分灵异类型的主要依据。在众多佛教灵异记中,有一些故事单纯表现"三宝"自身的灵异,没有或者淡化了佛教功德说,因此将功德放在了次要标准的位置。总而言之,本书中类型划分立足点是故事的文学性和宗教性。

前面诸章节中在"佛篇"和"法篇"①的框架下,分别考察了佛陀诞生灵异记、舍利灵异记、佛像灵异记、《金刚经》灵异记、《法华经》灵异记等五个代表性的佛教灵异记类型,通过这些类型的分类层次和标准以图 7-3 表示如下:

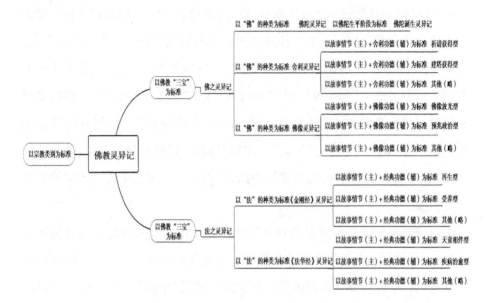

图 7-3　本书佛教说话类型建构图

尽管本书无法囊括所有佛教说话文学的类型,但是对重要类型作出了归纳与整理,基本描绘出了佛教灵异记中的主脉,并通过上面的图示进行直观呈现。通过思维导图,可以看出各种佛教说话文学类型之间的层次关系和之所以成为某种类型的依据。

除了类型划分的差异之外,本书还从佛教传播过程、佛教文学影响的过程进行跨文化圈的考察,揭示了佛教说话文学类型传承和变异的特点,这一点与以往研究有明显区别。

---

① 在"佛""法""僧"系统中,由于时间和精力的限制,暂时未能涉及"僧侣灵异记"这一类,将来笔者会把这一部分补全,呈现出更加完备的风貌。

第二节　佛教灵异记类型形成过程

佛教说话文学的一个重要特征就是许多故事都表现出某种相似性、共通性，即类型化的特点。通过对于中国、朝鲜半岛、日本文学的某些作品进行梳理，确立了一些具有代表性的佛教灵异记类型。那么，这种作为结果和表征的类型化是如何形成的呢？考察这一问题对于认知佛教文学本质和文学形成与传播过程具有重要意义。

佛教经典中的教义最初规定了佛教灵异记的类型化特征。佛经中对于佛教教理的叙述虽然涉及了一些具体的故事，但是更多的是以一种抽象和夸张的方式来宣传皈依佛教"三宝"呈现的灵异以及获得的各种利益，其中大多体现的是印度文化中轮回思想、因果报应等哲学观念。无论是思想还是观念几乎都是一种概念，这种类似概念的佛教教义对于其他民族的民众来说，艰深晦涩，难以理解，因此需要通过更加形象和直观的故事来进一步阐释说明，这也为后来多姿多彩的灵异故事制定了最初的规范。为了将佛典基本教义传播到民间大众之中去，古代印度的僧侣们将这些抽象的教义与当时流行的舍利崇拜、佛塔崇拜、佛迹崇拜、佛像崇拜等信仰相结合，创作出了舍利灵异记、佛像灵异记等类型故事。这些佛教灵异记虽然大多文字简约，但是已经有了具体情节和主题，可以称为佛教说话灵异记的雏形，并且和佛经的抽象教义形成了互补。可以说是佛典教义的形成以及教义通过故事形式在印度民间的普及，形成了最初的佛教灵异记。

佛典由西域僧人经过河西走廊传入中国，同时法显、玄奘等求法僧人去印度求取佛经，也将经典以及民间流传的佛教灵异记带回中国。另外，高僧大德翻译和注疏推动佛教的传播，还有更多的僧人以及佛教信众使用本土历史和现实的某些素材，围绕宣传基本教义展开佛教文学创作，一个个生动活泼的佛教灵异记由此产生。就是说佛教传入中国后，受印度佛教灵异记的影响，文人

　　在佛教本土化的过程中进行的创作是产生佛教灵异记的第二步。具体说来，南北朝时期那些信奉佛教的文人及士大夫创作了大量的带有佛教元素的志怪小说，如刘义庆的《幽冥录》和《宣验记》等，甚至颜之推的家训《颜氏家训》中也有一些宣扬佛教思想的灵异故事。此外，民间流传的某些人亲闻亲历的一些与佛教相关的灵异故事中也包含了大量佛教灵异类型。不过这些灵异记形式上大多分散，彼此没有关联，因为文人创作以及底层民众的口头传承过程中没有刻意进行类型整理的意识，也不会特意思考类型化的特点。但这为后来类型的聚合积累了最原始的素材。

　　佛教类书及真正的佛教题材作品是类型化形成的关键。由于佛教教义中大肆宣扬抄经、读经、转经以及传播佛教的诸种功德，佛教徒及信佛的文人也将文献整理和佛教文学创作视为己任，因此他们往往会网罗流传于世的文献以及流传于街头巷尾的民间故事，进行分类叙述，这样就形成了系统的佛教类书以及宣扬"佛""法""僧"某一类别的专集。最具代表性的佛教类书当属道世的《法苑珠林》。道世在《法苑珠林》中以独特的世界观对该书进行了不同层次的分类，最上一级的有"劫量篇""三界篇""日月篇""六道篇""千佛篇""敬佛篇""敬法篇""敬僧篇""致敬篇""福田篇""归信篇""士女篇""入道篇""忏悔篇"等，"篇"的下面又分为若干"部"，"部"的下面又大多设有"感应缘"。上述这种分类体现了作者对于佛教宇宙观认识的层次感以及作者独特的分类原则。其中敬"三宝"是重要的内容之一，在敬"三宝"下面的"感应缘"大体都是辑录唐及唐前关于"三宝"的灵异记，这些都是在宣扬"三宝"功德的主题下，搜集了相关的故事，形成了各种类型群。其来源资料包括经律论三藏在内的佛书以及宣佛的诸如《宣验记》《搜神记》等在内的宣佛志怪书，也包含了孝子传在内的儒家典籍，也包括同人的口头传说。① 除了被誉为"百科全书"的《法苑珠林》这种综合性的佛教类书之外，也有更为具体的类书。如

---

　　① 见(唐)道世撰，周叔迦、苏晋仁校注：《法苑珠林校注》的叙录，第4—7页。

以佛典为主体的类书有南朝梁僧旻、宝唱的《经律异相》、僧佑的《出三藏记集》、道宣的《集神州三宝感通录》、道世的《诸经要集》、辽代非浊的《三宝感应要略录》、孟献忠的《金刚般若经集验记》等；以僧侣为主体的有慧皎的《高僧传》、宋赞宁的《高僧传》等。这些作品都从不同视角对佛教灵异记进行了分类，而且这种分类是有意识的主动性行为。这种存于中国各个朝代的佛教类书对于文人创作及民间流传的各种佛教灵异记被集中整理出来，也有一部分是作者的创作，这些故事在很大程度上是以类型化的面貌呈现的，在类型化的形成和发展过程中起到了至关重要的作用。

这些佛教类书中的佛教灵异记以类别和类型的样态出现，便于后世信众阅览和检索，也为后来本国的类书编纂提供了素材来源，甚至还影响到了日本佛教说话集的编撰。比如说，《诸经要集》《金刚般若经集验记》中的某些佛教灵异记被《日本灵异记》所吸收。又如《今昔物语集》就曾大量引用《经律异相》《法苑珠林》《三宝感应要略录》等。

当然，不仅仅限于佛教类书，即使非佛教的类书也会收录大量的佛教灵异记。比如本书使用的文献《太平广记》就是这样类书。其中有"异僧""报应""感应"等，其中从"三宝"的角度或是故事主题的角度进行了分类，按照这些分类来网罗的民间创作和文献典籍的类型群无疑又构成了一种新的类型，即按照作者分类标准而形成的类型，至少在读者的认知上，这是一种新的类型。总之，类书的编纂是在非专门佛教文学创作成果基础上的进一步发展，也标志着中国佛教类型化走向成熟。

随着中国各种文献，特别是佛教类书在朝鲜半岛和日本的传播，中国的佛教灵异记在异域传播开来，中国的某些佛教灵异记的类型也成了这些地区僧侣们模仿的对象，佛教灵异记的演绎又进入了一个全新的阶段。朝鲜半岛和日本都存在着共通的类型，这在很大程度上是吸收借鉴中国文学的结果。除了具体的灵异记类型上的沿袭之外，在佛教灵异记的作品编纂层面上也是如此。如《日本灵异记》与《冥报记》、《金刚般若经集验记》之间的关系，《今昔物语集》与诸佛教类书之间的关系。除此之外,日本还有《本朝法华验记》《本朝高僧传》等,朝鲜半岛也有《海东高僧传》,这些无疑都是仿照中国佛教书而进行的一种创作。两地又有不同的灵异类型,即使是同一类型也有变异的部分,说明两地的文学是经过本土化改造的结果。从《日本国现报善恶灵异记》《本朝法华验记》《本朝高僧传》的作品名称就可以看出,这些编著者努力地创作本土佛教灵异记,凸显本民族属性,因此其中针对本国民众接受心理和口味进行了多个层面的再创造。其间,要么利用本民族史书元素,要么采纳民间传说情节,要么吸收街谈巷议的民间传承,特别是将作为民族精神底蕴的民俗信仰和神道观念融入其中,完成了故事本土化的改造。但是无论怎么千变万化,佛教灵异记中的内核,即佛教教义与中国文学并无二致,故事的情节构架也有沿用,表现出了类型的一致性。朝鲜半岛文学情况也基本相同。

总之,佛教教义和印度的佛教灵异记可以大体被认定为类型化的第一步,而中国佛教性质志怪小说的创作和中国的佛教类书编撰以及佛教文学性质作品的诞生可以被视为第二步,是佛教灵异记类型首次本土化。中国相关作品和佛经向东传播到朝鲜半岛和日本,受其影响,催生了两地佛教文学,通过各自本土化的改造,创作出了本民族的佛教灵异记,完成了东亚佛教灵异记生成的最后一步。

第三节　亚洲佛教说话文学类型研究的价值与意义

佛教作为世界三大宗教之一,对于世界特别是亚洲的宗教、文化、思想、文学、艺术、语言、建筑、音乐都有广泛的影响。目前学术界对于佛教研究的视角也多种多样,佛教说话类型化研究作为其中重要的视角之一,具有重要的意义。

第一,对佛教说话文学进行类型化研究,为认识亚洲人民之间的对话与交流历史提供了一种全新的思路。无论是古代还是当代,亚洲各个国家之间并不是一个个封闭独立存在的个体,而是通过各种形式的交流,彼此影响,互相促进。在这种交流中,人们需要共同的信仰、共同的语言甚至是共同的仪式,否则就失去了对话的基础。佛教以其特有的世界观、伦理观、生死观以及道德规范,超越了民族的藩篱,被操持不同语言、拥有不同信仰的民族所接受,成为共同的精神信仰,由此在亚洲各地区特别是东亚形成了一种"佛教文化圈"。以何种角度认知解读佛教思想文化在不同民族之间传播、浸润和发展的过程,对于理解历史形成的这种文化圈具有重要意义。因为东亚各地区普遍存在的共同的佛教灵异记的类型,就是各地区各民族互相交流、对话、影响、融合的结果,体现了人们共同信仰的某些佛教思想和共同接受的文学表达样式。通过对于类型化的总体性考察和深入细致的分析,可以看出一个民族如何看待外来文化、如何吸纳外来文化、如何改造外来文化的这样一个过程,也可以看出亚洲各地区共同文化基因形成的历史脉络,这可以为今后亚洲各地区之间进一步的文化交流提供某种启示。

　　第二,对佛教说话文学进行类型化研究,为认识亚洲各民族文化差异提供了一条新的路径。中国、朝鲜半岛、日本佛教文学中存在大量共通的佛教灵异类型,在相同的灵异记中也存在某些差异性。这些文学差异性的背后是各民族历史文化语境的差异,一部作品的诞生离不开当时的受众,这些受众长期受所生活环境的限制,思维和认知都体现了某种程度的局限性,这种局限性就是民族性。僧侣或文人在创作这些佛教灵异记的时候,首先会无意识地按照自己特定的生活环境中固有文化去认知、理解外来事物,然后为了有更多的读者接受其创作的作品,必然要用他们所熟悉的思想、概念、事件、人物去加以改造,并且有些学者为了凸显与外来民族的不同而刻意为之,因此本民族的文化底蕴就被浸润到各个佛教灵异记中了。通过这些文学类型"大同"中存在的细节上的"小异",可以了解当时各民族的某些文化信息,这些对于文化差异性的认知可以让人们在与他国之间的交流中,不仅"知己",更能"知彼"。

第三,对佛教说话文学进行类型化研究,有利于重新反思传统研究方法中的出典研究。出典研究是古典文学中常用的方法,主要考察故事题材、主题、思想、构思、文句、典故的出处,作为文学的基础研究具有重要的价值。但由于文学元素的吸收与外来文学元素的借鉴是十分复杂的过程,加之两部作品之间相隔久远,作者创作的思维也十分复杂,因此对于某些出典的确定十分困难,往往停留在一定程度上的推断层面上。事实上,文学的影响和接受往往不是点对点的影响,也不一定是线对线的影响,而是一种文化整体的影响和文献的综合性影响,因此可以适度跳出出典研究那种显微镜式的细部考察,可以通过鸟瞰式的宏观概览,发现影响的整体性。通过类型化的分析可以看出,中日两国之间存在诸多共同的类型,这些类型细部有差异,但在大的方面存在相同、相近、相通的部分,诸如共同的主题或情节等,这些往往正是故事的核心,因此文学的吸收借鉴可能只停留在某种类型的层面上,而不是细枝末节。另外,记录相同类型故事的文献往往不是单一的,中国在编撰类书的时候往往从先行文献中辑录,因此相同故事在诸多文献中反复出现,而且都被后世的创作者所阅读,所以断定某一故事就是出自哪一个具体作品,几乎不可能,因此通过类型进行相对粗线条的考察,提供影响的多种可能,考察影响的总体,可以避免传统出典影响的局限。

总之,佛教说话文学的类型化研究作为佛教文学研究重要视角之一,在认知古代民族之间的交流与对话、民族文化差异性以及反思比较文学的出典研究中都具有重要价值。

结　　语

佛教在印度起源,传播到中国、朝鲜半岛、日本等东亚地区,出于布教的需要,僧侣们创作出了各种佛教说话文学。佛教说话文学中包括最早的印度佛典、中国的佛教类书和志怪小说,还包括古代朝鲜的僧传、日本的佛教说话集,这些作品虽然名称不尽相同,但都是反映了佛教思想,是佛教的宣传品。这些故事素材既有僧侣文人的创作,也有来自市井街头的民间传承,最终通过文字的方式流传至今,成为研究亚洲诸国文化的重要材料。

众多的佛教说话文学中,存在着大量的佛教灵异记,这些佛教灵异记是通过宣传佛教"三宝"和其他佛教相关内容的灵验和神奇之处来凸显佛教神奇的功能与神秘,以吸引更多的佛教信徒。佛典反映了佛教最原始的教义,是后世文学最初的源头。东亚各国的佛教文学通过各种叙事来阐释和演绎佛典中的基本教理,使得各类故事中体现了共同的主题或是思想,成为佛教文学形成类型化的内在原因。人类面对生老病死、天灾人祸等相同的困境,对于宗教的依赖也大多相同,因此后来人们的创作也是基于这种需要,进而也从主观需要上促成了类型化的形成。

从文学传播的角度来看,包括僧侣、文人乃至商人在内的各国民众之间的跨国境的交流,将佛教经典从印度带到了中国,又从中国传播到了朝鲜半岛和日本。与此同时,在不同国家产生出新的佛家文学也通过类似方式传播出去,对周边国家产生影响。诸如舍利这样的佛教崇拜之圣物也通过相似的方式在亚洲诸国传播,这些圣物本身不是文学文本,但通过对这些圣物的崇拜和皈依,产生了类似的圣物灵异记,这和对于佛典本身的崇拜十分相似。通过前面的考察也可以看出,舍利和经典虽然不是相同佛教之物,但是在祛病、不焚等诸多灵异类型上有诸多雷同之处,都试图通过这些灵异故事解决相似的人类困境。

传播一方面使得东亚诸国佛教说话文学保持着类型上的亲缘关系和相似性,另一方面佛教说话文学的种子在异域也产生了新的变化。中国文化语境中黄老之学、天人感应、祥瑞与灾异思想、儒学思想、鬼神信仰等作为中国人的思想底蕴,势必会成为接受民众佛教的基础,人们依据这种既有的观念去理解认知佛教,并且还会根据观念去改造佛教,使得佛教文学元素中融入了大量的中国文化因子,进而发生了一定程度的变异。同样的原理,佛教传入朝鲜半岛和日本,与他们的巫术信仰、祖灵崇拜、神道信仰冲突对抗后,最终走向融合,这样一来佛教说话文学发生了二次变异。佛教说话文学的变异满足了不同民族的信仰需要,推动了佛教思想的进一步传播,同时也在一定程度上对固有的信仰体系产生了某种冲击和影响,促进了其他宗教的进一步发展。

佛教说话文学是佛教文化艺术的重要分支,其中类型化的故事能够反映佛教在亚洲广大地区众多民族间传播中的特征,它是了解各民族之间文化交流的重要线索,也是了解各民族本土信仰的重要材料,具有重要的研究价值。佛教说话文学的文献瀚如烟海,即便是从类型化的视角研究也不能一蹴而就,诸如佛寺灵异记、佛塔灵异记、佛迹灵异记等诸多问题,学界尚未系统研究。即便是本书中的佛法灵异记还有部分领域没有触及,高僧灵异记方面也未能纳入其中,这些都将作为今后的课题,不断丰富进来。

主要参考文献

一、中国古籍

(西汉)董仲舒著,周桂钿译注:《春秋繁露》,中华书局 2011 年版。

(东汉)班固撰,颜师古注:《汉书》,中华书局 1962 年版。

(西晋)陈寿撰,裴松之注:《三国志》,中华书局 2011 年版。

(南朝梁)慧皎撰,汤用彤校注:《高僧传》,中华书局 1992 年版。

(南朝梁)僧佑编撰,刘立夫、胡勇译注:《弘明集》,中华书局 2011 年版。

(梁)沈约:《宋书》,商务印书馆 1931 年版。

(北齐)颜之推著,夏家善、夏春田注释:《颜氏家训》,天津古籍出版社 1995 年版。

(北宋)赞宁著,范祥雍点校:《宋高僧传》,中华书局 1987 年版。

(唐)道世撰,周叔迦、苏晋仁校注:《法苑珠林校注》,中华书局 2003 年版。

(唐)道宣:宋思溪藏本《广弘明集》,国家图书馆出版社 2018 年版。

(唐)孟献忠撰:《金刚般若经集验记》,载《新撰大日本续藏经》第 87 册,国书刊行会 1988 年版。

(南宋)志磐撰,释道法校注:《佛祖统记》,上海古籍出版社 2012 年版。

(北宋)李昉等编:《太平广记》,中华书局 1961 年版。

董志翘译著:《大唐西域记》,中华书局 2014 年版。

二、译著及译文

[日]安万吕:《古事记》,邹有恒、吕元明译,人民文学出版社 1979 年版。

[日]村上专精:《日本佛教史纲》,杨曾文译,汪向荣校,商务印书馆 1981 年版。

［日］道端良秀：《日中佛教友好二千年史》，徐明、何燕生译，商务印书馆 1992 年版。

［日］上垣外宪一：《日本文化交流小史》，王宣琦译，武汉大学出版社 2007 年版。

［日］义江彰夫：《日本的道教与神祇信仰》，陆晚霞译，商务印书馆 2010 年版。

张龙妹校注：《今昔物语集》，北京编译社译，人民文学出版社 2008 年版。

［日］真人元开著，汪向荣校注；李言恭、郝杰著，汪向荣、严大中校注：《唐大和尚东征传 日本考》，中华书局 2004 年版。

［日］小峰和明：《〈今昔物语集〉中的异国文化间的交流》，李重译，《中日文化文学比较研究》2014 年 8 月。

金伟、吴彦译：《今昔物语集》，万卷出版公司 2006 年版。

赖永海主编，王彬译注：《法华经》，中华书局 2010 年版。

赖永海主编，陈秋平译注：《金刚经·心经》，中华书局 2010 年版。

［高句丽］一然著，［韩］权锡焕、［中］陈蒲清注译：《三国遗事》，岳麓书社 2009 年版。

三、研究著作、论文

陈文英：《中国古代汉传佛教传播史论》，天津古籍出版社 2007 年版。

丁福保编：《佛学大辞典》，上海书店 1991 年版。

龚世学：《论汉代的符瑞思想》，《文艺研究》2016 年第 2 期。

蒋家华：《中国佛教瑞像崇拜研究——古代造像艺术的宗教性阐释》，齐鲁书社 2016 年版。

柯劲松：《韩国佛教史》，社会科学文献出版社 2008 年版。

刘九令：《〈日本灵异记〉对中国文学的接受研究——东亚文化接受的视角》，黑龙江人民出版社 2017 年版。

刘立善：《没有经卷的宗教——日本神道》，宁夏人民出版社 2005 年版。

刘亚丁：《佛教灵验记研究——以晋唐为中心》，巴蜀书社 2006 年版。

罗竹风主编：《汉语大词典》，上海辞书出版社 2011 年版。

孙昌武：《中国文学中的维摩与观音》，天津教育出版社 2005 年版。

任继愈主编：《中国佛教史》第一卷，中国社会科学出版社 1985 年版。

韦立新、任萍：《日本佛教源流》，世界图书出版广东有限公司 2013 年版。

王立：《佛经文学与古代小说母题比较研究》，昆仑出版社 2007 年版。

王金林：《日本人的原始信仰》，宁夏人民出版社 2005 年版。

王晓平:《佛典 志怪 物语》,江西人民出版社 1990 年版。

王勇编:《书籍之路与文化交流》,上海辞书出版社 2009 年版。

王仲殊:《古代中国与日本及朝鲜半岛诸国的关系》,中国社会科学出版社 2013 年版。

杨宝玉:《敦煌本佛教灵验记校注并研究》,甘肃人民出版社 2009 年版。

叶渭渠主编:《日本文明》,福建教育出版社 2008 年版。

张荣明主编:《道佛儒思想与中国传统文化》,上海人民出版社 1994 年版。

郑阿才:《敦煌佛教文学》,甘肃教育出版社 2013 年版。

李海涛:《略论高句丽的佛教及其影响》,《世界宗教研究》2011 年第 6 期。

廖望春:《宋舍利塔发现与舍利信仰泛化的研究》,《宗教学研究》2012 年第 4 期。

索南才让:《佛塔的起源及其演变》,《西藏艺术研究》2005 年第 1 期。

韦立新:《试论佛教在日本化过程中的文化现象》,《解放军外语学院学报》1994 年第 3 期。

王青:《神道教与日本型伦理道德观念的演变》,《哲学研究》2014 年第 5 期。

周裕锴:《义解:移花接木——中国佛教阐释学研究》,《四川大学学报(哲学社会科学版)》2003 年第 6 期。

伊家慧:《佛陀降生神话研究》,陕西师范大学硕士学位论文,2016 年。

四、日文文献

[日]会田雄次:《日本の風土と文化》,角川書店 1972 年版。

[日]赤田光男:《祖霊信仰と他界観》,人文書院 1986 年版。

[日]出雲路修校注:《日本霊異記》,岩波書店 1996 年版。

[日]出雲路修:《説話集の世界》,岩波書店 1988 年版。

[日]家永三郎、赤松俊秀、圭室諦成監修:《日本仏教史Ⅰ》,法藏館 1967 年版。

[日]板橋倫行:《日本霊異記の撰述年時について》,《国語と国文学》2 号。

[日]伊藤信博:《〈日本霊異記〉から見る律令国家の王土思想》,《言語文化研究叢書》4,2005 年。

[日]伊藤由希子:《〈日本霊異記〉における類話の意義》,《上代文学》第 101 号。

[日]入部正純:《日本霊異記の思想》,法藏館 1988 年版。

[日]上田設夫:《日本霊異記における類話の論理》,《国語と国文学》1987 年 2 月号。

[日]蝦名緑:《〈日本霊異記〉における"慚愧"》,《国文学解釈と鑑賞》2007 年 8

月号。

　　［日］魚尾孝久:《日本霊異記と上代浄土教》,《国文学踏査》15 号。

　　［日］柏木寧子:《〈今昔物語集〉天竺部における釈迦仏理解の一側面—神通力を
めぐって》,《日本仏教総合研究》2011 年 5 月号。

　　［日］堅田理:《日本の古代社会と僧尼》,法藏館 2007 年版。

　　［日］金田一京助等編:《新明解国語大辞典》,三省堂 1999 年版。

　　［日］鎌田茂雄:《仏教伝来》,講談社 1995 年版。

　　［日］川口謙二:《神仏混淆の歴史探訪》,東京美術 1983 年版。

　　［日］岸正尚:《〈日本霊異記〉の一性格—類話と「奇異」の接点—》,《並木の里》
第 25 号。

　　金光林:《〈霊異記〉における渡来人像と朝鮮観について》,《比較文学文化論集》
10 号 1994 年。

　　［日］黒沢幸三:《日本霊異記——土着と外来》,三弥井書店 1986 年版。

　　［日］黒沢幸三:《霊異記における類話の考察》,《同志社国文学》1971 年 3 月。

　　［日］黒部通善:《日本仏教文学研究》,和泉書院 1989 年版。

　　［日］景山春樹:《舎利信仰—その研究と資料—》,東京美術 1986 年版。

　　［日］河野貴美子:《日本霊異記と中国の伝承》,勉誠社 1996 年版。

　　［日］小島瓔礼等:《図説の日本古典日本霊異記》,集英社 1989 年版。

　　［日］駒木敏:《霊異記における観音信仰説話》,《同志社国文学》1974 年 2 月号。

　　［日］駒木敏:《霊異記説話の性格——民話性をめぐって》,《同志社国文学》第
8 号。

　　［日］小峯和明、篠川賢編:《日本霊異記を読む》,吉川弘文館 2004 年版。

　　［日］米谷悦子:《〈今昔物語集〉巻十四の法華経霊験譚についての一考察》,《日
本文学研究》1983 年 11 月号。

　　［日］五来重:《仏教と民俗》,角川書店 1976 年版。

　　［日］坂本信幸、寺川真知夫、丸山顕徳編:《論集古代の歌と説話》,和泉書院 1990
年版。

　　［日］関口一十三:《〈日本霊異記〉の"法師像"》,《武蔵大学総合研究紀要》第
17 号。

　　［高麗］覚訓撰,小峯和明、金英順編訳:《海東高僧伝》,平凡社 2016 年版。

　　［日］佐原作美:《日本霊異記における観音信仰譚の構造》,《駒沢短大国文》1999
年 3 月号。

　　［日］佐原作美：《日本霊異記の一考察——めづらしくふしぎなるものの認識について》,《駒沢国文》1977 年 3 月号。

　　［日］園田稔：《神道——日本の民族宗教——》,弘文館 1988 年版。

　　［日］高田衛、原道生編集：《仏教説話集成》（一）,国書刊行会 1990 年版。

　　［日］高田衛、原道生編集：《仏教説話集成》（二）,国書刊行会 1998 年版。

　　［日］武田比呂男：《仏像の霊異——〈日本霊異記〉における〈交感〉の一面——》,《日本文学》1996 年第 5 月号。

　　［日］竹村信治：《今昔物語集天竺部における説話定着の一方法——類型的説話の検討》,《国文学攷》1979 年 9 月号。

　　［日］多田伊織：《日本霊異記と仏教東漸》,法藏館 2001 年版。

　　［日］多田一臣：《古代国家の文学——日本霊異記とその周辺》,三弥井書店 1988 年版。

　　［日］多田一臣：《口頭伝承から文字伝承へ——〈日本霊異記〉上巻二縁の表現を中心に——》,《国文学解釈と教材の研究》1995 年 10 月号。

　　［日］多田一臣：《〈日本霊異記〉と“表相”》,《古代文学》19 号。

　　［日］田村晃祐：《日本佛教の宗派》,東京書籍株式会社 1983 年版。

　　［日］龍谷大学短期大学部仏教科編：《佛法東漸——シルクロードから古都奈良、そして現代へ——》,自照社出版 2001 年版。

　　［日］鎮源著,井上光貞、大曽根章介校注：《往生伝・法華験記》,岩波書店 1974 年版。

　　［日］辻善之助：《日本仏教史・第一巻上世篇》,岩波書店 1992 年版。

　　［日］寺川真知夫：《仏像霊異譚の受容と変容——日本霊異記のばあい——》,《同志社国文学》第 41 号。

　　［日］寺川真知夫：《〈霊異記〉の蟹報恩譚》,《同志社女子大学日本語本文学》第 1 号。

　　［日］舍人親王撰,坂本太郎、家永三郎、井上光貞、大野晋校注：《日本書紀》,岩波書店 1965 年版。

　　［日］長田宝秀編集：《弘法大師伝全集》第三,ピタカ株式会社 1977 年版。

　　［日］中田祝夫校注：《日本霊異記》,小学館 1975 年版。

　　［日］長野一雄：《日本霊異記の習合思想》,《徳島文理大学文学論叢》1998 年 3 月。

　　［日］永藤靖：《日本霊異記の新研究》,新典社 1996 年版。

［日］永藤靖：《古代仏教説話の方法——霊異記から霊験へ》，三弥井書店2003年版。

［日］永藤美緒：《〈今昔物語集〉における変身譚》，《日本文学誌要》2007年7月号。

［日］永田典子：《吉祥天女感応譚考——〈日本霊異記〉中巻十三縁について》，《上代文学》45号。

［日］中村宗彦：《古代説話の解釈——風土記・霊異記を中心に》，明治書院1985年版。

［日］日本文学研究資料刊行会編：《説話文学》，有精堂1972年版。

［日］根本誠二、サムエルC・モース編：《奈良仏教と在地社会》，岩田書院2004年版。

［日］根本誠二：《奈良仏教と唱導》，《国文学解釈と鑑賞》2007年10月号。

［日］原田行造：《霊異記説話の成立を巡る諸問題——類話の発生と伝承・伝播についての研究——》，《金沢大学教育学部紀要》第18号。

［日］藤原兼輔、蔵中進等編：《〈聖徳太子伝暦〉影印と研究》，桜楓社1985年版。

［日］古橋信孝、三浦佑之、森朝男編集：《霊異記　氏文　縁起》，勉誠社1995年版。

［日］増尾聡哉：《〈日本霊異記〉における〈法華経〉の位置について》，《駒沢国文》1990年2月号。

［日］丸山顕徳：《日本霊異記説話の研究》，桜楓社1992年。

［日］丸山顕徳：《日本霊異記》，《国文学解釈と鑑賞》2003年2月号。

［日］三浦佑之：《霊異記説話の"夢"——"こもり"幻想における仏との出会い——》，《古代文学》19号。

［日］三浦佑之：《家族・共同体——〈日本霊異記〉と八世紀》，《国文学解釈と鑑賞》1995年10月号。

［日］宮治昭：《仏像入門—ほとけたちのルーツを探る》，春秋社2013年版。

［日］宮田登：《妖怪の民俗学》，岩波書店1985年版。

［日］山口敦史：《日本霊異記と密教世界》，《日本文学研究》28号。

［日］山口敦史：《〈日本霊異記〉における祖霊祖霊祭祀——枯骨報恩譚を中心に——》，《日本文学研究》45号。

［日］山路平四郎、国東文麿編：《日本霊異記》，岩波書店1977年版。

李銘敬：《日本仏教説話集の源流・研究篇》，勉誠社2007年版。

李銘敬:《〈日本霊異記〉の漢文をめぐって——原典を目指しての研究提起——》,《日本漢文学研究》第 3 号。

［日］渡部亮一:《世界に開かれないテキスト——〈日本霊異記〉考》,《日本文学》2010 年 5 月号。

五、电子文献类

中华电子佛典协会:《中华电子佛典集成》,河北省佛教协会 2010 年版。

后　记

2003 年,我考入了东北师范大学外国语学院攻读硕士学位,在导师林岚教授的指导下,开始研究日本佛教说话文学,研究对象是日本第一部佛教说话集《日本灵异记》。2009 年,我考入天津师范大学文学院,师从王晓平教授攻读博士学位,继续研究《日本灵异记》与中国文学。至今,从事中日佛教文学比较研究已有 18 个年头。

在这段悠长而快乐的读书岁月中,我总是感觉日本佛教说话文学中的故事大多都与中国文学有几分神似,而且即使在日本佛教文学中相似的故事也被反复叙述。那么,这些故事相似之处在哪里? 为什么相似? 故事之间为什么有差异? 怎么理解这种相似性和差异性? 如何探明其背后的原因? 一连串的问号,促使我试图从类型的角度探讨日本佛教说话文学在整个亚洲文化背景下的生成过程及其特色。幸运的是,2014 年该研究获得国家社科基金青年项目立项,这给了我巨大的鼓舞,也无形中鞭策我要将这个课题完成好。

为了解决这一课题,在无数个与青灯相伴的日子里,细细品读着中国佛教类书、古代思想、汉译佛典、古代朝鲜文学、日本佛教文学、日本历史等资料,努力从中获取彼此关联的线索,探究各自特色形成的原因。然而,"纸上得来终觉浅",2017 年底受国家留学基金委资助,带着未完成的课题,我远赴京都女子大学文学部做了为期一年的访问学者。其间,除了在图书馆继续查阅资料外,遍游关西地区的各种名寺古刹。奈良的东大寺、兴福寺、元兴寺、西大寺、药师寺、唐招提寺、大安寺,京都的东寺、广隆寺、法隆寺、仁和寺、建仁寺、金阁寺、银阁寺,大阪的四天王寺,滋贺县的三井寺,比叡山的延历寺等寺庙都给我留下了深刻印象。特别是药师寺和延历寺,分别是《日本灵异记》和《本朝法华验记》作者创作之所。我久久地驻足在那里,漂洋过海来到 1000 年前僧侣创作的地方,仿佛与景戒、镇源进行了一次超越时空的对话。大安寺、元兴寺也是《日本灵异记》故事的舞台,在大安寺想礼拜丈六佛获得无尽财富,在元兴寺幻想邂逅那位捉鬼的童子。仰望寺庙中庄严的佛像,眼前仿佛出现了善男信女虔诚礼拜的情景和他们最终获得神佛救助,喜极而泣的场景。看到橱柜中展出经书借阅的传抄记录,终于明白了他们之间如何传播、传承佛教灵异故事。关西的寺庙巡礼,让我更加爱上了自己的研究课题,让我更加准确地读懂佛教说话中的各种故事,也让我更加深刻理解佛教在中日甚至是亚洲文化交流中不可替代的独特价值。

除了寺庙,日本的神社也是理解日本佛教文化不可或缺的重要独特空间。奈良的春日大社,京都的伏见稻荷大社、八坂神社、下鸭神社等地我也曾多次造访,通过神社的各种细节,细致品味日本人文化底层神道的精髓,试图从中找出他们千百年来接受佛教、改造佛教、消化理解佛教的原点。

2018 年整整一年,在京都女子大学文学部中前正志教授的指导下,一边踏查寺庙神社,用心感悟京都浓郁的佛教文化韵味,一边在孤灯下电脑前认真修改书稿,回国前顺利完成初稿,2019 年提交课题研究成果并顺利结项。

拙著即将出版之际,再次感谢我的导师林岚教授、王晓平教授以及在京都女子大学访学期间给予我细心指导和热心帮助的中前正志教授、刘小俊教授、爱甲弘志教授,还有学术路上扶持关照我的各位前辈与学友。

本书是一部未完之作,原本按照"佛""法""僧"三篇进行全面架构,但由

于时间仓促,又生性懒惰,"僧"篇未能完成,这是最大的遗憾。另外,由于本
人能力有限,读书浅薄,书中恐有谬误之处,敬请方家不吝赐教。

刘九令

2021 年 8 月 13 日

于重庆烟雨斋

责任编辑：姜　虹
封面设计：石笑梦
版式设计：胡欣欣

图书在版编目（CIP）数据

日本古代佛教说话文学的类型研究/刘九令 著. —北京：人民出版社,2022.10
ISBN 978－7－01－024790－8

Ⅰ.①日…　Ⅱ.①刘…　Ⅲ.①日本文学-佛教文学-古典文学研究
　Ⅳ.①I313.079.9

中国版本图书馆 CIP 数据核字（2022）第 143800 号

日本古代佛教说话文学的类型研究
RIBEN GUDAI FOJIAO SHUOHUA WENXUE DE LEIXING YANJIU

刘九令　著

人民出版社 出版发行
（100706　北京市东城区隆福寺街 99 号）

北京九州迅驰传媒文化有限公司印刷　新华书店经销

2022 年 10 月第 1 版　2022 年 10 月北京第 1 次印刷
开本：710 毫米×1000 毫米 1/16　印张：18
字数：245 千字

ISBN 978－7－01－024790－8　定价：72.00 元

邮购地址 100706　北京市东城区隆福寺街 99 号
人民东方图书销售中心　电话（010）65250042　65289539